陆晚丞伸出手，
让那软白的雪花落在自己掌心。
离了屋里的灯光，
他的脸色迅速黯淡下来，
嘴唇失去血色，
唯余一双眼睛是亮着的，
仿若迅速枯萎前的昙花拼命绽放。

「林太医,请看我表演胸口碎大石。将军威武。」

目录

第一卷　千岁　001

第一章　奉召认亲　002
第二章　侯府家事　051
第三章　锋芒初露　096
第四章　知己心事　133
第五章　霜雪满头　168

第二卷　去安　199

第六章　谜题暗语　200
第七章　再世相逢　234
第八章　福兮祸兮　278
第九章　暗流涌动　307
番外篇　百日之约　334

廊下倚栏少年郎，
笑看凡尘不知愁。

第一卷

千岁

第一章
奉召认亲

01.

南安侯府刚结束了一场家宴。

两个掌事姑姑办完差事，带着侯府的婢女从内室鱼贯而出，还未走出门，就迫不及待地窃语。

"我活了大半辈子，还真没办过这种差事。"

"可惜一个清贵公子，就这么被困在一个病秧子身边，唉。"

"有什么可惜的，他如今再怎么说也是侯爷名义上的义子。要不是为了那能给小侯爷挡灾的生辰八字，侯爷和夫人能看得上五品太医院院判的儿子？"

"什么义子，阖府上下谁不知道，把他接来府里就是贴身伺候小侯爷的，和我等有何区别？"

谈话间，掌事姑姑来到外室，朝里头看了眼：一片安静平和的气氛之中，侯府新来的少爷如玉雕一般，静静地坐在桌旁。

大门缓缓合上，周遭都安静了下来，林清羽僵硬了一日的腰背总算得以松泛。他微微动动身子，环顾眼前的轻纱幔帐、珠帘暖被，最终，将目光投向床上沉睡的男子——南安侯府的小侯爷——陆晚丞。烛火之下，林清羽面无表情地打量着陆晚丞。陆晚丞一身华贵的吉服，眉若远山，长睫浓密，面颊清瘦，唇色淡白如纸，即便双目紧闭，病骨支离，也能看出生了一副极好的相貌。

从今日起，此人便是他的义兄。

真是……可笑至极。

林清羽为太医署的考核准备了三年，如果通过考核，他将和父亲一样，成为一名医官。即便最后没有入宫，也能在京城里开间药铺，当个寻常大夫。可惜，就在他准备大展宏图之时，中宫皇后将他的父亲林汝善叫到跟前，道："本宫听闻你有一子，生于癸未年三月十一，辰时，可是真的？"得到林父肯定的答复后，皇后便求皇帝做主，将林清羽送进南安侯府，名义上是南安侯的义子，实则是避祸挡煞、侍奉于病榻前的"下人"。

京中权贵皆知，陆晚丞生有不足，缠绵病榻多年，他出生时，南安侯特意请了当世神医来府中相看。神医曾断言，陆小侯爷活不过弱冠之年。今年，陆晚丞已然十九，身子一日不如一日。眼看他日薄西山，大限将至，南安侯别无他法，只能写信求助大瑜朝那位据说能通天地、知鬼神的国师。国师给他的回信只有一行生辰八字，正是：癸未年三月十一，辰时。

违抗皇命是死罪，林清羽一人死不足惜，但他要护着年迈的双亲和幼弟。就这样，林清羽便成了替陆晚丞避祸挡灾的义弟。陆晚丞一日不死，他就一日不得离开侯府，别说参加医考，就连同家人见面都要看他人脸色。

十几年的寒窗苦读，全成了笑话。

此刻亥时已过，门外守夜的婢女道："林少主，时辰到了，伺候小侯爷就寝吧。"

林清羽以南安侯义子、陆晚丞义弟之名进入侯府，往后便是不折不扣的陆家少爷。然而林清羽以"虽入侯府，家姓未改"为由拒绝改姓，南安侯闻之也并无异议，故而现下众下人皆唤他"林少主"。

林清羽对着眼前昏睡之人攥紧手指——要他伺候陆晚丞，开什么玩笑！他虽不是什么高门贵公子，却从未受过如此屈辱，要不是为了保住林家上下几十口，他恨不能和陆晚丞同归于尽。

见房里没动静，婢女又催促了一声："林少主，就寝吧。"

林清羽闭了闭眼，压下胸中上涌的恨意。他吹灭屋内蜡烛，只留下床前照明用的一盏蜡烛。陆晚丞穿着华贵的吉服躺在被子外头，这样睡怕是会不舒服。林清羽皱皱眉，不过，这关他什么事，他巴不得陆晚丞永远不要醒来！

林清羽走至床边，视线落在陆晚丞交叉置于胸口的手上。林家乃杏林之家，林清羽自小跟着父亲钻研医术。少年时，他离家游学，拜得名师，医术远超同龄人，此时光是看陆晚丞的面色，他就知道陆晚丞是病入膏肓，必有沉疴痼疾。为了确认这一点，林清羽忍着嫌恶，为这个病秧子探了探脉。陆晚丞的手腕凉得吓人，仿若从冰水里捞出来的一般。

和林清羽猜测得差不多，陆晚丞元气衰竭，已有绝脉之兆，除非神医再世，否则陆晚丞最多熬不过半年。他只用忍半年，等陆晚丞病逝，他就能解脱。至于国师所言，生辰八字相匹，便可替人挡灾，全然是无稽之谈，傻子才信。

林清羽手上不自觉地用上了力，在陆晚丞的手腕上留下两道浅痕。忽然，那苍白的指尖动了一动，林清羽本能地松开手，只见陆晚丞的手摔回床上，他的眼眸在眼帘下转了转，长睫亦微微一颤。

陆晚丞要醒了？

林清羽表情凝重，双眼一眨不眨地盯着陆晚丞。在他如刀的目光中，陆晚丞缓缓睁开了眼睛。

陆晚丞眼中像蒙着一层雾气，什么都看不清。待雾气散去，便透出一丝不解来："嗯？哪里来的古典美男子……"

林清羽冷声道："你醒了。"

陆晚丞恍惚片刻，哑声询问："你是谁？"

林清羽眼中闪过一丝惊讶："你不认识我？"

陆晚丞摇摇头，闷咳了两声，道："虽然很老套，但是我还是想问，这是哪儿？我怎么会在这儿？"

林清羽："……"

莫非，这病秧子是病傻了？又或者，陆晚丞根本不知道自己进南安侯府这件事？入侯府之前，他听父亲提起过陆晚丞的病情，据说陆晚丞近一个月来昏昏沉沉，病得神志不清。若真是如此，陆晚丞很可能对这件事完全不知情。

林清羽脸色缓和了几分："我姓林，名清羽。"

"林清羽？林……清……羽。"陆晚丞念着他的名字，仿佛想到了什么，"那个死在东宫的美男太医？"

林清羽蹙起眉："什么？"

陆晚丞一瞬不瞬地看着他，满脸愕然，忽然挣扎着试图坐起身。

出于大夫的习惯，林清羽把乱动的病人按了回去，斥责道："你想干吗？"

"镜子。"陆晚丞一手捂着胸口，一手指着放在柜子上的铜镜，长发散落一枕，"喀喀，把镜子给我。"

林清羽将铜镜交给陆晚丞，问："这镜子有何不妥？"

陆晚丞看见镜子里的自己，如见了鬼一般，眼睛骤然睁大。他的表情像是有千言万语要说，忍了半晌，几乎要喘不过气来似的，最后说出口的却只有一个字："啊。"

守夜的婢女听见房里的动静，敲门问道："少主，可是出什么事了吗？"

林清羽看着如遭雷击的陆晚丞，淡淡说道："告诉你们侯爷和夫人，大少爷醒了。"

婢女闻言马上派人去禀告南安侯和夫人梁氏，接着又请了大夫来。没一会儿，房里便围满了人，林清羽站在最外头，反而像个局外人。

给陆晚丞诊脉的张大夫虽不是太医，也是京城名医。张大夫捋着须，难以置信道："老夫行医数十载，还是头一次遇到这种情况。"

梁氏急切道："张大夫，晚丞他究竟是……"

"夫人莫急，小侯爷能醒来，这自然是好事。就是这脉象……昨日，老夫也替小侯爷诊过脉，当时小侯爷元气衰竭，离大限之期……也不远了。可如今，竟像是换了个人似的。"张大夫啧啧称奇，"犹如神明助力，突然注入了一股生机到他体内。"

林清羽静默思索，陆晚丞突然好转，却并非回光返照，是有些蹊跷，他在医书上也没看到过类似的病例。

梁氏一愣，问："那他的病是要好起来了？"

大夫不敢断言，斟酌道："至少有了一线生机。"

"好，好……"梁氏激动得落了泪，"晚丞，你听见了吗，你的病有转机了。"

陆晚丞没什么特殊的反应，只道："听见了。"

张大夫又道："夫人，小侯爷才醒过来，还需静养才是。"

梁氏抹了抹泪，道："那母亲就不打扰你休息了……清羽呢？少主去哪儿了？"

众人面面相觑。林清羽上前道："夫人。"

梁氏握住他的手，含笑道："清羽，你一入侯府，晚丞的病便有了好转。国师果然神机妙算，你就是晚丞的福星。我们晚丞，日后就拜托你了。"

陆晚丞抬起头，朝林清羽看来。

林清羽似笑非笑道："夫人放心，我会尽心照顾小侯爷。"

梁氏身旁的嬷嬷道："哎哟，少主就别和我们一样叫小侯爷了，得叫兄长——"

大家一阵哄笑，无人注意到林清羽在袖摆里的手悄然握紧。

众人散去，房内再次恢复宁静，蜡烛也快烧到尽头。陆晚丞躺在床上沉默不语，眉头时皱时舒，仿佛在努力回忆着什么。林清羽懒得理他，站在窗边，看着窗外陌生的明月，身上披上了一层月光。

不知过了多久，陆晚丞长舒一口气，道："哥们儿……哦，不对。帅哥，你过来。"

林清羽凉凉道："你在叫谁？"

陆晚丞笑道："这里还有别人吗？"

林清羽回过身，摇曳的烛光在他的脸颊染上一丝明媚的颜色，衬得眼角的泪痣如牡丹般明艳动人。人是美的，但似乎脾气不太好。

陆晚丞咳了两声，颔首示意林清羽坐下。林清羽只在床边站着，和陆晚丞保持着一条手臂的距离。

"我刚才是在梳理头绪。"陆晚丞语气从容，丝毫没有刚醒来时的匆促。

林清羽淡淡道："你在想什么与我何干。"

"有点关系。因为我想的，是关于你的事。"陆晚丞才说了这几句话，便有些体力不支，面色苍白，"若我早几日醒来，定不会同意这桩荒唐事，让你离开家人，到这侯府来看人脸色。"

林清羽神色麻木："你现在说这些有何用？"

"确实。如今我们亲也认了，礼也行了，全京城都知你是南安侯府的少爷。"

林清羽一声冷笑："没有。"

"嗯？"

林清羽嘲讽道："我们没有行认亲之礼。我只拜过你的父母，其间你一直昏睡着。"

陆晚丞轻嗤："这都行。罢了，这样也好，你不必当真。我总归活不过半年，你就先委屈些时日。按照约定，等我死了，我名下的田庄商铺都是你的，届时你再带着我的遗产回林府逍遥快活，也不算太亏。"

林清羽一怔，狐疑道："还有这等好事？"

"有啊。不过能带多少遗产回家得看你自己的本事。"陆晚丞背靠软枕，语气懒散，"我这具破身体，就不去钩心斗角了。南安侯府水太深，我把握不住，只想混吃等死，当一条'咸鱼'。"

02.

林清羽没完全听明白陆晚丞的话,但大概意思懂了,陆晚丞竟能把自己时日不久说得如此轻描淡写,难道他真的不怕死?

陆晚丞到底是带病之人,强撑到现在已是极限,他在床上躺好,道:"帅哥,你……"

林清羽厉声道:"乱叫什么!"

因为容貌,林清羽在外求学时没少遭人非议,对某些言语轻佻的人,他只想拿出自己亲手调配、能迫使人闭嘴的毒药往他们嘴里塞。不过,陆晚丞虽然叫着让他不甚明白的称呼,却不轻浮,倒也不是无可救药。

"好凶啊,夸你好看你还不乐意?"陆晚丞闭着眼道,"那行,我要休息了,你自便吧。"

经过一番折腾,现下已过了子时,除了就寝,的确没别的事可做。

方才婢女已经帮陆晚丞褪下外袍,擦了手和脸。而林清羽还穿戴着家宴上的吉服和发冠,脸上的妆也没有洗净。

依国师指点,挡灾避祸之人若妆容艳丽,更利于吸收煞气,故而今日林清羽上妆了。在他的强烈要求下,掌事姑姑只是替他描了眉,但他本就是容貌出众,唇色更是天生红润,仅是描眉的模样便让旁人赞不绝口。看着镜子中的自己,林清羽心惊肉跳。华贵的吉服、精致的妆容像一道禁锢他的枷锁,而给他戴上这道枷锁的,是整个南安侯府以及……天家。

这个羞辱,他会记着的。至于他那位不知情的"义兄"……若陆晚丞所言非虚,他们真的能相安无事度过这半年,他勉强可以不记陆晚丞的仇。

一个将死之人罢了,自己又何必和他计较太多。

小侯爷的卧房内自然不可能有两张床,唯一的一张被陆晚丞霸占着。林清羽心想,让他像下人一样给陆晚丞上夜是不可能的,于是他决定在软榻上将就一晚。此时刚过上元节不久,日头还未转暖,单睡一张软榻定然会受寒。林清羽看到陆晚丞的床上有一床多出来的棉被,想是侯府的下人怕他们金贵的小侯爷半夜体虚发冷,特意准备的。

既然这床锦被现下无用,林清羽也不欲客气。

陆晚丞睡梦中依旧难逃病痛的折磨,眉间轻拢着。纵然林清羽拿棉被的动作放得很轻，陆晚丞还是醒了。

两人四目相对，不等陆晚丞开口，林清羽先道："我拿被子。"

陆晚丞笑了一下："你拿。"

林清羽把被子抱到软榻上铺开，脱下身上里三层外三层的吉服。直到忙活完正要躺进去时，回过身看了眼床——很好，陆晚丞又睡着了。

次日清晨。

林清羽素来睡眠浅，陆晚丞一声轻咳便把他吵醒了。大床上，陆晚丞侧躺着，侧颜被散落的青丝挡住大半，睡姿随意，一点都不庄重。

林清羽刚从软榻上起身，外头就传来敲门声："少爷、林少主，该起了。按规矩，你们待会儿要去给侯爷、夫人请安。"

陆晚丞完全没有要醒的迹象。林清羽打开门，走在最前面的婢女是贴身伺候陆晚丞的凤芹，她端着热水进了屋。

几个婢女一半来伺候林清羽梳洗，一半去叫陆晚丞起床。林清羽换了身雪青色的袍子，长发用玉冠简单束起，寻常男子装扮的他仍是风姿绰约，只是和昨日大宴相比，多了一些清雅俊逸。

凤芹还想为林清羽上妆，林清羽道："不用。"

凤芹道："可是我瞧着昨日少主就上了妆啊。"

"你也说那是昨日。"林清羽扫了眼桌上的妆奁，烦躁道，"把这些拿下去。"

林清羽这边已经穿戴完毕，陆晚丞那头人还睡着。几个婢女围在床边，轻声细语地叫着他。

"大少爷，您该去给侯爷和夫人请安了。"

"少爷……"

陆晚丞一动不动，表情安详，双手在胸前合十，宛如一尊佛像。

凤芹不安道："小侯爷不会又昏过去了吧？"

林清羽走上前，仔细观察了陆晚丞一番，道："没有，他只是睡死过去了，强行叫能叫醒。"

凤芹不懂就问："少主，怎么才是'强行叫'呀？"

"大点声叫，或者掀他被子。"林清羽道，"但你们别忘了，他是个病人。除非你们想让他病情加重，否则别打扰他休息。"

凤芹为难道："可是，侯爷和夫人那边……"

林清羽打断她："他都病成什么样了，你们还要他去请安？规矩比他的命还重要？"在大瑜，高门大户的子女清晨都是要给爹娘请安、侍奉爹娘用茶的，这是礼仪孝道。不过，陆晚丞沉疴缠身，无法起身，若陆晚丞不去，那他大概率也不用去。

凤芹不敢做主，遣了个小丫鬟去禀告梁氏。不多时，梁氏身边的嬷嬷来回话："夫人说了，少爷难得睡个安稳觉，且让他继续睡。她和侯爷只见少主一人就够了。"

林清羽冷笑："夫人果然爱子如命。"

人在侯府，身不由己。林清羽再不情愿，也只能披上雪披，跟着嬷嬷去了前厅。

一路上，嬷嬷都在唠叨侯府的规矩，林清羽只当听不到，自动把她的声音隔绝在耳外。昨日他身心俱疲，无暇他顾，今日才得见南安侯府的真貌。他虽没进过宫，但曾随着父亲去王府上出过诊。南安侯府的富丽堂皇竟丝毫不输王府，雕梁画栋，华美贵气，可见南安侯在朝中的地位非同一般。

前厅中，南安侯和梁氏端坐于上座。南安侯年近不惑，沉默寡言，面容刚毅；梁氏风韵犹存，慈眉善目，看着是个好相与的贵夫人。

林清羽接过嬷嬷递上来的茶，不由得幻想自己在里面下毒的情景。有什么毒药，也能让他们尝一尝失去自由的滋味？

两人喝过林清羽的茶，梁氏含笑道："清羽，昨夜睡得好吗？"

林清羽回过神，道："尚可。"

"今后侯府就是你的家，你若有什么不习惯的地方，告诉母亲便是。"

"多谢夫人。"

嬷嬷嗔道："少主怎么还叫'夫人'，你得和小侯爷一样，叫'母亲'。"

这个嬷嬷，对改口一事还真是执着，干脆叫她"改口嬷嬷"好了。那么想叫，她自己怎么不叫。

林清羽垂眸道："习惯使然，一时难以改口，望侯爷、夫人恕罪。"

梁氏大度地表示无妨，只是南安侯面露不悦，道："还是要尽快习惯，免得让人看笑话。"

林清羽想着自己的双亲，隐忍道："是。"

梁氏又抿了口茶，道："你的生辰八字和晚丞的乃是相辅相成，无比匹配，你出身医家，心性坚毅纯善，定能克制病邪污秽，我和侯爷也是看中这一点，才请圣上赐旨。清羽,望你以后凡事多念及晚丞,他病榻之前也仰赖于你,让晚丞多沾沾你的福气。"

林清羽木然点头。

南安侯道:"说起来,你是太医院院判之子,又拜得名师,医术断然不会差。"

林清羽胸口一阵憋闷,是啊,他医术不差,本可以悬壶济世,救死扶伤,如今却要被困在侯府这一方天地,满身本事却只能用来趋炎附势,而罪魁祸首还在说:"晚丞的身子虽有张大夫照料,你也要跟着多看顾一下病情,别浪费了你一身的医术。"

南安侯兼着户部尚书的差事,朝中事多,说了几句就走了。梁氏送了一只翡翠玉佩给林清羽,道:"这是我从娘家带来的嫁妆,本想日后送给晚丞的嫡子,如今……"梁氏顿了顿,又是一笑,"罢了,你收着吧。"

梁氏的用意林清羽怎么会不明白,她费了这么大功夫,嘴上说着是借用林清羽的八字来克小侯爷的病邪,可谁不知道国师出的主意乃是李代桃僵之法!用他的命来承受侯府之劫,小侯爷或有一线生机!

不愧是南安侯府的人,一个比一个让人糟心,也就陆晚丞勉强能入眼。

林清羽回到陆晚丞居住的蓝风阁,随手把装有翡翠玉佩的锦盒丢给凤芹,便往书房走。凤芹道:"少主回来了,小侯爷还没醒。这都睡了多久了,真的没事吗?"

林清羽迈向书房的步伐顿住:"我去看看。"

他想看的不是陆晚丞,而是陆晚丞百年难得一见的脉象。昨夜替陆晚丞诊脉的张大夫他略有了解,的确是个有真才实学的名医。连张大夫都没见过的脉象,不见识一下未免太可惜。

林清羽走进内室,陆晚丞果然还睡着,甚至保持着他走之前的姿势。他站在床边,居高临下地看着陆晚丞。不得不说,陆晚丞不怎么像他的爹娘,容貌比南安侯夫妇精致多了。

林清羽挽起袖摆,探出指尖,还未碰到陆晚丞,手腕却猝不及防地被抓住,紧接着一个散漫的声音响起:"偷偷摸摸的,想干什么啊,林清羽?"

林清羽手上一僵:"放手。"就陆晚丞的身子,他怕自己稍微用点力挣脱,陆晚丞便会晕过去。

陆晚丞松开手,眼睛闭着,唇角却弯了起来:"别激动嘛,我又不会害你,你不用防着我。再说了,不是应该由我来防着你吗?"

林清羽被戳穿心思,镇定道:"此话怎讲。"

"你好端端一医学天才,因为我失去自由,还要对着莫名其妙的人称呼爹娘。"陆晚丞掩唇咳了数下,同情道,"你一定很委屈吧。"

林清羽眉间阴郁:"废话。换你,你不委屈?"

"所以我才说要补偿你。"

"说得轻松,你拿什么补偿我?"

"我的遗产啊。"

林清羽冷笑:"你的遗产还要我自己去争。"

陆晚丞问:"那你还想要什么补偿?只要不是麻烦费劲的东西,我都可以给你。"

林清羽想参加太医署的考试,想离开南安侯府,想去做自己真正想做的事,但他知道这几乎是不可能的。他入侯府的事是圣上亲赐,就算陆晚丞同意让他离府,也要圣上点头。

林清羽沉默半响,道:"手给我。"

陆晚丞一手握着自己另一手的手腕,警惕道:"嗯?你要干吗?"

林清羽不耐道:"给你号脉。"

"早说啊。"陆晚丞扬起手,露出一截手腕,"林大夫,请。"

屋子里烧着炭盆,陆晚丞整个人缩在被窝里,可手腕上仍是凉的。感受着他的脉搏,林清羽蹙起了眉。陆晚丞的身子虽见好,但病根未除,他能感觉到张大夫说的那一股"突如其来的生机"。陆晚丞的身体就像是一个无底洞,一点点地消耗着这股生机,除非病根尽除,否则等生机消耗殆尽,陆晚丞依旧活不过半年。而陆晚丞的病根,无药可治。

见林清羽面沉似水,陆晚丞问:"我是不是有救了?"

林清羽问:"你为何会这么认为?"

"因为你不开心啊。"陆晚丞一副事不关己的模样,"站在你的立场,我觉得你应该希望我早点死。"

林清羽忍不住问:"你真的一点不在意生死?"

"没什么可在意的。"陆晚丞笑道,"我命由天不由我。放心吧,我的灵,你是守定了。"

林清羽:"……"

03.

　　林清羽起身就走。病人自己都失去了求生欲，他还操什么心？陆晚丞早点咽气，他还能早点回到林府。

　　林清羽去了书房。他来到南安侯府，只带了两箱东西，一箱是衣物，另一箱则是医书。按照侯府的规矩，他原本能带两个服侍丫鬟过来，可他不习惯被女子贴身伺候，在林府时，是一个和他一同长大的小厮跟着他求学读书。林清羽不想让自己的小厮跟自己一样来侯府受辱，所以他孤身一人来到林府，日后能陪伴他的，大概只有那箱医书了。

　　医书中不乏一些他还没看过的古籍，也不知古籍里有没有和陆晚丞类似的情况记录在案。林清羽埋首其中，心绪总算平静下来。求学时，他的同窗都认为医书枯燥乏味，纷繁复杂，看三页就能让人昏昏欲睡，但在林清羽看来，同窗心心念念的话本有趣程度不及医书十之一二。他和他父亲一样，有着过目不忘的本事。同窗死记硬背一日才能背下来的东西，他只须看一遍便能倒背如流。父亲也曾动过让他考科举的念头，可他只想做一名医官，他喜欢病人在自己的手下一点点好起来的感觉，他想进入集天下之名医的太医院，想和他们一道钻研医术，找到各类疑难杂症的救治之方，兼济百姓。

　　他原本可以的，就差那么一点点。

　　"林少主。"

　　这声音不像是陆晚丞房中服侍的婢女，林清羽抬头，果然，是那个总让他改口的嬷嬷，姓刘。

　　林清羽有些冷淡，道："怎么？"

　　刘嬷嬷眉开眼笑地说："林少主，该用饭了。"

　　林清羽一点胃口都没有，但因为南安侯府这些糟心事伤了自己的身体太不值得："把饭菜端过来，我在书房用。"

　　刘嬷嬷连连摆手："这可使不得啊，林少主。"

　　林清羽眉头皱起："有何使不得？难道侯府还有一条'不得在书房用膳'的规矩？"

　　刘嬷嬷连忙解释道："那倒不是。就是夫人吩咐过，咱们大少爷是靠着您的福气才捡回一条命，少主是大少爷的福星，你们二人要常在一处，大少爷的病才能好得更快。"

对于这种言论，反驳只会显得自己和他们一样愚蠢。若此举真能治病，大瑜还要大夫干吗？朝廷还费尽心血培养医官干吗？病了就找算卦先生算一算八字，再找个人挡灾挡祸，万事大吉。

　　林清羽打量着刘嬷嬷，问道："嬷嬷今年贵庚？"

　　刘嬷嬷不知林清羽此问用意，仍是笑道："老婆子五十有二了。"

　　"五十二的人看着和四十二差不多。我都未必能活到五十二，嬷嬷好福气啊，想必由你伺候大少爷，他能好得更快。"

　　刘嬷嬷笑容僵住："少主说笑了。"

　　林清羽脸冷了下来："我看上去像在说笑吗？下去。"

　　刘嬷嬷脸色极不好看。她好歹是侯府夫人梁氏的心腹嬷嬷，侯府上下除了侯爷和夫人，哪个不是对她毕恭毕敬，就连几个少爷小姐，平日里也颇给她面子。林清羽算什么，说好听点是少主，说难听点不过是侯府"拿来"给大少爷续命的物事。这才入府一日，就开始和她摆脸色了？

　　见刘嬷嬷待着不走，林清羽冷冷斥道："一个下人敢对少主的命令置若罔闻，如此尊卑不分，这也是侯府的规矩？"

　　刘嬷嬷垂下眼目："奴婢不敢。只是夫人今日亲自命人用人参炖了鸡汤，让奴婢送来，少主若不和大少爷一道尝尝，就辜负了夫人的一番好意啊。"

　　人参鸡汤？蠢货，虚不受补都不知道，梁氏是嫌她儿子病得还不够重吗？

　　"亲自命人而已，又不是亲自下厨。"林清羽不再看她，翻了页医书道，"你端给大少爷便是。"

　　刘嬷嬷咬了咬牙，阴恻恻地看了林清羽一眼，端着鸡汤走了。书房里恢复平静，林清羽反倒有些心不在焉了。陆晚丞目前肠胃受损，补药入体只会让本就虚弱的身子雪上加霜。陆晚丞自小便病着，久病成医，梁氏身为他母亲，难不成连这个都不知道？一两次还行，长期这么补下去，陆晚丞的身体定然越来越虚。罢了，就当是行善积德，陆晚丞的情况实属罕见，他还想多研究些时日。

　　林清羽出了书房，来到膳厅，并未看到陆晚丞的身影。他拦住一个路过的婢女问道："少爷呢？"

　　婢女："少爷说他懒得起，要在床上用膳。"

　　卧病在床的病人，多躺躺应该的。

　　林清羽又去了卧房，人还未进屋，便道："你母亲送来的人参鸡汤，你别……"

　　坐在床上，正就着小菜喝着白粥的陆晚丞："嗯？"

陆晚丞床前摆了一面方桌，桌上放着的大多是清淡之物，只那一大锅漂着参片的黄油鸡汤在其中格格不入。看架在锅边的干净汤勺，陆晚丞竟是一口鸡汤都未喝。

陆晚丞细嚼慢咽，把嘴里的东西悉数吞下，才说道："林大夫啊，稀客稀客，你吃了吗？"

林清羽问："这人参鸡汤，可是你母亲'亲自命人'炖的，你怎么不喝？"

陆晚丞用帕子擦了擦嘴，漫不经心道："她送来的东西，我是不会吃的。"

林清羽奇道："为何？"

"说了让我多活半年，少一时一刻都不是半年。她们要是想早点送我走，那我可得闹了。"

林清羽越发觉得奇怪："她们又为何会想早点送你走？"

陆晚丞眼睛一眨："你猜猜？"

林清羽一阵无语："你是不是觉得自己很风趣？"

陆晚丞蓦地笑出声来，不慎笑过了头，呛到了自己，连连闷咳，咳得一张俊颜泛起浅红。

林清羽完全不知道陆晚丞在笑什么。但不难看出，陆晚丞和梁氏的关系，似乎不像表面上那般母慈子孝。

看到一旁伺候的婢女忙着替陆晚丞拍背顺气，林清羽伸出去一半的手又收了回来："有什么可笑的？"

陆晚丞止住咳，气息里都是笑意："我这个人呢，风趣只有一点点，还是很知趣的。"

林清羽不屑："你这破身体，天天靠药吊着也不见起色……"

"你是对的。"陆晚丞叹气，"这具身体真的要硌硬死我了，要是换成我自己的……"

"你这是何意？"

陆晚丞笑了笑，答非所问："来都来了，林大夫坐下来吃个饭吧。这鸡汤我不能喝，你还是可以的。"

林清羽道："你让我坐哪儿？"

陆晚丞左右看了看："要不，你也坐床上来？"

林清羽毫不领情："免了，你自己吃吧，告辞。"

"等等。"陆晚丞叫住他，"我有样东西想送给你。我刚刚看了客人送的贺礼礼单，发现有一件贺礼很适合你。"

林清羽看也不看："不要。"

陆晚丞"啧"了一声："你好歹先看一眼，看一眼又不累，花露——"

花露是除凤芹之外另一个在房内贴身伺候的婢女，生得颇为灵动可爱。她呈上一物，笑道："要不是大少爷告诉我，我还不知道这是什么呢。"

林清羽"纡尊降贵"地瞥了一眼，不由得一怔。花露拿给他的，是一个类似布袋的东西，用的是皮质的料子，可以轻松卷起来，摊开只有薄薄的一层，放不了什么东西。寻常人可能看不出，但医者看一眼便知道，这是一个针灸袋，里面的夹层是用来插针的。林清羽不由自主地探出手，轻抚着那手感上乘的皮袋，长睫微颤，眼眸深沉。

陆晚丞笑吟吟道："喜欢吗？"

南安侯府大喜，送来贺礼的都是京中高门权贵。林清羽拿起桌上的礼单大致看了看，其中大多是金银玉器、古董字画，一个小小的针灸袋放在里面太不够看了，可陆晚丞偏偏就要把这个送给他。

林清羽看着袋子外用金丝线秀的贺词，嘴角扯出一个自嘲的笑容："多谢小侯爷好意，可你送我这个有什么意义？"

陆晚丞拳抵着唇咳道："怎么没有，你日后用得上。"

"哦？给你一人用吗？"

陆晚丞笑容渐退，沉默半响，道："对不起，我不是这个意思。我只是……"说到一半，竟是不正经起来，"你不要就不要，不要生气嘛。虽然林大夫生起气来也非常养眼，但气多了对身体不好。正所谓'为了小事发脾气，回想起来又何必。你若气死谁如意，况且伤神又费力'。"

林清羽冷静道："我没有生气。"

陆晚丞朝花露招招手，花露俯身把耳朵凑过去："怎么啦少爷？"

陆晚丞道："有人在生气，但我不告诉你是谁。"

林清羽："……"

"嘘。"陆晚丞在唇前竖起食指，看向窗外，"我那个母亲来了。"

林清羽冷笑："你嘘什么嘘，话最多的就是你。至于你母亲，大概是来兴师问罪的。"

陆晚丞摸着下巴道："让我猜猜，是不是她让你照顾我，但你懒得理她？"

诧异之下，林清羽都忘了生气："你怎么知道？"

陆晚丞笑得意味深长："我知道的事可多了去了。"

林清羽稍作思考，忽而一笑。他撩起袖摆，端起陆晚丞喝到一半的清粥："小侯爷，我喂你喝粥。"

陆晚丞："……呃。"

外头，梁氏在刘嬷嬷的搀扶下进了院子，凤芹迎了上去，道："见过夫人。"

梁氏问她："少爷呢？"

"回夫人的话，少爷在卧房用膳。"

"少主可有同他一起？"

凤芹摇摇头："少主独自一人在书房。"

刘嬷嬷低声道："夫人，您也听见了，奴婢同您说的话全是从少主那里原原本本听来的。"

梁氏扶了扶鬓边的步摇，淡淡道："我自是信你。走吧，进去瞧瞧。"

刘嬷嬷走得飞快，在前面为主子开着路："大少爷昨夜才醒，正是需要人伺候的时候。虽说房里有丫鬟，可哪里及得上林少主亲自照料啊！这还只是头一日，林少主便如此怠慢，这哪对得起咱们侯府……"

人人都道南安侯夫人是个脾气温厚的，此刻也不免沉下脸来，加快了步伐。两人几乎是火急火燎地冲进了内室，之前的布置还未来得及拆下，陆晚丞半躺在床上，林清羽坐于他身侧，一手端着粥碗，一手将粥勺递到陆晚丞嘴边，道："小侯爷。"

陆晚丞调笑道："有点烫，你吹一下。"

林清羽眯起眼睛，目光像是要在陆晚丞的笑脸上戳个洞。

梁氏和刘嬷嬷双双愣住，直到陆晚丞朝她们看来："母亲怎么来了？"

梁氏皱起眉，又很快松开，柔声道："母亲来看看你胃口如何。"说着，若有似无地扫了刘嬷嬷一眼。

刘嬷嬷气急败坏，压低声音质问："你不是说少主在书房吗！"

凤芹茫然道："方……方才少主确实是在书房啊。"

林清羽放下粥碗，起身道："夫人不久前才遣刘嬷嬷来过一次，此刻怎么又亲自来了？是想亲自确认小侯爷有没有好好吃饭吗？"

陆晚丞笑道："外头这么冷，母亲还来看我吃饭，我有被感动到。"

梁氏勉强笑道："当母亲的，哪有不疼孩子的。晚丞，母亲给你送的鸡汤你喝了吗？"

"我想喝来着，"陆晚丞看向林清羽，"他不让我喝。"

林清羽不慌不忙道："书上曾言'祛邪务尽，方能进补'。小侯爷现下体虚，太猛的补剂只会对他的身体造成负担。此乃常识，夫人不会不知道吧？"

梁氏脸色越发难看，张了张嘴："我……"

"母亲自是知道的。定是下人疏忽，忘记提醒了。"陆晚丞言笑晏晏，"你说是不是，刘嬷嬷？"

刘嬷嬷悄悄看向梁氏，见其不与自己对视，心里明白了大半，硬着头皮跪下："是是是，是奴婢的错，奴婢该罚。"

不等梁氏说话，陆晚丞便道："清羽，你想怎么罚？"

"事关小侯爷的尊体，不得不小惩大诫，以儆效尤。"林清羽道，"按照侯府的规矩，应当罚月例三月，做苦差一月。"

陆晚丞点头："我觉得可以，但我觉得没用，要母亲觉得。"

梁氏勉强笑道："就按清羽说的办。"

之后梁氏显然心不在焉，略略坐坐就带着刘嬷嬷走了。待房内只剩下两人，陆晚丞问："刘嬷嬷怎么招惹到你了？"

林清羽道："她两次让我改口。"

"改什么口？让你叫我哥哥？"

林清羽冷着一张如玉的容颜："……嗯。"

陆晚丞失笑："好记仇啊林大夫。"

林清羽一记眼刀过去："很好笑？"

陆晚丞忍着笑："那我不笑了。不过，你又是怎么知道侯府规矩的？"

林清羽淡淡道："刘嬷嬷非要告诉我，我已经尽力不去听了，但记性太好，没办法。"

陆晚丞低笑着自语："可恶，'被你装到'了。"

林清羽没听明白："'装'是何意？"

陆晚丞："就是你很厉害的意思。"

04.

这一日事情太多，到临睡前，林清羽才发现自己失算了——他忘了叫人在书房里收拾一张床铺出来。他原本想着在书房伏案睡一晚，不料陆晚丞竟让花露来请他回房睡。

林清羽沉着脸来到卧房。陆晚丞喝完药正准备就寝，看见他随即露出笑容："来了。"

林清羽直截了当地问："你什么意思？"

陆晚丞不解："什么什么意思？"

"你不是说，我们不必把这件事当真吗？"

陆晚丞嘴角噙着一丝笑意："对啊。"

"那你为何要我回来睡？"

陆晚丞了然笑道："你误会了。我请你回来睡不是为了让你给我倒夜壶……"

简单直接的三个字让林清羽脸上一顿，语气僵硬："你好歹是侯门少爷，说话能不能庄重一些？"

陆晚丞庄重道："我只是想到，你也没其他地方睡吧？"

林清羽深吸一口气，决定不和陆晚丞计较："有话直说。"

"我是想蹭蹭你的福气。"陆晚丞若有所思道，"我总觉得，和你在一起的时候，我的身体能轻松一些，你也能随时注意我的情况。"

林清羽一顿："你是认真的？"

陆晚丞点头："认真的。"

林清羽嘴角微动，嗤笑出一个"蠢"字："没想到你也信这些。"

他还以为陆晚丞和南安侯府其他人不一样，是他想错了。

"我曾经比你还不信，现在有点信了。"陆晚丞缓声道，"林大夫，你相信人生会像游戏一般，可以'读档'吗？"

林清羽问："何为'读档'？"

"大概就是换个身份，人生还能重新来过。"

林清羽果断道："不信。"

"为何？"

"因为我没见过。"

"可我见过。"

"那想必是你看错了。"

陆晚丞幽幽道："唉，就知道没人信。"

林清羽拧着眉："所以，你也信了国师的鬼话？"

要不是国师拿出的生辰八字,也没有后面的麻烦事。国师的大名,自然也在他的记仇大名单上。

"国师……"陆晚丞沉吟道,"你提醒我了,有空我是该去见见大瑜这位'通天地,知鬼神'的国师。"

林清羽不客气道:"你先让自己能从床上起来再说吧。"

国师虽不沾染政事,但其身份尊贵堪比天潢贵胄,常被圣上召入宫中伴驾。陆晚丞想要见他,只有去求见的份儿。

陆晚丞回过神道:"先不说这个。林大夫,你看看花露替你准备的软榻。"

"……什么榻?"

林清羽这才注意到,他昨夜睡的软榻上,被铺上了厚厚的床褥和棉被,还放着一个软枕,俨然成了一张小床。林清羽一时之间没了表情,也不知是该夸还是该骂。

陆晚丞大方道:"既然是兄弟,我也不能亏待于你。我们可以轮流睡软榻。"

林清羽离家求学时,曾随着恩师云游四方,有时也会和师兄师弟同住,打地铺的情况都有,因而睡软榻其实不算什么。

无论如何,睡软榻比睡书桌舒适,也顺便省了被梁氏知道他和陆晚丞分房而眠,借题发挥的麻烦。

林清羽拿定主意,道:"不必轮流,我睡即可。"

夜渐深,侯府里的灯一盏接着一盏熄灭。两个相识不过一日的男子,一人睡在床上,一人躺在软榻上,中间隔着一道绣着花鸟图案的屏风。

陆晚丞白日睡得太多,这会儿睡意倒不重。他双手交叉在脑后枕着,和林清羽闲聊:"林大夫,你今年几岁了?"

林清羽闭着眼,兴致不高地说:"十八。"

"以正常观念论,你大概比我大几个月。我以后叫你'羽哥'怎么样?"

林清羽问:"你头疼吗?"

陆晚丞感受了一下:"不疼。"

"我还以为你病坏了脑子,忘了自己的年龄。"

"哎,我几岁了?"

这人到底是真蠢还是装蠢?睡前烦躁不宜养生,林清羽尽量心平气和:"比我大。"

"还有这种好事?"陆晚丞笑道,"那换你叫我'晚丞哥哥'。"

林清羽翻了个身，只留给陆晚丞一个后脑勺："睡吧小侯爷，梦里什么都有。"

陆晚丞低低笑出了声，自言自语地叹息："脾气超坏的大帅哥，这么'带感'的'人设'居然不是主角……"

夜色沉沉，林清羽身心俱疲，放任自己沉于梦中。

大瑜重医学，除了宫内的太医院、御药局等，还在宫外设立了太医署，专门培养和选拔医药良才。和科举类似，太医署每隔三年会举办一场考试，不论出身门第，不论从师何人，只要能通过考核，便能入太医署，阅天下奇书，赏世间珍材，和朝内外的各大名医共事。有朝一日学成，或进宫，或著书，或远行他国研习。

太医署，医者之圣所，多少人挤破了脑袋想进去，其考核选拔之严格，说是万中挑一也不为过。林清羽天赋异禀，才华出众，恩师曾断言他一考必中。可他仍不敢懈怠，为这场考试心无旁骛地准备了三年。

终于到了考试的这一日，他和几个同窗候于考场之外。少年意气，成竹在胸，谈笑风生，在他身上丝毫不见旁人的紧张忐忑。

考场的朱红大门缓缓打开，林清羽眼中亮着光，他一步步地走上台阶，向着他理想的圣所走去，眼看就要触碰到那一束光，一个陌生的声音叫住了他。

那是一个穿着太监服的男子。林清羽看不清对方的脸，只能看见他手中捧着的明黄色的圣旨。

"圣旨到，林清羽接旨——"

林清羽转过身跪下听旨。其他考生仿佛一点都不在意这突如其来的变故，一个接一个走进考场，在林清羽身后形成一道道虚影。

"奉天承运，皇帝诏曰，南安侯之子陆晚丞，自幼才智超群，恭宽信敏惠。然及近弱冠之年，缠绵病榻日久，每每念及南安侯之忧惧日盛，朕甚悯焉。今有太医院院判林汝善之子林清羽，人品贵重，行孝有嘉，可堪大任，兹与南安侯拜为父子，入侯府辅佐太医署疗治陆晚丞，助其早日康复，日后父子兄弟勠力同心，于社稷有功，于百姓有为，则天下幸也。"

林清羽骇然抬头，那道明黄色的光芒刺得他几乎睁不开眼。他向前伸伸手，正欲起身，太医署的门"砰"的一声合上。

林清羽从梦中猛然惊醒，寂静之中，唯有他的喘息之声。心跳渐渐平复，可郁结和不甘却如浓稠的墨一般，在他心中散不去，化不开。

梦和现实是不一样的。现实中，传旨的太监直接去了林府，之后他便被取消了考试资格。还没等到考试的那一日，他就成了南安侯府的义子，从此仕途无望。

离天亮尚有一个时辰，林清羽睡意全无。他下了软榻，想给自己倒杯茶喝，忽然听到一阵刻意压低的呻吟。

是陆晚丞的声音。

林清羽点燃一盏灯，快步走至床边："陆晚丞？"

陆晚丞蜷缩在床上，身子微微拱起，双目紧闭，面容稍显扭曲，长发因冷汗沾在脸上。

林清羽又唤了声："陆晚丞？"

陆晚丞睁开眼，视线涣散："林大夫？"

"是我。"

"林大夫，我有点难受。"

林清羽为陆晚丞探了探脉，确定他是犯了心悸。

"我知道。"林清羽对待病人时，语气总会不自觉地暖上几分，"胸口难受，对吗？"

陆晚丞点点头。

"你忍忍，我去去就来。"

陆晚丞虚弱道："你是要去拿刀吗？"

林清羽莫名其妙："我拿刀干吗？"

陆晚丞："'补刀'？"

"……我暂时对杀你兴趣不大。"虽然之前他确实动过给陆晚丞下药，让他不能随便动弹的念头。若不是昨晚陆晚丞表现良好，且对自己进入侯府一事并不知情，否则陆晚丞说不定现在已经成了半个死人。

林清羽在他放衣物的箱子里拿出一个木制的医箱，里面有不少他的得意之作，大部分是毒药，当然也有一些治病救人的良药。

林清羽回到床前，手里多了一个瓷瓶和一个针灸袋："这是镇心丸，能缓解你的心悸。你要不要吃？"

陆晚丞道："凑合吃吧。"

林清羽扶起陆晚丞，将镇心丸喂到他口中："以防万一，我再为你扎两针。"

陆晚丞似想到了什么年少时的阴影，撑着手臂想要起身："扎针？"

"就是针灸！"

"哦。"陆晚丞躺了回去,"那你轻点。"

林清羽不耐烦道:"我就要用力。"

陆晚丞:"……"

林清羽沉了口气,扎针是个细致的活儿,他必须全神贯注。

"林大夫,我是不是又要死了?你能救就救,不能别勉强。"陆晚丞长叹一声,"我这才睡了几天自然醒啊……"

"闭嘴。"林清羽额间沁出薄汗,眼中荡着光,专注地扎下第一根针,"不会让你死,至少今夜不会。"

吃了药,用了针,陆晚丞的症状得到缓解,很快就睡了过去。林清羽松了口气,抬眸看向窗外,天边已泛起鱼肚白。

等到日上三竿,陆晚丞还未醒,花露担心不已,总是忍不住去探他的鼻息。林清羽见状道:"你若真那么闲,就去把院子里的地扫了。"

花露道:"少主,少爷已经睡了六个时辰了……"

林清羽不以为意:"病患是睡得多些。"还未等花露松了口气,他又说了一句,"不过他确实是太能睡了。他以前很缺觉?"

花露摇摇头:"不是啊,少爷体弱,常年躺在床上,向来是困了就睡的。"

林清羽闻言若有所思。

陆晚丞直到未时才悠悠转醒,林清羽被叫去床前,接受他的道谢:"林大夫,昨夜幸亏有你,不然我怎么死的都不知道。"

林清羽见他气色不错,嘴上也懒得再留情:"那自然是病死的。"

"大恩大德,无以为报。我决定了,我要为你做一件费劲的麻烦事。"

林清羽漠然:"你睡前少说几句话,还我清净便可。"

"唉,"陆晚丞叹气一笑,"我这是被嫌话多了啊。"

两人说着话,凤芹进来禀告:"少爷少主,三小姐来了。"

凤芹口中的"三小姐"是陆晚丞的妹妹,林清羽还没见过。

陆晚丞边想边慢吞吞道:"三小姐……她来做什么?"

林清羽道:"自然是来探病的——我就不打扰你们兄妹了。"

陆晚丞拉住他的袖摆:"你看看你这性子急的,我又没说要见她。"

凤芹惊讶道:"少爷不见三小姐吗?往常你们关系可是最好的。我看三小姐还带了她亲手做的护膝,肯定是要送给少爷的。昨日她也来过一次,得知少爷睡着,就先回去了。"

林清羽对南安侯府的人没好感，但陆晚丞又不是他，妹妹几次三番来探望，做兄长的哪儿能视而不见。

林清羽道："你这次不见她，她下次还会来。自家妹妹，你躲什么？"

"我没躲，我就是懒得和她们装模作样。"陆晚丞稍作思索道，"要不这样——凤芹你去回话，就让她当我死了。"

说完，陆晚丞朝里翻了个身，留给其他人一个孤单又倔强的背影。

05.

精心养了几日，不管内里如何，陆晚丞表面上好转了不少。林清羽认为他可以尝试下床走两步。陆晚丞听取他的建议，下了床，艰难地走了两步，深感四肢无力，全身发软，又躺了回去，心安理得地道："世上无难事，只要肯放弃。我选择放弃。"

林清羽问他："难不成你剩下的时日都打算在床上躺着了？"

陆晚丞："这有什么不好吗？"

林清羽："……没，你躺。"

一向信奉勤学苦读、发愤图强的林清羽见不得陆晚丞那半死不活的模样，一整日都未踏入房中——眼不见为净。

这日，是林清羽被允许回林府探亲的日子。

林清羽不愿承认自己已是他人之子，他确实挂念家中亲人。离家不过数日，他却感觉有数年之久。

一大早，梁氏便遣了个管事到蓝风阁来。在管事的张罗下，家丁搬来两箱礼，说是夫人让少主带回去的。

花露年纪不大，心直口快道："什么嘛，这才两箱？夫人给丫鬟的赏赐有时都不止这么一点啊。"

那管事赔笑道："花露姑娘这便不懂了。少主能成为侯府义子，对林院判一家已是极大的殊荣，若再给如此多的赏赐，岂不是让少主受宠若惊？"

说起来，当日林家为林清羽准备认亲的孝礼时，他强烈要求能少则少，最好什么都不带。父亲准备的古董珍藏、名贵瓷器，母亲准备的金银珠宝、良田地契，他一样都没拿。把这些带进南安侯府，只会脏了他们林府的东西。

林清羽深知，父母从不在意这些身外之物，所求不过是他平安顺遂，思及此，他眸光暗了暗，道："这两箱东西也不用带了。"

管事一愣，还以为自己听错了："少主的意思是……"

"留着给侯爷夫人慢慢用。"

花露也没经历过这种事，但她知道林清羽刚成为侯府少爷，首次回林府探望，自然要讲究脸面好看，她劝林清羽："林少主，您多少拿一些吧，如果真的空手回去，肯定要被人指指点点。"

"林府被指指点点的还少吗？"林清羽淡淡道，"让他们指。"

那边管事正心下嘀咕着，便听见林清羽问他："车备好了吗？"

"备好了。还有一事，夫人让小的告诉少主。"管事清清嗓子，道，"夫人说，大少爷身子未完全好透，外头冷，大少爷怕是遭不住，就不跟随少主去林府了。"

林清羽平静道："放心，我也没打算带他回去。"

林清羽独自一人上了马车。南安侯府和林府相隔大半个京城，一来一回也要大半日。

途经永兴街时，林清羽让驾车的马夫停下，道："在这儿等着。"

永兴街是京城最繁华的街道，街道两旁尽是店铺，绢布瓷器、酒肆茶肆等应有尽有。林清羽走进一家酒肆，要了两壶佳酿，之后又去隔壁点心铺子买了几斤蜜饯小食。他回家，带这些就够了。

林府知道林清羽今日会回家，一早就敞开了大门。等到时辰差不多了，林母便带着小儿子，还有从小跟着林清羽长大的小厮一道站在府门口等候。

眼看马上要到家，林清羽推开车窗，远远就看到一个垂髫小儿蹦蹦跳跳冲马车挥着手。这是他年仅六岁的弟弟，林清鹤。林清羽绷紧多日的心，总算松快了一些。

林清羽一下马车，幼弟就扑进他怀里："哥哥！"林清鹤正是换牙的年纪，门牙缺了两颗，说起话来还会漏风。

"少爷！"小厮欢瞳激动不已，仿佛自家少爷不是从南安侯府回来，而是从战场上回来。

林清羽摸了摸弟弟的脑袋，又朝一旁的温婉妇人看去："母亲。"

林母眼中含泪："回来就好。"她朝马车上看了看，颇为紧张，"小侯爷和你一同来了？"

林清羽搬出陆晚丞的话术："小侯爷卧病在床，不宜出门，他让我们当他死了。"
　　林母一脸震惊："这……"
　　林清羽安抚地笑了笑："在家就不提旁人了，父亲呢？"
　　"你父亲的一个门生今日来府上拜访，他正在厅中待客。"
　　林清羽问道："哪个门生？"
　　林母道："谭启之。"
　　林清羽脸上笑意微敛："真会挑日子。"早不来，晚不来，偏偏在他回府的时候来。
　　谭家经营着京中最大的药铺，谭启之是林父的门外弟子，林清羽和他算有几分交情。但交情归交情，若只论喜好，林清羽并不想和此人有过多来往。这人总是一厢情愿地和他人明争暗斗，次数一多着实让人厌烦。和谭启之相较，连陆晚丞都显得惹人喜爱。
　　无论如何，陆晚丞没来让林母松了口气。她和夫君都只念着儿子，小侯爷若是真来了，他们一家人反倒会拘谨。
　　"都别在门口站着了，进去吧，母亲备下了你最爱吃的梅花糕。"
　　林清羽问："是母亲亲手做的吗？"
　　林母莞尔："那是自然，别人做的哪能入得了你的口。"
　　林清羽清浅一笑，周身的凛冽清寒仿佛化成了一缕春风，看得驾车的侯府车夫愣怔出神——这还是他们那个谁都不理、成天冷脸对人的少主吗？
　　林清羽甫一进门，就瞧见谭启之迎面而来："清羽兄，可算把你给等来了！"
　　谭启之相貌端正，一身书生气质，乍看之下像是个青年才俊。
　　林清羽对谭启之微微颔首，接着朝主位上的男子行了个家礼："父亲。"
　　林父不会像林母那样喜怒形于色，只见眸光微闪，道："回来了。"
　　谭启之看着门外，问："怎就你一人？小侯爷呢？"
　　林清羽冷漠道："他没来。"
　　谭启之面露惊讶："小侯爷人未到，却连封拜帖也没有吗？"
　　"怎么，你想替他写？"
　　林父斟酌道："想是小侯爷病体未愈，不宜出门。"
　　就算是病体未愈，不宜出门，怎会连封拜帖都没有？谭启之不加掩饰地打量着林清羽。林清羽今日穿了一身素白的衣裳，他身量本就清瘦，清风入袖，腰若约素，美是美，就是太素净了，哪配得上侯府义子的身份。

他差不多明白了，林清羽这是没讨到南安侯府欢心呢。

"清羽兄果然是风华依旧啊。"谭启之笑道，"不过，都已是南安侯府的人了，为何还穿得如此简单素净？"

林清羽上下扫了谭启之两眼："我自然和谭兄比不了。谭兄紫色鲜衣，腰间环佩，贵气逼人，谁能比你更像高门义子？"

谭启之面容扭了扭，很快又恢复如初："清羽兄说笑了。提及高门……清羽兄定带了不少探亲礼回府，赶紧拿出来，也让为兄见识见识天家富贵。"

林清羽拎起手里的两壶佳酿："这里。"

林父见状，与他相视一笑。

谭启之瞪直了眼："这……"

林清羽即便不得南安侯欢心，到底也是皇上亲自下旨收入侯府的义子，探亲礼怎么可能如此寒酸？

"还有几斤蜜饯小食，"林清羽语气淡淡，"谭兄可要尝一尝？"

林清鹤听见有蜜饯，兴奋道："我要吃蜜饯，谢谢哥哥。"

谭启之用玩笑的口吻道："清羽兄莫不是把好东西都藏起来了，不想给老师和师娘吧？"

林父道："莫要胡言。夫人，烦请你把酒拿去温一温，待会儿我和清羽、启之小酌几杯。"

谭启之为难道："老师，这恐怕不合规矩啊。"

林父问："如何不合规矩？"

谭启之欲言又止："清羽兄已是鱼跃龙门，我岂敢高攀。"

林父面色一沉，谁都能听出来，谭启之是在说林清羽是为了攀附权贵，自愿入的侯府，名为恭维，实则讥讽。

"确实不合规矩，家宴之上，岂容外人。"林清羽表面从容淡定，脑子里已经在想什么毒药才能配得上谭启之这张嘴，"那谭兄还等什么？慢走不送。"

谭启之哑然，显然是没看到好戏，暂时还不想走，他干笑一声，道："实不相瞒，我此次来府上，除了向老师问安，还有一事相求……"

话未说完，一个管事匆匆来禀："老爷夫人，那位来了！"

林清羽寒声道："那位是谁？乱叫什么。"

"就是小侯爷！"跟在管事身后的欢瞳道，"是南安侯府的小侯爷来了！"

林清羽有些讶异，这个时辰陆晚丞不在床上睡他的觉，到林府来做什么？林清羽收敛了一下情绪:"我去看看。"

林父沉声道:"我们也去。"

陆晚丞到底身份尊贵,他们若不出门相迎,怠慢人家,难免落了有心人的口实,万一再传去南安侯府,林清羽的处境怕是会愈发艰难。

谭启之眼珠一转,也跟了上去。

林清羽刚到院子,就见陆晚丞坐在轮椅上,由一个小厮推着进来。两人四目相对,陆晚丞弯唇一笑,端的是芝兰玉树、谦谦君子:"清羽,你回林府,居然不带我。"他见林清羽脸色阴沉,压低嗓音道,"不是吧怎么又生气了……在自己家为什么还会生气?"

这几日陆晚丞的脸上养出了一些血色,但肤色依旧比寻常人苍白。他手中捧着一枚精致的暖炉,身上穿着一套绯红的衣衫,还披着一件雪披,腿上盖着雪白的狐裘,丝毫不显臃肿,虽病着,整个人却是华贵俊美,更显玉质金相。

陆晚丞瘫在床上时,和腌过的咸鱼一般,下了床……倒是人模狗样的。

林清羽来不及说话,父母就走了出来。陆晚丞微微侧眸,身后的小厮心领神会,一手接过暖炉和狐裘,一手将他搀扶起来。陆晚丞站稳后,朝林父林母躬身拜道:"拜见林院判,林夫人,小侄来迟了。"

仪态雍容,大方得体,正是高门贵公子该有的风采。

林清鹤躲在哥哥身后,瞪着大眼睛看着陆晚丞:"哥哥,这个人好好看呀。"

林清羽冷眼旁观:"错觉。"

林父道:"小侯爷不必多礼,你有病在身,坐吧。"

陆晚丞坐回轮椅,目光落在谭启之身上:"这位是?"

"见过小侯爷。"谭启之上前恭敬道,"在下谭启之,乃是林院判的门生。京城的'常熹和药铺'便是我家开的。"

陆晚丞嘴角带笑:"嗯?常什么和?"

谭启之忙道:"常熹和。"

"什么熹和?"

谭启之意识到自己被耍了,可是对方身份不一般,再如何耍他他也只能笑脸相迎:"是常熹和。"

"常熹什么?"

这都是什么跟什么。

林清羽打断二人:"冷风萧瑟。父亲母亲,你们先进屋。小侯爷交予我即可。"

林母朝林清鹤伸出手:"清鹤,别总黏着你哥哥,到娘亲这儿来。"

林父林母先行进屋,谭启之也跟着离开。

林清羽压低声音询问陆晚丞:"你吃错药了?"

单独和林清羽说话,陆晚丞也懒得再装,眉眼低垂,一副被累到的模样:"我是来给你撑场子的。"

"不需要。"事出反常必有妖,林清羽皱起眉,"平常这个时候你根本没起床。"

"是啊,我努力了好几次才起床成功。"陆晚丞笑道,"我为你做到这种地步,就是为了报答你对我的喂药扎针之恩。怎么样,感动吗?"

林清羽凉凉道:"并不。"

陆晚丞扬了扬眉:"那我走?"

林清羽略作思忖,道:"也好,你找个借口回侯府吧。"

陆晚丞一愣,顿时为自己感到不值:"……过分了兄弟。"

06.

陆晚丞的神情中透着天大的委屈,仿佛他是上了刀山,下了火海,历经艰难险阻才来到林府,结果林清羽还不领情,直要赶人走。林清羽看得想笑,陆晚丞不过是比平常早起了一个时辰,出了侯府上马车,下了马车坐轮椅——这有什么可委屈的?有一个谭启之已经够糟心了,陆晚丞又跑来凑热闹。他只想和家人好好吃一顿饭,为何这么难。

见林清羽不为所动,陆晚丞被迫释然。他人来了,也带了礼来,给足了林清羽面子,喂药扎针之恩他报得差不多,回府睡大觉也挺好,外面真的有点冷,装成贵公子的模样也怪累人的。

陆晚丞耸耸肩:"行吧,那我就说临时有急事。"

林清羽还没回话,一个小脑袋从里屋探了出来:"哥哥,你们怎么还不进来?"

林清鹤说着,向陆晚丞投去好奇的目光,陆晚丞向他回以微笑。

林清羽道了声"就来",对陆晚丞道:"那你……"

陆晚丞道:"按照礼数,我是不是该去向你爹娘道个别?"

"你方才不是挺懂的,怎么还要问我?"

陆晚丞笑道:"林大夫都这么说了,看来我刚才装得不错。"

林清羽推着陆晚丞入内，林家人已经为陆晚丞留好了位置。

厅中燃着炭盆，比外头暖和，又不会让人觉得沉闷，酒香飘散，角落里摆放着两盆冬竹盆景，平添淡雅清新之感。林家人口味偏淡，桌上的菜肴以清淡为主，其中一道白里透着浅红的糕点，好似开得热烈的红白梅交织在一处，叫陆晚丞不由得多看了两眼。

林父道："小侯爷，这边请。"

陆晚丞顿了顿，笑道："饭我就不吃了，我是来向二位告辞的。"

"哦？"谭启之意味深长地瞄了林清羽一眼，"小侯爷怎么刚来就要走，竟是连饭也不吃了？"

陆晚丞低咳两声，道："我这身子怕是支持不了多久，得回去躺着……见笑了。"

林母道："从林府到南安侯府少说要一个时辰，马车颠簸，小侯爷不如先在府上休息，待见好再回去。"

陆晚丞面露难色，看向林清羽："这……清羽，你怎么看？"

林清羽眼中透出几分戏谑来。陆晚丞不用"临时有急事"当借口，而是说自己身体不适要回去休息，但凡有脑子的人，都能看出他的意图。这是在林府，他的父亲是太医院院判，官职虽不高，却是天子近臣，在宫中负责照料皇上、皇后及后宫嫔妃的尊体，医术自然毋庸置疑，称其为大瑜之最都不为过。在他面前说自己身体不适，这已经是明示了。

林清羽看破不戳破："随你。"

陆晚丞这才道："那我便恭敬不如从命了。"

入席前，林清羽推着陆晚丞去一旁净手，道："饭后让我父亲替你把把脉。"

陆晚丞可有可无："没什么必要，我这是绝症，治不好的。"

"别装了，你留下不就是为了这个？"

陆晚丞慢条斯理地洗着手，坦然道："不是，我就是想尝尝那个梅花糕，看上去很好吃的样子，我有点饿。"

放在其他人身上，林清羽断不会信这种鬼话，可陆晚丞这么说，他居然觉得是真的。对懒鬼来说，除了睡，自然是吃更重要。

林清羽转过身，见谭启之还在，懒得再和他拐弯抹角，直言道："你方才言不敢高攀我，为何还不走？"

谭启之似早有准备，笑道："今日有幸目睹小侯爷风采，私以为，小侯爷光风霁月，胸襟广阔，定不会像某些迂腐之辈般，拘泥于尊卑之分。我不过想给老师敬几杯酒罢了，小侯爷不会介意吧？"

陆晚丞笑道："当然。都是自己人，不用太过拘束。"

林清羽冷冷地扫了陆晚丞一眼，有点后悔那夜给陆晚丞针灸时，没在他身上多扎几针。成事不足败事有余，陆晚丞真会替他找麻烦。

谭启之落座之前，陆晚丞忽然问："谭兄可曾与兄弟结伴远游？"

谭启之道："回小侯爷，在下确有。"

陆晚丞又问："那你们可曾归家探望父母？"

"这是自然。"

"那你为何还在这里？"

席间诸人面面相觑。

谭启之不解道："小侯爷的意思是？"

陆晚丞道："你们归家探亲之时，应该也不喜与'外人'同席，影响你们一家团聚吧。"

林清羽瞥他一眼，只觉这人连眼睛里都酝酿着坏水。

谭启之脸上的笑容快挂不住了："小侯爷说笑了，我与兄弟怎会在意此等小事。"

"那可说不准。"陆晚丞轻笑了声，"依我看，今日的酒就算了吧。下次，下次一定。"

陆晚丞的逐客令连六岁的林清鹤都能听出来，更别说是这些大人，林清鹤仰头问林母："娘亲，这个人要走了吗？"

林母为难道："这……"

谭启之自诩读书人，场面尴尬到这种地步，他脸皮再厚也不得不给自己找台阶下："今日是清羽兄回府探亲之日，我一个外人在确实有些不妥。谭某就先告辞了，改日再来拜老师和小侯爷。"

林父本就因谭启之之前所言心生不悦，自不留他，吩咐欢瞳送客。

谭启之走到门口，还听见陆晚丞的声音从身后飘来："有一事险些忘了。今日清羽走得匆忙，把五车的探亲礼忘了，好在我及时发现，命人将礼带了过来，现下马车就停在林府门口。"

谭启之一咬牙，一把扯下腰间的玉佩。

按照辈分，林父坐主位，林母次之，林清羽和陆晚丞坐在一处。只见他们一人轻声低语，一人侧耳倾听，似在说着什么不能为外人道的话，俨然一副情同手足、兄友弟恭的模样，看得林母和林父交换了一个复杂的目光，殊不知，他们的对话是这样的。

林清羽："谁让你带东西来了，待会儿拿回去。"

陆晚丞："我知道你嫌南安侯府的东西，但这些都是能卖银子的啊。人生在世，干吗和银子过不去？等我死了，你拿着陆家的银子吃香喝辣、金屋藏娇，看他们哭哭啼啼地给我上坟，岂不痛快？"

林清羽想象了一下那个画面，眯起眼睛，转头吩咐下人："叫人把东西搬进府。"

陆晚丞乐呵呵地伸手去夹他垂涎已久的梅花糕："这就对了嘛。"

饭后，林父主动提出："小侯爷的病情我略有耳闻。小侯爷若信得过，可否让我一观？"

陆晚丞摆出一副惊喜的表情："求之不得。"

林父颔首道："小侯爷请随我来。"

林清羽推着陆晚丞去了林父的书房。林父净手后，拿出一方暖玉制成的脉枕垫在陆晚丞腕下，闭目探脉。一时间，房内鸦雀无声，从林父的表情上也看不出什么。探完脉，林父又问了陆晚丞几个问题，陆晚丞一一照实回答。

林父道："小侯爷的病根是天生所有，治标易，治本难。平日一定要精心休养，切忌深思操劳。"

林父的话模棱两可，不过是老生常谈，陆晚丞也不多问，略显疲惫地笑着："有劳林院判。"

"客房已收拾妥当，小侯爷可去小憩片刻。"林父道，"清羽，你留一下。"

林清羽点头，让下人先推陆晚丞出去。

待陆晚丞离开，林父问："小侯爷的病，你可看过？"

"看过。"

"你觉得如何？"

林清羽道："陆晚丞能活到十九岁，已是不幸中的万幸。如今他不过是靠一口气吊着，等那股气散了，也就到头了。"

林父颔首赞同，又问："你预计他还能活多久？"

"半年。"

林父沉思良久，道："我有一法，或许能保他一年性命，只是副作用极大，恐会加重病者之痛。"

林清羽不假思索："什么方法？"

"我稍后把方子写给你。"林父看着林清羽的眼睛，"问题是你想不想让他多活这半年。"

这还用问？陆晚丞死得越早，他就能越快解脱。半年很久，他没那个耐心等，所以，他当然……应该是不想的。

林清羽心不在焉地走出书房，迎面碰见林母来给林父送饭后茶点。林母告诉他，陆晚丞已经在客房歇下。

"你可要去看看他？"林母问。

林清羽道："不必，让他歇着吧。"

林母犹豫须臾，问："清羽，小侯爷他……为人好吗？"

"无所谓好与不好，"林清羽淡淡道，"总归不过半年的煎熬。"

林清羽此次回府，打算再带一箱医书去南安侯府。到了自己的书房，他瞧见谭启之和欢瞳在门口东张西望，蹙眉道："你为何还没走？"

欢瞳解释道："谭公子说他的玉佩在咱们府里丢了，我正陪着他找呢。"

"要找也是在前堂找。专门到我书房来，想必是有话要说。"

谭启之也不反驳："果然什么事都瞒不过清羽兄。实不相瞒，为兄是突然想起一件要事，又不好折返打扰，这才借遗失玉佩一事，留在府中等候。"

林清羽和这种人多说一个字都嫌多："说。"

谭启之面露苦色："清羽兄想必也知道，离太医署的考核越来越近，为兄这心中甚是没底啊。"

林清羽清楚谭启之是想碰一碰他的痛处，往他心上扎刀。不得不说，这招还算高明。太医署之试，一直是他心中的一根刺，一碰就疼，但这不代表谁都能拿这件事在他面前耀武扬威。

"你三年前就落榜过一次，心中没底是应该的。"

谭启之被戳到痛处，咬着牙强颜欢笑："为了此次考核我是日夜苦读，头悬梁锥刺股……"

林清羽赞许道："笨鸟先飞，勤能补拙，做得不错。"

谭启之终于绷不住，脸色黑如锅底。林清羽字字似在夸他，其实字字在嘲讽他。像林清羽这种天之骄子、资质卓越者，根本不知道他们普通人为了能追赶上他一星半点要付出多少。

"至少我今年还能再去考一次。"谭启之死死盯着林清羽的脸，"我知道清羽兄有许多医书珍藏，总归你是用不上了，不如借几本给为兄？为兄日后若得以高中，必将重谢。"

林清羽抬眸问道："我的书，你看得懂吗？"说罢，拂袖转身，"欢瞳，送客。"

转眼间，天暗了下来，侯府的车夫递话过来，说到了回府的时辰。

林母将备好的点心装进食盒让林清羽带回去："方才在席间，我瞧见小侯爷也喜欢吃梅花糕，特意多拿了几份。如今天冷，糕点放久了也不易坏。"

林清羽道："他大概没有不喜欢吃的东西。"

林母温婉一笑："小侯爷还未起来，你去叫他吧。"

林清羽来到客房，看到陆晚丞已经醒了，正躺在床上睁眼发呆。他问："你何时醒的？"

"半个时辰前吧。"

"那你这是在干吗？"

陆晚丞把自己裹在被子里，只露出一双眼睛看着林清羽，声音闷闷的："赖床。外面好冷，不想起，我想当条毯子。"

林清羽不再废话，抓着棉被的一角大力掀开，语气冰冷："我不是你房里的丫鬟，这招对我没用。"

陆晚丞悠悠起身，被掀了被子也不生气："哪招啊，我没对你用什么招数……"他看见林清羽的脸色不对，又问："谭启之不是走了吗，谁又招惹你了？"

"无人。"

陆晚丞眨眨眼："哦。"

林清羽沉默，再沉默，最终还是没忍住："谭启之正在准备太医署的考试，还向我借书。"

陆晚丞失笑："就这？"

林清羽眼神似刀如刃。

陆晚丞试图和林清羽讲道理："谭启之连你一根头发丝都比不上，你如果同他真情实感地生气，是降了自己的身份。把他当个笑话看就好，逗一逗，还能图一乐。"

"我何尝不知。"林清羽自嘲一笑，"可谭启之一介庸人，几年前连天葵子和香附都分不清，尚能参加太医署的考试，我却不能，可笑至极。"

陆晚丞无奈道："是是是，都是南安侯府的错。我争取早点死，赶在太医署的考试前还你自由，好不好？"

林清羽闭目不语，纤长浓密的眼睫微颤着。

陆晚丞陪着林清羽静默半晌，忽而笑道："好啦，别气了。难得回家一趟，开心一点，多笑笑，嗯？"

林清羽漠然："我天生不爱笑。"

"哎，怎么还越来越气了。我有一句七字真言，乃是我座右铭，说不定对你有帮助，我说与你听？"

"不听。"

"你就听听嘛，听听又不累。"

林清羽按了按眉心："你要说便说，铺垫这么多废话作甚。"

陆晚丞眼眸真诚："做人，不要太攀比。"

林清羽："……"

07.

一切收拾妥当后，林清羽和陆晚丞向林父林母告辞，准备回南安侯府。林府众人送两人到府邸门口，陆晚丞先上了马车，方便林清羽和家人好好道别。

虽说林府和南安侯府同在京城，但按照规矩，林清羽已拜南安侯做父亲，不再是林家人，想要回林府探亲，至少要得南安侯允准。一年下来，能回家的次数屈指可数。

林母因不舍红了眼眶，林清鹤牵着哥哥的手不肯松，但情绪最激动的当属和林清羽从小一起长大的欢瞳。

当初林清羽刚离府时，欢瞳就想跟着去南安侯府，林清羽为了欢瞳的前途，强行将他留在了林府。欢瞳无父无母，刚能记事就被卖进了林府，长这么大，跟随少爷，伺候少爷，是他唯一会做的事。林清羽不在府中，他不知道自己该做什么，成日里浑浑噩噩，仿佛失去了活着的意义。

好不容易盼到林清羽回府一趟，欢瞳哭得一把鼻涕一把眼泪，死活要跟着林清羽回侯府，还求了林母帮他说话。

林母道："你如今在侯府能信任的人寥寥可数，还是把欢瞳带去吧，我和你父亲也能安心一些。"

林清羽权衡再三，终于点头："欢瞳，你收拾收拾，上车吧。"

欢瞳方才破涕为笑。

林清羽上了马车，和陆晚丞简单说了欢瞳的事。陆晚丞漫不经心地笑着："这是喜事啊，蓝风阁现在都是女孩子，多几个少年也好。"

林清羽叹道："你也知他是少年，我不希望他和我一样困于宅院之中。"

陆晚丞不敢苟同："困于宅院有什么不好。对你这种志向广大的人来说，是'困'不假；但对我来说，宅院有吃有喝，还不用干活儿，简直就是'快乐老家'。"

林清羽顿觉无趣："道不同不相为谋。"

马车动了起来，林清羽透过窗户看着家人的身影逐渐远去。

"哥哥再见。"林清鹤挥着小手，看见陆晚丞，又鼓起勇气说了句："晚丞哥哥再见。"

陆晚丞露出笑容："小清鹤再见。"关上车窗，他对林清羽道，"你弟弟似乎挺喜欢我的。"

林清羽点头："清鹤他自小就有以貌取人的毛病，我想了很多办法让他改，可惜他还是只喜欢和容貌出众的人亲近。"

陆晚丞扬起唇角："我好像听见有人在夸我好看。"

林清羽看了他一眼，道："你……确实还行。"虽然陆晚丞的行事作风他完全无法认同，但他那张脸还是勉强能入眼。

陆晚丞一怔，没想到林清羽会说他的好话，这时候反而谦虚起来："过奖了，第一美男。"

"我不是在夸你，实话实说罢了。"林清羽道，"谁是第一美男？"

"你啊。"

林清羽蹙眉："没有这种说法。天下之大，无奇不有，谁能保证见过所有的人。既然没见过，又怎知谁是天下第一？"

陆晚丞眉睫浅浅地笑着："就是有人见过，还告诉我了。"

林清羽自然不会相信这种鬼话："荒谬。"

陆晚丞脸上笑意不减，摸着自己下巴道："她还告诉我，我这张脸——在大瑜应该也能排进前五？不过我觉得挺一般的，比我以前的差多了……"

陆晚丞又开始絮絮叨叨、胡言乱语了。林清羽闭目养神，将他的声音隔绝在耳外。

不出意外，梁氏应该已经知道了陆晚丞带着五车豪礼去林府的事，也不知她作何感想，会不会借机找事。论理，此事与他无关，梁氏要找也是找她儿子的事。然而梁氏表面上一向溺爱陆晚丞，怕是不会和他论这个理。明日他去给梁氏请安，大概就要被旁敲侧击地"提点"。

思及此，林清羽一阵烦躁。

回到南安侯府，陆晚丞昏昏欲睡地被抬下了车。欢瞳推着陆晚丞跟在林清羽身后，好奇地打量着四周。快到蓝风阁时，陆晚丞清醒得差不多，打着哈欠道："好像走错路了？"

这分明就是回蓝风阁的路。林清羽对欢瞳道："不用理他，继续走。"

陆晚丞手放在轮椅的扶手上，扶着额角："按照规矩，我们从林府回来，不是应该去向我母亲请个安再回房吗？"

林清羽步伐顿住，回眸看他："按照规矩，你每天还应该早起去向她请安，你去了吗？"

"没去。"陆晚丞强撑着倦意，"所以趁我现在人醒着就更应该去了。"

林清羽心生疑窦。平日里，梁氏来蓝风阁探病，陆晚丞要么敷衍地和她说两句话，要么称身体不适不便见人，请安更是一次未有过，这对母子的关系究竟如何可想而知。今日陆晚丞抱病离府一日，又坐了许久的马车，显然累得不轻，这时居然主动提出去给梁氏请安，莫非……

林清羽隐隐有个猜测，道："小侯爷一片孝心，那便走吧。"

梁氏刚用完消夜，听闻他们来请安，又让人备下茶点。

两人到了梁氏的院子。林清羽推着陆晚丞向她问了安。她见陆晚丞脸色不好，心疼道："虽说清羽拜访林府，晚丞陪同倒也无妨，可晚丞到底是病人，就算不去，林府那边肯定能体谅的。"

陆晚丞笑道："清羽也是这么说的。他为了不让我去，还瞒着我悄悄出发。母亲，你说他该不该罚？"

林清羽挑了挑眉。

梁氏朝林清羽看去，面色不着痕迹地顿了顿，柔声道："清羽是为了你的身子考虑，这有什么可罚的。"

陆晚丞轻笑道："母亲都这么说了，那就不罚了。不过下不为例，可不能再丢我一个人了，清羽？"

林清羽心情复杂地应了声："嗯。"

陆晚丞又和梁氏聊了几句家常，状似不经意地提到了探亲礼一事："给清羽的礼物，是我从生母的嫁妆那儿拿的，故而没有提前告知母亲。母亲应该不介意吧？"

梁氏笑了笑，端起茶盏抿了口茶，方道："那些都是你生母留给你的，自然是随你处置。"

梁氏并非陆晚丞的生母一事，林清羽早前略有耳闻。陆晚丞的生母是南安侯的原配，乃京中权贵中的权贵——温国公的嫡女。温氏一族乃百年望族，温国公有两个女儿，一个嫁入南安侯府，而另一个，正是当今的中宫皇后。

陆晚丞生在侯府，又有一个显赫的外祖家，本是前途无量，只可惜他生母生产时因难产血崩而亡，连带他胎气不足、体弱多病，一出生就被断言活不过二十。

南安侯心疼嫡长子，虽耗尽心血为他治病，却不敢同正常培养嫡子一般严加教导他，生怕他受不得学习之苦。后来，南安侯为了府中事务有人打理，娶了梁氏续弦，育有一子一女。

陆晚丞自小便养在梁氏身旁，梁氏事事以陆晚丞为先，不是亲娘更胜亲娘——至少林清羽入府之前，掌事姑姑是这般和他说的。

从梁氏那儿回来，陆晚丞差不多到了极限，喝完药便躺平了。林清羽也在软榻上歇下，两人中间依旧隔着那道花鸟图案的屏风。

林清羽回想起今日种种，忍不住问："小侯爷，你睡了吗？"

陆晚丞的声音从屏风后头传来："还没。怎么，想和我秉烛夜谈？"

林清羽缓声道："其实，你不是个蠢人。"

"我当然不是。"陆晚丞觉得好笑，道，"你在想什么，我读书的时候向来都是头名的。"

林清羽不相信："你这种懒骨头还能拿头名？"

陆晚丞声音渐弱："嗯……厌学和拿头名又不冲突。"

"怎么说？"

"有些事，我讨厌做，但是我知道做了会有好处，所以会逼自己去做。学习是这样，去请安也是这样。"

林清羽想了想，又问："可你自生下就在养病，哪有机会同旁人一起读书？"

林清羽等了片刻，未等到陆晚丞的回应，便知他是睡过去了。

出了正月，一日比一日暖和，对病患而言，最难熬的冬日总算过去了。天气一暖，陆晚丞的身体明显见好，进进出出不用再靠轮椅。除了睡觉，他又喜欢上了遛鸟、赏花、投壶、看戏……总之，不用他怎么动弹就能找到乐子的事情，他都喜欢。

这日，林清羽在书房里照着药方配药。药方是探亲那日父亲写给他的，他想弄清楚其中的玄机，至于要不要给陆晚丞用，他还没想好。这药方中，有几味药带着毒性，服用之后会给病人带来额外的痛苦，不知有没有其他相对温和的药能代替它们……

一声清脆的鸟鸣打断了林清羽的思绪，这声音婉转动听，闲暇时听一听算是享受，但在他专注时冒出来只会令人心烦。

林清羽本不想理会，他闭了闭眼，试图让自己沉下心。可这鸟鸣声不绝于耳，还夹着这阵阵欢声笑语，林清羽忍无可忍，起身打开窗户，对正在遛鸟的某人冷淡道："小侯爷，请管好你的鸟。"

陆晚丞闻声回眸，手中拎着金丝鸟笼，身边除了欢瞳，围绕着一群莺莺燕燕，都是蓝风阁里的小丫鬟，被鸟笼中那只会唱歌的画眉鸟吸引而来。在他身后，是一株过早盛放的金碧桃花。

"是林大夫啊，"陆晚丞隔着窗户和他说话，春风拂过，他尾音里都带着笑意，"你要不要来逗逗我的鸟？"

陆晚丞的脸色依旧带着病态的苍白，身形消瘦清癯，神态慵懒随意，却让林清羽感觉到了一股不一样的气息。他莫名觉得，陆晚丞不应该是这副弱不禁风的模样，而应该是"骑马倚斜桥，满楼红袖招"的少年郎。

"我在忙。"林清羽道，"你们能不能小点声？"

陆晚丞道："抱歉。但你都在书房里待了大半天了，也该休息休息了。"

欢瞳附和道："就是啊少爷，今天日头这么好，你和我们一起听画眉鸟唱歌吧。"

"玩物丧志，恕不奉陪。"林清羽说完，"砰"的一声关上了窗户。

陆晚丞惋惜道："你家少爷有时可真无趣。还说我呢，明明自己比我更爱宅着。"

欢瞳和陆晚丞玩在一处，心里头还是向着自家少爷："那是因为我们在侯府。在林府的时候，少爷不是这样的。"

陆晚丞想到林清羽曾经跟随恩师游学多年，道："你是对的。"说着，又是一笑，"不过就算是他的无趣，我也觉得……"

话未说话，书房内忽然传出剧烈的碰撞之声。众人连忙推门而入，只见林清羽靠在书架前，周围散落着几本医书，还有一把倒下的木凳。

欢瞳急道："少爷你还好吗？"

林清羽镇定道："无事，放书时不慎踏空而已。"他看到门口围着这么多人，表情颇不自在，"你们没事做了？"

陆晚丞上前扶住他的手臂，笑道："不用害羞，长得好看的人摔倒也是美的。"

"没摔，只是扭伤。"尖锐的疼痛袭来，林清羽不禁闷哼了一声，"扶我去卧房，那里有药。"

"你这样还怎么走路？"陆晚丞道，"我背你去。"

林清羽惊道："你……"

陆晚丞怎么回事？突然对自己孱弱的身体心里没数了？

林清羽正思索着，那边陆晚丞的手滑到他腰侧，将他背了起来。这一背，陆晚丞脸色微变，身形猛地一晃，险些和背上的人一并倒下，幸好有欢瞳在一旁替他稳住。

林清羽疼得脸色发白："我拜托你，别折腾我了。"

陆晚丞低头看着自己的双手，从来没像现在这般不淡定："我不是……"

"我来吧小侯爷！我力气大！"

陆晚丞看着欢瞳轻轻松松地背起林清羽飞快地跑向卧房，忽而低笑一声，道："……很好。"

08.

欢瞳把林清羽背进屋，放在软榻上。林清羽让他从柜子里拿出医箱，找到专治跌打扭伤的药。花露在一旁见林清羽疼得冒出了冷汗，忧心忡忡道："要不要给少主找大夫来看看？"

欢瞳替林清羽脱了鞋，道："说什么傻话，我家少爷就是最好的大夫。"

林清羽将药水倒入手掌心，揉着自己扭伤的部位，清淡的药香在卧房里漫延开。

花露道："少主，我帮你揉吧？我可会帮人按摩了。"

"不用了。"林清羽忍着疼，"你去打盆井水，将帕子浸入，用完药我还须冷敷半个时辰。"

林清羽揉着伤处，突然觉得屋子里过于安静——那个话最多的人哪儿去了？林清羽抬起头，看到陆晚丞坐在桌边，脸色沉沉，一副不痛快的模样。想到方才陆晚丞差点摔倒，林清羽问他："你可有碰伤？"

陆晚丞摇摇头，道："你的伤还好吗？"

"问题不大，休养三日便可痊愈。"

陆晚丞笑了笑："那就好。"

林清羽又淡淡道："本来我扭伤只须养两日，但被你那么一摔……"

陆晚丞痛苦掩面："别说了，我错了。"

为了弥补自己的过失，陆晚丞大方地把轮椅让给林清羽。然而林清羽并不领情，只让欢瞳贴身伺候，需要什么东西就让欢瞳去拿，实在避免不了走动时，也让欢瞳扶着他走。

彼时花露正在伺候陆晚丞喝药，只见林清羽一袭白衣，在欢瞳的搀扶下，一手扶着桌子缓步行走，长发落肩，眉间微蹙的模样让她一个小姑娘都起了怜悯之意。

陆晚丞悠悠问道："好看吗？"

花露诚实点头："好看！少主受伤了好像和平时不太一样。"

陆晚丞看着林清羽，一鼓作气把苦得要命的药喝完："这就叫'战损美男'。"

入夜后，林清羽照常靠着软榻看书，屏风后头的大床上时不时传来翻身的动静，吵得他无法静心。寻常这个时候，陆晚丞早已睡死过去，今日也不知是抽什么风。

又听到一声喟叹，林清羽开口问道："小侯爷淡泊名利，不计得失，究竟是何事能让你深夜愁眉不展，长吁短叹？"

一阵沉寂后，屏风上透出陆晚丞缓缓坐起身的身影，凄凉又落寞："我……居然这么弱，背不动你？"

林清羽："……"陆晚丞竟是为了这种事夜不能寐？

陆晚丞幽幽道："这简直比鬼故事还可怕。"

这话勾起了林清羽的好奇心："你哪来的自信，认为你能背得动我。"

陆晚丞不能理解："你那么瘦，肯定重不到哪儿去，我怎么会背不动呢？"

林清羽懒得顾及陆晚丞莫名其妙的自尊心，实话实说道："你现下的身子，能自己独立走两步已经不错了，走得稍微久了便一步三喘，花露的力气都比你大。小侯爷，人贵在有自知之明。"

"好气。"陆晚丞重重一捶床，"连欢瞳都行，我居然不行？"

"欢瞳长年累月干重活儿，你和他比什么？"

陆晚丞气得下了床，随手披上狐裘，从屏风后走了出来："我比他高啊。"

林清羽放下书，朝他看去："小侯爷。"

"干吗？"

林清羽惟妙惟肖地模仿着陆晚丞的语气："做人，不要太攀比。"

陆晚丞一时语塞，全然失去了反驳之力，吃瘪的表情看得林清羽嘴角情不自禁翘起。林清羽其实经常笑，但大部分时候是冷笑和讥笑，像这样莞尔一笑的模样，陆晚丞还是第一次见。不甚明亮的光线下，林清羽半躺在软榻上，青丝垂于胸前，手中捧着一本书，卸下来所有的防备和冷漠，静静地发自真心笑着。

陆晚丞不禁放轻了声音，生怕惊扰到林清羽一般："你……还疼吗？"

林清羽注意力又回到了书上："还好。"

陆晚丞在软榻旁坐下，道："你现在也是病人了，去床上睡吧。"

林清羽以为陆晚丞是要和他交换，让他去睡床，陆晚丞来睡软榻："不必，你病得比我重。"

陆晚丞理所当然道："我是兄长理应照顾你。"

林清羽指尖一顿，干脆拒绝："不。"

"怎么了？"陆晚丞说，"之前在林府时，我们不还兄友弟恭的吗？"

林清羽抬眸看他，故作冷厉："小侯爷，你再废话，我能让你三日说不出一个字来，你信不信？"

"信——怎么不信？"陆晚丞拖长声调，回到床上躺下，"你可是对东宫太子都敢下手，什么事做不出来。"

林清羽受伤一事传进梁氏耳中。梁氏派了个婢女前来问候，算是做足了表面的功夫。还有一个面生的丫鬟到蓝风阁，给林清羽送了几贴膏药，说这是他们姨娘祖传的秘方，对扭伤有奇效。

林清羽问："你们姨娘？"

"就是眠月阁的潘姨娘，"丫鬟笑道，"少主想是还没见过她呢。"

在京中高门里，南安侯府属实算不上人多。南安侯除了正妻，也就两三个侍妾。梁氏管理有方，侍妾安分守己，林清羽虽是府中少主，但到底是个男子。男女有别，除非是逢年过节，寻常时候和这些侍妾是见不到面的。

林清羽闻了闻那药膏，确是良药，但他与那潘姨娘素不相识，不想欠下这份人情。

林清羽正要拒绝，陆晚丞从内厅走出，替他把话说了："药你放着，代我们谢过姨娘。"

有旁人在，林清羽没说什么。丫鬟走后，不等他询问，陆晚丞便道："潘姨娘没什么坏心思，怯懦老实人一个，可以给她点面子，日后说不定她会去你的阵营。"

林清羽问："小侯爷从不过问内宅之事，又怎知孰好孰坏？"

陆晚丞半真半假道："因为我和大瑜的国师一样，能夜观天象，预知未来。"

林清羽入侯府也有段时日了，他知道陆晚丞虽然看着不靠谱，但对他并无恶意。南安侯府上上下下几百口人，只有陆晚丞勉强值得他信任。他何尝不想心平气和地和陆晚丞相处，但……陆晚丞正经不过三刻、动辄信口雌黄的毛病什么时候才能改！

"那你夜观天象去吧，"林清羽漠然，"莫在我这儿讨嫌。"

陆晚丞只当没听见林清羽的逐客令，摆弄着潘姨娘送来的膏药，道："你还记得我曾经想送给你，却被你无情拒绝的针灸袋吗？那个就是潘姨娘送来的贺礼，还是她亲手缝制的。"

林清羽有些意外："是吗？"

潘氏对他屡次示好，真的是一番好意，还是另有所图？

林清羽沉思着，脚踝突然被人抓住，抬了起来，他对上陆晚丞的目光，困惑道："你干吗？"

"帮你贴药。"

林清羽微微挣了挣："不需要，放手。"

陆晚丞抓着不让他动，笑道："不用客气，我贴膜很有一套的，保证帮你贴得漂漂亮亮。"

"起开。"林清羽不过用了五分力，就轻轻松松地从陆晚丞手中挣脱开，扶着欢瞳扬长而去。

陆晚丞看着他的背影，眼中含怨，一副快要窒息的模样。

林清羽的扭伤养了三日已然痊愈。陆晚丞听画眉鸟唱歌听腻了，又不知道从哪儿搞了一只八哥来，有事没事调教八哥学舌，叽叽喳喳，甚是烦人。林清羽不堪其扰，带着欢瞳出了蓝凤阁，趁着大好的春光，在院子里找了块空地，晒起药来。

欢瞳将药材一一铺开，问："少爷，蓝凤阁的院子那么大，日头又足，我们为什么不在那儿晒啊？"

林清羽道："太吵，鸟太多。"

欢瞳笑嘻嘻地说："我觉得挺好玩的，小侯爷一直在教那只八哥喊'林大夫'呢。"之前少爷不让他跟来侯府，他还以为在侯府的日子有多难熬，来了之后才发现，这不挺快活的嘛。

小侯爷身份尊贵，又一直病着，府里有什么好东西都是先送到他们院子里，他们下人也跟着沾了不少光。小侯爷本身也很有意思，虽然身体不好，但总能找到乐子自己玩，对他家少爷还不错。这已经是不幸中的万幸了。

两人晒着药，欢瞳远远瞧见一个穿粉色襦裙的姑娘朝他们走来，问："少爷，那是谁啊？"

林清羽抬头看去。那姑娘身后跟着一个嬷嬷，一个婢女，定然是个主子。在南安侯府，这个年纪的主子只有一人——侯府二小姐，陆晚丞的异母妹妹，陆念桃。

陆念桃生得明眸皓齿，一举一动尽显大家闺秀的风范。她款步来到林清羽面前，微微欠身道："见过林少主。"

梁氏的女儿他不想理会，但陆念桃到底是个姑娘，当着下人的面，给点面子也无妨。

林清羽轻一点头，淡淡道："陆二小姐。"

陆念桃微笑道："少主唤我念桃便是。说来惭愧，念桃一直想去蓝风阁探望大哥和少主，可惜大哥尚在病中，似不愿被旁人打扰。今日总算有了机会与少主相见，少主果然如下人所说的一般，'郎艳独绝，世无其二'。"

"陆二小姐不必如此唤我少主。"

"可……你就是少主呀。"陆念桃想了想，"或者，我唤你林哥哥？"

这两个称呼都让他硌硬。林清羽稍作犹豫，道："那你还是唤少主吧。"

陆念桃柔声道："是。"她看见林清羽身后的药材，问，"少主这是在晒药？"

"嗯。"

陆念桃心中一动："莫非，是给大哥晒的？"

这些药都是他父亲方子上的药材。药方配制极其艰难，每样药材均有严苛的要求，从配药到成药，至少需要月余。他耗费这么多时间精力配药，怎么……怎么可能是为了陆晚丞，他不过是练手罢了。当然，药成之后让陆晚丞帮他试试药也不是不行。

林清羽没有应声，陆念桃便当他是默认。

"大哥的身体自小由张大夫看顾，吃什么药用什么药，均是张大夫说了算。"

林清羽耐心耗尽："你想说什么？"

"少主千万别误会。"陆念桃似有几分惶恐，"我知道少主是关心大哥，想让他的身子快些好起来。只是大哥的身子金贵非常，是一丝一毫都马虎不得的。即便少主出身医药名门，若想对大哥用药，还是先同张大夫说一声为好。"

欢瞳不快道："二小姐，我家少爷既得老爷真传，又在外拜得神医为师。论医术，那个什么张大夫未必如他……"

林清羽隐隐觉得不对，出言打断："欢瞳。"

欢瞳悻悻地闭上了嘴。

林清羽又道："这药不是为小侯爷晒的，二小姐多虑了。"

"不是为大哥？那是……"

"时辰不早了。"林清羽置若罔闻，"欢瞳，收拾一下，回蓝风阁。"

林清羽回到蓝风阁时，陆晚丞的新宠八哥已经学会了叫人。陆晚丞拎着它在林清羽身边晃悠，一人一鸟一口一个"林大夫"，叫得林清羽想给他们下毒。

林清羽威胁道："再用你的鸟来烦我，我就杀了它炖汤喝。"

"凶巴巴的林大夫。"陆晚丞将鸟笼交给花露，示意她拎出去。"你这么凶，哪个姑娘愿意嫁给你？"

林清羽冷冷道："这就不用小侯爷操心了。我一定会娶得良人，清明时携妻带子，去给小侯爷上坟。"

陆晚丞笑道："那你记得多给我烧点纸钱，我怕我在下面不够钱花。"

"一定。"

约定完上坟烧纸一事，林清羽说起正事，将自己在园中偶遇陆念桃一事告知陆晚丞。

"陆念桃几次三番想见你，都被你以各种理由推脱。你可是知道些什么？"

"我不是同你说过吗，我知道的可多了去了。"

桌上放着林清羽刚晒好的药材，陆晚丞瞧着新鲜，手欠地抓了一把，被林清羽一掌打得嗷嗷叫："这又是'天象'告诉你的？"

"是啊，"陆晚丞吹着自己发红的手背，"天象说她不是什么好人，所以我们不要理她。"

林清羽若有所思道："我知道了。"

09.

到嫡母那儿晨昏定省，别说是在高门大户，即便是在小门小户也是每日应做的事。林清羽虽极其反感，但为了不给梁氏留下可以拿捏的把柄，不得不每日去梁氏那里做做样子。以往梁氏同他也说不了什么，妇人之间的话题他从不回应，梁氏拿他没办法，往往是问几句陆晚丞的情况便准他回蓝风阁。

今日一早，林清羽踏入正堂，看到端坐在主位的梁氏，就知她有话要说。

梁氏让人上了两盏新茶，边品边道："清羽，你入侯府也有段时日了。"见林清羽没有接话，梁氏等了片刻，又道，"你可知，身为侯府义子，最重要的是什么？"

林清羽淡淡道："不知。"

"头等大事，当然是好好照顾晚丞，诚如子待父，弟待兄……"

林清羽冷笑道："这个我做不到。夫人不如放我离去，找一个能做到的来。"

梁氏大概是习惯了他的冷言冷语，被顶撞了也不恼，反而笑道："说什么傻话，你是晚丞的福星，晚丞这辈子都是离不开你的。"

梁氏说完，打量着林清羽的脸色，见其不为所动，方敛了敛容，正色道："不过，你到底是侯府的少主，也是时候学一学如何打理府中事物，好为晚丞分忧。"

"替小侯爷分忧？"林清羽笑了声，"敢问夫人小侯爷有什么忧？是画眉鸟不会唱歌了，还是八哥不会叫人了？又或者……是他的病情？"

如林清羽猜测的那般，听到"病情"二字，梁氏不自然地抿了抿唇："晚丞的病情有张大夫看顾，你就不必太过忧心。"

"若我没记错，圣旨上是让我'疗治看顾'小侯爷，可不是来给侯爷当小厮的。"

"确……确实有这么一回事，但……"

林清羽轻轻一颔首："那夫人说完了吗？"

梁氏十指渐渐攥紧，嘴里却笑道："早在你进来之前，我就听掌事姑姑说过，太医院院判之子不但生了一副一等一的相貌，更是天资聪颖，才华出众，有过目不忘的本事。能者多劳，你如此聪慧，兼顾家事和晚丞的身子肯定不是什么难事——来人。"

一个老妇人走了进来，正是一月前被罚去做苦差的刘嬷嬷。刘嬷嬷呈上几本厚厚的账本，道："请少主过目。"

林清羽随手拿起最上面的一本，淡淡道："一月不见，刘嬷嬷似乎明显见老，做苦差的日子怕是不好过吧。"

　　刘嬷嬷勉强笑道："奴婢犯了错，受罚是应当的。"

　　"这些不过是这一月的账本，你先试着整理，有何不懂的可以随时来问母亲。"梁氏温声道，"数量是有些多，但依你的能耐……三日吧，三日内你把账本整理好，交还给母亲，如何？"

　　不等林清羽开口，刘嬷嬷便抢话道："少主，夫人这是看重你啊。"

　　"可不是，"梁氏含笑道，"我老了，也想享享清福，日后这偌大的侯府，还是得靠清羽把持。"

　　这对主仆戏码虽然拙劣，但却占着理。主母把管家之权交给少主，任谁看来，都是主母大度，信任少主，少主若推托，就是不识好歹，枉为人子。

　　问题是，梁氏是真心让他管家吗？

　　梁氏不像陆晚丞的生母，她出身普通，父亲不过一个正四品下的侍郎，在南安侯面前尚须战战兢兢，前有原配留下的嫡长子，身后自己的亲生儿子又是个废物，目前梁氏在侯府唯一能傍身的，就是这掌家之权。

　　林清羽对侯府的掌家之权没有半点兴趣，但他对看日后梁氏悔不当初、自责羞愧还是有点兴趣。

　　"夫人的好意，我心领了。"林清羽将手里的账本扔回托盘上，"这些账本，我也收下了。"

　　梁氏欣慰点头："清羽，你可别让母亲失望啊。"

　　林清羽一走，梁氏脸上的温和立马退了个干净："他竟答应得如此爽快。"

　　刘嬷嬷斜眼看着门口的方向："别看少主清高得跟仙人似的，心里头到底还惦记着侯府的家产呢。"

　　梁氏摇了摇头："他不是一心只想入太医署，按理不是这种人啊。"

　　"怎就不是了？夫人，知人知面不知心啊，您必须提防着点，千万别让少主真的把管家之权夺了去。"

　　"这你便放心吧。"梁氏悠然道，"我派人打听过，他以前在林府时，从未过问账本之事。他再如何才智过人，也不可能两头兼顾，就看他要放弃哪个了。至于管家之权……最后只能是我的。"

　　刘嬷嬷殷勤道："夫人英明。"

　　梁氏扶着刘嬷嬷的手缓缓起身："给懂账的下人都通个气，别让他们帮到不该帮的人。"

刘嬷嬷忙道："奴婢这就去。"

蓝凤阁内，陆晚丞同往常一样睡到响午方醒，花露见他脸色不怎么好看，问他可是有哪里不舒服，陆晚丞揉着额角道："头疼。"

花露紧张道："好端端的，怎么会头疼？"

陆晚丞猜测："大概是睡眠不足的缘故。"

花露："……您知道您睡了多久吗？"

虽说对陆晚丞而言，头疼脑热是常有的事，但花露也不敢怠慢，去书房把林清羽请了过来。

林清羽替他诊了脉，又摸了摸他的额头，说："你是睡太多了。"

陆晚丞大为吃惊："不可能。"

"有何不可能？"林清羽道，"你以为你是婴童？一日十二时辰睡八个时辰，你不头疼谁头疼。"

陆晚丞叹气："那怎么办啊？"

林清羽坐在床边，替陆晚丞按着两侧的太阳穴，力度不轻不重："趁着清醒，少睡一点，以后你想醒着，怕也是……"

话音戛然而止。陆晚丞闻着四周淡淡书本的味道，放松了下来，闭着眼享受这一刻的安宁。可他才享受了没多久，林清羽就毫不留情地停手起身，让花露替上。

陆晚丞幽幽道："这就完了？"

"我很忙。"

"嗯？你在忙什么？"

林清羽轻飘飘丢下一句话："你有个好继母。"

陆晚丞稍微一打听，便知道了早上的事，不由得轻笑一声，道："这有点着急了吧，几个月都等不了……可以。"

花露不明所以，还道："以后若是少主管家，那我们的日子岂不是更好过了？"

陆晚丞笑道："想什么呢！"

午后，林清羽抱着药碾子出了书房。蓝凤阁有一雅致的亭台，最适合欣赏春色，可惜林清羽来晚了一步，亭台已被人捷足先登。

陆晚丞半躺在摇椅上，轻摇慢晃地晒着太阳。只见他一袭红衣，神色慵懒，随意束起的长发又给他增添了几分风流潇洒。

听见林清羽脚步声，陆晚丞睁眼看来："林大夫怎么来了？我还以为你要在书房待上一日。"

林清羽道："捣药。"

陆晚丞问："嗯？你不看账吗？"

林清羽道："晚点再说。"

"那你是既要看医书配药，又要看账本？你全都要啊。"

林清羽反问："不然？"

"你能忙过来？"

"试试。"

"哦……林大夫，你现在捣的是什么药？"

"能让人闭嘴的良药。"

陆晚丞："啊？"

亭台水榭，花木扶疏，两人一人晒太阳，一人捣药，共享这无边的春色。

林清羽将今日的配药事宜完成后，天色已经不早了。他在书房点上灯，开始翻阅账本。他从未接触过此等府中庶务不假，但他幼时常伴于母亲身侧，母亲看账，他于一旁陪伴，耳濡目染，也知道个大概。

记账乃用记录流水的方式，想要看懂不难，可梁氏给他的账本，字迹小而模糊，他只看了半个时辰，眼睛即有酸涩之兆。除此之外，记录日期混乱，语焉不详，一本上缺失的内容却出现在另一本上……难怪梁氏要为难他在三日之内整理完毕。

可即便是如此，他也未必做不到。

夜深人静，烛火摇曳。听见门扉轻响之声，在书桌旁伺候的欢瞳跑去开门："小侯爷？您怎么还没睡？"

陆晚丞在花露的搀扶下踏入书房："长夜漫漫，无心睡眠，况且你家少爷不让我多睡。"

林清羽低头看着账本，道："我让你白日少睡，没让你熬夜。"

从早到晚，林清羽一刻未停，此时已是难掩疲惫。看着林清羽的倦容，陆晚丞胸口有些发紧，道："都子时了，要不先别看了。今日之事，就交给明日的你，如何？"

林清羽头也不抬："明日的我想交给今日的小侯爷。"

"……嗯？"

"既然长夜漫漫，小侯爷无心睡眠，不如就来帮我……"

陆晚丞扶着额角往回走："我头又开始痛了，我再回去躺躺，再躺躺……"

陆晚丞开溜的速度之快，简直让欢瞳怀疑他的病是不是已经好了。欢瞳给林清羽上了一盏新茶，小声抱怨："小侯爷真是的，一点忙都帮不上。"

林清羽习以为常："他就是一把懒骨头，指望他还不如去烧香拜佛。"

话落，陆晚丞竟是又折返回来，不由分说地走到林清羽面前，表情凝重地看着桌上摊开的账本。

林清羽莫名其妙："怎么？"

陆晚丞探身上前，将桌灯吹灭。

"……"黑暗中，林清羽只听陆晚丞道："去睡觉，账本的事……交给我。"

林清羽道："交给你？你不是懒得做吗？"

陆晚丞一时语塞，无法反驳。

"况且，若你出手被梁氏得知，岂不是要治我一个怠慢兄长之罪。我想把这些做好，是因为……"

"我知道，你想借此机会打她的脸，但你也没必要和自己过不去。你不喜欢内宅庶务，为何要强迫自己做不喜欢的事？"陆晚丞道，"欢瞳，把火折子藏起来，别让你家少爷点灯。"

林清羽冷淡道："小侯爷，你管好自己即可。我的事，还轮不到你过问。欢瞳，把灯点上。"

欢瞳不敢不听少爷的话，重新将灯点上，这才看到陆晚丞的神情不复以往的慵懒随性，张扬挑眉道："你的事？"

这样的陆晚丞让林清羽有些陌生。

陆晚丞又道："我继母闹出来的事，为何会是你的事？不该是我的事吗？"

"不必劳烦，"林清羽嗓音微冷，"小侯爷静心养病吧。"

陆晚丞沉默须臾，忽而一笑，竟是又恢复了常态："可我睡不着。"

"那你熬着吧。"林清羽全然不心疼，"偶尔熬一夜，死不了人。"

陆晚丞："……"

这一夜两人都未睡好，林清羽直到后半夜才睡下，一大早起来又继续埋首账本之中。

"少爷，"欢瞳的声音在外头响起，"有个大叔想求见你，他说他是小侯爷派来的。"

陆晚丞又想做什么？林清羽蹙起眉："让他进来。"

不多时，一个相貌周正的中年男子走了进来，行礼道："给少主请安。小人乃温国公府上的账房管事，姓张，叫张世全。"

林清羽微微一怔，明白了大半："小侯爷让你来是……"

"小侯爷给国公爷连夜写了封信，信中说少主有笔烂账要管，稍显力不从心。国公爷精挑细选后，派小人前来相助。"张世全恭敬道，"少主放心，我自小便在账房办差，无论多烂的账，我一遍就能算清。"

林清羽回过神，将一本账本递给张世全："张管事且看看。"

张世全稍稍翻了几页，便道："这账本显然是被人刻意打乱了。少主若是信得过，给一日时间，让小人一人忙就行。看您脸色不大好，还是去歇息吧。"

术业有专攻，若是能达到目的，他不想在账本上浪费时间。

林清羽走出书房，拦住一个婢女，问："小侯爷在何处？"

那婢女道："小侯爷用完饭就去院子里了。"

林清羽来到院子里。陆晚丞正在和几个丫鬟小厮比赛投壶。欢瞳把自己的月例钱输了一半，心疼得嗷嗷干号。陆晚丞在一旁笑得嘴角飞扬，活脱脱一个不学无术的纨绔弟子。

林清羽看了他许久，突然觉得……自己好像能看懂陆晚丞了。

第二章
侯府家宴

01.

　　温国公亲自为外孙挑选的人自然不会差。张世全经验老到，心细如发，果真只用了一日便将账本悉数整理完毕。
　　"我已将账本归类放好。"张世全胸有成竹，"小侯爷和少主若不放心，可再查阅一番。但不是张某自夸，张某算账三十余年，还从未出过半点差池。"
　　林清羽点了点头："有劳。"
　　"厉害了张管事。"陆晚丞抬眼示意，一旁的花露上前给张世全送上提前备好的赏赐——一袋沉甸甸的银子，"这件事应该还有后续，麻烦你暂且留在南安侯府。"
　　张世全躬身道："但凭小侯爷吩咐。"
　　张世全一走，陆晚丞挺直的腰背立马萎了，他趴在桌上，欲言又止地看着林清羽。
　　林清羽翻阅着整理好的账本，淡淡道："有话直说。"
　　陆晚丞道："我说交给我处理，你还不信我。"
　　可惜林清羽不为所动："确实不是你处理的，是你找人处理的。"
　　"这有何差别？"
　　"凡事不能总依靠他人。"
　　"为何不能？我给了银子的，这是双赢。"

"那你以后懒得吃饭,懒得睡觉,懒得娶妻生子的时候,是不是也想要别人替你?"

"你说生子?"陆晚丞装模作样地陷入沉思,"嗯……若不用我费力也是极好的。"

林清羽一时没明白陆晚丞在说什么。等他明白过来,骤然起身:"我并非此意!"

陆晚丞笑得眼眸上挑:"那你是什么意思?"

他只是想说有些事必须要亲力亲为,也只有登徒子才会联想到旁的地方去。林清羽垂眸看着靠桌而坐的登徒子,半响才道:"你已无可救药。"

转眼,便到了梁氏查账的日子。

梁氏起了个大早,和往常一样对镜梳妆,刘嬷嬷在她身后为她盘着发髻。突然,梁氏感觉头皮上猛地一下拉扯,疼得她惊叫出声:"你是怎么回事,在院子里做了一月的苦差,头也不会梳了?"

"夫人恕罪,夫人恕罪。"刘嬷嬷点头哈腰,低头抹了抹泪,用余光打量着梁氏的脸色,"不瞒夫人说,奴婢这都快六十的人了,哪儿经得了那等苦。这手拿了一月的扫帚,再来拿夫人的玉梳,奴婢都怕弄脏了夫人的东西。"

梁氏扶着鬓角沉声道:"你是我的亲信,罚你就是不给我面子。委屈你了,今日……"梁氏嘴角勾起,"且看着吧。"

陆念桃早早地来向梁氏请安。请完安也不走,留下陪着梁氏。可几人等得茶都凉了,也不见林清羽的身影。

刘嬷嬷扬着脖子朝外头看:"少主莫不是心虚,连安都不来请了?这也太难看了,小门小户来的就是不懂规矩。"

"刘嬷嬷,慎言。"陆念桃不急不躁地说,"再等等,若还等不到再差人去问便是。"

话未说完,外头就传来一声通报:"大少爷、少主来了。"

陆念桃讶然:"大哥竟然也来了?"

刘嬷嬷一撇嘴:"肯定是来为少主撑腰的。"

不知为何,梁氏心中有些发虚。若是在过去,一个病秧子罢了,她哄着捧着,耐心等他咽气便是。可自从林清羽进来,病秧子的身子一日好过一日,甚至还能下床,性子也跟着变了不少,其中肯定和林清羽配的那些药脱不了干系。

想到上回陆晚丞拐弯抹角地"提点"她，还搬出生母说事，她憋闷得几日没睡好觉。从前，她说什么陆晚丞便是什么，谁料到陆晚丞竟会这般护着那个小门小户出来的义弟。她活了大半辈子，从没见过如此荒谬之事。她不信什么替身挡灾之说，但又不能直言反对这件事，索性放林清羽入府，既给了陆晚丞一丝虚假的希望，又能在侯爷面前表现得识大体。

早知如此，当初她就该狠下心，早早地送陆晚丞走。

见梁氏脸色难看，陆念桃唤道："母亲？"

梁氏眉头紧锁："现在的陆晚丞，我未必拿捏得住。"

陆念桃笑道："母亲别担心，父亲是个讲理的人。只要'理'在您这边，您就没什么可怕的。"

刘嬷嬷一拍手："二小姐这话说到奴婢心坎里了。您好心栽培少主，少主自己没本事，搞不定账本，难道还有理了！"

梁氏振作起来："你们说的在理，我没什么可怕的。"

几人说话间，林清羽推着陆晚丞走了进来。梁氏露出笑容："来了。"

陆念桃起身行礼："大哥、少主。"

林清羽领首不语，陆晚丞则一身的低气压："嗯。"

梁氏和陆念桃对视一眼，不知陆晚丞的气从何而来。只有林清羽知道，陆晚丞的气乃是起床气，让他一大早起床，属实是为难。

刘嬷嬷看得没那么细，阴阳怪气道："少主可算是来了，让夫人好等啊。"

"是我赖床，他才晚了。"陆晚丞抬眸看去，漫不经心道，"你有事吗？"

对上陆晚丞的目光，刘嬷嬷畏缩了一下，一副被欺负了的老实模样："奴婢不敢。"

陆念桃关切地问："大哥不是已经能下地了吗，怎么又坐上轮椅了？"

林清羽淡淡道："他太困，懒得走。"

陆晚丞反驳道："是蓝风阁到这儿太远了。"

归根结底，就是一个"懒"字。

林清羽不欲和梁氏等人浪费时间，不等梁氏开口，直接切入正题："欢瞳。"

欢瞳将账本呈给梁氏："我们家少爷已经把账本全整理好了，请夫人过目。"

梁氏面上不显，内里满腹狐疑。这小厮如此理直气壮，难道林清羽真的在三日之内做完了一个月的账？蓝风阁的下人分明说了，这三日林清羽都是在和往常一样看书配药，哪来的时间整理账本？

刘嬷嬷同她的想法一样，低声道："夫人看看吧，看看就知道了。"

梁氏翻开账本，每翻一页，她的憋闷就多几分。半本看下来，心里已经凉了个透，偏偏脸上还要强颜欢笑："这账做得井井有条，面面俱到，不愧是清羽。"

林清羽道："夫人过奖。"

刘嬷嬷脸色一变，几乎要把"怎么可能"几个字说出来，幸而被梁氏一个眼神制止，改口道："要不，夫人再仔细瞧瞧？"

梁氏是懂账之人。她管了快二十年的家，一看就知这二人是有备而来。单说这账面做得如此利索干净，便是侯府的账房先生也未必做得出来。

陆念桃沉思良久，突然道："对了，我几日听说，蓝风阁里内多了一位下人？"

梁氏明白女儿的意思，蓝风阁无人懂账，这二人一定是寻了帮手。

陆晚丞道："是外祖派人向我问安的人……你有事吗？"

陆念桃笑道："大哥误会了，我不过顺口一提。少主是第一次接触管家之事，竟能做得这般完美。母亲，你日后可以将府中的庶务，放心交给少主了。"

"有道理。"陆晚丞笑得微妙，"母亲把事情全部交出来后，也能好好享享清福。"

陆念桃道："大哥、少主果真是一片孝心。说起来，少主还有过目不忘的本事，想必这账本上的东西，全都记住了吧？"

梁氏赞赏地看了女儿一眼，接话道："既然如此，我就要考考清羽了。"

陆晚丞挑了挑眉，正要起身，却被林清羽按住了肩膀，陆晚丞道："清羽？"

林清羽道："让她考。"

梁氏翻开账本，问："我们南安侯府在京中有几处门铺？"

"二十六处。其中钱庄、酒楼各三处，茶肆、绢布店、瓷器店各两处……"

"上月收成最好的别庄是？"

"京郊二十里外的舒阳庄。"

梁氏语气急切了起来："侯府在徐州……"

"共有五处绢布店，上月共亏损一千三百两。"林清羽不经意道，"若我未记错，夫人祖籍就在徐州。"

梁氏缓缓放下账本，极为勉强地挤出笑："确实都未记错。"

看到刘嬷嬷半天憋不出一个字来的神态，欢瞳想和小侯爷交换一个欢快的目光。他们少爷再晦涩的医术看一遍就能倒背如流，区区账本算个啥，真是"羽门弄书"，梁氏好大一张脸。

可小侯爷压根儿没看他，而是静静地看着他家少爷，眼睛里含着笑意，漾着微光，似带着几分自豪。

林清羽道："夫人还有什么要问的吗？"

梁氏强打起精神："没……没有了。"

陆晚丞对林清羽道："你先回去，我还有些话想对母亲说。"

林清羽扫了梁氏一眼，带着欢瞳离开。

陆念桃跟着起身，笑道："我去送送少主。"

堂内除了伺候的下人，只剩下陆晚丞和梁氏。梁氏端起茶盏掩饰自己的不安："晚丞还有什么话要说？"

陆晚丞抬起手："我想站着同母亲说话，母亲能不能扶一下我？"

梁氏僵了僵，道："这有何不可，你小时候可是母亲抱着长大的。"她走上前，将陆晚丞扶起，两人面对面站着，她现在只到陆晚丞的肩膀处，有种被压迫的错觉。

"母亲其实不用担心。"陆晚丞缓声道，"我身患绝症，华佗再世也是药石罔效。清羽的医书，也不是为了我看的，药，也不是为了我配的——即便是，他也救不了我。"

梁氏目光四处躲闪："你这孩子，在胡说些什么！"

陆晚丞嘴角带笑："我时日不多，剩下不到半年，只想吃吃喝喝，玩玩乐乐。清羽同我投契，我不指望他能让我大病痊愈，他只须用其所学帮我减少点病痛，闲时陪我说说笑笑，我的日子也能好过一点。"他缓步逼近梁氏，"可以吗，母亲？"

梁氏被逼得连连后退，直至退无可退，颓然坐倒，死死握着桌角，嘴唇都泛着惨白，颤声道："我……"

"小侯爷这是干什么！"刘嬷嬷欲上前阻拦，"夫人可是一家主母，小侯爷怎能如此没规矩！"

陆晚丞一回眸，眉眼间凝起一缕戾气："让你说话了吗？"

刘嬷嬷迈出去的腿软了下来，被钉在原地，像是被扼住咽喉，连喘气都不敢。除了她，其他下人静静立在一旁，竟是无人敢上前扶当家主母一把。

堂内如死一般寂静。良久，陆晚丞转回梁氏，笑道："母亲，你还没回答我。"

梁氏神色惊慌扭曲，喉咙里发出模糊的声音："可……可以。"

陆晚丞弯唇一笑："多谢母亲。"

林清羽回到蓝风阁没多久，陆晚丞也回来了，一副累坏了的模样，一连咳了好几声。

自从天气转暖，陆晚丞的咳疾分明好转了不少，怎么又咳了起来？陆晚丞本人倒不以为意："可能是刚刚说话太装了一点。"

林清羽问："你同梁氏说了什么？"

"没什么，让她安分一点罢了。"

林清羽没有多问："手给我，我看看你的脉。"

陆晚伸出手，打着哈欠道："林大夫……"

"怎么？"

陆晚丞用另一只手的手背揉了揉眼睛："困困。"

林清羽一阵无语："你多大了，说话竟还和幼子一般，丢不丢人。"

"那好吧。"陆晚丞改口悠悠道，"春风送暖，困意袭来，本少爷想上床小憩片刻。"

02.

林清羽听见陆晚丞低咳就知情况不妙，果不其然，一夜过后，陆晚丞发起了高热。

蓝风阁的下人对此已经习以为常。陆晚丞的病一向时好时坏，好的时候勉强可以下床行走；不好的时候，能一连昏睡大半个月，偶尔醒一次也是昏昏沉沉，就像认亲前的那一个月一般。

这些日子，陆晚丞的身子有了好转。但他的底子在那儿，病来如山倒，整个人再次昏睡不醒，俊美白皙的脸上透着不正常的烧红。

花露将浸了冷水的帕子放在陆晚丞额头上，惴惴不安道："少主，少爷不会有事吧？"

林清羽探完脉，把陆晚丞的手放进棉被中："普通寒证而已。"

花露松了口气："那是不是退了热，少爷就没事了？"

林清羽不置可否，对身体康健的正常人而言，受寒甚至不用吃药，过两天自己就好了。但陆晚丞的身子早被多年的病症掏空，一个不妥当，小小寒证便能要了他的命。

不多时，凤芹带着张大夫到了蓝风阁。张大夫此行，还带了一个弟子前来，该弟子不是别人，正是谭启之。

谭启之对林清羽拱手笑道："许久不见，清羽兄别来无恙啊。"

林清羽看向张大夫，张大夫解释道："启之近来刚拜入我门下，听闻小侯爷病发，放心不下，非要来府中探望。"

"放心不下。"林清羽一笑，"谭兄和小侯爷很熟吗？"

谭启之厚着脸皮道："那日在林府，我和小侯爷一见如故……"

林清羽出声打断："小侯爷病体虚弱，'一见如故'的闲杂人等最好别给他添乱。花露，带张大夫进去。至于谭兄，便站在此地候着吧。"

凤芹犹豫道："少主，您是说要让客人……站着？"

林清羽反问："哪来的客人？"

此刻是正午时分，站在门口，日头晒在身上，被来来往往的下人瞧着，说是折辱都不为过。

张大夫无奈看了谭启之一眼，跟着花露进了屋。谭启之恨得咬牙切齿，压着嗓子道："林清羽，你欺人太甚！"

林清羽觉得好笑："你不送上门，我又如何欺你？"

谭启之瞪着林清羽，眼中似灌满了毒汁。

林清羽自认从未主动招惹过谭启之，也不知谭启之对他的敌意从何而来。或许世间之事大抵如此，有无端端的爱，自然也有无端端的恶。就像陆晚丞说的，和这种人认真，是降了自己的身份。

谭启之走近一步，道："离太医署考试只剩下百日，陆晚丞不死，你就只能留在侯府照料他，为他端茶递水，喂药擦身。"

捕捉到林清羽面色轻微的僵硬，谭启之露出快意的笑容："呵，天才如何，事事压我一头又如何，到头来还不是……"

林清羽恍然："原来如此。"谭启之的心病，不过是嫉妒二字。

谭启之目光一沉："你笑什么！"

林清羽嘴角微微一牵，近乎是怜悯地说："你真可怜。"说罢，不再多看谭启之一眼。

陆晚丞在张大夫手下治了几年，张大夫对陆晚丞的病情了如指掌。林清羽在一旁看着他诊脉，他得出的结论也是寒证。

张大夫开了方子，又叮嘱了几句便匆匆告辞了。

张大夫的药，无非是治寒证的常用之药，对现在的陆晚丞而言，只能说无功无过。毕竟陆晚丞的身子不同旁人，寻常人用的方子若能针对他的病症加以改良，或许能事半功倍。

花露还等着林清羽手中的药方去抓药煎药，问："少主，这药方是有什么不妥吗？"

林清羽迟疑片刻，将药方递给花露："没有，去吧。"

陆晚丞一病，整个蓝凤阁都变得忙碌起来。煎药喂药，侍奉病榻的事有下人去做，无须林清羽操心。他和往常一样，在书房看书配药，却因院子里太过安静反而有些不习惯。画眉鸟和八哥都闭上了嘴，莫非也是在为它们的主人担忧吗？

可是担忧有什么用，陆晚丞就算这次挺过去了，总有一次挺不过去。对一个必死之人，若不做好心理准备，到时候不习惯的只会是自己。

林清羽的药配得差不多，接下来就是熬药，再将其制成方便储存携带的丸类。头一次制这种难度的药丸，他想要每一步都亲力亲为。

林清羽来到专门用来给陆晚丞熬药的药房，里面有几个小丫鬟正在煎药。忙碌的同时，还不忘聊一聊府中的秘密。

"以往大少爷一病，夫人铁定第一个赶来，有时还会亲自照料少爷的药汤。这会儿是怎么了？现在还不来。"

"我听夫人院子里的寿嫂说，大少爷和夫人大吵了一架，夫人被大少爷骂得站都站不稳。"

"你是不是听岔了？站不稳的不该是大少爷吗，况且夫人和大少爷向来感情深厚，为何会大吵？"

"那当然是为了少主啊。别说侯府这种高门大户，家里但凡人多点，总免不了争执，像我嫂子和娘亲三天一小吵，五天一大吵，吵得我家哥哥一个头两个大……"

林清羽推开药房的门，里面的声音戛然而止，只剩下汤药煮沸冒泡的咕咚之声。

林清羽无视几个小丫鬟诚惶诚恐的表情，径直走到灶台前，仿佛什么都没听见。

回去之后，林清羽叫来欢瞳，吩咐道："你去一趟梁氏的院子，去把这个月的账本要来。"

欢瞳不解："少爷，你要账本干吗？"

"替她分忧。"

陆晚丞发病的消息传进梁氏耳中，梁氏郁结了几日的胸口总算舒坦了些。刘嬷嬷幸灾乐祸道："这是报应啊夫人。大少爷那么对您，是老天爷都看不过去，要惩罚他那个不孝子！"

梁氏回想起当日种种，仍心有余悸："罢了，既然林清羽救不了他，那便随他去吧。"

这时，婢女来禀，说蓝风阁的欢瞳来了。

"林清羽身边的小厮？"梁氏眉头皱得死紧，"他来干什么？"

"他是来拿这个月账本的，说少主要为夫人分忧。"

梁氏闻言，胸口起伏："他真这么说？"

"夫人您听见了吧？"刘嬷嬷恨得牙痒痒，"现在不是您说罢了便能罢了，少主明摆着要从您手里夺权，您不能再坐以待毙了啊！"

梁氏烦躁道："可我能怎么办！当初我确实说了要让林清羽掌家，谁承想林清羽还真有几分本事。"

刘嬷嬷眼珠转了转，挥退下人，凑到梁氏耳边道："不如这样……"

"不成。"梁氏沉声道，"陆晚丞已经警告了我，我担心他知道了会……"

"小侯爷现下不是病着吗，能不能熬过去都不好说。再说了，您忘了二小姐的话了？只要理在您这边，侯爷就会向着您，您没什么可怕的。"

见梁氏依旧犹疑不决，刘嬷嬷又道："您就算不为自己考虑，也要为二小姐和三少爷考虑啊。难不成，真的要让一个外人掌侯府的家？"

"念桃，乔松……"梁氏默念着一双儿女的名字，定下了神，"刘嬷嬷，你把账本送去蓝风阁吧。"

刘嬷嬷遂喜笑颜开："奴婢这便去。"

林清羽拿到账本后，叫来张世全，劳烦他仔细看看有无不妥。张世全看过之后，道："单有两个月的账本，张某不敢妄下定论。若能有三四个月的账，应该能看出一些端倪。"

林清羽便让欢瞳把这个月的账本送了回去，再把前几月的账本要过来。

陆晚丞昏睡的第三日，总算有了退热的迹象，但人还没有清醒，这段日子好不容易养回来的气血也被耗了个干净。他静静地躺在床上，双眸紧闭，病骨支离，宛若风中残烛，着实让人……揪心不已。

　　花露喂陆晚丞喝下汤药。陆晚丞的眉间紧了紧，似在梦中也不忘嫌弃药苦，还吐了一些出来。花露手忙脚乱地想拿帕子去擦，林清羽从她手中拿过药碗："我来。"

　　林清羽舀起一匙，还未来得及凑到陆晚丞嘴边，就听见外头传来凤芹的声音："少主，夫人请您去她那儿一趟。"

　　林清羽一顿，将药碗还给花露："你接着喂。"

　　林清羽来到前堂，梁氏依旧坐在她主母的位置上，刘嬷嬷守在一侧，还有一个面生的中年男子站在堂中，满面的愁容。

　　梁氏假惺惺问道："晚丞的病可有好些？"

　　林清羽道："夫人有事直说即可。"

　　梁氏脸上有些挂不住："这位是侯府的账房先生，王管事。"

　　王管事躬身行礼："见过少主。"

　　"事情是这样的。王管事发现从蓝风阁送回的账本，少了一页。"梁氏顿了顿，"还是事关京城酒楼收支最重要的一页。"

　　王管事哽咽道："这么重要的账本居然出了这么大的疏漏，小人恨不能以死谢罪啊！"

　　好吵。这些人还真是不会消停，与其和他们周旋，不如直接用毒让他们安分。

　　林清羽道："我劝你三思。"

　　王管事茫然道："三思什么？"

　　"以死谢罪。"林清羽哂道，"当然，你若执意要死，我也不拦。"

　　王管事蒙了，他只是说说，哪能真的为了一页账本去死。王管事求助地看向梁氏和刘嬷嬷。刘嬷嬷安慰道："王管事快别这么说，这事和你有什么关系。你把账本送来时，账本分明是完好无缺的，夫人可以为你做证。是欢瞳将账本送回来时，里头才少了一页的。"

　　林清羽静静地看着他们演戏。

　　梁氏被他看得心里发虚，笑道："清羽，你才管家，有所疏漏是在所难免的，下次注意便是。只是那缺了的账本还是得找回来的，否则账就要乱了。不如你先回蓝风阁找找？"

　　林清羽领首："可以。"

　　林清羽回到蓝风阁，在屋外听见一阵欢声笑语，松了口气的同时不禁冷笑。

　　一醒来就能和丫鬟们说笑，陆晚丞命还挺硬。

他一进屋，便对上了陆晚丞的视线，好像陆晚丞一直在看着门口似的。

陆晚丞咳了两声，喑哑着嗓子，道："回来了？"

"嗯。你感觉如何？"

"感觉就是我病了，我活过来了；我又病了，我又活过来了……"

林清羽没了表情："你这么有精力，便自己把药喝了，别总是让别人喂你。"

陆晚丞调笑道："又没让你喂，怎么又凶起来了？"

"我……"林清羽眼帘微闭，静了静心。这几天蠢人太多，他或多或少受了影响，脾气难以克制，"没想凶你，习惯而已，抱歉。"

陆晚丞倒不介意被林清羽凶，开玩笑道："是不是因为我没死成功，林大夫失望了？"

林清羽随口顺着陆晚丞的话说："有点。"

陆晚丞笑了起来，病容中独有一双眼睛是盈盈亮着的："对不起啊，我也不想的。"

03.

林清羽不知道陆晚丞为何要向他道歉。

就因为他没死？没努力赶在太医署的考试前死？离考试还有三月余，陆晚丞若真的在三月内病逝，他是有去考试的机会。他应该希望陆晚丞早点死，就像他初入侯府时那样希望。入府挡灾一事，陆晚丞并不知情，可以原谅，他不会对无辜之人下手。他只要耐心一点，等着陆晚丞油尽灯枯便是。

可他这段日子又是在做什么？从父亲那儿拿到药方千辛万苦地改良，配药，制药，这是兴趣使然不假，难道他真的就没动过救人的念头吗？

这甚至称不上救人，最多是让陆晚丞再多苟延残喘半年罢了。既然陆晚丞如此不在意生死，有没有这半年又有什么区别。

"倘若你真的那么想死，干脆……"林清羽喉头微动，没有说下去。

陆晚丞似猜到了他心中所想，半真不假道："不行啊林大夫，自尽是会下地狱的。不但永世不能轮回，还要天天被鬼差奴役着做苦工，一刻都不能停歇。你是知道我的，我是不怕死，但我怕累啊。"

陆晚丞不着边际的胡话却让林清羽心情平静了些许："无稽之谈。"

陆晚丞人是醒了过来，但身体极度虚弱，不过说了几句话，脸上就透出惨白来。除了流食，他吃什么吐什么，每日靠清淡的白米粥度日，连口荤腥都碰不了。

欢瞳不久前照陆晚丞的吩咐从永兴街的书铺里买了不少话本回来。醒着的时候，陆晚丞就半靠软枕看话本，夜里睡前还要半强迫林清羽听他"说书"，直到自己把自己说睡着。

这日，陆晚丞正看着话本，见蓝风阁里的下人在屋子里翻箱倒柜，问道："他们在干吗？"

林清羽道："找东西。"

"我当然知道他们在找东西，我又不瞎，他们在找什么？"

林清羽道："'遗失'的账本。"

养病切忌多思，林清羽不想告知陆晚丞账本一事。但转念一想，陆晚丞连生死都不放在心上，想来也不会为这点破事忧思。

林清羽简单地叙述了前日一事。陆晚丞的反应竟比他预想中的大不少，眼底甚至透着一丝幸灾乐祸："自己作死就不能怪别人防守反击了。林大夫，这可是你争遗产的好时机。"

林清羽一听便知陆晚丞和他的想法一样，他道："知道。不然你以为我为何要让他们去找不存在的账本。"

陆晚丞佯叹一声："不是我说，我们也太合得来了吧，不如……我们结拜为异姓兄弟，怎么样？"

林清羽无语："……不结。"

陆晚丞震惊得大声咳嗽："咳咳——为何？！"

"已经和你结拜过一次，不想结拜第二次。"林清羽冷漠道，"而且，我觉得我也没和你很合得来。"

陆晚丞备受打击，嘀咕："想听你叫声'哥哥'怎么这么难。"

林清羽道："你以为你很小声吗？"

下人们将蓝风阁翻了个遍，也没见到账本的影子。林清羽向梁氏说及此事，王管事顿时一副天都塌了的模样："这可如何是好！账本是机密之物，账房仅此一份。那一页无账可对，万一日后出了乱子……"

梁氏亦是愁眉不展，再三向林清羽确认："你确定蓝风阁每一处都找过了吗？

可是下人找得不仔细？"

"都找过了，账本的确不在蓝风阁。"

刘嬷嬷总算能扬眉吐气："丢了这么重要的东西，少主辜负了夫人的信任不说，按照侯府的规矩，这是要去祠堂闭门静思的啊！"

林清羽问："夫人为何能确定，账本一定是在蓝风阁丢的？"

刘嬷嬷抢话道："送去蓝风阁的时候是好好的，拿回来就少了！不是在蓝风阁丢的，还能是在哪儿？"

梁氏以为林清羽还要辩驳，不料他只是点了点头："我明白了。"

林清羽屈服得如此痛快，梁氏一时半会儿没反应过来："你这是……"

"既然如此，"林清羽不急不缓道，"此事是我疏忽，望夫人恕罪。"

几人目光交错，讶异过后均有些蠢蠢欲动。梁氏抿了抿唇，隐隐觉得不太对："清羽已经很努力地去找了，找不到也没办法。"

俨然一个宽容大度的主母。

刘嬷嬷问："夫人，此事可要告知侯爷？"

林清羽微微抬眸。账本丢了重要的一页，在后宅或许称得上是大事，但放在南安侯眼中就远远不够看了。

南安侯有从龙之功，原配和中宫皇后还是嫡亲的姐妹，堪称百官之首。他甚少过问后宅之事，林清羽进侯府后见他的次数屈指可数，能闹到他面前的，必须是梁氏不能掌控的大事。

少主一次疏忽算不得什么，梁氏告诉南安侯，南安侯只会觉得她小题大做，不会在意林清羽如何。但如果接二连三地出错，梁氏再在南安侯面前提及，令人不悦的源头便是这个犯错之人了。

梁氏想了一想，道："侯爷前朝事多，府中的事就不劳他操心。"

王管事摇头叹道："少主到底是头一次接触府内庶务，着实是让人不放心啊。"

为了不让林清羽难堪，梁氏"贴心"地打断王管事道："现在晚丞身体虽有所好转，但仍不可过度操劳，清羽到底是侯府少主，他不为我分忧，我还能指望谁？这件事，就到此为止吧。日后若真出了什么乱子，我替清羽担着。"

林清羽敛目道："多谢夫人。"

梁氏长叹一声，让婢女又呈上一份账本："这是侯府整个冬天的账。清羽啊，你拿回去好好理理，这次万万不能再弄丢了。"

这一回，林清羽叮嘱张世全要好生看顾账本。张世全不敢怠慢，人在账本在，人不在就把账本锁在柜中。到了该向梁氏交差的那日，张世全还特意数了数，确认一页不少，才把账本交还给林清羽。

林清羽带着账本来到前堂见梁氏。梁氏命人上了茶，让林清羽稍等，便当着他的面翻阅起账本来。

"奇了怪了，我怎么没看到去岁的炭火钱？王管事，可是你记漏了？"

王管事忙道："小人记了的，应该是在第二十六页。"

林清羽也道："确实有这一笔账，我看到过。"

"二十四，二十五……二十七？"梁氏瞪大眼睛，"这怎么……又少了一页？"

林清羽皱起眉："不可能。"

梁氏反复确认："真的没有。"

"请夫人再仔细找找。"

梁氏的脸拉了下来，一把将账本甩到刘嬷嬷身上。但明眼人都看得出来，这本账本，她是想甩到林清羽身上的。

梁氏再不复平日的宽厚慈和，冷声道："既然你不信我的话，刘嬷嬷，你帮少主数数。"

刘嬷嬷飞快地翻着账本："确实没有第二十六页……王管事，一本账本一共有多少页？"

王管事道："一共一百二十页。"

刘嬷嬷从头到尾数了一遍："这本账本只有一百一十九页。这……这怎么又丢了一页啊！"

林清羽常年冷淡的脸色终于出现了他们想看到的不安："这怎么可能？夫人，账本不是在蓝风阁丢的。"

"你又来了。"梁氏语重心长道，"清羽，我能护你一次，但不能次次护着你啊。"

林清羽默然无语，眼帘半合。

梁氏嘴角无声地勾了勾，刘嬷嬷脸上的笑意更是憋也憋不住。王管事倒是和上次一般焦急："夫人，管家之事，为了侯府安宁，还请夫人三思啊！夫人！"

梁氏揉着额角："或许，是我不该对你寄予厚望。晚丞病得那般重，你还是守在他身旁照料他吧。"

林清羽终于在他们面前低了头："小侯爷自有下人悉心照料，清羽还是想操持府务，望夫人……再予我一次机会。"

梁氏眼中闪过异色，她没想错，林清羽果然是冲着侯府的家产来的。好一个看似清清冷冷、不争不抢的少主，内里竟这般世俗阴险。日后若真的让他掌了家，如何了得？

梁氏琢磨良久，状似妥协道："账本的事，你就别掺和了。这样，太子的生母陈贵妃，马上要过四十的生辰。寿礼的事，你去办吧。"

朝中官员互相赠礼之事极有讲究，是礼尚往来，亦是人情世故。这些年什么人送了多少礼给侯府，均有记录在册，备给他们的回礼要根据南安侯和他们的官职和交情仔细揣度，稍有不慎就可能惹来猜忌。普通官员尚且如此，遑论是当朝太子的母妃。

梁氏铺垫了这么多，终于要玩大的了。

林清羽犹豫道："我和东宫未曾有过交集，更不知陈贵妃喜好。"

"我这儿有一本册子，记录了这些年太子殿下和陈贵妃给侯爷的赏赐，你且照着备礼吧。"梁氏道，"切记，圣上不喜后妃奢侈，更不喜储君结交权臣，你备的给陈贵妃的礼和他们的赏赐价值相当即可。"

林清羽应下："好。"

蓝凤阁内，陆晚丞正自己喂自己喝着药，动作慢慢吞吞的，半碗药喝了半日，看得欢瞳恨不得帮他喝了。

听见外面传来一声"少主回来了"，陆晚丞看向门口，等林清羽进来，一鼓作气把剩下半碗药干了。

欢瞳迷惑道："小侯爷怎么一见到我家少爷就喝药喝得这么痛快？"

陆晚丞笑道："怕被大夫骂啊。"

林清羽没理他："欢瞳，去请张管事来。"

张世全听说账本又少了一页，情绪颇为激动："怎么可能，我分明再三确认过了！"

林清羽道："很简单，蓝凤阁有梁氏的人，那人在最后一刻拿走了账本。"

"可能是凤芹，"陆晚丞随口道，"她对梁氏还蛮忠心的。"

话落，所有人的目光刷地聚集到陆晚丞身上。

陆晚丞好笑道："你们看我作甚？"

林清羽问："你如何知道？"

"我观察出来的。"

欢瞳惊呆了："这么重要的事，小侯爷居然现在才告诉我们？！"

陆晚丞也很意外："梁氏在南安侯府掌权多年，蓝风阁的下人都是她亲自挑选的。除了花露是外祖送来的婢女，其他人或多或少都会听梁氏的话。你们竟然都不知道吗？"

几人一时全没有表情。林清羽冷然道："多谢小侯爷提醒，我们现在知道了。"

欢瞳气势汹汹："我找她理论去！"

"不用，"林清羽叫住欢瞳，"随她去。"

欢瞳难以置信道："少爷？为什么啊！"

陆晚丞笑吟吟道："我猜猜啊，是不是有人想做'坏事'了？"

林清羽并不否认："是她先动的手。"

陆晚丞看着林清羽，眼里是藏不住的盈盈笑意："没事，林大夫做'坏事'的样子也是美的。"

"小侯爷，觉可以乱睡，话不能乱说啊。"欢瞳认真道，"我们家少爷心地善良，还是个热心肠，他从来不做坏事的！"

林清羽："……"

陆晚丞微笑："他是没做过，但肯定没少想，以后说不定也会做。"

林清羽心中微不可察地紧了紧。

欢瞳自幼和他一起长大，尚不知他"人不犯我我不犯人，人若犯我我必犯人"的性格，甚至坚信他是个良善之人。而陆晚丞，和他相识不过数月，却好似能看透他。他一朝踏入侯门，本以为会在泥沼中忍辱负重，在挣扎中腐烂，却不承想还能遇到一个……知己？

林清羽居高临下地看着躺在床上，明明病重却悠然自得的某人，眼底晦暗不明。随后，他轻轻一笑，道："错了。"

陆晚丞也不在意："那就算我错了。"

陆晚丞咳疾复发，醒着咳，睡着也咳，甚至还能把自己咳醒。是夜醒来后，他下意识地看向屏风，没见着屏风后头的人，强撑着坐起身，才看到立在窗边的林清羽，茕茕孑立，身影孤寂清冷，像是笼着一层光。

04.

大瑜当朝太子是圣上的长子，入主东宫已有三年，其生母陈贵妃宠冠六宫多年，地位仅次于皇后。此次陈贵妃四十生辰，凡是有诰命在身的贵妇都会进宫向她请安，并献上寿礼。

府里库房的管事送来一份清单，道："府里的东西全在上头了。夫人吩咐，请少主从中挑选合适的寿礼。"

林清羽大致扫了眼，问："夫人给我的册本上曾言，东宫去年赏了侯爷一对羊脂白玉的玉如意。为何库房中没有？"

管事道："回少主的话，这对玉如意被夫人送去兵部尚书大人府上，贺其子大婚。"

林清羽又问："陈贵妃赏的千年人参又在何处？"

管事笑道："那自然是用来给大少爷补身子了。"

林清羽颔首："知道了，你退下吧。明日夫人入宫之前，我会替她备好礼。"

梁氏对贺礼的唯一要求是等价，既不能失了南安侯府对陈贵妃的尊敬，又不能显出僭越攀附之心，尤其是南安侯府和皇后还有一层姻亲关系，事情就变得越发微妙。

皇后其实育有一嫡子，此子生来智力不足，无法继承大统，又不得皇上圣心，一直被养在京郊行宫。皇后思子心切，自然对陈贵妃母子心存芥蒂。皇后虽远不如陈贵妃得宠，但总归是一国之母。南安侯府给陈贵妃送寿礼，还要顾忌着中宫的尊荣，其中弯弯绕绕非一言可以蔽之。

林清羽从清单上先选了一批礼，命人搬进蓝风阁让他一一过目挑选。

陆晚丞见屋内摆满了大大小小的礼盒，问："这些是什么？"

林清羽道："陈贵妃寿礼的备选。"

"陈贵妃？"陆晚丞难得皱眉，"太子的母妃？"

"是他。"

陆晚丞脸色微变："你何时和东宫扯上关系了？"

林清羽将梁氏让他备礼一事告知陆晚丞，陆晚丞似乎还是不放心，追问："所以你不会进宫，也不会去见太子？"

"不会。"林清羽狐疑道，"旁的事没见你上心，怎么一提到东宫，你反应如此之大？"

陆晚丞犹豫一瞬，笑道："人家可是当朝太子，未来的皇上，难道不值得我大惊小怪？"

林清羽道："皇后是你的亲姨母，又是太子的嫡母。论亲，太子还是你的表哥。"

陆晚丞嗤道："我可不想要他那种'油腻'至极的表哥。"

关于东宫的话题到此为止。陆晚丞有点心不在焉，还不忘提醒林清羽："梁氏既然敢拿陈贵妃做文章，大概是觉得时机差不多了。"

林清羽点头："小侯爷放心，我自有分寸。"

次日，梁氏比往常早起了半个时辰，刘嬷嬷伺候她换上朝服，她问："昨夜侯爷歇在哪个院子？"

刘嬷嬷道："潘姨娘的院子。"

梁氏面色一沉："又是她。"

刘嬷嬷劝道："潘氏出生低贱，肚子又不争气，夫人犯不着生她的气，给她脸了。"

"也是。"梁氏端详着镜中风韵犹存的妇人，道，"侯爷待会儿该来用早膳了，去蓝凤阁请人吧。"

南安侯无论宿在哪个妾室院中，第二日都会和正妻一道用早膳，听她说一些府中庶务，家事他可以不管，但至少心中要有数。

席间，梁氏提及陈贵妃寿礼一事。南安侯道："此事看着是小事，实则干系甚大。你预备的寿礼在何处？给我瞧瞧。"

这时，下人进来通传："老爷夫人，少主来了。"

梁氏笑道："巧了。不瞒侯爷说，府内庶务繁多，我年纪一大，难免有些力不从心。我想着分一些事交予清羽打理，这不让他管了一段时日的账，陈贵妃的寿礼也吩咐他备下了。他现在来，想必就是为了这事。离早朝尚有些时辰，侯爷不如多留片刻，看看他备的礼？"

南安侯点头："让他进来吧。"

林清羽走了进来，身后跟着凤芹和欢瞳。两人一人拿着册本，一人端着一个精致的礼盒。他依照规矩向两人请了安。南安侯看着礼盒道："这是你替陈贵妃备的礼？"

"是，请侯爷夫人过目。"林清羽眼神示意，凤芹便将礼盒呈了上去，手上轻轻发着颤。

看礼盒的形状，似是什么长条之物。南安侯打开一看，果然是一幅卷好的画。

南安侯命人将画展开，脸色骤然一变，惊怒起身："放肆！"

梁氏压下勾起的唇角，跟着站了起来，难以置信道："这幅画是五百年前蜀国大家之作，亦是侯爷的传家之宝，你怎么能拿去送礼？！"

"此画有市无价。圣上极其爱画，曾经数次命我携画进宫伴君同赏，又因体恤臣下，即便本侯主动献宝也不曾收下。你倒好，拿去送给陈贵妃——太子的母妃！"南安侯重击桌案，怒不可遏道，"圣上最忌权臣和太子过于亲厚。你可知，你险些酿成多大的祸事！"

林清羽敛目道："清羽不敢。"

"你不敢？"南安侯已是震怒，"谁人不知太医院院判之子颖悟绝伦，七行俱下。我看你就是存心所为，欲图置南安侯府于险境！"

梁氏后怕道："还好还好，侯爷事先看了眼，否则来日圣上在陈贵妃那儿看到此画，不知会如何猜忌侯爷和太子的关系。"

梁氏看了刘嬷嬷一眼，示意她该和往常一样添油加醋了，怎料刘嬷嬷面目扭曲，身体亦是抖动得极为难看，她压着嗓子问："你怎么了？"

刘嬷嬷低声道："想是被什么虫子咬了，身上痒得慌。"

紧要关头，这算什么事。梁氏不悦道："侯爷还在，你注意礼数。"

刘嬷嬷强忍道："是。"

林清羽冷静道："侯爷，我既已入侯府，便无退路。南安侯府若遭难，我也难逃干系。我之所以选这幅画，是夫人吩咐的。"

梁氏睁大眼睛，惊呼："你胡说些什么！"

"是夫人说，备给陈贵妃的礼和他们的赏赐价值相当。"

南安侯和梁氏虽不是结发夫妻，到底同床共枕多年，而林清羽，不过是鲜少见面的义子，此时此刻他自是相信梁氏："她说的没错，你确实只要备价值相当的礼即可。但你做到了吗？！"

林清羽道："太子曾赏过侯爷一对羊脂白玉的玉如意，也是前朝遗物，有市无价，足以和此画呼应。"

"什么羊脂白玉？"南安侯厉声道，"太子殿下从未赏过我此物。"

梁氏凝神思索："我也不记得有这么一回事。"

林清羽蹙眉："没有？可是夫人给我的册本上记录了这一条——欢瞳。"

欢瞳呈上册本。南安侯一目十行地看完，眼神越发冷厉，将册本狠狠丢向林清羽："你自己看看，你说的羊脂白玉在何处！"

林清羽偏头躲过，捡起账本翻阅了一遍："确实……没有。"

南安侯指着林清羽道："你还有什么话可说！"

刘嬷嬷还在和身体的异样做斗争，一个字都说不出来。梁氏只好自己出言道："清羽啊，你到底是怎么回事？账本缺了两次，今日又……唉。"

南安侯道："账本？什么账本？"

梁氏为难道："不算什么大事，侯爷不知道也没关系。"

"说！"

梁氏迫于无奈，不得不将账本之事和盘托出。

南安侯闻言更是怒火攻心，心中断定林清羽乃是故意为之："来人，传家法！"

林清羽目光一一扫过众人，缓声道："册本上没有羊脂白玉，可我分明记得有此一条，这是为何？两次的账本，我也记得一页不缺，到夫人那儿，却少了一页，这又是为何？"

梁氏脱口问出："自是因为你保管不善。"

"我保管不善？"林清羽轻声一笑，"难道就不可能是被人蓄意拿走了一页吗？"

"清羽，事到如今，你还想攀扯他人？"梁氏摇着头，"如此品行低劣，你怎配当侯府的少主！"

话音刚落，只听"扑通"一声，站在一旁的刘嬷嬷忽然倒了下来，疯妇一般地在地上扭动，撕扯着身上的衣裳，嘴里念念叨叨着胡话，极是可怖。

众人还未反应过来，林清羽身后的凤芹也跟着倒下抽搐。她到底是个姑娘，咬着唇极力克制着没扯衣服，却是用头不停地撞着地。"咚咚咚"，如同催命的丧钟。

在场之人均被吓得够呛，几个婢女惊叫出声。离刘嬷嬷最近的梁氏整个人已然僵住，连步子都迈不动，伸出手，惊恐万状道："侯……侯爷……"

林清羽道："账本和册本是在蓝风阁缺的，那自然是蓝风阁的人所为。为了抓到此人，小侯爷命我在册本记有羊脂白玉的一页熏上一种特制的毒。一旦肌肤接触此毒，便会全身瘙痒，长满脓疮，虽不伤性命，却是生不如死。此前，我曾多次叮嘱下人，切不可动夫人送来的册本。蓝风阁有人中毒在意料之中，"林清羽一顿，淡淡扫了梁氏一眼，"可我没想到，夫人最信任的刘嬷嬷也会中毒。"

南安侯是个聪明人，将之前的"巧合"一串，心里便明白了大半。他回头看向梁氏，梁氏满脸愕然："侯爷，我不知道，我不知道这是怎么回事……"她急中生智，反咬一口，"是林清羽故意给她们两个下了毒，陷害于我！林清羽，我究竟是哪里对不住你，你竟下这样的狠手！"

林清羽冷笑一声，走至凤芹面前，居高临下地问："很难受，是不是？"

凤芹嘴唇被咬出血，挣扎道："少……少主，求……"

"我可以给你们解毒，但我想知道账本和册本缺失的那几页的下落，明白吗？"

刘嬷嬷抓破了她的衣袖，露出一大截脓疮满布的手臂，令人触目惊心，看得一个小丫鬟干呕起来。她听到"解毒"二字，再顾不上其他："夫人……夫人她让我烧了……"

梁氏摇着头，犹在狡辩："不是的侯爷！我没有……林清羽这……这是屈打成招！您不能相信他们啊侯爷！"

林清羽道："侯爷若不信，可亲自去审账房的王管事，他还没中毒，人是清醒的。以侯爷公正廉明的手段，定能查出真相。"

南安侯闭了闭眼，道："来人，将这两个疯妇拖下去。"

凤芹和刘嬷嬷被带走后，屋内一片寂静，下人们是大气都不敢出，直到侯府总管提醒道："侯爷，您该去上朝了。还有……夫人，也该进宫了。"

这么一闹，梁氏的发髻散落，妆也花了。一家主母狼狈如此，颜面尽失。

南安侯沉声道："你快去梳洗，重新选份礼送给陈贵妃。至于其他，等我回府后再说。"说完，拂袖大步离去。

南安侯从宫中回来后，亲自密审账房的王管事，事实究竟如何，无人知晓。府中人只知道夫人在祠堂内跪了一夜，第二日就病倒了。南安侯为了让她安心养病，将府内庶务交予林清羽和姨娘潘氏一道打理。

此番结果和林清羽预料的相差无几。南安侯注重脸面，梁氏毕竟是他的正妻，他明面上不会对她如何，但所有人都知道，侯府的天，怕是要变了。

此事过后，陆晚丞的身子也渐渐好了起来，恢复到可以下床的地步，每日喝的药还换了一种。花露将汤药端给他，他一闻便知这不是他常喝的药："张大夫改方子了？"

花露答道："不是，这是少主给您开的药。"

陆晚丞闻言，猛地将刚入口的药喷了出来："噗——"

林清羽进屋恰好看到这一幕，嘲道："你是连药都不会喝了？"

陆晚丞咳得厉害，花露又在忙手忙脚地收拾。林清羽嘴上没饶人，却还是走到床边坐下，轻拍着陆晚丞的背，替他顺气。

陆晚丞又闻到了林清羽身上极淡的宣纸墨砚的味道，混着药香，仿若他是从书本里走出来的深山采药仙人。陆晚丞因为太懒，空闲的时候就会一边发呆，一边观察身边的人，因此练就了察言观色的本事。比如现在，他能感觉到林清羽心情不豫，周身散发的寒意能让人退避三舍。

他不敢造次，小心翼翼地问："清羽，你为什么要替我换药啊？"

林清羽淡淡道："你觉得为什么？"

陆晚丞挥手让花露退下，而后低笑着问："是嫌我死得太慢了？"

林清羽冷笑出声："是，所以要给你喝毒药。"

陆晚丞"哦"了声，拿起一旁的药碗将药喝了个干净。

林清羽眉间轻蹙："你这又是在做什么？"

陆晚丞舔了舔嘴角，道："你要是真的想对我下毒，不会等到现在，更不会让花露知道换药一事。你是觉得张大夫的方子不好，所以给我换了一个更好的。"

像是被戳中了心思，林清羽蓦地起身："自作聪明，爱喝不喝。"

陆晚丞拉住他的衣摆不让他走："林大夫是又生气了吗？"

"没有，看你不痛快罢了。"

陆晚丞认真回想了自己近期的所作所为，无辜且迷茫："我哪里错了？"

林清羽无言以对。陆晚丞没错，陆晚丞从未说过想要多活些时日。至于他，不能参加今年太医署的考试，是因为他自己一时心慈手软，犯了蠢。可即使错过了今年的考试，三年后还可以继续考。而陆晚丞，只剩下最后这么点时间。人一死，什么都没了。

林清羽语气稍缓："这个方子是我父亲给的，我依着你的情况加以改良。不能救你的命，但能让你多活半年，也能让你最后的日子痛苦少一些，到时候……不至于太狼狈。"

林清羽见过不少因病重濒死之人，无论从前有多体面，到最后都称不上好看。生活不能自理，凡事尽靠他人，骨瘦如柴，面容灰败，直至油尽灯枯。像陆晚丞这样身上带着光的人，不应该那么煎熬地凋零。

然而陆晚丞倒不在意自己死得难不难看："你说的意思是，喝了你的药，可以多活半年？"

林清羽垂下眼帘，不去看他："是。"

陆晚丞眼眸微动，喉结上下滚了滚："清羽。"陆晚丞唤了一声，又沉默了下来，反让林清羽生出一丝局促来。

"你别误会。"林清羽道，"'人命至重，有贵千金，一方济之，德逾于此。'

我既习医，就不能对无辜之人见死不救。"

陆晚丞再开口时，声音有些低哑："可是，你救不活我的。"

"我知道。但只要我尽力了，来日便能问心无愧。"

陆晚丞笑了起来，笑得唇角微弯，双眸璀璨，甚至好看，只是说出来的话仍是欠扁："哎呀，心狠手辣的大帅哥是为了我转性了吗？"

林清羽难掩嫌弃，死不承认："小侯爷未免太高看自己了。"

陆晚丞直起身，轻轻道："清羽，谢谢。"

突如其来的话语让林清羽不太习惯，冷如檐下冰凌的脸色稍霁，道："这药，你是喝还是不喝？"

"我若不喝，岂不是辜负了你的一片心意。对了，"陆晚丞似想起一件重要的事，"这药能让我背得动人吗？"

林清羽唇挂冷笑："别想了，估计你这辈子都不可能。"

05.

林清羽拿到一半的管家之权后，每日来找他的人络绎不绝。

少主给人下毒的事在府中传开，谁也不敢再轻慢这位少主，众人看林清羽的目光都透着敬畏。大到府内月例的发放，小到院子里要种什么花，下人们均要向少主禀告，完全不敢乱拿主意。

林清羽不胜其烦，他对府内庶务一向没什么兴趣。像种什么花、各房备什么消夜一类的小事，交给潘氏定夺即可。至于其他要紧的事，若能拿捏在自己手中，也算是件好事。

林清羽找到躺在摇椅上闭目听雨的某人，吩咐："你再寻几个信得过的管事，一并处理府务。"

陆晚丞睁开眼，揶揄道："哦？我记得你当初似乎不赞同这种做法啊，'凡事不能总依靠他人。你以后懒得吃饭，懒得睡觉，懒得娶妻生子的时候，是不是也想要别人替你？'这是你的原话。"

林清羽顿了顿，淡定道："此一时彼一时。"

陆晚丞笑道："好办，我再给外祖写封信。"

林清羽点头："写。"

"那你帮我磨墨。"

陆晚丞随口戏言，本以为又会被林清羽无情拒绝。不料林清羽只是稍作犹豫，便道："可以。"

陆晚丞登时受宠若惊。

书房，陆晚丞站在窗栏前，手中持笔；林清羽静立在一侧，为他亲自研墨。

春日多雨，雨下了几日也不见停。窗外春雨潇潇，飘洒迷蒙。

陆晚丞写得很慢，他似乎不常动笔，但字却是极好。信件乃私密之物，林清羽没有刻意去看，只不经意地一瞥。都说字如其人。陆晚丞的字风风火火，行云流水一般，洒脱流利，很难想象是出自久病之人之手。

写了几句话，陆晚丞就开始犯懒："手好酸，我好累。"

林清羽道："你可以坐下写。"

"那不行。坐下来写一点都不优雅潇洒。"

欢瞳进来送点心，不禁放轻了声音道："少爷，膳房里送了一盒梅花糕过来。"

林清羽道："放着吧。"

欢瞳将梅花糕放在桌上，看到陆晚丞的字，惊讶道："小侯爷人懒成那样，字居然这么好看！"

陆晚丞谦虚道："过奖过奖，也就一般好看吧。"

林清羽缓声道："看你的字，像是刻意练过。"

"是啊。"

练字非一日之功，陆晚丞的字少说也练了数年。林清羽不由质疑："写了几个字就喊手酸，你会有闲情逸致练字？"

"唉，那不是被逼的嘛。我幼时活泼好动过了头，我娘亲听说练字能静心，就花大价钱为我请了书法大家，专门教我写字读古文。"陆晚丞垂着眼睛，脸上怀念和痛苦并存，"我娘亲是个好强的人，自己好强就算了，还要求我琴棋书画样样精通，什么都要拿第一。可怜我当时小小年纪，不是上这个课，就是上那个课，连个觉都睡不饱……"

欢瞳同情道："小侯爷也太惨了吧！身体不好还要被这么折腾，比我们当下人的都不如。"

林清羽漠然："他在胡说。"

欢瞳瞪大眼睛："啊？"

"你何时见他唤过梁氏'娘亲'？"

欢瞳挠挠头："对哦。"

"他口中的娘亲，怕是另有其人。"

陆晚丞并不反驳，笑道："被看穿了啊。"

信写到一半，陆晚丞有一句话拿不准措辞，停笔沉思，沉思着沉思着就走了神，目光渐渐涣散，握笔的姿势也变了。但见他漫不经心地拿着笔杆，一个发力，笔便按顺序环绕在他四指之间，从头到尾，一气呵成。

转瞬间，笔墨横飞，站在他身旁的林清羽主仆深受其害。林清羽还算好些，只被甩到了几点墨渍。惨还是欢瞳惨，一条墨痕划过他半张脸。他还因惊吓张开了嘴，有幸品尝了一番墨味，缓过来后立刻"呸呸呸"地吐起墨来。

陆晚丞意识到自己的失误，赶紧放下笔，向两人道歉："对不起，我一时忘了这是蘸了墨的毛笔……"

林清羽面无表情道："你能不能做个正常人？"

陆晚丞有些想笑，但这个时候他再笑，未免也太不厚道了。他强忍着，道："真的不是故意的……我帮你擦擦。"说着，便抬起了手。

林清羽打开他的手，语气冷淡："墨渍能用手擦？"

"哦，对。"陆晚丞回过神，转头吩咐，"欢瞳，还不快拿帕子来替你家少爷擦干净。"

欢瞳嚷嚷道："我嘴里还没吐干净呢！"

花露打来温水，林清羽用湿帕将脸擦净。这时，潘氏的贴身婢女含巧找到林清羽，道："少主，我们姨娘请您去前堂一趟。"

林清羽道："知道了。"

他和潘氏男女有别，虽一同管家，但甚少见面，有什么事都是让下人传话。潘氏突然来请，应该是有需要面谈的事。

林清羽对陆晚丞道："我出去一趟，你好生把信写完，尽快差人送去国公府。"

陆晚丞心不在焉地应下，回到窗前，看着林清羽雨幕中打伞的背影，纳闷着自言自语："什么鬼……"

潘氏原也是官家小姐，只可惜家道中落，为了生计，不得不委身为妾。娘家式微，又无子嗣傍身，她能在南安侯那里得宠，除了容貌的缘故，更因她性子恬静，不争不抢，也从不在南安侯面前多嘴。前朝之事已经够让人烦心，南安侯回到府中，只想寻得片刻安宁，潘氏那儿无疑是最好的去处。

为了避嫌，林清羽和潘氏见面时都带着不少下人，此次亦然。林清羽对南安侯府中人素来没有好感，但因着潘氏之前送给他的贺礼，又在他扭伤时送来药贴，他对此人算不上讨厌，单纯无感罢了。

林清羽耐着性子和她客套了几句，道："姨娘有何要事，直说即可。"

潘氏点了点头，道："还有几日便是清明。侯爷老家在临安，祭祖一事均由陆氏旁支操办。侯爷为表孝心，为其双亲在京郊的长生寺点了两盏长明灯。以往这个时候，夫人都会去长生寺上香祈福，求得祖宗庇佑。如今，夫人病体未愈，侯爷也……"潘氏停下，没再说下去。

自陈贵妃寿礼一事后，梁氏便鲜少在人前露面，说是养病，实则是被禁足。南安侯常年身居高位，心高气傲，受不得被人设计蒙骗之耻。梁氏的过错说小不小，说大也不算大，但她犯了南安侯的忌讳，自是要吃不少苦头。

林清羽道："既然如此，祈福之事就有劳姨娘。"

潘氏摇了摇头，道："我不过一介妾室，断不能代替夫人上香。现下小侯爷身体虽有好转，但仍无法支撑这种活动的消耗。你是侯府名正言顺的少主、小侯爷的义弟，给陆氏宗族的香，除了夫人，只有你去上最合适。"

林清羽不置可否，让他去给陆家祖宗上香，他恐怕会直接灭了南安侯点了十几年的长明灯。

不过，若能趁此机会去一趟长生寺，为他家人上香祈福，倒也不错。

林清羽道："好，我会安排。"

潘氏道："雨天路滑，少主可等天晴再动身。"

林清羽颔首告辞，潘氏目送他离开，突然道："少主请留步。"

林清羽问："还有事？"

潘氏走上前，向林清羽行了一个礼，道："十年前，我尚未入府，同母亲相依为命，靠洗衣织布为生。冬日苦寒，母亲染上风寒，多日不愈，奄奄一息，然我家家徒四壁，根本拿不出看病买药的钱银。我带着几个铜板，在常熹和药铺苦苦相求，却被路过的登徒子骚扰。彼时林院判正在药铺挑选药材，幸得他出手相救。林院判不但随我到家中给母亲看了病，还替我们付了药钱。他……是我们母女的救命恩人。"潘氏说完，已然哽咽。

林清羽淡淡一笑，道："这的确是父亲会做的事情。"

潘氏侧身抹泪，羞赧道："让少主看笑话了。我只是想说，日后少主若有用得上我的地方，我定竭尽所能，助少主一臂之力，以报救命之恩。"

林清羽微冷的声线暖了几分："姨娘客气了。"

回到蓝风阁，林清羽命人为清明出行做准备。可雨依旧没有要停的迹象，天久不放晴，屋内潮湿，外头走到哪儿都是雨水，人的心境也跟着莫名低落。

陆晚丞郁郁寡欢了几日，林清羽问他怎么了他也不说，只是一个劲地对着雨长叹。林清羽问过一次得不到答案便懒得再问，随他如何。

这日，陆晚丞又在床上发起了呆，花露端来药，唤他喝药他也没反应，一副生无可恋的架势。

花露扭头向林清羽求助："少主，这……"

林清羽道："我来，你下去吧。"

花露走后，林清羽走到床边，居高临下地看着陆晚丞，问："你到底怎么了？"

陆晚丞："……"

林清羽面露不悦，威胁道："你再不说，我便让欢瞳每日天一亮就掀你被子。"

陆晚丞一哽："我都这样了，你能不能有点同情心？"

"你哪样了？"

陆晚丞以手掩面，痛苦道："我……好像要不行了。"

林清羽："不行是什么意思？"

陆晚丞似难以启齿："就是……"他低头看着自己下腹，语气无比哀伤，"这几天，拉得都虚脱了。"

林清羽道："哦，这很正常。"

陆晚丞猛地抬头："正常？"

"为了改良药方，我在你药中加了不少特殊药材。"林清羽轻描淡写，仿佛只是在谈论晚膳要吃什么，"长期混用此类药，是会……产生一些影响。总归你也不见人、不外出，无须在意。"

无须在意？

陆晚丞一口老血差点喷出来，一时之间竟不知该如何反驳这等没人性的话。对着林清羽发火吧，把人惹生气了他还要去哄；讲道理吧，众所周知，此类美男子是不会和凡人讲道理的。

陆晚丞憋了半晌，方道："就算是这样，那也得问问我啊。"

林清羽道："事关生死，你能不能收起你无用的自尊心。好好多活半年，比什么都重要。"

陆晚丞垂死挣扎:"可是……"

林清羽面露不耐:"没有可是。小侯爷,你身为病患,唯一要做的就是遵从医嘱,把药喝了。"

陆晚丞低头看着黑乎乎的汤药,欲言又止,止又欲言,最后朝林清羽竖起大拇指,嘴里蹦出一个字:"牛。"

06.

蓝风阁近日氛围不同于往常。画眉鸟不唱歌了,八哥不叫林大夫了,小侯爷他……萎靡了。不只是在身体上,陆晚丞的情绪也是萎靡不振。鸟不遛了,花不赏了,壶不投了,眼睛一闭,身体一瘫,世俗的欲望,与他无关。

蓝风阁留下的下人都很喜欢他们的主子。小侯爷风趣大方,常常寻到乐子便同下人一起乐。他这一闷闷不乐,院子里越发沉闷,听不到半点欢声笑语。

花露和欢瞳离主子最近,感受最深刻。他们一致认为,少爷和少主好像是吵架了,现在是谁都不理谁。

欢瞳笃定:"肯定是小侯爷招惹到我们家少爷了。"据他观察,小侯爷偶尔会在他家少爷面前胡说,惹得他家少爷横眉冷对,再笑吟吟地拉着人家衣袖道歉,也不知道图啥。

花露叹气:"希望两位主子快点和好。"

林清羽知道陆晚丞很郁闷,但他着实不理解陆晚丞为何这么郁闷。他未曾提前告知陆晚丞新药的副作用是他疏忽,可若他不用这些药,按照父亲原来的方子,陆晚丞只怕会遭受更加难以忍受的痛苦。相比之下,区区无伤大雅的副作用又算得了什么。

但愿陆晚丞能早日想通,振作起来。

雨淅淅沥沥地下了快半个月,书房里一股霉味,影响人看书的心情。林清羽配了一些有去霉味之效的香料,让人在各个屋子里点上,又叫了几个下人,将书柜里已经发霉的书摊开烘干。

书房内忙忙碌碌,林清羽静不下心看书,干脆和下人们一道收拾。他随手打开一本《临安游记》，看到一列笔写的注释，问："这是小侯爷的书？"

花露凑过来看了眼，道："是呢，去年小侯爷一直在看这本书，还和我说想去临安看看江南风光。"

林清羽蹙眉："那这字，也是他写的？"

"肯定是。"

林清羽细看那一列注释，越看越觉得不对劲。他看过陆晚丞前段时间给温国公书信中的字，和这本书去年的字笔法形似而非神似，就好像……是在刻意模仿一样。字的形可以模仿，但字的神韵映射着一个人的心境品性，"形"再如何相似，"神"总会有所偏差。

林清羽沉思良久，问："小侯爷起了吗？"

花露道："半个时辰前就起了，国公爷命人送来了几个嬷嬷和管事，大少爷正在正厅和他们说话呢。"

林清羽走到门口，正要进去，就听到了陆晚丞的声音："你们是外祖送来的人，我自是信得过。想必不用我说，你们也知道该怎么做。"

一个陌生的声音道："小侯爷请放心，我们一定竭尽所能为小侯爷分忧。"

"错了，不是为我分忧，是为少主分忧。"陆晚丞语气淡淡，"我横竖熬不过今年冬天。等我去了，少主会回去林府。我希望他走的时候能带上侯府大半的家产，且不会被侯爷、夫人刁难，你们可明白我的意思？"

短暂的沉寂过后，数人齐声道："我等唯小侯爷、少主马首是瞻。"

陆晚丞颇为满意："事情办好后，少不了你们的好处。"

林清羽心中微堵，不由闭目轻叹。

陆晚丞把人打发走，端起桌上的茶盏刚抿了口茶，听见外头传来一声"见过少主"。他手上一顿，假装没听见，自顾自地品起茶来。

林清羽走进来，道："小侯爷。"

陆晚丞矜持地"嗯"了声。林清羽唤了一声便不开口了，仿佛是在酝酿措辞。陆晚丞不想这么快就妥协。作为男子弱不禁风已经很丢人了，林清羽还雪上加霜。这能忍？

他也不是怪林清羽，他何尝不知道林清羽是为了救他才做的这些。可能不能事先和他打个招呼啊，很吓人的好不好。早知如此，还治个什么病，他还是躺平等死吧。

陆晚丞放下茶盏，道："如果你是来道歉的，那大可不必。"

林清羽道："你想多了，我不是来道歉的。"

陆晚丞："……可以，很强势。"

林清羽沉吟道："不如，我们结拜吧。"

陆晚丞一怔，气笑了："笑死，我都成什么样了，还和你结拜？我贱不贱啊。"

林清羽耐着性子道："没有。你那只是因为药物导致的，我替你扎几针便能好。"

陆晚丞有被安慰到，面上却冷笑道："不用换，我觉得这个药方就挺好。总归我用不上，无须在意。"

"别闹了。"林清羽凑近前去，嗓音轻缓，"你不是一直想与我称兄道弟吗？"

"称兄"二字让陆晚丞抬起眼眸，若是能听林清羽一口一个"哥哥"地叫他，犯犯贱似乎也还行？

陆晚丞托腮挑眉："你是认真的？"

林清羽颔首："君子一言。"

陆晚丞掩唇咳了声，道："那就……再结拜一次。"

两人都没有结拜的经验，陆晚丞便照着他在话本里看到的，让欢瞳备下香炉、匕首、杏花酒、蒲团，又在檐下摆了一方桌，把物事对称摆好。

花露还从没见过这阵仗，好奇道："少爷和少主这是在干吗呀？"

欢瞳乐呵呵的："这都看不出来？他们在拜把子啊。"

花露倏地瞪大眼睛，惊恐道："拜什么？"

"拜把子，'喝完这杯酒，兄弟一起走'的那种。"

花露的大眼睛里充斥着更大的迷茫："可……他们已经是了啊！"

陆晚丞拿起匕首，犹疑道："书上说，结拜要歃血为盟……"

林清羽抱着陪弟弟玩过家家的心态，道："身体发肤，受之父母。只要有诚意，歃不歃血不重要。"

"你是对的。"陆晚丞点燃三炷香插进香炉，"我们直接拜吧。"

两人手中捧酒，双双在蒲团上跪下。陆晚丞有模有样地说："皇天在上，厚土为证。今我陆晚丞和林清羽结为异姓兄弟，不求同年同月同日生，但求……"陆晚丞略作停顿，笑着改口，"来日方长同舟济，石头也作馒头啃。齐心协力义断金，喝杯白水也开心。"

林清羽掩唇轻笑了一声。

两人一同喝下结义酒，林清羽招来欢瞳，扶陆晚丞起身，见陆晚丞眉眼含笑，林清羽问他："这下高兴了？"

陆晚丞坏笑："多了一个好兄弟，我当然高兴。你呢？"说罢一脸期待地看着林清羽。

林清羽淡淡道："我还好，晚丞兄。"他觉得有点好笑，"闹了这么久，消停一点吧。回去把药喝了，喝完我替你针灸，治好你的腹泻之症。"

四月中旬，雨终于停了。天空放晴，万里无云，清风入袖，是个出行的好日子。林清羽不再耽搁，准备动身前往长生寺。

临行之前，他去看了眼陆晚丞。陆晚丞居然已经醒了，趴在床上不知道在想什么，心情似乎很不错，还懒洋洋地和他道了声早。

林清羽了然，似笑非笑道："小侯爷是人逢喜事精神爽，看来是针灸起效了。"

陆晚丞正想反击，却被欢瞳适时打断："少爷，马车已经备好了。"

林清羽看向窗外，春意融融，阳光正好，问："小侯爷，你想不想出去散散心？"

"去哪儿？"

"长生寺。"

陆晚丞想了想，笑道："好啊。"他正好想见一个人。

于是，林清羽带着陆晚丞和欢瞳，乘马车来到京郊的长生寺。

长生寺乃本朝第一寺，其内清净庄严，禅庐周备，香客络绎不绝。寻常老百姓只能在前殿烧香拜佛，后院是专门接待高门权贵的地方。林清羽的仇人之一，为南安侯府写他生辰八字的大瑜国师便是在此处带发修行。

林清羽一直想问，这位神秘的国师是如何推算出自己的生辰八字对陆晚丞有利的，究竟是天意如此，还是刻意为之。国师又是否知道，他短短的一行字几乎毁了一个无辜之人的一生？

可惜国师常年闭关，除了圣上，莫说旁人，连皇后、太子想见他一面都不容易，何况是他区区一个侯府义子。

接引的僧人知道林清羽等人的身份后，恭敬道："原来是小侯爷和少主。二位请随我来，侯爷点的长明灯燃在偏殿。"

林清羽道："长明灯小侯爷去看即可，我在前殿烧香祈福。"

陆晚丞可有可无道："好。"

陆晚丞病气虽暂时被压住，但终是体弱之人，身边离不了人。林清羽让欢瞳陪着他一起去了。

林清羽走到佛像前，向僧人要了三炷香，点燃香火后，跪在蒲团之上，闭目静思，心中所念皆为家人。随后，他将香火插进炉中时，突然想起几天前那场结拜的闹剧，莫名有些想笑。

陆晚丞那头似乎要耽搁挺久，前殿人流往来，僧人便请林清羽去后院等候。林清羽跟着一小僧来到后厢房，相比前头，这里少了些许人气，曲径通幽，清静雅致。

林清羽素来喜静，此时不免生出独自走走、静一静心的念头。他请小僧先行离去，一人顺着小径漫无目的地散心，未曾料到，小径的尽头竟是一片盛放的桃林。

暗香疏影之中，摆着一方石桌，两男子对面而坐。其中一身绯红衣袍的俊美青年正是陆晚丞，而另一位气质出尘、清新俊逸的青衫男子，林清羽有种感觉，此人应当就是大瑜国师——徐君愿。

徐君愿果然是个难得一见的美男子，可陆晚丞不但没有被比下去，甚至隐隐占了上风。只见陆晚丞坐在桃花树下，姿态慵懒随意，身后落花似雨，正是翩翩浊世佳公子，皎如玉树临风前。

明明一个时辰前，他还躺在床上还宛如一条搁浅的咸鱼。

这人未免太会装了，只要有外人在，陆晚丞似乎总是最耀眼的那个，犹如璀璨的宝石，把所有人比得黯然失色。

林清羽不禁想着，若陆晚丞平常有此时的十分之一，自己能省下多少心。

徐君愿撩起袖摆，亲自帮陆晚丞沏了杯茶："不知陆小侯爷带病前来，所为何事？"

陆晚丞微微领首，客气又疏离地浅笑："我有一事，想一问国师高见。"

徐君愿笑道："小侯爷但问无妨。"

陆晚丞缓声道："这世上，可有身消魂在，游戏人生之事？"

07.

林清羽身影隐于桃林之中，此处鲜有人烟，两人的对话较为清晰地传入他耳中。

难怪陆晚丞愿意来这一趟，想必是为了徐君愿。陆晚丞一向是能坐着就不站着，能躺着就不坐着，二人相识至今，陆晚丞只出过两次门，一次是去林府，还有一次便是现在。能让一条"咸鱼"动起来的事，一定是无比重要的。

他记得陆晚丞曾经对鬼神之说表现出不小的兴趣，还言道想会一会传说中能"知天地，通鬼神"的国师，没想到真的来了，还如此轻而易举地见到徐君愿，问出这个荒唐的问题。

"身消魂在，游戏人生"，世间若真有这种事，哪来那么多痴痴怨怨，大夫也不用苦读数十载，费心治病救人，等人没了，学神话里用莲藕捏个身子，再吹口仙气，岂不美哉妙哉？

徐君愿似有几分惊讶，也不知是惊讶于陆晚丞的问题，还是惊讶于他的开门见山。他微作思索，道："古往今来，追求长生不老的大有人在，其中不乏许多青史传名的帝王。天子穷天下之力尚且做不到的事，想来就是不存在的吧。人的躯体，去了便是去了，消散而逝，任谁也无法挽回。至于游戏人生……"徐君愿一笑，"恕我才疏学浅——不知道。"

陆晚丞挑了挑眉："原来国师也有不知道的事。"

"我不知道，是因为我还未亲眼见过。"徐君愿道，"但我没见过，不意味着世间不存在。"

陆晚丞"哦"了声，没了交谈的兴致，仍是客气道："不愧是大瑜唯一的国师。听君一席话，如听一席话。"

这是在说徐君愿说的都是无关紧要的废话了。

徐君愿脸上始终挂着让人如沐春风的微笑："若真有此事，我倒是很想见识一番。只是，当事者恐怕不会轻易开口。因为……"

陆晚丞道："因为他知道说了也无人信，即便信了，也会惹出不少麻烦事。"

徐君愿笑道："小侯爷英明。"

"少爷？"欢瞳不知从哪儿冒了出来，手里推着陆晚丞的轮椅，想是陆晚丞走累了，打发他去马车上拿轮椅。

他这一出声，陆晚丞和徐君愿都瞧了过来。林清羽不慌不忙地走出去："小侯爷。"

陆晚丞以手撑额，含笑望着他，话却是对徐君愿说的："国师，这是我家弟弟。"

徐君愿一见林清羽，眼中笑意更甚："见过林少主。"

林清羽袖中的手微微一紧，淡淡道："见过国师。"

"林少主美词气，有风仪，真乃人中龙凤。"

陆晚丞也盯着林清羽看，笑道："是吧。"他大大方方地看着林清羽，表情里写满了得意之色。

林清羽一记眼刀扫了过去，陆晚丞移开视线，嘴角却扬着笑，仿佛在说：这不是废话？

"美景，知己，还差一壶美酒。"徐君愿招来一小僧，道，"去把我前年埋在桃树下的酒取来。"

林清羽道："小侯爷有病在身，不宜饮酒。"

"是我疏忽了。"徐君愿朝两人举杯道，"那我便以茶代酒，敬二位一杯。"

陆晚丞正要端起茶盏，见林清羽一动未动，又把手收了回去，面上无波无澜，内心只觉憋闷非常。他就知道林清羽见了国师要不爽，林清羽不开心，他也会跟着不爽，造孽啊。

徐君愿脸上笑意不减："看来林少主是不想给我这个面子了。"

林清羽道："癸未年三月十一，辰时。"

徐君愿点了点头："若我未记错，这应当是林少主的生辰八字。"

"国师好记性。"林清羽冷声道，"我和小侯爷一样，有一事不解，想请国师指点。"

徐君愿微笑道："指点谈不上，林少主请直言。"

林清羽轻轻启唇："为何是我？"

徐君愿似猜到了林清羽有此一问，手头往上指了指："天意如此。"

"天意？呵。"林清羽言语中难掩讥诮，"年少时，我随恩师云游四方。常有迷信之人，病了不去请大夫看病吃药，而是找一些'神婆'到家中装神弄鬼。若病能好，自是万事大吉；若病不能好，那便是'天意如此'，病者命数已定，凡人无力回天。国师所说的'天意'亦是如此吗？"

"究竟是不是天意，两位应该比我更清楚才是。"徐君愿从容道，"林少主入府之后，小侯爷的身体是否有所好转？"

林清羽不以为然："巧合罢了。"

徐君愿无奈一笑："林少主这般，我也没什么可说的了。"

陆晚丞略作思忖，道："既然如此，国师可否告知你推算的过程，还是说，天机不可泄露？"

徐君愿的神色令人玩味："天机自是不可泄露，但偶尔泄露一点也无妨。当日，小侯爷病危，侯爷、夫人托皇后寻我求助。我起了一卦，算到小侯爷命不该绝，若得贵人，或许有一线生机，仅此而已。"

陆晚丞笑了笑："可我现在得了贵人，依然命不久矣，可见无用，国师下次还是别泄露'天机'了，免得误人前程。"

林清羽闻言，看了眼身侧之人，陆晚丞倒是把他要说的话都说了。

徐君愿轻叹："小侯爷能看淡生死，徐某自愧不如。可惜你的命数……"徐君愿话音一顿，别有深意地看着陆晚丞，"或者，小侯爷除了'陆晚丞'三字，还有没有其他的名字？我可用你别名再为你起一卦。"

陆晚丞不动声色地直视徐君愿，明眸隐于长睫之下，过了须臾，他方道："没有。"

关于陆晚丞的名字，林清羽略有耳闻，由他难产早逝的生母所取。生母去后，陆晚丞被养在乳母身边，后又由梁氏亲自抚养。无论是乳母还是继母，始终隔着一层，也不曾给陆晚丞取过什么小名。可若是如此，陆晚丞在回答这个问题之前，为何要犹豫？

林清羽想起《临安游记》中的那行注释，又想起陆晚丞的某些"胡言乱语"，陆晚丞甚至对自己的年龄都不太清楚。他一直未把陆晚丞的话放在心上，只当他是在装疯卖傻。现在想来，值得怀疑的地方不止一星半点。

看来……陆晚丞有事在瞒着他。

三人谈话间，天色渐渐暗了下来，小僧上前提醒林清羽他们早些下山，否则夜路难走，难免颠簸。徐君愿起身道："二位慢走，我就不送了。"

林清羽冷淡点头。徐君愿谈吐得体，温文尔雅，没有仗着特殊的身份地位强压于人，勉强不算十分惹人厌，将来若要找他寻仇，可以考虑下些毒性不强的药。

临走之前，陆晚丞顺手折了一株桃花。马车停在长生寺大门口，离桃林有一段距离，娇贵的小侯爷已经没力气再走路，坐在轮椅上由欢瞳推着走，手中漫不经心地把玩着折枝，昏昏欲睡。林清羽走在最前面，两人各怀心思，一时之间未有交流。

此时已近黄昏，离寺的香客不少。欢瞳发现不少走在他们前面的香客都会回头看一眼，不太高兴地说："小侯爷，好多人都在回头看我们少爷。"

陆晚丞心不在焉地"哦"了声。

欢瞳瞪直了眼："您就一点不在意？"他自幼跟着少爷，深知少爷反感陌生人一直盯着他，他也不喜欢路人瞧少爷的眼神，心里头不舒服。

陆晚丞奇怪道："这有什么，长得好看的人谁都喜欢看。"

欢瞳揶揄道："这拜了把子的就是不一样，小侯爷说话是越发随意了。"

陆晚丞一笑："清羽好看不是也给我长脸嘛。反正旁人再如何看，也就看这么一次。"陆晚丞一边"啧啧啧"一边同情地摇头，"好惨。"

欢瞳小声嘀咕："说的好像您能一直看一样。"

"呃……"陆晚丞脸上的笑容逐渐消失，很快又释然了，"至少现在我能天天见到清羽，虽然我也看不了多久了。"

欢瞳有些难过，他是想早点跟着少爷回林府不假，可这段日子相处下来，他挺喜欢小侯爷的，小侯爷要是死了，说不定他还会掉几滴眼泪。

欢瞳胡乱安慰着："这都还没到五月，离冬天还早呢，小侯爷还可以看大半年。"

"冬天啊……"陆晚丞望着前方，眼眸眯了起来。

林清羽蓦地停下步伐，缓缓转身，向陆晚丞看来。

欢瞳小声惊呼："糟糕，被少爷听见了！"

两人目光交错，林清羽沉静地看着他。陆晚丞忽然有一种错觉，林清羽看的不是他这张脸，而是……他这个人。

林清羽嗓音微冷："你当真，没有别的名字？"

陆晚丞心中一紧，同往常一般不正经地调笑："你这话问得好笑。我若是有，我自己怎么不知道。"

林清羽没有多问，淡淡道："但愿你能熬到第一场雪。"

08.

林清羽本不想对陆晚丞追根究底，每个人难免会有不能为外人道的秘密。陆晚丞既不想说，他也没什么必须知道的理由，就像他自己心里时不时涌现出的坏念头，不也无人知晓吗？

除了陆晚丞。

陆晚丞真的什么都知道。不仅仅是他，陆晚丞似乎把所有人都看得很透彻，自己却成日摆出一副混吃等死的咸鱼模样，表面上心无城府、与世无争，可又总是能在某些关键时刻无声无息地解决问题，叫人难以捉摸。

凭什么？凭什么陆晚丞知晓他的一切，而他对陆晚丞的了解，却只是冰山一角？

林清羽犹豫许久，以收拾书房为由，招来花露帮忙，命她把陆晚丞的书籍字画悉数找出，重新整理一遍。他也不知道自己这无缘无故的不甘心是从何而来，但既然有了疑问，寻找答案是正常之事，任谁都不喜欢被蒙在鼓里的感觉。

　　花露是温国公府上送来的侍女。温国公夫人惦记着外孙常年养病，怕他沉闷，故而选了一个性子天真烂漫的姑娘送来。花露不仅手脚麻利，还会认字，很快就把林清羽要的东西按时间顺序整理了出来。

　　陆晚丞的字迹可以追溯到他启蒙之时。数十年来，字迹的变化均有迹可循，一直到陆晚丞十五六岁，字的"形"和"神"已成定势，可就在陆晚丞病危之时，事情迎来了转折点。那时的陆晚丞昏迷不醒，无法提笔写字，他昏昏沉沉了一个月，在林清羽入府那日方再次清醒。

　　自那以后，陆晚丞字的"神"就变了。

　　林清羽拿起陆晚丞近期看的一本话本翻阅，问："你是什么时候到的侯府？"

　　花露道："回少主，我来侯府已经三年了。"

　　"以前的小侯爷，是个什么样的人？"

　　花露回忆着，道："小侯爷以前话比现在少，不怎么笑，也不喜欢遛鸟投壶。"花露一笑，"少主进门之后，小侯爷身子好了不说，性子也开朗多了。少主真是小侯爷的福星呢。"

　　林清羽不置可否："他以前平时做什么？"

　　"小侯爷喜欢看各种游记。他身子不好嘛，一直被困在府里，所以他特别想出门游历。他还说他这辈子若是能去一趟临安，死也瞑……呸呸呸。"花露打着自己的嘴巴，"瞧我这张嘴，说的什么晦气话。"

　　那条一身懒骨头的"咸鱼"，特别想出门游历？

　　林清羽心中冷笑，又问："他过去应当和夫人、二小姐关系很好吧？"

　　"对对对，少爷孝顺夫人，又最疼二小姐。国公府送了什么好东西来，他都是先紧着她们的。"

　　性情大变或许能用经历生死、心境变化来解释，可陆晚丞对梁氏和陆念桃突如其来的厌恶又是什么缘由？难道有人给他托梦，告诉他这对母女不是好人？

　　林清羽正在翻阅的话本是一本民间探案集，他对书名印象颇深。这本书一度在民间广为流传，求学时他的师兄、师弟皆曾沉迷于此，为此荒废学业，被师父好一顿痛骂。

　　林清羽随意看了两页，果然趣味横生，引人入胜。他翻到第三页，只见一个人名被圈出,旁边是一行醒目又潦草的注释:此人是凶手。

林清羽:"……"

不难看出,陆晚丞这几个字写得随意,没有刻意模仿什么,懒散中带着藏不住的精妙,和他本人如出一辙。

"少爷。"欢瞳的声音打断了林清羽的思路,"到用膳的时辰了,小侯爷请您去他那儿用膳。"

"好。"林清羽说着,提笔蘸墨,在注释旁利落地写了一个"滚"字。

春雨过后的五月是吃河鲜的好季节。今日一道姜丝鲫鱼汤做得甚好,鱼肉软嫩,鱼汤鲜甜。林清羽素来对吃食感觉不大,却也忍不住多用了一些,反倒是陆晚丞一口都未碰。

林清羽问:"你不喜欢吃鱼?"

"喜欢啊。"

"我见你一口未吃。"

陆晚丞笑道:"鲫鱼刺多,吃起来太麻烦,算了算了,别的菜也很香。"

林清羽:"……"

花露上前道:"那我帮少爷把鱼刺挑出来。"

"不必,"林清羽冷道,"别惯着他。"

陆晚丞手拢在唇边,对花露道:"好凶好凶啊。"

林清羽凉凉道:"你是不是又以为我听不见?"

两人吃得差不多时,一个小厮在外禀告:"少爷少主,张管事来了。"

林清羽放下筷子:"让他进来。"

张世全向两人汇报了南安侯府四月份的收支情况,特意提及了一个主子——侯府三少爷陆乔松。

陆乔松由梁氏所出,是正儿八经的嫡子,又是家中最小的主子,最重要的是他身体康健。府中众人皆知,这南安侯的爵位,迟早是要落在他身上。

林清羽和陆乔松在家中见过几次,对他谈不上了解,只听闻陆乔松尤善诗词歌赋,走的还是"婉约派"路线,为人风流倜傥,惹得不少青楼佳人芳心暗许。这等才华,考科举时却名落孙山,叫南安侯好一顿痛骂,不许他再同青楼女子来往。陆乔松明着收敛了不少,暗处如何旁人就不得而知了。

张世全道,陆乔松的小厮昨日去账房大闹了一通,口口声声说账房私吞了他们的月例银子和日常开销。往年陆乔松的青黛阁一月五百两，如今只剩下三百两；以前陆乔松每顿餐食五菜一汤，现下只有四菜一汤。

"各院的月例我等都是按侯府的规矩来办的，从不曾缺斤少两。青黛阁的小厮如此信誓旦旦，怕不是我们少给了，而是过去他们多拿了。"

林清羽哂道："陆乔松这是怕他母亲太早被南安侯解禁吗？"

陆晚丞夹了一筷子鲫鱼，慢条斯理地挑着刺，嘴里悠悠叹道："跳梁小丑怎么这么多！"

林清羽皱眉："食不言。"

"……哦。"

张世全憋着笑，向林清羽请示："依我看，青黛阁那头不会善罢甘休。少主，您看此事应当如何？"

"自是按规矩办。"林清羽道，"他们若想闹，便让他们闹。闹得越大越好，最好能惊动南安侯。"

不出所料，几日后陆乔松的乳母邱嬷嬷又去账房闹了一通。这次闹得还挺大，邱嬷嬷坐在地上打滚撒泼，哭号着潘姨娘和少主趁着主母病中不顾祖宗家法，以公谋私，苛待嫡子，还要请侯爷出来给他们做主。

林清羽到账房时，潘姨娘亦闻声赶来。她看着如市井疯妇一般的邱嬷嬷，无措道："少主，这……"

林清羽走到邱嬷嬷跟前，邱嬷嬷号得越发撕心裂肺："我对不住夫人啊！夫人病着，三少爷也病了，堂堂一等侯爵之府竟连个大夫也不给三少爷请！你们这是看三少爷比大少爷身子好，就也想把他拖垮啊！"

林清羽问："三少爷病了？"

张世全道："是，邱嬷嬷说他们院子没银子请大夫，让我们送两百两银子去。我说大夫我们来请，花费从府中的总账里扣，然后她就这样了。"

林清羽道："三少爷身子比小侯爷好那么多，怎会突然病了？想是下人伺候不周吧。"

邱嬷嬷一哽，瞪着林清羽道："还不是因为账房克扣月例！三少爷吃不好睡不好，自然就病了！"

"三少爷究竟是因何而病，一看便知。若真是因月例不足导致忧思伤身，加些也未尝不可，但若是旁的……"林清羽眼神扫过邱嬷嬷，"那就另当别论了。"

走吧,去青黛阁看看。"

邱嬷嬷咬了咬牙,道:"三少爷病中需要休息,青黛阁可没工夫接待少主。"

张世全笑道:"嬷嬷莫不是忘了,我们少主就是最好的大夫。"

青黛阁内,陆乔松伏着床沿,不住地干呕,身上冷汗频出,整个人发冷发虚,陆念桃正在一旁给他喂水拍背。陆乔松瞧见林清羽和一大帮子人走了进来,脸色越发难看,碍着规矩不得不唤道:"少主。"

陆乔松也算是个俊俏公子,否则也摘不到那些青楼女子的芳心。

陆念桃起身道:"少主怎么来了?"

林清羽道:"听闻三少爷身体不适,我等特来探望。"

陆乔松和他爹一样最注重面子,病中狼狈的模样被这么多人看到,气得又多呕了两口:"不劳少主费心……"

"三少爷不用客气。"林清羽说着,一把抓住陆乔松的手腕,一探便知大概。"'轻取不应,重按始得',三少爷的脉是沉脉,此乃……肾虚之兆。"

话落,陆乔松猛地抽回手,红着耳根大喊:"你胡说八道些什么!"他见众人面面相觑,其中还有几个小厮像是在憋着笑,手死死揪着被子,"滚,都给我滚出去!"

林清羽淡淡道:"三少爷纵欲过度,伤了肾气,还望节制。"

陆乔松目光锁在林清羽的脸上,低声狠狠道:"可是整日伺候我那病恹恹的大哥,见我有佳人在怀心生嫉妒,才跑我这儿来信口雌黄!"

林清羽眼神暗了暗,心中波涛汹涌。

陆念桃到底是一个未出阁的姑娘,听到这话忍不住喝道:"三弟,快别说了。"

陆乔松正在气头上,哪会听姐姐的话,拧着脸道:"你陷害了我母亲还不够,如今连我都不想放过是吗!"

"是啊,"林清羽微微一笑,"我现在……不打算放过了。"

此时,一个小厮带着从府外请来的大夫匆匆踏入房内,林清羽转身便往屋外走。

"剩下的事,便交给那位大夫吧。"林清羽嘲弄道,"但愿那位大夫善男科。"

林清羽走出屋子,恰好和那位大夫碰了一面。那大夫和林清羽差不多年纪,生得气宇轩昂、英气十足,相比大夫,更像是军营里出来的小将。大夫看到林清羽眼睛一亮,兴奋道:"林师兄!"

林清羽一怔,讶然:"常师弟?"

此人是与他同出一门的师弟，常泱。林清羽比常泱早一年出师，他选择回到京城备考，常泱则跟着恩师继续云游求学，也不知是何时到了京城。

常泱道："我听闻你进了南安侯府，还在想今天会不会遇见你……"

林清羽余光瞟见陆念桃一直盯着他们二人，出声打断："给病人看病要紧，你快去吧，回头再聊。"

常泱有些许失望，笑道："都听师兄的。"

林清羽回到蓝凤阁，陆晚丞已经用了午膳，准备上床午睡。他从花露那儿听到一些消息，边钻被窝边道："听说陆乔松病了，什么病？"

林清羽洗着手："你不是无所不知吗？你且猜一猜。"

陆晚丞想也不想："以他的人设，八成是肾虚吧。"

林清羽："……"

"我猜对了？哎，这些人根本不懂养生之道。陆乔松是一个，太子也是一个。"陆晚丞不赞同地摇着头。

"你为何总提到太子，还知晓这等隐秘之事？"林清羽眯起眼睛，"莫非，你和太子……"

"打住。"陆晚丞似乎不想和太子有任何牵连。

林清羽点头："也对，毕竟你连床都下不了。"

陆晚丞道："可不是嘛。"

林清羽不想多聊这等上不得台面的事："对了，方才我在府中见到了我师弟。"

"师弟？"陆晚丞耳尖一动，"和你一同学医的同窗？"

"嗯。"林清羽语气中流露出一丝怀念，"我和他一同追随恩师云游六年，如今也有两年多未见了。他……长高了不少。"

陆晚丞笑道："哎呀，我们林大夫的师弟又长高了，不如以后就叫他高师弟吧。"

林清羽懒得理他，想了想，又道："说起来，我师弟祖籍临安，和你算是同乡。"

陆晚丞挑眉："所以？"

"待你身子好一些，可想去临安游玩？"

"不想。"陆晚丞回答得果断，"出去玩舟车劳顿，路上吃不好睡不香，我疯了才会出去找罪受。"

林清羽眼眸微暗："是吗？"

09.

青黛阁内，常泱替陆乔松诊了脉，诊断的结果自然和林清羽的一模一样，但他不会像林清羽说得那么直接，只道："陆三少爷是操劳过度，再加上这段时日饮了不少酒，以致肠胃不适。好在三少爷年轻体健，这几日准时用药，饮食清淡，清心寡欲，不日便能痊愈。"

陆念桃微笑道："有劳常大夫。"

"那我这就去写方子。"

陆念桃点点头，状似随意地问："方才我听见常大夫叫林少主师兄？"

常泱迟疑片刻，道："不瞒二小姐说，贵府少主和在下师承同门，不过我们已经许久未联系过了。"

陆念桃笑道："还有这等巧事，难怪常大夫见到林少主那般喜不自胜。"

常泱一阵无语，开了药方便要告辞，陆念桃道："常大夫既是少主的同门师弟，不如去蓝风阁见见少主再走？"

常泱想起刚才林清羽和他说了句"回头再聊"，便没有拒绝："多谢二小姐好意。"

陆念桃命人将常泱带去蓝风阁，又让人再寻了个大夫来，按照那个大夫的方子抓药。之后，她亲手炖了盅燕窝，给休沐中仍在案牍劳形的南安侯送去。趁着南安侯欣慰之时，她说起陆乔松卧病在床一事，又言母亲为此事茶饭不思，忧心不已，人瘦了一大圈，可怜三弟在病中神志不清，还口口声声唤着"娘亲"。

南安侯闻言，不禁动了恻隐之心。自陈贵妃寿礼一事后，已过了两月，梁氏一直在闭门思过，安分守己。她到底是侯府正妻，是三个儿女的嫡母，总归要留她几分面子。

"你母亲养了这么久，病是该好了。"南安侯淡淡道，"不过她如今身子屡弱，管家的事就不用她操心了。"

梁氏解了禁足后，立马赶去青黛阁，得知陆乔松真正的病因后，气不打一处来："你落榜后被侯爷训成什么样你自己忘了？竟还有胆子去教坊司寻欢作乐，你是想被那些不三不四的妖精吸干吗！"

陆乔松一个读书人，被生母指着鼻子这般痛骂，恼羞成怒道："我本就没什么大碍，都是那林清羽添油加醋，在下人面前说我……士可杀不可辱，此仇不报，我誓不为人！"

"都别说了。"陆念桃镇定道，"如今母亲解了禁足，这是好事。"

"解了禁足又能如何。"梁氏叹着气，"如今你父亲不信我，你外祖家又是个不顶事的。上回过后，你父亲便再没来过我房中，怕是都去眠月阁了吧。"

陆念桃无奈："母亲，我同您说了多少次，一个无子的妾室对您没有任何威胁。倒是林清羽……如今府内小事是由潘氏管着，但大事都拿捏在林清羽手上。母亲想拿回管家之权，重点应放在林清羽身上。"

陆乔松恨道："我就不懂了，林清羽不过一个挡灾的义子，生父不过是区区五品太医院院判，你们怎么就被他搞成这样？"

陆念桃扫了眼梁氏，道："我也想问。母亲，您和刘嬷嬷做的那些事，为何不提前和我说？"

梁氏知道女儿是个极其聪慧的人，在她面前不由唯唯诺诺："我……我那不是怕你操心吗？"

"若您提前告诉我，我定然会阻止。我问过张大夫，他说大哥熬不到明年，那我们等便是了，您到底在急什么？现在可好，不仅丢了管家之权，还失了父亲的信任。即便大哥去了，有潘氏和林清羽在，您又如何一手遮天！"

梁氏回想起来，也觉得自己当时是被刘嬷嬷撺掇得猪油蒙了心。陆乔松道："事已至此，你再说母亲又有什么用。有这工夫，不如想想怎么把管家之权拿回来。这一月才有三百两，哪里够花。"

陆念桃想了想，道："我有一个办法，或许可以一试。"

梁氏忙道："什么办法？"

陆念桃缓声道："三弟的病，就继续让那位常大夫看顾吧。"

蓝凤阁的卧房内，林清羽手中持笔写着方子，几乎要睡着的陆晚丞挣扎着掀开眼帘。

"你在写什么？"

"药方。"

陆晚丞迷迷瞪瞪的："嗯？你又在研制新药了？这回是什么药？"

林清羽眯起眼睛："助兴之药。"

陆晚丞："？"

这时，花露前来传话，打断了他们的讨论。她说有一个姓常的大夫求见少主，现下正在院中等候。

"是我师弟，"林清羽道，"我去见他，你午睡吧。"

陆晚丞轻吞慢吐道："哦，行吧。"

他重新闭上眼睛，不知怎的没了睡意。花露轻手轻脚地走到床边，想替他掖掖被子，冷不丁地听见一声："花露。"

花露吓了一跳："少爷，您还没睡着啊？"平常这个时辰，用少主的话来说，少爷应当已经睡晕过去了才是。

陆晚丞坐起身，抱着枕头："你具体讲讲，清羽和陆乔松都说了些什么。"

林清羽在前厅接待常泱。在几个师兄弟中，林清羽和常泱是同年拜入师门，关系自然比其他师兄弟亲密一些。此刻分别两年再见，看看面前明显长高变黑的少年，思及自己今时不同往日的处境，林清羽难免生出几分感慨。

"师弟长高……"林清羽话音一顿，想起某人"高师弟"的说法，话突然就说不下去了，甚至有点想笑。

陆晚丞正事没做几件，给人洗脑的本事倒是一绝。

常泱不知林清羽在想什么，他深深地看着林清羽，胸腔内情绪翻涌。

师兄还是他记忆中的样子，声音冷淡，气质出尘。只可惜，物是人非，不过两年工夫，他医术高超、本该悬壶救世的师兄竟成了病秧子小侯爷的义弟，困于宅院之内，胸中抱负无法施展，怎能不让人意难平。

相较常泱而言，林清羽似乎淡定多了："师弟是何时到的京城？"

常泱心中百感交集，道："去年年底，我拜别师父，回临安陪父母过了新年，便马不停蹄地赶来京城。我先是去了林府找你，你父亲却告诉我，你已经……"

林清羽问："师父他老人家可还好？"

"师父仍是老当益壮，闲云野鹤。只是师兄你……"常泱压低声音，目光中难掩情愫，"师兄，我知道你是被强迫的，是因为圣旨你才……"

久别重逢，林清羽不想和师弟聊这些："别说了。"

常泱置若罔闻，又道："没有人比我更懂师兄。我深知师兄志向，听闻师兄沦落至此，我几天几夜未曾合过眼。"

林清羽皱起眉："师弟……"

"我已经想好办法了，我要带你离开侯府。我们和过去一样，结伴同行，游历四方……"

林清羽正要打断，一道男声插进来："你们在说什么，能带我一个吗？我也想听。"

两人循声看去，只见陆晚丞衣冠楚楚，端的是华贵雅致的高门风范："清羽，不介绍一下？"

林清羽有些奇怪，这个时辰，陆晚丞是怎么从床上起来的。

"小侯爷，这是我师弟；师弟，这是小侯爷。"简单明了的介绍，一个字未多说。

常泱拱手拜道："小侯爷安好。"

陆晚丞一点不见外，笑道："师弟好。"

常泱眼中闪过异色，笑道："小侯爷千万别误会，"他看着林清羽的侧颜，"昔日我和师兄一起游学，情同手足，情谊不同旁人，许久未见，一不留神话便多了，可是打扰到了小侯爷？"

陆晚丞面上笑吟吟："误会？我有什么可误会的，师弟千万别误会我会误会。"

陆晚丞一来，常泱自然不能继续刚才的话题，他换言道："对了师兄，师父在南海游历之时，发现了一种对痨病有奇效的良药。"

林清羽脸色稍缓："说来听听。"

说到医术，陆晚丞没了插嘴的机会，他无所谓，反正和他们同坐，不怕林清羽跑路，越是这种时候，越要表现得宽容大度。

等两人聊完，陆晚丞还热情地邀请常泱留下用膳。常泱见自己的存在丝毫没影响到陆晚丞，反倒让自己拘谨不悦，再是对师兄不舍，还是婉拒了陆晚丞的再三邀请。可惜他还未同师兄说明他的计划，不过此事也急不得，他寻别的机会便是。

临行前，常泱提及陆乔松的病情，确是肾虚不假，他已对症下药。

林清羽淡淡道："陆念桃已经知道你我师兄弟的关系。师弟的药，怕是白开了。"

常泱告辞后，陆晚丞身上贵公子的气场立刻收了个干净，打着哈欠道："困死，我要去补眠了。"

林清羽问："大中午你不睡觉，跑出来说一堆废话是想干吗？"

陆晚丞笑道："那我不是想热情款待你师弟嘛。"

林清羽不明所以："为何？"

陆晚丞笑得无赖："这便是本侯爷的气度啊清羽，是不是和外面的凡夫俗子完全不一样？"

林清羽道："……并没有。"

第三章
锋芒初露

01.

常浃成了南安侯府的常客。每隔三日，他都会去青黛阁替陆乔松诊脉，然后再去蓝风阁坐坐，偶尔还会给林清羽带一些小礼物。

能经常见到师兄，常浃自是欢喜。只是每次见面，师兄身边都有一个陆小侯爷。陆小侯爷一副和他极是投缘的模样，见到他比师兄还高兴，仿佛他才是当师兄的那个。别说和林清羽道出他的计划，他连单独和林清羽说话的机会都没有。

这日，常浃来南安侯府之前，特意去京城最受欢迎的糕点铺子排了半个时辰的队，买了两盒师兄喜爱的梅花糕。他拎着食盒刚踏入蓝风阁的门，就听见一片"咯咯咯"的鸡叫中夹杂着的陆晚丞的爽朗笑声："小师弟又来了啊。你说你人来了就行，还带什么礼？快快请进。"

常浃还未看清院中景象，眼前便飞过一个五彩斑斓的虚影。等他回过神来，一根鸡毛从空中飘下，正好落在他头上，发间鸡毛这么一插，活像路边卖身葬父的大孝子。

常浃又一次僵住："小侯爷这是在……"

陆晚丞嘴角带笑："斗鸡。"

常浃这才看清刚才从自己眼前飞过的是一只毛掉了一小半、蔫了吧唧的公鸡。那一飞，应该是它最后的倔强，飞完之后它就倒在地上，奄奄一息。而始作俑者——另一只公鸡，趾高气扬，雄赳赳地站在陆晚丞脚边，潇洒地抖了抖鸡头。

看着这一地鸡毛，常泱不免痛心疾首：苍天无眼，他家师兄神仙一般的人物，如何有这么一个徒有其表、纨绔子弟一样的义兄。

陆晚丞的不靠谱越发坚定了他要拯救师兄于水火的决心："小侯爷安好，我师兄呢？"

"他嫌我太吵，出去散心了。这时候也差不多该回了。"陆晚丞看着门口一笑，"嗯？说人人就到。"

林清羽带着欢瞳去院子的树下埋了几坛药材，回来看到蓝风阁的热闹景象，额角抽了一抽。怪他给陆晚丞配的药效果太好，天气又一日比一日暖和，让陆晚丞有了精力在家中"寻欢作乐"，搞得整个蓝风阁乌烟瘴气、鸡飞狗跳。

陆晚丞顶着林清羽冰冷的目光迎了上去，笑道："清羽回来得正好，我们家小师弟来了。"

常泱："……师兄。"

林清羽朝常泱头上看去："你发间插根鸡毛作甚？"

陆晚丞偏过脸，不是很给面子地"噗"一声笑了出来。

常泱异常窘迫，赶紧把头上的鸡毛取下，讪讪道："师兄，我给你买了两盒梅花糕，你待会儿尝尝。"

林清羽颔首："多谢。"

"清羽，你回来晚了。"陆晚丞俯身抱起为自己赢得多场胜利的大公鸡，"你都没欣赏到我大宝贝战斗的英姿。"

"我不想欣赏。"林清羽冷漠道，"你若是玩够了，就叫人将院子收拾干净，这般狼藉，也不怕被外人看见笑话。"林清羽余光瞟到陆晚丞怀里的公鸡，话锋又是一转，"不过……这只鸡，有点眼熟。"

陆晚丞："嗯？你认识它？"

"似乎是认识。"林清羽想了想，"好像是认亲那日，代替你和我行礼的那只。"

陆晚丞震惊道："这你都记得？"

"我过目不忘。"

"……"陆晚丞低头看着自己怀中的公鸡，表情相当之复杂。

陆晚丞把公鸡交于欢瞳，吩咐："你去打听一下，这只鸡是不是那只？"

不出常泱所料，今日又是三人齐聚一堂的场面，他根本找不到和林清羽单独说话的机会，他又没有久留的由头，聊了没两句就得告辞。

时间紧迫，他不能和师兄说他的计划，退而求其次聊起了他们一同跟随师父游历的趣事。比如在江南水乡泛舟于江面；行走于蜀地乡野之间，品尝地道的农家小食。一年冬天，他们因临时救了一个受伤的猎户耽误了赶路的时间，被迫在破庙过夜。寒冬腊月，北风凛冽，他们和师父，还有一个师兄和随行的小厮围在火堆旁抱团取暖，师父心疼他们，脱了自己的外衣给他们盖着。

常泱一边说，一边观察着陆晚丞的表情。无论他说什么，陆晚丞总是一副兴致盎然的模样，很捧场地问："然后呢？"

"真的假的？"

"唉，人嘛。"

"是哦，这就是生活啊。"

…………

林清羽看不下去了，打断常泱："陆乔松的病情如何了？"

常泱道："陆三少爷的病已经好得差不多了。但陆二小姐说想给他好好调理一番，让我和往常一样，每隔三日来府上给三少爷请平安脉。"

林清羽和陆晚丞心照不宣地对视一眼，道："时候不早，师弟早些回去吧。"

常泱颇不甘心："那我改日再来看师兄。"

常泱走后，林清羽道："陆念桃知道我与常泱的关系，仍请他为陆乔松诊治，其中必然有诈。"

陆晚丞打开常泱送来的食盒："她应该是想利用你师弟做点什么。"

林清羽思索着陆念桃可能采取的行动，见某人又自顾自地沏起了茶，不由眯起眼眸，道："我师弟送我的糕点，你倒是吃得挺开心。"

"别这么小气嘛清羽，"陆晚丞配着清茶，捧起梅花糕咬了一小口，唇角悠悠漾出笑，"以前那些男男女女送给我吃的，我也会分享给哥们儿。好兄弟，就是要有福同享。"

林清羽问："哪些男男女女？"

陆晚丞挑眉："怎么，就准你有同窗，不准我有？"

林清羽直言道："你自幼养在深院，读书写字均是由先生上门教导，你哪来的同窗？即便有，又哪来的女同窗？"

陆晚丞笑意收敛，沉默半晌，缓声道："林大夫似乎有很多问题想问我啊。"

"我什么都没问。"林清羽平心静气道，"我也没要求小侯爷告诉我什么。"

陆晚丞托着腮，语气难辨真假："你可以问，说不定我就如实回答你呢。"

林清羽顿了顿,道:"罢了,没兴趣。"
　　依陆晚丞的性子,除非他主动告知,否则就算自己问了,陆晚丞也未必会说实话。
　　陆晚丞看了林清羽一会儿,笑着转移了话题:"清羽,今晚一起吃饭吧?我让小厨房炖只鸡。"
　　"……"

　　三日后,常泱照例来到侯府为陆乔松请脉。陆乔松表现得极为不耐,一直催促不说,请完脉连结果都不问就匆匆离开。
　　陆念桃带着歉意道:"三弟想是有急事要办,常大夫,失礼了。"
　　常泱道:"二小姐客气。三少爷的身体已无大碍,可以恢复正常的作息了。"
　　陆念桃微笑点头:"辛苦常大夫。既然如此,以后就不用劳烦常大夫每三日这么跑一趟。"
　　常泱愣了愣,失落道:"如此,那我便告辞了。"
　　常泱走后,陆念桃召来心腹侍女,嘱咐:"你跟着常大夫,别被他发现。一有异常,即刻回禀。"
　　南安侯府这等高门大院,想进来一次不容易。常泱深知,今日或许是他最后的机会,一旦错过,不知还要等多久。常泱再三权衡,拿定主意,用随身携带的纸笔写了张字条。他正发愁如何将字条给林清羽,就瞧见欢瞳怀里捧着两个药坛从外院的方向走来,便毫不犹豫地将其拦下。
　　林清羽游历之时都带着欢瞳,故而欢瞳和常泱还算熟稔。欢瞳收下常泱的字条,道:"常公子放心,我一定把东西带到。"
　　常泱叮嘱:"切记,此事不能让其他人知道,尤其是小侯爷。"
　　欢瞳犹豫着应下:"这……好吧。"

　　欢瞳回到蓝风阁时,林清羽和陆晚丞正在窗边对弈。陆晚丞已经连输了七盘,被林清羽嫌弃,说鸡都比他下得好。陆晚丞按下一颗棋子,道:"我就小时候稍微学了一点,能下成这样很不错了好吧。"
　　林清羽哂道:"你真谦虚。"
　　两人一时半会儿结束不了,常泱那头又催得急。欢瞳凑到林清羽耳旁,悄声道:"少爷,我和你说个事。"

林清羽皱眉远离:"有话直说即可。"

欢瞳看了眼陆晚丞,为难道:"可是……"

"说。"他和陆晚丞早已绑在了一条船上,在南安侯府的事没什么是不能在陆晚丞面前说的。

少爷都这么说了,欢瞳便大声道:"常公子让我送件东西给少爷,还说不能被小侯爷发现!"

林清羽:"……"

陆晚丞把棋子往棋盘上一丢,慢条斯理道:"好的,我有点生气了。"

当着他的面装他还能当戏看,私下搞小动作就过分了。

林清羽问:"什么东西?"

欢瞳拿出字条,林清羽当着陆晚丞的面打开,上面只写了三个字:后园见。

"月上柳梢头,人约黄昏后。"陆晚丞阴阳怪气地吟着诗,"我们林大夫会不会应小师弟的约呢?好好奇,好期待。"

林清羽大概能猜到常泱私下约他见面的目的,无非还是带他离开侯府之类的事。他沉吟道:"师弟在府中的一言一行,应该都在陆念桃等人的掌握之中。我想,我知道陆念桃的意图了。"

"你才知道?"陆晚丞"呵"的一声笑,"小师弟的心思谁都能看出来,也别怪人家想利用这点搞事。"

林清羽不悦:"你能不能好好说话?"

陆晚丞提高声音:"不能,你都要不管我,和小师弟云游四海去了,我还好好说话?"

"我们不是义结金兰、分享吃食的好兄弟吗?"

陆晚丞被堵得哑口无言,冷静下来后,惊觉林清羽说的有道理——对啊,他们可是磕过头、上过香、发过誓的好兄弟啊!

陆晚丞重新躺回椅子上,懒洋洋道:"你是对的,当我没说。"

林清羽冷笑一声,对欢瞳道:"你去给常泱回话,让他离开侯府,不要再来了。"

"等等。"陆晚丞眼眸深沉,似在酝酿着什么坏水,只见他忽而一笑,扬着唇角,道:"好兄弟,我觉得你还是该去见见你师弟。"

林清羽扬起眉:"此话怎讲?"

不多时,欢瞳和花露一前一后出了蓝风阁,一个去找等候已久的常泱,另一个则往潘姨娘所在的眠月阁去了。

欢瞳找到常泱,称少爷已经看了他的信,白日侯府内人多眼杂,不便同他会面,委屈他在府内多等一个时辰,等天色暗下,两人再见。

常泱自无异议。欢瞳带他来到府内偏院一无人居住的屋舍,道:"常公子请在此处等候,时机到了,少爷自然会过来。"

这一等,便从傍晚等到了天黑。其间,欢瞳还给他送了一顿饭来。

夏至刚过不久,日子一天热过一天。入夜后,残暑渐散,时有微凉。此刻若能有挚友在侧,去园中月下赏荷,听取一片蛙声,才算不辜负这等良辰美景。

可惜,蓝风阁的两位"挚友",今夜注定没此等闲情逸致。

林清羽推着陆晚丞出了蓝风阁,就将轮椅交给花露:"我走了。"

陆晚丞点点头:"去吧。"

陆晚丞目送林清羽离开,看着月下清清冷冷的影子,隐隐有点不舒服。胡思乱想间,听见花露问他:"大少爷,我们现在去哪儿?"

正事要紧,陆晚丞收敛心神,道:"后园。"

林清羽趁着月色,穿过后园来到常泱等候的屋舍,轻叩门扉三声,门便从里面打开了。

常泱难掩兴奋:"师兄!"

林清羽低声道:"有什么话进去再说。"

屋内点了一盏下人用的油灯,只能照亮周围一小片地方。

林清羽直入主题:"说吧。"

常泱恍惚了片刻,一鼓作气道:"师兄,你跟我走吧!"

果然。林清羽轻叹一声,平静地问:"你要带我去哪儿?"

"随便去哪儿,总之离开侯府,离开京城!"常泱眼中闪烁着憧憬,"我们可以去找师父,和他一起归隐山林,可好?"

林清羽按了按眉心,道:"我入侯府的事是圣上亲赐。我一走了之,林府怎么办?"

"这件事我也考虑好了。"常泱道,"师兄,你还记得师父一直在尝试配制假死药吗?"

林清羽终于有了几分兴致。他跟随师父游历时,曾偶遇少妇自挂东南枝,把人救下后,少妇哭诉自身遭遇。她被赌鬼父亲卖给地方权贵做妾,日日遭受毒打和侮辱，还扬言她若跑了，就拿她家人的性命抵债。少妇走投无路，只能一死了之。

从那之后，师父便动了配制假死药的念头。

林清羽问："师父成功了？"

常泱连连点头："是的，师父给它取了个名字，叫'往生丸'。他还把药方传给了我。可惜我技艺不精，即便有药方也配不出药来，但我知道师兄一定可以。"

"所以，你是想让我借假死脱身？"

"对，只要世人皆以为师兄已死，肯定不会去找林府的麻烦。"

"好主意。"林清羽淡淡道，"可是，当一个死人有什么意思！"

常泱不假思索道："只要师兄重获自由，就能去做任何想做的事情，这还不够吗？"

"想做的事情……呵。"林清羽笑了笑，像是在嘲笑常泱的天真，"你不是说你懂我吗，你连我真正想要什么都不知道。我不想做寻常的大夫，我要做只做最好的。我必须阅尽天下藏书，必须有取之不尽的奇珍药材，而这些，只有太医署能给我。我不排斥荣华富贵，不排斥权势加身，我也喜欢看别人跪在我面前战战兢兢的模样。你懂吗？"

常泱愣愣地看着林清羽，像是在看一个陌生人。

"你什么都不知道，还口口声声想带我走，未免太可笑了。"林清羽站起身，"我让欢瞳送你离府。"

事情远远超出了常泱的预料。在他眼中，师兄是个怀瑾握瑜、光风霁月的君子，富贵权势放在他身上太过不搭、太过违和，他一时半会儿实在接受不了。然而看到师兄马上就要推门离去，他还是忍不住说出心中所想："那师兄想要的这些，留在侯府就能得到吗？"

林清羽步伐顿住。

"陆小侯爷命不久矣，如今得过且过，混吃等死，和玩世不恭的纨绔子弟有何区别？如此德行，岂能……"

林清羽冷声打断："那你想要他怎么做？"

常泱愕然："……师兄？"

"你也知道陆晚丞身患绝症，全靠一口气撑着。你看他和你说说笑笑，没个正经，你可知他每日要喝多少药，扎多少针。他走两步路就要气喘吁吁，稍微受凉便会昏迷不醒，甚至可能再也醒不过来。犯咳疾的时候，整夜睡不好觉，还要因为担心吵醒我强作隐忍——这样一个人，你还想他做什么呢？去考科举，还是去参军为国效力？他只剩下半年了，为什么不能在最后的半年里当一个什么都不用操心的纨绔子弟？"

林清羽甚少和人说这么多话。他何尝不知道陆晚丞的懒散、纨绔、不着调，他也看不惯陆晚丞凡事都不认真上心的态度，甚至当着陆晚丞的面没少嘲讽过，但这并不意味着，别人能看不起陆晚丞。

漫长的沉默过后，常泱低声问道："师兄，你是不是……"

林清羽没有犹豫："我和他，若一定要说……"林清羽轻声一笑，"大概算是被强行绑在一起的知己吧。"

"知己……"常泱面露苦笑，"我知道了，是我……让师兄烦心了。"

他深吸一口气，从医箱里拿出一张方子，勉强笑道："这是往生丸的配方，师兄收下吧。我……我走了。"

林清羽轻一点头："欢瞳，送客。"

常泱走出屋舍，抬头看着天边的明月，喟然长叹。他是为了救师兄才千里迢迢来到京城，如今眼前人已非心中敬佩之人，他或许该离开了。原来，师兄从来不是他想象的那样，是他一厢情愿地把自己的想法强加在师兄身上。师兄说得没错，他这样未免太可笑了。

常泱黯然神伤着，听见欢瞳道："常公子别难过了，我家少爷是什么人您还不了解吗，他肯定不会让自己一直被困在南安侯府这个鬼地方的。"

常泱自嘲一笑："是我太自以为是了。"

欢瞳拍了拍常泱的肩膀，道："走吧常公子，再晚一点要来不及了。"

常泱问："何事来不及？"

欢瞳笑道："小侯爷知道今晚常公子可能非常难过，特意邀请您去看一场好戏。"

夜色渐深，一朵黑云悄无声息地遮挡住月光，府里的灯一盏盏熄灭。在树木繁多的后园，除非打着灯笼，否则连脚下的路都难以看清。

陆乔松带着邱嬷嬷藏在一棵树后，盯着池边两道人影，问："你确定是他们？"

邱嬷嬷道："错不了。常大夫今日穿的就是这个颜色的衣裳，少主穿的是白色。"

陆乔松咬了咬牙，道："走！别让他们跑了！"

邱嬷嬷当下就从树后蹿了出来。她别的不行，就是嗓门大，号一嗓子半个侯府都能听见："哟，这不是少主嘛。大晚上的，少主不在小侯爷病榻前服侍，和谁在这儿鬼鬼祟祟地聊什么呢！"

这一声号叫来得猝不及防,身着白衣的男子吓了一跳,脚下一个不稳,差点跌入水中,好在被身边的青衣男子眼疾手快地扶住,这才稳住了身体。

青衣男子厉声喝道:"谁在那儿胡言乱语!"

邱嬷嬷一听这个声音,脚立刻就软了。

怎会是侯爷的声音?邱嬷嬷一个趔趄,想往回跑,不料却被不知从哪儿冒出来的花露拦下。花露大声道:"邱嬷嬷怎走得这般着急?"她又朝树后张望了一眼,"咦,三少爷也在啊。大少爷在前头和侯爷赏月呢,您不去看看吗?"

陆乔松被迫停下想要溜之大吉的脚步,心中暗骂不已。

花露的声音没邱嬷嬷那么有穿透力,但足够让南安侯听见。今日他照常歇在眠月阁,由潘氏伺候着换上常服。潘氏见外头月光清亮,又言池里的荷花开得正欢,问他要不要去池边散步赏月。

南安侯也是个读书人,不忍辜负月色,便带着潘氏来到后院,碰巧遇见了同来赏月的嫡长子。父子俩难得有机会好好说上几句话,潘氏贴心地借准备吃食为由,把时间留给了这对父子。

陆晚丞主动提及皇后作为话题,皇后始终挂念着胞妹唯一的孩子,时不时就差太监来府中问候,也常常赏赐补品下来。南安侯便让他等身子见好,亲自去宫中谢恩。

两人聊得好好的,冷不丁一阵喊叫吓得陆晚丞险些落水。南安侯知道自己的嫡长子身娇体弱,受不得惊吓,稍有不慎就可能一病不起。此刻见陆晚丞脸色苍白,唇无血色,自是勃然大怒:"谁在说话?给我过来!"

陆乔松和邱嬷嬷被花露"请"到了南安侯面前。南安侯冷道:"大晚上你们主仆二人在后园大呼小叫,安的是什么心?"

陆乔松硬着头皮道:"儿子也是来赏月的。"

陆晚丞有气无力地笑笑:"三弟赏月不带院中养着的歌姬伶人,反而带着邱嬷嬷,真是好有雅兴。"

陆乔松自知理亏,只能隐忍不发。

南安侯看向邱嬷嬷:"你刚刚在大叫什么?"

邱嬷嬷忙道:"回侯爷的话,奴婢陪三少爷来赏月,远远瞧见池边有两个人,就以为是少主和常大夫。这不能怪奴婢啊,府中上下都知道,少主和常大夫是同门师兄弟,经常见面,关系很是亲密。侯爷在前朝为朝廷效忠,顾不上内宅之事。

万一有什么不怀好意之人借着和林少主的故交潜入内宅，把府里的机密泄露了去，那……"

南安侯沉声道："有这种事？"

"父亲，常大夫来蓝风阁，不是见清羽，是来见我。"陆晚丞淡淡道，"我和常大夫一见如故，交谈甚欢。是我让他常来蓝风阁，陪我说话解闷。"

花露附和道："就是，常大夫到蓝风阁来，都是同大少爷说话，少主有时还不在呢。"

南安侯脸色稍缓，问："这个常大夫，究竟是什么人？"

陆晚丞不慌不忙道："是给三弟看肾虚的大夫。"

"肾……"南安侯指着陆乔松的鼻子，震怒道，"你把话给我说清楚！"

南安侯只知陆乔松病了，却不知究竟是何病。陆乔松是有前科的人，"肾虚"二字一出，任谁都会往那方面想。

陆乔松顿时脸涨得通红，当着南安侯的面又不能发作："父亲误会了，我只是偶染风寒……"

南安侯自是不信，但这等伤风败俗之事，他也不好当着下人的面审问："你随我去书房。"说罢，拂袖怫然离去。

"父亲……"陆乔松来之前，陆念桃曾千叮万嘱，无论对方说什么，他要做的就是死捏林清羽和常泱的关系，即便是假的也要咬死说成有什么不可见人的猫腻，可他万万没想到，陆晚丞竟反将矛头指向了他。自己是逃不了一顿重责，但陆晚丞也别想好过。

陆乔松跟跟跄跄地走到陆晚丞面前，狞笑道："大哥好手段，这么护着林清羽，不过大哥可要小心，别哪天被自己人卖了都不知道！"

"三弟也知道他是我的义弟。既然与我兄弟相称，就烦请诸位……"陆晚丞笑着，目光逐次掠过众人，若有似无地看了眼常泱的方向，语气倏地一变，藏了些危险的刀锋，"别动，别碰，别想。"

02.

林清羽和常泱分开后直接回了蓝风阁，后园发生的事还是欢瞳告诉他的。之后，眠月阁也传来消息，说南安侯连夜审问陆乔松，陆乔松一开始还死不承认，后来南安侯又把跟着陆乔松出入的小厮招去一道审问，这才知陆乔松上个月有一大半的日子都宿在外头的温柔乡里。

陆乔松见事情败露，强说自己找的都是一些卖艺女子，和她们在一起无非是吟诗作对、品酒赏琴，从无越矩之事。

南安侯听到"她们"二字，更是大发雷霆，当下便给了陆乔松一耳光，罚他去宗室祠堂反省一日，再禁足一月。南安侯还将此事迁怒到了梁氏身上，斥责她教子不善，连自己的儿子都管不住，又怎能打理好偌大的侯府。

林清羽闻言，问："就这样？还有其他的吗？"

欢瞳摇摇头："没了。"

林清羽冷嗤："除了反省就是禁足，无趣。"

"少主少主，"花露急急忙忙地从卧房跑了出来，"少爷好像又犯病了！"

当下正是盛夏，陆晚丞昨日贪凉，吃了两口在井水里泡过的红提，半日后就发起了热。好在只是低热，陆晚丞人还是清醒的，只是脸色难看得吓人。

林清羽替他诊了脉，问："红提好吃吗？"

陆晚丞窝在被子里，眼神幽怨："好吃，所以没忍住。"

林清羽眯起眼睛。

"你别生气，"陆晚丞用身上仅有的力气拉了拉林清羽的衣袖，"林大夫。"

林清羽低头看着陆晚丞瘦到骨节分明的手，原有的一点愠怒也散了："下次你再胡乱吃东西，我便不再管你。"

陆晚丞有气无力地笑着："你这个威胁也太吓人了，我好怕。"

林清羽懒得和病人一般见识，在桌边坐下给陆晚丞写药方。

陆晚丞躺在床上唉声叹气："为什么我每次稍微'装'一点就要犯病呢？这是老天在告诉我，我只适合躺平吗？"

"不是。"林清羽无情道，"老天是在告诉你，少吃冰的。"

陆晚丞这一病，蓝风阁迎来了一段日子的安宁。这日，潘氏到蓝风阁探望陆晚丞的病。陆晚丞刚喝完药歇下，不便见客。林清羽留潘氏在前堂用茶，顺道聊了一些府中的庶务。

陆乔松在府里养了不少歌姬伶人供其闲时消遣。这段时日，陆乔松被禁足，不能出去寻欢作乐，只好在她们身上寻些乐子。尴尬的是，青黛阁早已入不敷出，那些歌姬伶人歌唱了，琴弹了，愣是拿不到一分钱。几个歌姬听闻现在侯府是姨娘和少主掌家，便到眠月阁找到潘氏，向她讨要月例银子。

潘氏无奈道："侯府就没有给歌姬月例的规矩，她们过去都是靠三少爷的赏钱为生。现下三少爷自己都捉襟见肘，哪来的余钱赏给她们。"

林清羽漫不经心道："她们为何不来找我？"

潘氏的侍女撇撇嘴："她们哪敢呀，也就看姨娘好说话，这才闹到眠月阁。"

林清羽静默沉思，潘氏也不再言语，生怕打扰到他。片刻后，林清羽问："若不给她们银子，她们会如何？"

"青黛楼养不起这么多人，只能把她们都遣了去。"

"遣了她们，谁还能去讨三弟欢心？"林清羽淡淡一笑，笑得甚至有些温和，"三弟既然喜欢，我这个掌家管事的，哪有不成全他的道理。"

潘氏拿不准林清羽的态度，试探道："少主的意思是……"

"告诉她们，南安侯府不养无用之人。青黛阁每月的开销远超份额，侯爷又刚为三少爷肾虚一事动怒，侯府不可能再继续养着所有人，最多……只能留一半。能不能留下，就要看她们自己了。"

潘氏不敢细想，低声应下。

青黛阁的歌姬伶人多是一些无父无母的孤儿，好不容易寻到一个出手大方的主子，能住在侯府里好吃好喝，若不是迫不得已谁想离开。

陆乔松风流归风流，口味还挺挑，并非来者不拒。他将这些人养在院子里，大多数时候也只是听听小曲，或是有客人来了，让其在一旁伺候着长长脸面，偶尔才会挑个人宠幸。也正因如此，南安侯和梁氏才能容忍这些人留在府中。

她们身为歌姬伶人，唯一能依仗的便是主人的欢心，如今要将她们其中的一半遣走，这便是不得不争了。

次日，林清羽让欢瞳把埋在树下的药坛悉数取出，晾晒三日，磨成粉末，装入香具之中交给张世全。

此香香气浓郁，一旦沾染，经久不散。林清羽配完药，特意去沐浴更衣，方才回到房中。

陆晚丞正躺在床上看书。他此次发病，病情不算严重，就是磨人，不见好转，也没有恶化，就这么不轻不重地吊着，短短数日就把前几月养回来的血气消耗得所剩无几，面色唇色苍白惨淡，唯有一双盈着笑意的眼睛没受到影响。

林清羽每日睡前都会为陆晚丞诊脉，今夜也不例外。

陆晚丞闻到他身上若有似无的香气，问："你用香料了？"

林清羽收回手："没有。"

"分明就有。"陆晚丞凑近林清羽，鼻翼微动，"是什么香料？怪好闻的。"

林清羽皱着眉推开他："不是你该闻的东西。"

陆晚丞了然笑道："懂了，有毒。"

林清羽犹豫一瞬，没有否认。

"那么问题来了，你想对谁用毒呢？必然是近来得罪过你的人。"陆晚丞咳了两声，"是陆乔松？"

林清羽默然。

陆晚丞又道："前段时间你写了一个方子，我问你是什么药，你说那是助兴之药，原来你没骗我啊。我记得养在家中的歌姬不能擅自出府，她们有什么要买的东西，都是托熟悉的小厮从府外买回来给她们的。

"综上所述，你想让陆乔松伤于最见不得人的病，对他羞辱你之事还以颜色。"

林清羽喉结一滚，目视前方，冷静道："是。怎么，你觉得我下手太狠了？"

陆晚丞笑了笑，故意道："好像……是有点？"

"呵，随你如何想。"林清羽神色自若，"陆乔松羞辱我，在众人面前作践我，又想利用常泱栽赃嫁祸于我，所以我便下手了。"

陆晚丞什么都没说，只是静静地望着他。

林清羽从未在旁人面前展露过自己和外表不一样的一面。此时他心里一阵烦躁，闭了闭眼，又道："更何况，只要他谨遵医嘱，不去碰那些歌姬伶人，他也未必会怎样。"

陆晚丞终于低笑出声，轻叹道："清羽，你不愧是……清羽。"语气似赞赏，似兴奋，他微沉的嗓音让林清羽不由胸口一松。

03.

这夜以后，陆晚丞关心起了青黛阁的动态，每日一问青黛阁。欢瞳从外头进来，还未开口，陆晚丞便捏着嗓子道："少爷少主，青黛阁终于出事了！"

林清羽："……"

欢瞳一脸茫然："啥？"

陆晚丞笑道："我猜你待会儿要这么说，我在学你说话呢。"

林清羽当场拆台："首先，欢瞳不会称我为'少主'，你要学也学得像点；其次，助兴之药想要伤到人的根本，非一日之功。"林清羽不免狐疑，"你怎么比我还着急。"

"喀，那不是养病太无聊了嘛。总是咳嗽，我都睡不着。"

陆晚丞近来确实没睡好，眼下都多了一片青色。

林清羽想了想，问欢瞳："你有何事？"

"哦哦，"欢瞳看两人你一言我一语，险些忘了正事，"张管事来了。"

林清羽道："让他进来。"

张世全此次前来，和两人说了件怪事。侯府的各项产业中，开在城里的酒楼商铺和开在乡下的别庄各占一半。别庄靠天吃饭，一个旱灾涝灾下来，能让其大半年颗粒无收。今年年初，徐州一直在闹旱灾，可奇怪的是，徐州几个别庄的收入不减反增。单从账面上看不出什么问题，粮食也确是送进了侯府的仓库，着实让人不解。

欢瞳见张世全面露担忧，不懂就问："收成是多了，又不是少了，这不是喜事吗？"

张世全道："只怕这些银钱来路不明，若是什么黑钱，一旦被发现，整个侯府都要被牵连。"

林清羽余光瞟见躺在床上的陆晚丞。倚榻的贵公子病中依旧悠然自得，半眯着眼睛，一副事不关己、高高挂起的模样。

张世全问："少主，此事可要派人去查？"

林清羽心中一动，话到嘴边又改了口："不必了，反正钱没少，懒得管。"

陆晚丞的眼睛睁圆了，林清羽仿佛还看到他耳朵竖起来，不免觉得好笑。

张世全迟疑道："少主，我认为此事马虎不得，最好还是查一查。"

"再说吧。"林清羽起身道，"我有点累了，回房小憩片刻，你们自便。"

林清羽一走，留下一个爱操心的管事和一条"咸鱼"面面相觑。

众所周知，小侯爷一向淡然处世，超尘脱俗，家事无论大小，他从不过问。他们这些管事，只须听少主的命令即可。如今少主说不查，虽然他心中担忧，也只能听命行事。

张世全叹了口气："小侯爷，我先退下了。"

"慢着。"陆晚丞沉声道,"徐州的事要查,而且必须你亲自去查。我怀疑……"陆晚丞一顿,"事不宜迟,你尽快出发。"

张世全入侯府后,小侯爷只给他下过一道命令,便是让他为少主分忧,此后再无其他。小侯爷突然管起了事,惊讶之余下意识道:"可是少主说……"

"少主都累了,判断失误也难免的。"陆晚丞端着一副不情不愿的口吻道,"我就勉强再为他的遗产操次心。"

张世全不敢耽搁,次日便动身前往徐州别庄。林清羽得知后,看陆晚丞的心情微妙了起来。

什么该做,什么不该做,什么可做可不做,陆晚丞看得比谁都清楚,但他就是懒得动,就是想躺平。等到该做之事实在没人帮他做了,他才会挣扎地强迫自己去做。

陆晚丞曾经说他厌学却能考头名,当时他只当陆晚丞是在胡说,现在……他信了。

夏日炎炎,酷暑难耐。林清羽在浴房待了半日,轻薄的衣衫早被汗水浸湿,贴在身上极是难受。他伸手试了试水温,感觉尚可,便让欢瞳去推陆晚丞过来。

陆晚丞懒归懒,却很注重个人洁净,身子好时夏日每日都要沐浴。林清羽担心他受凉,让他两日一洗,他还不乐意,还要闹。好在侯府是大户人家,下人伺候得周到,林清羽被他闹烦了,便由他去了。

林清羽往浴桶里撒下药粉,听见门口传来动静,头也不回道:"来了。"

陆晚丞有些惊讶:"你怎么……"

"你咳疾久不见好,夜里扰人安眠,睡前泡一泡药浴或可好转。"林清羽转过身,将因汗水粘在脸颊上的发丝挽至耳后。

浴房里点着烛灯,水雾漫漫,林清羽道:"欢瞳,给小侯爷宽衣。"

欢瞳中气十足道:"是,少爷。"

陆晚丞任由欢瞳扒着自己的衣服,问:"清羽,你要留下来看我洗澡吗?"

"不是。药浴的水温很重要,高一分低一分都会影响效果,故而我要留下看顾。"

陆晚丞眼帘一眨:"那还是看我洗澡啊。"

林清羽语气加重:"说了不是。"

陆晚丞笑笑:"哎,有点害羞怎么办。"

陆晚丞被脱到只剩下亵裤，由两人搀扶着进了浴桶，嘴里还抱怨着："这身体弱鸡一样，连腹肌都没有，难看死了。"

常年居家养病，陆晚丞的肤色比一些女子还要白皙，四肢修长，绝对和"难看"二字不沾边。陆晚丞嫌丑，大概是因为他更喜欢强健壮硕的身躯。

浴桶不算大，陆晚丞只有胸膛以下浸在汤药里。林清羽和欢瞳一人拿一个水瓢，往他肩上舀水，让药水充分浸润他整个身体。

浴房里弥漫着药香，混着热腾腾的水汽，让人呼吸都比往常快一些。

林清羽忽然道："小侯爷。"

陆晚丞划着药水往自己身上泼："嗯？"

林清羽弯唇而笑："我算是看明白你了。"

陆晚丞看林清羽笑，自己也忍不住跟着笑："怎么说？"

"你表面懒散，骨子里实则也是个好强之人。你和我一样，不喜欢屈居人下，所以你即使厌恶学习，为了拿头名，还是会强迫自己努力；即使被你的'娘亲'付以重任，觉都睡不饱，还是会将每一样东西学好；即使不想蹚南安侯府的浑水，最终也还是出手了。"

又懒又不喜欢输，偏偏偷着懒还能赢，陆晚丞当真是个奇人。

陆晚丞眼中笑意更甚："你说对了，又不完全对。过去读书，有人和我一争高下，我不想输那只能学。但如今在南安侯府，我一个将死之人，有什么可争的？"说完，陆晚丞自己都迷糊了，"对啊，我干吗要争来着？"

林清羽淡淡道："这就要问你自己了。"

陆晚丞稍作思考，抬眸看向林清羽。

"那当然是因为小侯爷在府里只用动动嘴皮子，旁的事有别人帮他去做，这又不累人。"

冷不丁听到欢瞳的声音，陆晚丞震惊得往水里钻，只有留下个脑袋在水面上："你怎么在这儿？"

欢瞳挠挠头："我一直在这儿啊。"

陆晚丞："……"

泡完药浴，陆晚丞当晚睡了一个安稳觉。次日醒来时，精神大有好转，咳得也没有前几日那么厉害。陆晚丞不得猜测："这莫非就是传说中的回光返照？"

林清羽点头："是，我们可以开始帮你准备后事了。"

陆晚丞笑道："那我得好好想想死的时候穿哪件衣服比较帅。"

过去陆晚丞也常把生死挂在嘴边玩笑，林清羽听得多了，自然不会放在心上，可现在……

林清羽看向窗外郁郁葱葱的树木，缓缓握紧了掌心。

午膳过后，陆晚丞照常上床午睡，却被一阵丝弦竹管之音吵得闭目不能寐。林清羽让花露出去查看情况，原是陆乔松养在院中的歌姬伶人在奏曲。

陆乔松的青黛阁和蓝风阁相隔甚远。平时陆乔松在院中寻欢作乐也扰不到他们，但今日不知怎的，陆乔松在离蓝风阁最近的凉亭里架起了琵琶。除了琵琶之音，时不时还有莺声燕语传入蓝风阁。

林清羽不加掩饰道："他怎么还没死！"

陆晚丞道："你的药是不是不太行啊。"

"怎么可能？"林清羽冷道，"想是他也知道自己身子虚，不敢再同往常一样饮酒作乐。我去看看。"

陆晚丞叹着气艰难起身："那我也……"

林清羽推着陆晚丞来到凉亭，远远就瞧见里面有不少人。这些年轻的公子都是陆乔松的诗友，陆乔松自诩风流文雅，常常和诗友聚在一处，说是饮酒作诗，会不会做旁的也只有他们自己知道。

陆乔松尚在禁足，他出不了府，诗友们便找上了门。但见他们围坐在亭中，每人怀里都搂着一个模样姣好的女子，亭下还有几个伶人抱着琵琶弹曲。陆乔松手持狼毫，挥笔弄墨，惹众诗友一阵叫好，一个歌姬靠在他身上，含笑摇着罗扇。

最先看到林清羽和陆晚丞的是几个弹奏琵琶的歌姬。同在侯府，她们虽不常见到林清羽，但也早就从旁人那里听说过这位少主是个极不好惹的人物。上次被少主亲手发落的二人，一个被贬成最末等的下人，成日做着又脏又累的差事，还有一个直接疯了，被打发出了侯府，那人还是夫人的心腹嬷嬷。

所以这边一看到林清羽，歌姬们匆忙停了手，奏曲戛然而止，引得其余人等纷纷看来。陆乔松脸色一变，将手中狼毫往画作上一扔，墨渍在纸上徐徐晕染开。

相较陆乔松，其他诗友看林清羽两人的目光就耐人寻味多了。和陆乔松相熟者皆知，陆乔松有一个活不久的病秧子大哥，想必就是坐着轮椅的这位。只能说不愧是高门嫡长子，陆小侯爷即便坐着轮椅依旧贵气难掩，至于他身后的那位……

"这位想必就是陆小侯爷了。"一个身着宝蓝色锦衣的公子道，"在下曾天磊，见过小侯爷。"

陆晚丞手撑着脸颊，饶有兴致道："你们怎么停了？接着奏乐，接着舞啊。"

众人面面相觑，曾天磊是个会看人脸色的，笑道："可是我等在此处赏乐叨扰了小侯爷？"

林清羽冷声道："你们觉得呢？"

林清羽这一开口，其他人终于能将视线光明正大地落在他身上。陆乔松身旁的一位男子似喝了不少酒，站也站不稳，直勾勾地盯着林清羽，嘴里道："乔松兄，这位佳人可是你大哥的侍妾？"

林清羽瞳仁微缩，推着轮椅的手骤然收紧。

陆乔松哈哈笑道："论眼光毒辣，谁能比得上黄兄。来来来，你同我说说，为何觉得他是侍妾，而非男子？"

那醉酒男子胡言道："男子哪会长成这般蛊惑人心的模样。"

曾天磊低声道："黄兄，快别说了。"

"为何不说，他说得好啊！"陆乔松拿起酒杯，"就冲黄兄这句话，愚弟敬你一杯！"

林清羽正欲发作，手背忽然被拍了拍，只听陆晚丞笑道："我陆府少主清朗俊逸，气质高雅，分明是一等一的少年郎，这位兄台可是有眼疾？"

曾天磊拱手道："是黄兄唐突少主了。黄兄饮了不少酒，说的都是醉话，还望少主别放在心上。"

"那不成，醉不醉的，话都说出来了。不过你们来到府上便是客，我也得给几分面子。"陆晚丞指尖敲打着扶手，"这样，让这位黄兄自罚十杯，我便揭过此事，如何？"

"十杯？"曾天磊为难道，"黄兄已经醉成这样，哪里还喝得下十杯。"

林清羽冷道："你这么心疼他，你来替他喝？"

"这……"

陆乔松今日拿出来待友的都是陈年佳酿，三杯上头，五杯醉人，十杯下肚定然要醉死过去，没个两三天缓不过来。

"不就是喝酒吗，我来替他喝。"陆乔松自告奋勇道，"来人，上酒。"

曾天磊拦下他："乔松不可，大夫说了，你的身子……"

"喝酒而已，我陆乔松怕过谁？"

曾天磊拦不下，眼睁睁地看着陆乔松喝了一杯又一杯，喝完最后一杯，人竟然还是清醒的。陆乔松将酒杯倒扣在桌上，抹去嘴角酒液，挑衅地看向陆晚丞："如何，你可满意了？"

陆晚丞抚掌而笑："三弟好酒量。"

陆乔松冷哼："酒也罚了，大哥、少主若无旁的事，恕不远送。"

陆晚丞轻笑道："清羽，我们回去吧。"

林清羽扫了陆乔松一眼，眼神像是在看一个死人。

是夜，一声女子的尖叫打破了侯府惯有的宁静，接着喧嚣之声渐起，混乱的脚步声夹杂窃窃低语从青黛阁逐渐蔓延至蓝风阁。不多时，匆匆忙忙闯进来的欢瞳终于说出了那句话："少爷、小侯爷，青黛阁出事了！"

林清羽站在窗前，转身冲陆晚丞莞尔一笑："晚丞，要不要去看看？"

"走走走。"陆晚丞雀跃地说道。

04.

两人赶到青黛阁时，里头已经围了一大群人，但房内却安静得很诡异，唯有妇人凄厉啜泣之音。林清羽推着陆晚丞走进院中，下人唤了声"少爷、少主"后便个个噤若寒蝉，不管他们心里怎么想，脸上的表情都和送葬一样。

一个衣衫不整、鬓发凌乱的女子被两个嬷嬷从内室押了出来，林清羽认出此人是白日弹琵琶的女子之一。她胡乱拢着薄衫，上面还有一片未干的血迹。

内室里，梁氏、陆念桃，还有张大夫围在床边。梁氏失声痛哭、涕泗横流的模样看得林清羽心情愉悦。稍微有点脑子的陆念桃还算克制，只红着眼睛为弟弟擦拭嘴角旁的血迹。

"乔松我的儿……乔松……"

花露见状，不由在心里嘀咕。以往大少爷病危的时候，夫人也会在床边守着，哭得那叫一个梨花带雨又不失仪态，谁能想到等她亲儿子快死了，她会哭号成这样，那狼狈模样甚至能和下人嬷嬷一试高下。

潘氏陪南安侯等在外室。到底是自己的亲儿子出了事，还是这等不光彩的事，南安侯面色凝重，倍显疲态，再不见往日的意气风发。

潘氏见两人进来，道："大少爷和少主来了。"

南安侯缓缓抬头，看见坐在轮椅上穿着寝衣、外头披着披风的嫡长子，心中越发苦涩。他统共就两个儿子，大的不知还能活多久，难道小的也要没了吗？

见南安侯一言不发，潘氏摇了摇头，示意两人偏房说话。待只有他们三人时，陆晚丞明知故问："这究竟是怎么回事？三弟和方才那个被押出去的女子……"

潘氏看着林清羽，面色透着几分敬畏。

青黛阁要裁去一半的歌姬伶人，这些人为了能留在府中，自是想尽办法惑主争宠。有个歌姬过去偶尔会被陆乔松留宿，近来陆乔松不再召她，她以为主子对她腻味了，要赶她出府。为了重获主子欢心，她不得不采取行动。

男人都喜欢新鲜。她用自己这些年攒下的银子托府里的小厮从外头给她带了点助兴的东西。那是一种香料，点燃后香味甜而不腻，闻着极是舒服。她不敢做得太过，只是用熏香熏了自己的衣裳，再去陆乔松跟前伺候。果然，陆乔松被她身上的香味吸引，情不自禁。

这之后，陆乔松恢复了对她的宠爱，她也盼望着自己能为陆乔松生下一儿半女，将来以姨娘的身份留在府里。但陆乔松刚被南安侯训斥，心有余悸，又顾忌着自己的身体，不敢像过去那样胡来。今日，他和诗友聚在一处，想是兴致太好，一不留神就多喝了几杯，回到青黛阁时人已经醉死了过去。

受宠的歌姬留在房中照料他。陆乔松睡到半夜被渴醒，喝了茶想继续睡，看到自己身侧的佳人，闻着那股若有似无的香味，莫名就兴奋了起来，直至眼前的景物渐渐模糊，陆乔松鼻腔一阵温热，喷出一大片鲜血，接着嘴角也溢出了血……

"现下张大夫正在替三少爷诊治，"潘氏道，"看他的神色，情况似乎不容乐观。"

林清羽笑了声："可惜。"

可惜他没亲眼瞧见陆乔松七窍流血的模样，大概会比梁氏现在还好看。这时，张大夫从内室走了出来。南安侯忙道："情况如何了？"张大夫闭上眼，摇了摇头。

"不，不——乔松，乔……"

梁氏惨叫一声，倒在地上，竟是活生生地厥了过去。陆念桃扶住她，哽咽道："母亲！"

陆晚丞转过头，抓起林清羽的衣袖抹着并不存在的眼泪："三弟，我的三弟啊！你是怕我到时候一个人太孤单，所以先去替我探路了吗？"

林清羽略带嫌弃地将自己的衣袖扯回："用你自己的擦。"

陆晚丞小声道："好的。"遂抬袖掩面，"西湖的水，我的泪……我的三弟……"

南安侯亦红了眼眶："大夫，真的没别的办法了吗？"

张大夫叹道："在下才疏学浅，望侯爷节哀。"

南安侯像是失了力，连退几步，颓然坐倒在椅子上。林清羽戏看得差不多，上前道："侯爷，能否让我试一试？"

陆晚丞抬头："清羽？"

南安侯这才想起自己这位义子出自名医世家，虽已不抱希望，仍是死马当成活马医，挥手示意林清羽进去。陆念桃见林清羽靠近，本能地挡在了前头。林清羽不动声色地看着她，陆念桃咬了咬唇，最终还是给他让了路。

床上的陆乔松已是日薄西山，奄奄一息。他和陆晚丞到底是同父异母的兄弟，眉眼之间有一两分相似。但相由心生，陆晚丞病危之际，形容枯槁之时，可比陆乔松当下好看多了。

林清羽扒开陆乔松的眼皮看了眼，又为其诊了脉，淡淡道："性命能保。"

南安侯眼前一亮："果真？"

林清羽又道："但日后，他怕是无法再生儿育女了。"

南安侯如遭雷击，震声道："什么叫无法再生儿育女？！"

"肾精亏虚，"林清羽道，"侯爷，还救吗？"

陆念桃急道："当然要救！先保住性命再说！"

南安侯闭目长叹："救吧。"

一番折腾下来，天都快亮了。林清羽为陆乔松施完针出来，看到陆晚丞还在等他，他坐在轮椅上，身上盖着薄毯，已经等得昏昏欲睡，脑袋一点一点的。

林清羽托起他的脸颊，道："走吧。"

陆晚丞揉揉眼睛："完事了？"

"嗯。"

陆晚丞看到林清羽额前出了一层汗，问："怎么又想救他了？"

"我改变主意了。"林清羽神色凉薄。

南安侯府的祸事一桩接着一桩。短短数日，南安侯的双鬓已经长出了白发。他不肯再看陆乔松一眼，只当没这个儿子。梁氏醒来后，听说自己的儿子不能传宗接代了，生生被气出病来，连床都下不了。而陆乔松本人则成日里寻死觅活，药也不喝，精神和身体一并垮了，只剩下一个陆念桃，强撑着精神照料母亲和弟弟。

陆晚丞吃完瓜，道："清羽，你的药有点厉害。佩服佩服。"

林清羽道："他不喝酒还没什么，喝了酒反而会激起体内的药性。"

陆晚丞问："这药是你自己配的？"

"嗯。"

"那你好懂啊。"陆晚丞像是随口一说，"你之前是不是……"

林清羽瞧着他："你想问什么？"

"咳，我听说，寻常大户人家的少爷，成年后都会有通房丫头伺候起居……"陆晚丞迟疑再三，欲言又止，最后摆摆手，"算了算了，当我没说。"

看陆晚丞一脸纠结，林清羽有些想笑："没有。"

陆晚丞嘴角弯了弯，有些惊讶："没有？"

"我父亲只有我母亲一人，我觉得很好，所以不想自己房中有什么乱七八糟的人。"

陆晚丞肃然起敬，拍着林清羽的肩膀道："你的思想很超前啊，兄弟保持住，未来可期。"

南安侯已下令，严禁家丑外扬，然世上没有不透风的墙，陆乔松的"丰功伟绩"还是传了出去，成了京中高门茶余饭后的谈资。有人唏嘘，也有人看笑话。南安侯在前朝要风得风，要雨得雨，谁能想到他的后宅如此乌烟瘴气，如今更是连个后都留不了，百年之后这偌大的家业竟不知能给谁。

陆家的旁支得知此事，或多或少都起了点心思。按照祖宗家法，南安侯这一脉若断了，就要从旁支过继儿子。

南安侯收到不少从临安寄来的信，勃然大怒。莫不说他的两个儿子还没死，他也还没死呢，这些亲戚如此急不可耐，是真当他绝后了吗！

震怒之后，南安侯叫来潘氏："有一事，本应梁氏去办，但梁氏的情况你也知晓，已经不中用了。"

潘氏得了侯爷的命令，犹豫许久，拖了几日才找到林清羽，先是提了陆家旁支上京省亲一事，他们说是中秋将至，想来过一个团圆节，可实际在想什么明眼人都能看出来。

"此次上京省亲的是侯爷兄长一家，据说要带不少人来。这个中秋，府上怕是要热闹了。"

林清羽道："待客过节之事，你来操持即可，不用问我。"

"侯爷也这么说。"潘氏小心翼翼地察言观色，"他说，他现在什么都不想管，只想给陆家留个后。"

林清羽挑了挑眉。潘氏觉得他的神态有几分像小侯爷，不禁感叹二人常在一处，相貌举止都变得有些相似。

林清羽目光中透着玩味的深意："所以你是来向我求坐胎药的？"

潘氏一怔，随即羞红了脸："少……少主误会了。"

林清羽不以为意："这有什么。你不过三十出头，侯爷也才四十，好好调养身体，生孩子不难。"

潘氏终于忍不住直言："少主，老爷的意思是，如今大少爷的身子好了不少，娶妻或许无门当户对的贵女肯嫁，但至少可……可以纳个妾了。"

林清羽微微一怔，随即冷嗤："恕我直言，与其指望他，不如让侯爷自己努力，给他添几个弟弟妹妹。"

05.

林清羽是大夫，在看顾陆晚丞身体的事上确实权威，他拒绝得如此果断，又拿出南安侯说事。潘氏对这个救命恩人之子又敬又怕，不敢多言，连忙揭过此事，继续说回中秋过节之事。

林清羽听得有些心不在焉。是他疏忽，没想到这一层。陆乔松失去了传宗接代的能力，南安侯自然会把心思放到陆晚丞身上。

夜里，陆晚丞沐浴完回到房中，发现林清羽看他的目光高深莫测，顿时有种不好的预感："怎么了？"

林清羽问："你近来如何？"

陆晚丞笑道："你每日替我诊脉，我如何你应该比我清楚。"

"我不是问你的病情。"林清羽目光下移，落在陆晚丞的腹部，扬了扬下颌，"还会拉肚子吗？"

说到这个陆晚丞就有些忧郁，眼中含怨，道："我一直在喝你配的药，你还好意思问我啊。"

药的副作用是暂时的，他停几天药，或者林清羽给他扎两针他就能恢复。换言之，这事全看林清羽。

一开始，他还觉得自己有被侮辱到，后来居然也躺平接受了。

林清羽点头："那你到时候再来找我，我施针让你恢复正常。"

陆晚丞一脸无奈："要到什么时候啊？"

林清羽冷冷吐出几个字："你娶妻生子之时。"

陆晚丞是个聪明人，话说到这份上他应该能明白。果然，陆晚丞了然一笑："原来如此，我们清羽被谈话了啊。"

林清羽没耐心再同他拐弯抹角，问："要说娶妻，你现在的样子也无贵女愿意嫁你。那么你想纳妾吗？"

陆晚丞看着林清羽一本正经的模样，"当然不想"四个字到嘴边又被他恶劣地吞了回去，装出一副纠结的模样："想，又不完全想。"

林清羽眉间微拢："说人话。"

"实不相瞒，我活了快二十年，连女孩子的手都没牵过。临死之前，若能体会一下人世间的情情爱爱，似乎也挺好的。"

林清羽心平气和地问："那你喜欢什么样的女子？你告诉我，我好替你掌眼。"

陆晚丞还真认真地想了想，给出的答案相当肤浅："长得美的，脾气好的，不会对我凶巴巴的。"

"知道了，"林清羽道，"明日我便帮你挑一个，睡吧。"

陆晚丞有点蒙："这就睡了？"

"不然？你还有什么要说的？"

陆晚丞忍了又忍，还是没忍住，隔着屏风问道："清羽，你不会是真的想帮我纳妾吧？"

林清羽戏言："我是在帮我自己找嫂子。日后你们的孩子，还要唤我一声'叔父'。"

"……"

之后，陆晚丞亲自去找南安侯，两人关在书房不知说了什么，总之南安侯在祠堂待了一夜，白发又多了一大撮，陆晚丞纳妾一事就这样不了了之。

中秋将至，夏日残暑所剩无几。院中桂花初放，夏衣已薄却懒得添衣，仿佛这样就能将盛夏多留片刻。

春生秋杀，自古逢秋悲寂寥，林清羽的心情也受到了季节的影响，几日来情绪低沉，无论对谁都冷着一张脸，整日把自己关在书房，就连花露给他送饭菜，过了半日仍然原封不动。

林清羽也厌恶这样的自己，他何尝不知消沉无用，可惜，他还做不到将情绪收放自如。他正对着书籍发呆，门吱呀一声响，陆晚丞端着一盘点心走进书房，笑道："清羽，看我给你带什么好东西来了。"

林清羽道："谢了，放着便是。"

陆晚丞不满："好敷衍，你都没看。"

林清羽看了眼，是新做的桂花糕，想来是用院子里那棵桂花树的花做的。

"看到了，出去。"

陆晚丞站着没动。林清羽知道他在看自己，他实在懒得回应。他尝试继续看书，但某人的存在感过于强烈，让他始终无法集中精神。他闭了闭眼，抬眸道："你还有什么事？"

陆晚丞轻声道："清羽，你在生气。"完全肯定陈述的语气。

林清羽淡淡道："我没有。"并非口是心非，他现在的确不是生气，单纯不想说话而已。

"是我懒觉睡得太多你生气了？"陆晚丞围在林清羽身边探头探脑，"那我不睡了好不好？"

林清羽轻笑一声："你？不可能。"

陆晚丞也很有自知之明："好像是不太可能。那你怎样才能高兴一点？"说着就把脑袋凑了过去。

林清羽一手推开陆晚丞："让我一个人待着，好吗？"

陆晚丞勉为其难："好吧，那你记得吃点东西。"

陆晚丞一走出书房，欢瞳立马迎了上来："小侯爷，怎么样？"

陆晚丞摇摇头。

欢瞳有些着急："少爷到底怎么了啊，他都一整日没吃东西了。"

陆晚丞想了想，道："应该不是我的问题，不然他刚才肯定直接让我滚了。话说，太医署考试放榜是什么时候来着？"

欢瞳恍然大悟："是今天！"

"果然，"陆晚丞回头看着落在窗上的清瘦剪影，"这就难办了，肯定哄不好。"

欢瞳更忧心忡忡："那怎么办呀？"

"哄不好能怎么办，"陆晚丞懒洋洋道，"回去睡觉。"

欢瞳大失所望："小侯爷怎么能这样，你也太会知难而退了。"

陆晚丞点了点欢瞳的脑袋："相信我，你家少爷现在只想一个人待着，我们就别去烦他了。而且，我相信他能自己调节好。"

听到两人远去的脚步声，林清羽松了口气。以往有什么烦心事，只要和医书相伴，林清羽总能静下心。可现在，他努力盯着书上的每一个字，却怎么也看不进去，心浮气躁，坐立不安，心不知落在了何处。

林清羽只身一人出了蓝风阁，在府里漫无目的地走着。桐庭多落叶，慨然知已秋。他初到侯府时，天还下着雪，屋子里烧着炭盆。不过一眨眼的工夫，日子就过去大半年了。

南安侯常不在府中，梁氏和陆乔松闭门养病，陆念桃疲于在两人病榻前奔波，极少露面。不知不觉中，他成了侯府真正的主子，下人见到他又敬又怕，似乎已经无人记得他初入侯府时的卑微屈辱。

林清羽抬头看着那四四方方的朱红色高墙，仿佛还能听见外面小贩的叫卖之声。在离侯府四条街之外的太医署门口，不知又是怎样一副热闹的景象。他昔日的同窗，那些不如他的人、嫉妒他的人，是否都站在榜前，期待又害怕地寻找自己的名字？

若他没有对陆晚丞动恻隐之心，没有为陆晚丞多要这半年，此时此刻，他又会身在何处？秋风拂过，林清羽摊开手，任由散发着幽香的桂花落至掌心，许下心愿——他愿斋戒七日，换得他厌恶之人颓然落榜。

林清羽想象着谭启之落榜后的表情，心情稍微好了一点。身后传来急匆匆的脚步声，他转过身，看见欢瞳跑得上气不接下气："少爷大喜啊！"

"我能有什么喜？"

"谭……谭启之落榜了！"

林清羽一愣。

欢瞳兴奋道："除了谭启之，还有那个说您长得像女人的王公子，污蔑您小考作弊的梁公子……少爷您看不惯的那几个人全没考上！这难道不是大喜吗？"

林清羽这才反应过来："你去太医署了？"

"是啊，我去看太医署放榜了。"

"谁让你去的？"林清羽问完，心中已有了答案。

"是小侯爷，"欢瞳道，"他说少爷应该喜欢听这个。"

林清羽心情说不上来地复杂。陆晚丞为何连他这种隐秘恶毒的念头也知道？他究竟是什么人！

林清羽抛下手中的桂花："回去了。"

回到蓝风阁，林清羽下意识地寻找陆晚丞的身影。人没见到，却听见了一声清脆如莺啼的哨声。

循声望去，只见陆晚丞倚坐在廊下，背靠着围栏，姿态一如既往地慵懒随意。和他对上目光后，陆晚丞放下唇边吹口哨的手，尾音里都带着上扬的笑意："回来了，快来吃饭。"

廊下倚栏少年郎，笑看凡尘不知愁。

林清羽心想，他放弃了三年一度的考试，换来眼前人半年的寿命，怎么想对他而言都是亏的。好在陆晚丞口哨吹得不错，似乎……又不是完全亏。

林清羽展颜一笑，笑容似淡淡云月："好。"

06.

中秋那日，陆氏的一支旁支，南安侯的异母兄长拖家带口从临安赶到了京城。这两兄弟自分家以后，数十年未见，无论兄弟间关系如何，场面上的功夫还是要做的。

为了这个中秋节，侯府阖府上下忙里忙外，只有蓝风阁的两位主子能闲着。少主不会管这等杂事，而小侯爷自入秋以后，身子一直不见好，从前他还能下地走两步，如今是完全离不开轮椅，去哪儿都要旁人推着。

陆氏旁支那头事先递来消息，告知他们到府上的时辰。时辰差不多时，林清羽和潘氏同南安侯一道在侯府门口迎客，远远瞧见五六辆华贵的马车缓缓驶来。

临安乃富庶之地，陆氏又是临安数一数二的大户，排场自是不小。为首之人便是南安侯的大哥，陆晚丞的大伯。兄弟二人见面后一番客套寒暄，礼貌远多于亲近，携手一同进了府。林清羽兴致索然地跟在后头，一个模样端正的男子上前同他搭话："这位想必就是林少主吧？"

林清羽没有应声，一旁的潘氏道："少主，这位是侯爷的侄子，小侯爷的堂哥。"

"在下陆白朔，家中排行老六，林少主若不嫌弃可唤我陆老六。"男子风度翩翩地笑着，"姨娘安好，多亏姨娘还记得我。"

这陆白朔未免太自来熟了些，林清羽没有和这种人结识的欲望。

"怎么会不记得,"潘氏笑道,"少主,六少爷去岁来京城做生意,在府上小住了三月,和大少爷关系极是要好呢。"

原来此人和陆晚丞还有如此一层关系。

林清羽隐隐有了个念头,颔首同陆白朔打招呼。陆白朔问:"晚丞的病可好些了?我此次来京,带了不少重金求得的补品,但愿能帮得上忙。"

林清羽道:"待会儿六少爷若无旁的事,可随我去蓝风阁探望他。"

陆白朔道:"如此甚好。"

侯府的下人忙着搬东西,带客人去客房安顿。陆白朔安顿好后,直接跟着林清羽到了蓝风阁。进屋之前,林清羽道:"我想请六少爷帮我一个忙。"

陆白朔客气道:"林少主但说无妨。"

陆晚丞这几日精神还不错,但为了躲客,硬说自己又犯病了,犯的还是一种不能下床,下了床就会死的病。本以为能离那些乱七八糟的亲戚远远的,没想到林清羽竟把人领上了门。

"小侯爷,你五哥来看你了。"

陆晚丞收起平日里漫不经心的调调,摆出高门贵公子的仪态,一声"五哥"刚要唤出声,瞟见林清羽身侧的人表情不太自在,转念想起什么,脸上露出笑容:"清羽你莫要诓我,这哪是五哥,明明是六哥。"

林清羽眼眸微敛,脸色淡淡地说:"是吗?那是我说错了。"

陆白朔松了口气,朗声笑道:"我就说呢,好歹去年我在蓝风阁借住了三月,晚丞要是这么快就忘了我,未免太没良心了。"

陆晚丞别有深意地看了眼林清羽,煞有介事道:"六哥放心,你就是化成了灰,我也认得你。"

这对堂兄弟都是话多的性子,你一言我一语地聊着,看不出半点异样。但这并不能全然说服林清羽。陆晚丞在旁人面前从来不留破绽,只有和自己人在一起时,才会毫不设防地提起他过往之事。陆晚丞不想说,他等着便是,实在等得不耐烦了,再去威逼利诱也不迟。

两人其乐融融地说了会儿家常话,便听见外头好生热闹。花露进来禀告,说是今日来的那帮亲戚一窝蜂全来蓝风阁了,还说是来探病的。

林清羽将他们的小心思看得一清二楚。这些人无疑是奔着侯府的家产来的,探病是假,送子是真。陆晚丞身子孱弱,是命中注定的无子。若能将自己的幼子过继到陆晚丞这一脉，将来自然少不了好处。

陆晚丞听见院子里有孩童的吵闹声，顿时一个头两个大，抬手扶额："清羽啊，我头突然好晕，待客之事就交……"

林清羽假装没听见，看"咸鱼"被迫"支棱"有时也是一种乐趣："请他们进来。"

陆晚丞："……"

此次来了不少人，有陆晚丞的堂兄、堂弟和子侄后辈。陆晚丞在陆家辈分不小，甚至有人要叫他爷爷。这些人把前厅坐得满满当当，林清羽和陆晚丞分坐在主位。林清羽自顾自地喝着茶，非必要不开口，打定主意要让某人"勤勉"一次。

林清羽冷眼旁观，陆晚丞就不得不硬着头皮待客。虽一百个不乐意，但真的要他做，他又能将事情做得滴水不漏，挑不出半点失礼之处，俨然一副宾主尽欢的场面。

"我听说，青黛阁那位现在还不肯出来见人呢？"

"到底是续弦所出，闹出这等丑事，自然没脸再见人。"

"都说色字头上一把刀……"

林清羽看着陆晚丞嘴角含笑，眼里的不耐几乎是藏也藏不住，突然体会到了捉弄"咸鱼"的乐趣。

陆晚丞一个堂哥奉承道："我看小侯爷气色极好，想来不日便能痊愈了吧。"

陆晚丞笑道："承你吉言。"

"身子一好，子嗣一事就该上心了。不知晚丞有何打算？"

说话的是陆家老大，陆白朔的亲大哥。话说得这般明显，听得陆白朔不由得皱起眉，出声提醒："大哥，这是小侯爷自己的事，我们就别过问了吧。"

陆家老大看起来脑子不怎么好使，出言道："这是陆家的事，和我等息息相关，我问问怎么了！听说，小侯爷准备纳妾了？"

林清羽终于开口说了第一句话："你从哪儿听说的？"

陆家老大笑道："少主别见怪，男人三妻四妾再正常不过。小侯爷虽病着，也是个男人……"

陆晚丞双手一摊："我这副身体，能有什么七情六欲？"他转头去寻找林清羽的视线，半真半假道，"余生唯义弟清羽一人相伴即可，千金易得，知己难寻。你说是吧，清羽？"

林清羽一口茶差点呛到自己——陆晚丞又犯什么病了？！

几人面面相觑，而后感叹道——

"我说什么来着，我大瑜国师亲算，林少主和晚丞的兄弟情分乃上天命定，有林少主在，晚丞必会福星高照，长命百岁！"

"叔叔与少主情谊深厚，真是羡煞我等啊！"

"愿堂爷爷和林少主兄弟情深，相伴一生……"

林清羽听得额角抽动，始作俑者似在心虚，不敢同他对视，端着茶盏挡脸，一副"我什么都听不见"的模样。

林清羽出声打断众人的滔滔不绝："小侯爷，该喝药了。"

众人本想多和两人套套近乎，此话一出，也厚不下脸皮继续打扰，纷纷起身告辞。

待客人离开，不等林清羽说什么，陆晚丞先"啐"了一声，双手抱臂，一顿狂搓："救命，我好'油'。"

林清羽原不知道"油"是何意，但联系实际情况后，他隐约有些理解了，真心赞同："确实。"

晚上，南安侯在府中设宴招待众人。陆晚丞以身体不适为由没有出席，林清羽也借着要照顾他留在了蓝风阁。

暮云收尽，月明星稀，蓝风阁庭院中的石桌上放着月饼、菱角、枣子和石榴，还有一壶桂花蜜酒。然而无论是月饼还是蜜酒，陆晚丞都不能碰，只能看着解解馋。

林清羽站在一旁，长发如瀑，衣衫似霜，就连眼角的泪痣在月光下也显得格外动人。只可惜，此等俊美之人眉间染着郁色，似乎是有什么心事。

中秋的心事无非就是想家。陆晚丞道："府里现下人多口杂，烦人得要紧。不如我们去林府小住几日，等他们走了再回来？"

林清羽道："客人在家，你这个当主人的还想溜？"

"我今日已经给足了他们面子，够了够了。"

林清羽不置可否，手执酒杯，垂眸问道："你是怎么认出陆白朔的？"

陆晚丞漫不经心道："猜的啊。我记得'我'和六哥要好。陆白朔单独被你带来，关系和'我'肯定不简单，我就猜他是那个六哥，果然。"

林清羽点点头，给自己倒了杯蜜酒，不再追问。

"清羽，这是我们一起过的第一个中秋，估计也是最后一个中秋了。"陆晚丞看着天上的明月，眉眼浅浅地笑着，"明年的中秋，你……还会记得我吗？"

林清羽抬起头，和陆晚丞看着同一轮玉盘，道："你我虽是被迫结缘，但一路相伴而来,我已将你视为知己好友。正如你今日所说'千金易得,知音难寻',我……会一直记得陆晚丞。"

一直记得……陆晚丞吗……

陆晚丞沉默许久,忽然道:"上次在长生寺,你问我还有没有其他名字,我说没有。"

林清羽手中一紧:"嗯。"

"我骗了你,我还有一个名字。"陆晚丞嗓音沉沉,"我希望,你能记住这个名字。"

林清羽眼眸闪动,似有些许紧张。陆晚丞想让气氛轻松一些,便开始一本正经地胡说八道:"我姓朱,名大壮,你除了唤我'晚丞',还可以叫我'大壮哥'。"

林清羽登时没了表情,起身要走。

死性不改,他和这种人认真也是脑子抽了。

陆晚丞笑着拦住他:"好啦好啦,不逗你了。其实吧,我姓江,叫……"

话未说完,花露一声急喊打断二人的对话:"少爷、少主,宫里来人了!"

07.

宫里来的是凤仪宫的冯公公。冯公公奉皇后之命,给南安侯府送来中秋的赏赐。

皇后不比其他可见可不见的亲戚,旨意一到,陆晚丞也好,梁氏、陆乔松也罢,均要抱病接旨。

多日不见梁氏,林清羽看她仿佛老了十岁,妆容难掩病容沧桑。陆乔松两眼深陷,脚步虚浮,一看便知被掏空了底子。相比他们二人,陆晚丞病的时候明明更久,却依旧保持着风度,这多亏了林清羽给他配的药,也和他心态好离不开关系。

作为南安侯府中唯一和皇后有血缘关系的人,陆晚丞得到的赏赐无疑是最贵重的。除了珠宝玉器、补品药材,还有两件北境进贡的狐裘、数十匹江南进贡的丝绸以及几盒宫廷御用的点心,说是赏给小侯爷和林清羽的。相比之下,其他人的赏赐明显就是为了走个过场。

众人一一领赏谢恩后,冯公公道:"娘娘一直惦记着小侯爷,特意嘱咐奴才问问小侯爷的身子,小侯爷近来可好啊?"

陆晚丞笑道："多谢娘娘挂念，一切都好。"

冯公公将目光转向林清羽："这位是林少主吧。说起来，少主入侯府的事乃是娘娘做的主，娘娘却还未见过林少主呢。"

陆晚丞听出冯公公的言外之意，嘴角笑意微收。南安侯也听出来冯公公的意思，朝梁氏使了个眼色。梁氏自从病后，一直神思恍惚，此刻竟发着呆，神色茫然。南安侯只好自己开口："节后诰命要进宫向皇后请安，届时我会让夫人带着清羽少主一道入宫谢恩。"

冯公公满意点头："如此甚好。那奴才就不打扰侯爷一家团圆了。"

南安侯客气道："公公慢走。"

众人各自带着赏赐回到院子。林清羽让花露把东西收拾好。花露是第一次见到进贡的丝绸，一拿在手上便爱不释手："我从没见过这么轻的料子，夏天穿起来肯定特别凉快。明日我就去找府里的裁缝，让他们用这个料子给少爷、少主裁新衣。"

陆晚丞道："给少主即可，我便不用了。"

"哎，为什……"

欢瞳用手背打了花露一下，花露意识到了什么，讪讪闭上了嘴。

林清羽道："你们都退下吧。"

被冯公公这么一打断，两人都没有继续赏月的兴致。陆晚丞素来话多，总是笑着，所以一旦他沉静下来，纵是一个字不说，也能让人察觉到他此刻有些心烦意乱。

林清羽不知他在烦什么，他自己也挺烦的。他固然把陆晚丞当知己，但这并不意味着他能原谅那件事。他没有忘记，正是皇后一手促成了他进侯府的事。因为这点，他恐怕永远不会对皇后有好感，即便她是真心实意关心着陆晚丞。

一阵漫长的沉寂过后，陆晚丞开口道："清羽，我……我不想你进宫。"

林清羽不解："为何？"

陆晚丞低声喃喃："就是……不想。"

林清羽蹙起眉："我也不想进宫见什么皇后。可是，日后我要考进太医署，迟早有进宫的一日。"

陆晚丞像是被点醒了一般，迟疑道："那你能不能不入太医署？"

林清羽静了一会儿，语气微冷："你是认真的吗？"

若这是陆晚丞的真心话，他们就白相识一场了。

陆晚丞苦笑一声，道："你还是当我没说吧。"

府里另一头，南安侯当着下人的面，狠狠斥责了梁氏一通。陆念桃守在门口，等南安侯从房里出来，想着为梁氏说了几句好话。南安侯冷语道："你最好好生劝劝你母亲，让她拿出个侯府夫人的样子来，否则……哼。"

陆念桃顿时心下一沉。南安侯如此不满亦在情理之中。儿子接连出事，他这个当父亲的自然心痛难当，但日子总要过下去，陆氏满门的荣耀还要靠他撑起来。梁氏是他的正妻，又有诰命在身。他能把家事交给妾室和义子打理，但在外头，还是要梁氏去给他撑场面。

这个道理陆念桃是知道的，她苦口婆心劝梁氏振作，梁氏却是心灰意冷："我就乔松这么一个儿子，如今他绝了后，我还有什么可指望的。"

"可大哥那儿不也是绝后吗，无论将来是那些姨娘生了孩子，还是父亲从宗室里过继了孩子，您始终还是嫡母，怎么就没有指望了！"

梁氏凄声道："嫡母有何用！这些年来，我对陆晚丞还不够好吗，他不是照样翻脸不认人！"

陆念桃急道："那您还有我这个女儿啊！"

"女儿……"梁氏苦笑道，"女儿迟早要嫁人，哪里靠得住。"

"那就要看嫁的是什么人了。"陆念桃眼中闪过几分谋算，"您可曾听过两句诗：'姊妹弟兄皆列土，可怜光彩生门户。遂令天下父母心，不重生男重生女。'女儿若是嫁得好，何尝不是光宗耀祖的事——您看，当今皇后不正是个例子吗？"

梁氏含泪怔然。皇后……她对皇后向来是敢怒不敢言。皇后和南安侯的原配乃是一母同胞的亲姊妹，自然对她这个续弦没多在意，连带她的两个孩子也不被重视，就今日给的那点赏赐，连陆晚丞的十分之一都比不上。这么多年，她心里一直憋着一口气。可人家是中宫皇后，娘家是如日中天的温国公，她永远只能上赶着讨好。

"你说得对。"梁氏挺直了腰背，"我不能再这么下去了。母亲要为你寻一门好亲事，看何人还敢瞧不起我们母子三人！"

陆念桃早就到了适婚的年纪，这两年梁氏也一直在帮她留意着。京中高门之间多有姻亲关系，诰命夫人彼此相识，想要给陆念桃寻一门好亲，她不能再把自己关在府里，必须走动起来，进宫向皇后谢恩或许就是一次机会。

次日，梁氏的病就"痊愈"了。她递了帖子进宫，得到皇后的允准后，遣人给蓝风阁传话，让林清羽准备好同她一道入宫。

林清羽只觉得可笑："我一个男子，竟能出入后宫，也是史无前例了。"

"话不能这么说。"躺在床上的陆晚丞道，"那些给后妃看病的太医，不也是可以出入后宫。"

林清羽扫他一眼："你真会说话。"

陆晚丞幽幽道："清羽，我想和你一起去。"

林清羽以为他是想去见姨母，道："以后……会有机会的。"

宫里的主子何其尊贵，带病之人不得入宫，以免他们把病气带入宫中。

林清羽平日穿着都很素净，进宫谢恩必须穿上华服。他穿戴完毕，隆重的华服穿在他身上丝毫不显臃肿，反倒有几分不染世俗之感。陆晚丞越是看他，心里越不安。等林清羽准备出门时，他不由得脱口而出："清羽，要不你还是别去了，就说你突发急病……"

"我没意见，但你能不能给我一个理由？"陆晚丞有事在瞒着自己，林清羽一直都知道。

陆晚丞顿了顿，道："我不想让太子见到你。"

"为何？"

一阵欲言又止后，陆晚丞故作轻松道："怕你应付不了宫里的弯弯绕绕，着了谁的道。尤其我听说，太子还是个德行有亏的人，怕他为难于你。"

林清羽："……"

陆晚丞见林清羽一副"我信你个鬼"的表情，轻笑着说："清羽，我是真的怕。"

林清羽静了一静，耐着性子道："中秋过后是皇家秋狝。现下太子和诸位皇子应当都在围场伴驾，我不会碰见他们。"

陆晚丞闻言，心下稍安："你确定？"

"嗯。"每年秋狝之时，他父亲都会随行，他记得很清楚。

陆晚丞松了口气："那你去吧，在皇后面前'刷刷'好感，然后早点回来。"

林清羽和梁氏母女一同乘马车入宫。不难看出，梁氏和陆念桃都精心打扮过。梁氏一扫往日颓态，身着诰命朝服，雍容典雅；陆念桃一袭水蓝色烟罗裙，犹如出水芙蓉，清新动人。

马车到宫门口就得停下，接下来的路要步行。林清羽抬头看着宫门前高高的匾额——一年前的自己怕是如何也想不到，他第一次入宫，竟是以侯府少主的身份。

三人跟着领路太监到了凤仪宫，冯公公手执拂尘相迎："夫人、少主、陆小姐，请随奴才进去吧。"

在凤仪宫主殿，林清羽见到了当今大瑜的国母，温皇后。

温皇后和梁氏年纪相仿，尽管年华不在，但身为国母的凌人气势是旁人如何都比不了的。她给三人赐了座，不冷不淡地和梁氏寒暄一番过后，便把注意力放在了林清羽身上。

如此相貌气度，虽说出身一般，倒也能配得上侯府义子的身份。

温皇后道："本宫听说，自你入侯府后，晚丞的身子爽利了不少，也不枉当日本宫特意去求皇上。"

仿佛是多大的恩赐一般。林清羽心下厌恶，也知宫里不同侯府，如今的他在皇后面前只能忍。

温皇后又道："现在晚丞的身子是由你看顾着？"

林清羽闻着凤仪宫特制的熏香，道："是。"

温皇后赞许点头："不愧是林院判之子。"

温皇后三句话离不开陆晚丞，除了最开始的客套，竟是未再同梁氏母女说一句话。母女二人备受冷落，偏偏脸上还必须挂着恭谨的浅笑。

几人说着话，冯公公进来禀告："娘娘，太子殿下往凤仪宫的方向来了，应该是来向您请安的。"

林清羽眉头微蹙——太子为何会在这个时候出现在凤仪宫？

温皇后也有同样的疑问："太子不是随皇上去秋狝了吗？"

冯公公道："皇上不慎感染风寒，提前回銮了。"

太子虽由陈贵妃所出，但皇后毕竟是嫡母，外出归来，他自是要先来凤仪宫请安。

林清羽并不怕见什么太子，但陆晚丞不想他见，他不见便是。

林清羽起身道："既然太子到了，我等便先行告退。"

陆念桃张了张嘴，似要说什么。温皇后点头应允，让冯公公送他们出凤仪宫。

林清羽出了凤仪宫，远远看见一个头戴玉冠、身着玄袍的青年走来，立即加快脚下步伐。和他同行的陆念桃道："少主怎走得这般着急？太子就在前头，我们若不去行礼问安，岂不是失了礼数。"

林清羽冷冷道:"你一个未出阁的姑娘,主动去向太子请安,难道就是有礼数了?"

陆念桃哑然,脸涨得通红,脚下却生了根一般,不愿再走一步。被她这么一耽搁,太子已到了他们面前,林清羽只能跟着冯公公行礼:"参见太子殿下。"

太子相貌不俗,生得风流俊美,又是一国储君,身份尊贵,也难怪陆念桃有这点心思。

太子居高临下地看着几人,目光掠过梁氏和陆念桃,落在了林清羽身上:"你是何人,怎能出入后宫?"

冯公公道:"殿下,此人是南安侯府的少主,林院判之子林清羽。"

"少主,"太子眯起眼睛,"给那个病秧子挡灾的?"

"正是。"

太子饶有兴趣道:"抬起头来。"

林清羽:"……"

"没听见孤在同你说话吗?"

听不见,滚。林清羽深吸一口气,垂下眼睫,缓缓抬头。

太子看到他眼角的泪痣,瞳孔骤然一缩,呼吸也跟着急促起来。

冯公公在宫中多年,惯是会察言观色,低声提醒:"太子,娘娘还在里头等你呢。"

太子这才如梦初醒。他意识到自己的失态,目光却依旧牢牢锁在林清羽身上:"你叫什么名字?"

"……林清羽。"

"林清羽。"太子勾了勾嘴角,似笑非笑道,"孤记住你了。"说完,转身进了凤仪宫。

回到府中,林清羽换下华服,在卧房找到了陆晚丞。陆晚丞像是忍了很久的睡意,打着哈欠道:"回来了?哎,皇后竟然没留你用饭……"

"我今日在宫中见到太子了。"

陆晚丞一愣,睡意退了个干净:"怎么会?"

林清羽将凤仪宫之事悉数告知。陆晚丞听着听着,眼中渐渐染上阴霾,往后一靠,低声道:"……这都行?"

林清羽双眉攒聚:"会有什么问题吗?太子他……"

陆晚丞沉思许久，问："'油腻'吗？"

林清羽点点头："有点。"

陆晚丞笑得和往常一样："见都见了，也没办法了。林大夫做自己想做的事就好，其他的，就交给别人操心吧。"

夜里，林清羽浅眠中听到一阵低咳，睁眼瞧见屏风后头亮着的烛光。他下了软榻，绕过屏风，看到陆晚丞穿着寝衣坐在桌前，边咳边写着什么。见他来了，便道："吵醒你了？抱歉，我没忍住……喀。"

林清羽给他倒了杯温水："这么晚了，你不睡觉，是在做什么？"

陆晚丞停下笔，拳抵着唇又低咳了两声，道："我在想事情。"

林清羽低头看去，只见宣纸上写着几个名字和两个奇怪的符号——

北境，萧琤 & 沈淮识，萧玠 & 小太监，萧璃 × 皇后。

"萧琤、萧玠、萧璃是三个皇子的名讳。"林清羽压低声音，"晚丞，你到底在想什么？"

见林清羽面色凝重，陆晚丞笑道："随便写写，不用在意。"说着，他将宣纸折成两半，放在烛火上烧尽。

直觉告诉林清羽，陆晚丞并非随便写写这么简单，他……在打几个皇子的主意。

为何？陆晚丞一向大门不出二门不迈，即便皇后是他的亲姨母，他也从未和宫中势力有过纠葛。难道，是为了南安侯府？

南安侯乃朝中重臣，从不参与党派之争，深受圣上器重。陆晚丞只要安分守己，忠于圣上，将来再忠于太子，南安侯府便可将荣华延续，根本没必要做什么。

那，是为了……

林清羽轻声询问："是为了我？"

陆晚丞沉默片刻，半真半假道："是啊，你看我对你多好，都快凉了还不忘替你操最后一次心。"他一手拖着腮，一手不自觉地转起笔，在辉映的烛光中脸上泛起笑意，"所以这个秋天，你要对我这个病人多体贴一点，知道吗？"

墨渍自笔尖旋转飞出，林清羽看着落在自己寝衣上的点点漆黑，心里说不清是何滋味。

第四章

知己心事

01.

一场秋雨一场寒，雨气带走了夏日最后一丝残暑，雨落堂前，堂中摆了一方大水缸，雨水打在水面，飒飒之声不绝于耳。

花露路过书房，见窗户开着，里头还点着灯，以为是少主在书房看书，走进去却发现那个伏案于桌前的竟是她家大少爷。花露再三确认，眼睛都擦了几遍，确定自己没看错，问："大少爷，您在书房做什么？"

大少爷只有想烦少主的时候会来书房，可眼下少主也不在啊。

陆晚丞生无可恋道："我在解题。"

"做题？"花露凑上前看了眼，纸上一堆乱七八糟的，反正她是看不懂。她伸手想把窗户关上，被陆晚丞阻止："我脑子晕，想吹会儿风。"

"不行啊大少爷。"花露强硬地关上了窗，"少主说，您现在不能吹冷风。"

陆晚丞把笔一丢，瘫在轮椅上："头疼，好累，好烦，我不想思考了。"

他已经认真思考半个时辰了，高强度的脑力工作实在让人心力交瘁，让他想起了上学时明明厌学还要花时间敷衍功课的悲惨日子。

花露体贴地把收起笔墨纸砚："少爷若是累了，就先去睡会儿吧。"

陆晚丞看向窗外，浊云满天，秋雨潇潇，确实是最适合睡觉的天气。他已经勤勉了半个时辰，是该躺平了。

林清羽洗完澡，刚换上里衣，就听见开门的吱呀声，湿润的冷风也随之灌了进来。林清羽转过身，撞上来人的眼睛，淡淡道："回来了。"

陆晚丞微微一怔，而后移开目光，道："大白天洗什么澡？"

林清羽也知自己现下穿着不怎么庄重，他本来还有些不自在，但看陆晚丞比他还不自在，他反而放松了一些："侯府有规矩，说白日不能沐浴？"

"没有啊，但白天洗澡容易被人看见。"陆晚丞颇不正经地调笑，"这不，就被我看见了，你是不是有点生气？"

林清羽越发淡定："不气。你说这话，是不是在嫉妒我有腹肌你没有？"

陆晚丞捂住胸口："你再提'腹肌'二字，信不信我吐血给你看。"

林清羽眼眸闪了闪。以陆晚丞现在的身体，一旦到了吐血的地步，就真的该为他准备后事了。

"好，不提。"

陆晚丞顿时一副受宠若惊的表情。林清羽见他脸色不好，便扶他上了床，给他探了探脉："你近来似乎睡得不怎么好？"

"那不是咳疾犯了嘛，能睡好才怪。"

林清羽看破不拆穿，只道："久病之人最忌忧思。晚丞，无论是什么事，你都要放宽心。"

陆晚丞笑道："我尽量。"

秋雨过后，天清气朗，陆晚丞的身体也稍见好转。陆氏旁支在南安侯府住了小半月，终于要走了，陆白朔特意来蓝风阁向两人辞行，称他们明日就要动身回临安。

陆白朔颇有感触。去年他来南安侯府小住的时候，陆晚丞还没病得这般重，时不时能邀他一道出府游玩，临别之际，还在京中最负盛名的锦绣轩为他践行。

锦绣轩是河川边上的一座酒楼，一道招牌的"浑羊殁忽"让当时初来京城的陆白朔惊为天人。陆白朔回到临安后，四处寻找北方大厨，想还原那道浑羊殁忽，味道却总是差那么一点。

陆晚丞听得好笑："六哥简直是把'快请我去锦绣轩'几个字写在脸上了。"

陆白朔惭愧道："哪里哪里，我就是那么顺口一说。不过，不瞒你们说，我昨日确实去了一趟锦绣轩，却被店小二告知雅间已经被预订到了三日后。唉，不愧是天子脚下，我应当早些去的。"

林清羽问："你有没有说你是南安侯府的客人？"

"这倒没有。"陆白朔吃惊道，"吃个饭而已，还需要自报家门吗？"

林清羽道："天子脚下，遍地权贵，捧高踩低之事常有，尤其是在锦绣轩这种达官显贵聚集之地。你若真想去，可让小侯爷相陪。"

陆白朔看向陆晚丞："可以吗？晚丞的身体……"

林清羽道："仔细看顾即可。"

陆白朔语气遗憾地道："可我近日诸事缠身，怕是不能成行。"

陆晚丞想了想，笑着问："清羽，我们是不是从来没有一起出去逛过啊？"

林清羽点头，他只和陆晚丞出去过两次。一次是回林府，一次是去长生寺，两次皆一路上坐着马车。京城的繁华，他也许久未曾见到过了。

陆晚丞近来心思明显变重，不利于养病，出去散散心也不错。还有，此时再不出去，陆晚丞恐怕……就再没有出去散心的机会了。

"那我们一起去锦绣轩用晚膳？顺便给六哥打包一份浑羊殁忽回来。"

"可以。"

陆白朔闻言也觉得甚好，向两人道了谢。

林清羽推着陆晚丞出了门，还带上了欢瞳和侯府的几个护卫。到了永兴街口，林清羽便让马车停下："这里离锦绣轩不远，我们走过去。"

陆晚丞道："可是走路很累。"

林清羽无语："让你走了？"

"我不是怕你推着我累嘛。"

林清羽顿了顿，道："还好。"再累，也不过最后两三个月了。

陆晚丞低笑一声，道："清羽，你最近态度太好了，我都要不习惯了。"

林清羽淡淡道："你最近话少得也让我不习惯。"

陆晚丞静了一静，笑道："我有吗？"

林清羽不置可否，推着陆晚丞走进人潮之中。

此时离用晚膳的时辰尚早，各家铺子前都高高悬挂着幌子，小摊小贩的叫卖声此起彼伏，来来往往的路人中大半是平头百姓，也有不少衣着光鲜的富家大户，任谁见到一个如谪仙般的人物推着一个坐着轮椅的高门贵公子走在大街上，都会忍不住回头多看几眼。

好在两人都习惯了成为人群中的焦点，并不觉得如何。欢瞳深深地吸了口气，道："少爷，你有没有闻到炒栗子的香味？"

林清羽道："想吃就去买。"

欢瞳喜道："我这便去！"

陆晚丞也跟着动了动鼻子："我怎么没闻到？"

重病之人，五感消退是常事。林清羽迟疑片刻，道："我们去那边看看。"

两人来到一处摊贩前。摊子卖的是各式各样的首饰，用料虽廉价，款式却多种多样，不乏新颖特别之作，其中也有男子用来束发的玉冠和簪子。陆晚丞以为林清羽要买玉冠，用心帮他选了两个。林清羽没理他，拿起一支簪子，稍作掂量便付了钱。

陆晚丞问："你要戴这个吗？"

"不是，送你的。"

"送我？"

"发簪和笔形状差不多，以后你若是想转笔，便转这个吧。我不想再半夜三更被吵醒还要去换衣服。"

陆晚丞笑着接过发簪，还真拿在手上转了转，调侃："林大夫再如何温和，仇还是记得这么清楚。"

几人走走逛逛到了锦绣轩，店掌柜得知他们是南安侯府的少爷和少主，二话不说就命人带他们去雅间上座。

锦绣轩共有两层，最好的位置莫过于二楼靠窗处，向外可观河川之景，向内正对着戏台。戏台上，两三个伶人正抚琴奏乐，琴声泠然，抚琴的女子亦是清雅灵秀、丰姿绰约。

欢瞳听得起劲，看姑娘看得更起劲，他问林清羽："少爷，你觉得穿蓝衣服的姑娘，和那个穿粉衣服的，哪个更好看？"

陆晚丞以为林清羽不会回答这种无聊的问题，没想到林清羽却道："都不错。"

陆晚丞："……"

林清羽见陆晚丞表情有些复杂，问："怎么？"

"没事。"陆晚丞道，"我还以为林少主此般容貌，这两人入不了你的眼。"

林清羽道："这有何关系？爱美之心，人皆有之。"

陆晚丞一挑眉："那我们靠近一点欣赏？"

"也好。"林清羽没什么兴趣，但陆晚丞想看，多停留一会儿也无妨。

他推着陆晚丞走出雅间，立于围栏之侧。他这一站，二楼的客人曲不听了，姑娘也不赏了，纷纷朝他们看来。好在他们也知在二楼的客人非富即贵，不敢看得明目张胆。隔空坐在两人对面的是一位玄衣男子，林清羽对上他的视线，眼神瞬间凌厉起来。

陆晚丞顺着他的目光看去，问："那是谁？"

"太子。"

陆晚丞懒懒散散的眸子蓦地睁开。

太子名萧琤，是当今圣上的长子。圣上和南安侯一样，子嗣缘薄，纵有后宫三千，平安长大的皇子也只有寥寥数人，好不容易盼到皇后怀孕产下幼子，怎料却生下一个痴儿。然皇子再如何少，都免不了储位之争。萧琤和他母妃多年谋划，终成为最大的赢家，于三年前入主东宫。

萧琤不加掩饰地打量着林清羽，嘴角勾着，表现出极大的兴趣。他就这么看着林清羽，少顷，拿起桌上的酒壶倒了两杯酒。他在林清羽的注视下将两只酒杯相撞，端起其中一杯抿了一口，而后招来侍卫，将另一杯递过去，并嘱咐了些什么。

林清羽收回目光，道："我们进去吧。"

陆晚丞道："不急，我们就静静地看着他装。"

那侍卫捧着萧琤递给他的酒杯，绕了半圈来到两人面前，道："见过小侯爷，林少主。这杯酒，是太子殿下赠予少主的，望少主笑纳。"

林清羽瞥了酒杯一眼，不动声色地道："笑纳就不必了，我不喝酒。"

侍卫神色一变，道："林少主，恕我直言，你以为你拒绝的是谁的酒？"

"自然是太子的酒。"陆晚丞哂道，"难不成还是天神的酒？"

侍卫脸色愈发难看："小侯爷和少主当真要拒绝殿下的一片好意？"

陆晚丞笑了声，那笑声令人通体生寒："你回去告诉太子，就说——静淳郡主嫁去北境，已有三年了吧？"

静淳郡主？林清羽记得这个名字。静淳郡主本是尚仪局的一名女使，因容颜姣好，明眸善睐，三年前被远道而来的北境王看中，北境王对静淳一见倾心，当即向天子求娶之。

北境乃边疆部落，多年来和大瑜大小纷争不断。为了边境稳定，圣上亲自赐婚，并封静淳为郡主，将其许配给北境王，甚至让太子主持二人的大婚典礼，以示诚意。

所以，陆晚丞为何要在太子面前提及此人？

侍卫只好回去带话。萧琤闻言，猛地抬头，死死盯着陆晚丞的脸，他想从中看出点端倪，可无论他怎么看，都只能看到一个嘴角带笑、中看不中用的病秧子。

几人回到雅间，欢瞳极是不安道："小侯爷、少爷，那可是太子啊……未来的皇帝，我们这么得罪他，以后会不会被他砍头啊？"

陆晚丞故意吓他："很有可能。不过那个时候我早入土了，砍头也砍不到我身上。"

欢瞳快被吓哭了："小侯爷……"

林清羽忽然道："确实，所以这件事，你不用操心。"

陆晚丞静默片刻，懒洋洋道："行啊，听林大夫的。"

经此一事，两人再没了游玩的心思，草草地用了晚膳，带着份浑羊殁忽回到府中。在外待了半日，陆晚丞早已体力不支，洗漱过后便躺在床上休息。

时辰尚早，林清羽没什么睡意，就去了书房。他最近对香料有不小的兴趣，一直在尝试还原那日在凤仪宫闻到的熏香。

不知何时，外头又开始下雨，夜雨茫茫之中，林清羽忽然瞧见窗外有一道人影。林清羽推开窗，只见陆晚丞披着披风，扶着窗棂，长发散落，呼吸急促，看起来是费了极大的力气才从卧房一路走到这里。

林清羽愕然："你怎么……下人呢？"

陆晚丞答非所问："我做不到。"

"什么？"

"其他的事我可以不管，我也懒得管。但这件事，我做不到不操心。"陆晚丞看着他，沉声道，"你生来应为高山，即便你恶事做尽，我也绝不能让你沦为草芥。"

林清羽睁大眼睛。

寒气侵体，陆晚丞撕心裂肺地咳了起来，像再也站不住似的，靠着墙壁缓缓滑落。林清羽快步走出书房，用身体为他挡住风雨："别说了，先回房。"

陆晚丞抓住他的双臂，低声喃喃："所以这道题，我一定要找到一劳永逸的最佳解法。"

林清羽沉默不语，他从没见过这样的陆晚丞，仿若被无法挣脱的枷锁缠身，和那日在廊下悠然自得、吹着口哨的少年判若两人。他一直嫌陆晚丞太懒，心太大，什么都不放在心上。可现在，他反而希望陆晚丞能和过去一样，没心没肺地度过人生最后的时光。

不知过了多久，陆晚丞的手倏地收紧，打破沉默："清羽。"

林清羽道："我在。"

"我想，"陆晚丞眸光暗暗，凌厉而深沉，可他终究是个病人，面色苍白，嘴里含着血腥气，双唇染血般殷红，"……让萧琤失势。"

这是他目前能够想到的能一劳永逸的办法，倘若东宫易主，林清羽的结局或许也会因此而改变。

林清羽胸口微微发着热，他反手握住陆晚丞微颤的手腕，温声道："嗯，需要帮忙吗？"

02.

太子，一国储君，未来的天子，想要对他图谋难于登天，事情一旦败露，即是诛九族的大罪。他们只有两个人，一个病重将死，一个困于宅院，想进宫一趟都非易事，遑论去算计深居东宫，出入皆有影卫随行的储君。

如此，他们绝对是在以卵击石，自寻死路。但陆晚丞想要萧琤失势，他也想要萧琤失势，那就去做好了。

之前，林清羽没想过对太子下手，太子不在他的复仇名单上，最多就是，因当初赐旨一事，对皇后动了一点心思。但今日在锦绣轩送来的那一杯酒，以及那副把一切玩弄于股掌之中的模样，实在让他心里不舒服。

林清羽身为太医之子，从小看着父亲在宫中战战兢兢，自然知晓宫里的钩心斗角有多险恶。单说后宫，妃嫔小产、死于非命者不胜枚举。萧琤拉拢他一个大夫，与其说看重他的医术，不如说是看重他用毒的本事。

陆晚丞还活着，萧琤碍着南安侯的面子，应该不会做得太过分。一旦陆晚丞病逝，萧琤极可能对他下手，与其坐以待毙，不如先发制人。

表面上是他帮陆晚丞，实则是陆晚丞在帮他。

感受着林清羽手上的温度和他身上淡淡的书卷味，陆晚丞的气息渐渐平缓了下来。一时之间，两人只能听见外面的风雨之声。直到欢瞳发现卧房的门开着，本该在床上睡死的小侯爷不翼而飞，轮椅还在房中放着，才慌慌张张地跑到书房，在门口找到二人。

欢瞳长舒了一口气，问："小侯爷怎么跑书房来了？轮椅都没坐……"

林清羽定了定神，对陆晚丞道："你不能吹风，我背你回房。"

对于过去的陆晚丞，谋财害命对他来说是永远不可能的事，他还沉浸在下定决心的汹涌情绪中，冷不防听见这句话，情绪瞬间更汹涌了，只不过换了个汹涌法。他难以置信道："你背我？"

"嗯。"陆晚丞病弱如斯，林清羽虽然未练过，好歹也是一个正常的男子，背陆晚丞走几步路算得了什么。

林清羽抓着陆晚丞的手往自己的肩膀上搭："抓紧。"

陆晚丞猛地将手抽回："不不不。喀，我自己能走回去。"

林清羽一看就知陆晚丞那无用的男子自尊心又出来作祟了："等你自己挪回去，天都要亮了。"

大晚上从卧房一路走到书房，陆晚丞来的时候还没什么感觉，现在才发现自己的体力真的是一丝都没有了，想要站起来都难，他被迫妥协："那让欢瞳背我回去。"

卧房里，门窗紧闭，隔绝风雨。欢瞳伺候陆晚丞换下被雨水打湿的寝衣。陆晚丞躺在温暖干燥的床上，脸色依旧如纸般苍白，嘴里一股腥味。

花露煮了碗姜汤。陆晚丞一脸嫌弃地喝完后，便让欢瞳和花露都退下，屋里只剩下他和林清羽。

林清羽方才听花露说，她是见小侯爷已经睡过去，才回了自己房中。如此说来，陆晚丞应该是从睡梦中惊醒，才不管不顾地去了书房。

林清羽坐在床侧，问："你是做噩梦了？"

"这你都知道。"陆晚丞的语气恢复成他一贯的轻松惬意，"我做了一个噩梦，快被吓死了。"

"什么噩梦？"

陆晚丞不说话，只是默默地看着他，似乎是在确认眼前的人是真真切切完好的。过了一会儿，他露出笑容，问："唉，我刚刚是不是特丑、特狼狈？"

林清羽实话实说："狼狈有，丑不至于。"陆晚丞这样的心性，即便容颜有毁，怕是也丑不到哪儿去。

陆晚丞"啧"了一声："好烦，我想表现得帅一点的。"

和陆晚丞待久了，林清羽逐渐能适应陆晚丞突如其来的陌生字眼，并根据说话的语境推断出陆晚丞想表达的意思。这个"帅"字，应该是潇洒风流之类的含义。

林清羽便道:"我觉得你刚才挺帅。"

陆晚丞一怔,而后慢吞吞地滑进被窝里,抓起被子挡住了自己的脸。

这夜过后,在书房里密谋干坏事的就由一个人变成了两个人。

知己知彼,方能百战百胜。林清羽对萧琤的了解仅限于两次会面,对他的印象也只有"油腻"二字。陆晚丞虽是萧琤名义上的表弟,因常年卧病在床,按理说和他的接触也不多,可陆晚丞似乎非常熟悉萧琤,尤其是在私事和细节上。

林清羽让陆晚丞把他知道的有关萧琤的线索一一列出,陆晚丞回忆了半天,道:"萧琤常用的表情是'勾唇冷笑''似笑非笑''舌头顶着脸颊',就好像牙缝被韭菜塞了一样;他说话的时候大多'慢条斯理''好整以暇',一言不合就喜欢挑起人的下巴说……"陆晚丞刻意压低嗓音,模仿萧琤的语气,"看着孤。"

林清羽:"……"

"在外,他是杀伐果决、狠戾无情的太子殿下;但在自己心爱的人面前,他却眼眸猩红,嗓音低哑地说'亲我一口,命和江山都给你',真真是'油腻'他娘给'油腻'开门,'油腻'到家了。"

林清羽:"……"

"对了,他还有一个癖好,就是喜欢给人取外号。别人明明有名字,他就是不叫,哎,他就是玩儿,就是要叫别人'小孩''小妹妹''小弟弟'……"

林清羽打断:"够了。你能不能说点有用的?"

陆晚丞笑道:"最有用的,我早就说了啊。"

林清羽稍作思忖:"静淳郡主?"

陆晚丞打了一个响指:"机智如你。其实这是一个很老套的故事。萧琤幼时和静淳在宫中相识,两人青梅竹马,两小无猜。但静淳不过一介女使,如何能匹配太子妃之位,两人只能秘密交往。后来,北境王中意静淳,被圣上赐婚。当时的萧琤还不是储君,为了获得圣心,他屁都不敢放一个……我是说,他不敢造次,只能眼睁睁地看着静淳远嫁。"

林清羽问:"两人交往之事既是秘闻,你又从何得知?"

陆晚丞道:"我自然有我的渠道,你信我便是。"

"所以,萧琤突然注意到我,是因为我哪里和静淳相似?"

"眼睛。静淳的左眼眼下也有一颗泪痣。他这些年四处寻觅肖似静淳之人,纳为侍妾养在宫内,令她们模仿静淳的步态习惯,以此为自己留个念想。只是萧琤急于求成，手段残忍，甚至逼人削骨易容，侍妾们饱受折磨，下场好不凄惨。"

林清羽道："这么说，我只要把自己的眼睛毁了，萧琤就会对我失去兴趣？"

"可能。"陆晚丞道，"但你应该不会那么做吧，你现在的眼睛多好看。"

"当然不。"林清羽冷笑，"即便我对自己的脸无感，我也不想为了一个坏人伤害自己。"

萧琤对远嫁的静淳郡主情根深种……他们能利用这件事做些什么。

两人陷入沉思。不多时，一个眠月阁的婢女来求见林清羽，称有事禀告。林清羽传她进来之后，她道："今日一大早，夫人便带着二小姐出了府，到傍晚时分才回来。姨娘让我去找马夫打听了一番，得知夫人和二小姐竟是进了宫，还带了不少厚礼去。然后我又去找了库房的管事，管事说夫人未从库房拿什么东西，想必那些礼都是夫人自己的嫁妆了。"

"知道了。"林清羽道，"回去代我向姨娘道谢，她很细心。"

此次进宫，梁氏和陆念桃显然不想张扬。上次他们三人一道进宫向皇后请安谢恩也就是不久前的事，皇后还对她们母女二人视若无物。她们此番进宫，难道是为了讨皇后的欢心？

林清羽说出自己的想法后，陆晚丞道："梁氏嫁入侯府又不是一两年了，她若能得皇后的欢心早就得了，哪儿还需要等到现在。"

林清羽领首赞同："不是为了皇后，那就是为了别人。"

"皇宫里，可不是只有皇后一个主子。"

命妇入宫，除了去凤仪宫，偶尔也会去受宠宫妃那儿请安问好。两人对视一眼，同时开口："陈贵妃。"

林清羽回想起那日在凤仪宫，梁氏和陆念桃看太子的神态。所以，梁氏失了夫君的信任，管家之权旁落，儿子又绝了后，眼看在侯府的日子实在过不下去，她才不得不在外寻找靠山。

皇后嫌弃她续弦的身份，自不会帮她。后宫之中，除了皇后，最有权势者便是太子的生母，陈贵妃。而南安侯在前朝一向谨小慎微，独来独往，从不参与党派之争，若他知道梁氏私下讨好陈贵妃定会勃然大怒，所以她们只敢悄悄地去。

东宫太子、凤仪宫皇后、长乐宫陈贵妃……梁氏和陆念桃。

"晚丞。"林清羽缓声道，"我想回林府一趟。"

陆晚丞想也未想道："好，什么时候？"

"现在。"

"我和你一起。"

林清羽刚要以"你身体不便再出门"为由拒绝，又听见陆晚丞说："刚好让林院判帮我看看我还剩多少时间。"

林清羽迟疑片刻，点了点头。陆晚丞的身体，已经快到脱离他掌控的地步。纵使他再如何天赋异禀，也真的不知道……该怎么办了。普天之下，医术胜于他者，他只知道两个人——恩师和父亲。陆晚丞那张续命的方子便是父亲给的，父亲说不定还有别的办法能再给陆晚丞多争取些时日。

如今除了南安侯，林清羽便是侯府实打实的当家做主之人，他要去哪儿无须再向任何人禀告。不过这次他想带着陆晚丞在林府小住几日，还是象征性地征求南安侯的意见。他说要带陆晚丞回林府治病，南安侯知道林院判的医术无人能敌，自然点头应允。

于是，林清羽便带着陆晚丞、欢瞳和花露回到了林府。

他此次回家回得突然，给了父母幼弟莫大的惊喜。林清鹤还记得陆晚丞这个只见过一面的大哥哥，童言无忌道："晚丞哥哥，你瘦了好多呀。"

林母脸色微变，陆晚丞却坐在轮椅上笑："小清鹤也长高了好多呀。"

林清鹤害羞地躲到母亲身后。到底是亲兄弟，林清鹤眉眼间和林清羽有五六分相似。看着他，陆晚丞有种在看缩小版林清羽的愉悦感。

林母松了口气，笑道："你们回来得正好，再晚一步，你父亲就要走了。"

"走？"林清羽看向林父，"父亲要去哪儿？"

林父道："雍凉。"

雍凉位于大瑜西北，与熙夏接壤。熙夏本是大瑜的附属国，近几年逐年壮大后生了叛乱之心，意图摆脱大瑜的操控，并取而代之。

林清羽问："西北边境正处于战乱，父亲为何此刻要去雍凉？"

林父神情严肃："半月前，顾大将军在战场上不幸身中毒箭，拔箭后余毒一直未清，军医和雍凉名医皆束手无策。奏本上言，顾大将军因余毒入体，日渐虚弱，再耽搁下去恐怕凶多吉少。圣上命我即刻动身，日夜兼程赶往雍凉，为顾大将军诊治。"

陆晚丞自己都快死了，自然也不在乎别人的生死："雍凉离京城那么远，即便马不停蹄，至少也需要半个月，这来得及？"

林父轻叹："但愿顾大将军吉人自有天相。"

身为人子，林清羽私心不愿父亲在此时去战乱之地。然率土之滨，莫非王臣，他们身在大瑜，一辈子都要向皇权低头，而顾大将军……亦是值得一救之人。

　　林清羽道："还望父亲万事小心，千万保重。"

　　03.

　　林父知道长子此次回家定是有要事，便带两人去了书房。林清羽挥退上茶的下人，从袖中拿出一瓷瓶，交予林父："父亲，此香您可认得？"

　　林父打开瓶塞，略微一闻，斟酌道："此香庄重沉厚，浓郁不散，有八九分似凤仪宫独有的'凤求凰'。"

　　林父身为太医院院判，官职虽不大，却是天子近臣，皇上和皇后的尊体均是由他亲自照看。每隔三日，他都会去凤仪宫为皇后请平安脉，故而对"凤求凰"的味道颇为熟悉。

　　林清羽无奈一笑："只有八九分像吗？"

　　陆晚丞道："原来这段时间你一直在忙着还原皇后用的熏香啊……不过你才在凤仪宫待了多久，能还原得有八九分像很不错了。"

　　林清羽摇摇头："不够。"香料和药材有不少共通之处，他理应能做得更好。

　　"你对自己的要求太高了，可以适当降低一点。"陆晚丞劝他，"如果你对自己的要求就是得过且过，那你和无忧无虑有什么区别？"

　　林清羽冷眸扫去："你非要这个时候跟我贫嘴？"

　　陆晚丞笑道："好好好，我错了。你别当着院判大人的面瞪我啊，这样会显得我很没兄长威严的。"

　　林父看着两人你来我往，算是明白了为何陆晚丞时至今日仍然活着。当日他给林清羽的药方，终究还是发挥了作用。

　　林清羽不想再理某人，道："父亲，凤仪宫、长乐宫以及东宫常用的熏香，您能帮我拿到样品吗？"

　　林父任太医院院判之位已久，在太医署和太医院中均有一些人脉。他极其注重人才的培养，太医院每一个初来乍到的小太医都曾受过他的指点教导。其中有一家境贫寒、品性纯良的新人尤为刻苦好学，他便将其收入门下，倾囊相授。资历不足的太医只能给宫里的太监宫女看病，他这个徒弟因医术好，性子好，在太监宫女间人缘极佳,或许能从三宫的宫女那儿拿到林清羽想要的东西。

"或可一试。"林父道,"但你要这些东西做什么?"

林父兢兢业业一辈子,若是知道自己的长子在密谋算计储君,怕是如何都接受不了。林清羽不想让家人卷入其中,只道:"我自有我的用处,父亲就别问了。"

林父面露担忧之色:"清羽,无论你想做什么,宫里的人和事,都不是我等能沾染的。"

林清羽笑了笑:"父亲放心,我知道分寸。"

他的分寸很简单,就是要萧琤失势。

林父点点头,转向陆晚丞:"小侯爷难得来一次,可否让我看看脉象?"

陆晚丞探出手腕:"多谢林院判。"

林父诊脉时向来喜怒不形于色。林清羽在耐心等待的同时,无端地生出些许紧张忐忑。其实他心里很清楚,陆晚丞的身体已经到了这个地步,他父亲医术再如何精湛,也不过是多些时日和少些时日的区别。他没必要紧张,无论结果如何,都在他的预料之中。

林清羽强迫自己沉下心,待父亲收手时,从容问道:"父亲,如何?"

林父意味深长地看着林清羽:"我给你的方子,你可是改了一些?"

"是。我把毒性较强的虎狼之药换成了相对温和的葛根、三七,影响应该不算大。"

"葛根、三七乃是良药,但和此方中其余药材混用,恐怕……"林父话音一顿,很给面子地没有说下去。

陆晚丞向林清羽投去幽怨的目光。连院判大人都知道他不行的,这脸丢得有点大啊。

好在林父没有过多纠结此事:"今时不同往日,小侯爷当下的身体,温和的方子填补不了他病气的亏空。想要拖得更久,只有下猛药。"

陆晚丞问:"下了猛药会怎么样?"

林父和林清羽对视一眼,谁都没有说话。

陆晚丞明白了,笑道:"那还是别下了吧,我挺怕疼的。"

敲门声响起,门外传来林清鹤脆生生的声音:"爹爹、哥哥、晚丞哥哥,娘亲说该用晚膳了。"

林清羽打开门,道:"清鹤,你先推晚丞哥哥去前堂。"

陆晚丞故意问林清鹤:"清鹤能推得动我?"

林清鹤连连点头："能的能的，我力气很大。"

两人离开后，林清羽问："父亲，当真没有别的办法吗？"

林父长叹一声，道："让南安侯府尽快准备后事吧，不超过两个月。"

两个月，够他们将萧琤打入尘埃吗？

林清羽闭了闭眼，听见自己说："知道了。"

陆晚丞和林家一家四口围在一起用晚膳。林母顾忌着病人，特意吩咐家厨做了不少清淡易下咽的菜肴。林父明日就要动身前往雍凉，这顿饭亦是在为他践行。

陆晚丞心情似乎不错，嘴角含着笑，筷子也动得频繁。但他每次只夹一点放到碟中，稍稍品尝，没过多久，碟中就装满了。

林清羽知道陆晚丞现在除了喝粥，几乎什么都吃不下去。他这么做，无非是不想扫他们的兴。可明明这样才是最扫人兴的，否则为何他面对一堆自己爱吃的菜，竟没有半点胃口。

席间，林父说起他在太医院的弟子："我已让小厮去他家中传话，请他明日来府上一趟，你有何吩咐，告知他便是。"

林清羽颔首道："好。"

"清羽。"林母轻声唤道，示意他去看陆晚丞。

只见陆晚丞坐在轮椅上，头微微偏向一侧，双眼闭着，面色平静，手上……还拿着银筷。

林家人面面相觑，不约而同地放下筷子。林清鹤小心翼翼地唤道："晚丞哥哥？"

林清羽做了一个止声的动作，轻声道："他只是睡着了。"

从南安侯府坐马车到林府，又说了这么久的话，陆晚丞才会在阖家团圆之际入睡。

林清羽招来欢瞳花露："带小侯爷回房休息。"

欢瞳问："少爷，您说哪间房啊？"

林清羽一愣。

林母道："清羽，你的屋子已经收拾好了。小侯爷是和你住一间房，还是……"

林清羽犹豫片刻，道："让他住客房吧。"

在侯府，他和陆晚丞睡一间房，委屈自己睡软榻，是为了方便照看陆晚丞。现在既然回到了自己家，不用顾忌侯府那些规矩，他们自然没必要再睡在一间房中。

　　林清羽让欢瞳和花露在客房守着陆晚丞，自己则在卧房歇下。自他有记忆起，他就睡在这间卧房，直到他在这里穿上吉服，踏入侯府。

　　房内被打扫得一尘不染，一应陈设和他记忆中一模一样。

　　次日一早，林父便告别妻儿，由顾家军护送前往雍凉。没人去叫陆晚丞起床，陆晚丞倒自己醒了，甚至比林清羽还起得早，单独向林父请了安，而后和林家人一道送林父上了马车。

　　林清羽问："你今日如何醒得这么早？"

　　"想是昨日睡得早吧。"陆晚丞悠悠然道，"早点不好吗？省得你总是嫌我睡得多。"

　　林清羽顿了顿，道："我现在不嫌了，你爱睡多久睡多久。"

　　陆晚丞眯着眼睛，看着许久未见过的晨曦，道："以后有的是时间睡，现在少睡一点也没什么。"

　　林清羽站在轮椅旁，陪他看了一会儿朝阳，道："进去吧。"

　　林清鹤早到了读书的年纪，平日都要去学堂。林母念着林清羽难得回来，便给幼子请了几天假，好让兄弟两个聚上一聚。殊不知，林清鹤在哥哥那儿不比在学堂轻松，背书写字是一个也少不了。

　　陆晚丞看着这一大一小努力用功的样子，也拿了支笔，百无聊赖地在纸上涂涂写写。林清羽听完林清鹤背书，抬头看向陆晚丞，就见陆晚丞打着哈欠，手里横拿着笔，对上他的视线后欲言又止，然后缓缓从衣服里掏出一支发簪，熟练地转了起来。

　　林清鹤看得新奇，拉着林清羽的衣袖道："哥哥，我想学这个。"

　　林清羽冷声道："不许学。"

　　林清鹤显得很是失望，陆晚丞冲他眨了眨眼："没事，我晚点偷偷教你。"

　　林清羽："……"

　　不多时，林母命嬷嬷来传话，说做了几道点心，让三位少爷用一些再继续用功。林清鹤眼巴巴地问："哥哥，我可以休息吗？"

　　林清羽淡淡一笑："去吧。"

　　林清鹤欢快地牵着嬷嬷的手走了。

　　陆晚丞问："你不去吃吗？"

林清羽低头查看着林清鹤刚才写的字，道："我不饿。"

陆晚丞刚想说些什么，就听见欢瞳在外头禀告："少爷，胡太医来了。"

胡太医胡吉，正是林父说的那个弟子。

"请他去前堂稍等。"正事要紧，林清羽还惦记着到了陆晚丞喝药的时辰，"欢瞳，推小侯爷回房喝药。"

陆晚丞表情复杂，人有些呆愣。欢瞳走到他跟前，道："小侯爷，我推您回房吧。"

陆晚丞沉默许久，忽而一笑，低声道："欢瞳，我有点郁闷怎么办？"

欢瞳不解道："小侯爷为什么郁闷？"

陆晚丞想了想，不太确定地说："好像是因为，这里的闲人只有我一个。"

04.

林清羽在林府前堂见到了父亲的弟子胡吉。胡吉家境贫寒，在太医署读书时，因囊中羞涩一日只吃一顿饭。一次林父去太医署讲学，撞见他在角落里拼命地喝水止饿，林父见他可怜，当下便给他寻了个打扫藏书阁的差事。靠着这点月例银子，胡吉才得以完成学业。之后他进入太医院，又被林父收入门下，颇受照拂。林父对他而言，无异于再生父母，林父的吩咐，即便再难，他也义不容辞。

一番寒暄过后，胡吉从医箱中拿出两个香盒："红色香料，是皇后用的'凤求凰'；褐色香料，是陈贵妃用的'生查子'。至于太子殿下，他没有用香的习惯。"

林清羽接过香盒，分别闻了闻："胡太医，你对香料可有研究？"

胡吉谦虚道："略懂一二。"

"依你看，这两种香料如何？"

"宫里贵人用的东西，自是万里挑一。'凤求凰'能凝神静气，养生安神；'生查子'则有开窍、行血之效。两种香料均为宫廷秘药，除非圣上赏赐，任何人不得擅用。"胡吉说着，眼里流露出一丝后怕，"凤仪宫的云袖姑娘和长乐宫的小宽子是冒了莫大的风险才偷出这一点样品，但愿能帮上林公子的忙。"

林清羽沉思片刻，又问："太子为何不用熏香？"

胡吉道："太子经历过夺嫡之争，亲眼看见三皇子毒发身亡，在吃食用度上格外小心。据尚食局的宫女说，东宫的一应膳食都是由东宫的小厨房供应，从不经他人之手。"

"我知道了。"林清羽道,"有劳胡太医。"

胡吉忙道:"林公子客气了。老师于我有再造之恩,能为他老人家分忧,是在下之荣幸。"

林父帮扶救过的人何止一二,林清羽有些也会好奇,他父母如此心善之人,怎就生下了他这个有仇必报的"恶人"。

林清羽在客房找到陆晚丞,给他看了胡吉带来的两盒香料。陆晚丞问:"这两种香料有问题吗?"

"没有。但在药理之中,良药和良药相混可生剧毒。我想,香料也是同一个道理。"

萧琤不是陆乔松之流。正如胡吉所言,每一样送去东宫的东西都要被严查,他上回调配的助兴之香断然进不了东宫。除非送一样看似无害的东西进去,让其和萧琤常接触的东西产生反应,生出毒性,悄无声息、一点一滴地侵蚀萧琤的身体,影响他的神志。

陆晚丞闻言不禁感叹:"学好数理化,走遍天下都不怕,这是亘古不变的真理。"

"真理也没用。"林清羽轻轻按着眉心,"萧琤不用香。即便用,我们的东西也送不进东宫。"

陆晚丞手中把玩着林清羽送他的发簪,道:"东西送不进去,那能送人进去吗?"

林清羽几乎是立即明白了陆晚丞的意思:"此事,尚需要一个契机。"

陆晚丞笑道:"我去找契机,你负责找到反应的催化剂。羽丞同心,其利断金。"

林清羽唇角微扬:"好。对了,"他想起一事,招来欢瞳,"将我房中软榻撤去,换成一张小床。"

陆晚丞一愣:"清羽?"

林清羽搬出事先想好的理由:"你现下随时可能不测,身边离不了人,欢瞳做事又不够细心。思来想去,还是你与我同住,由我亲自盯着比较放心。"

欢瞳难以置信道:"少爷?"

陆晚丞缓缓笑道:"那等我们回侯府,也把软榻换成床。或者,干脆让木匠重新做一张床。"陆晚丞上下比画着,"做成上下铺,我睡下铺,你睡上铺……"

林清羽想象了一下那个画面,表情复杂。

欢瞳忍不住在心里嘀咕：小侯爷可真有出息。

林清羽一头扎进了香料之中，每天身上都染着不同的香气。用香是一门大学问，他虽有药理基础，但想要在短时间内通晓香料其中的奥妙也绝非易事。

两人在林府小住了几日，宫里传出消息，圣上有意为太子遴选侧妃。

据说，是温国公率先提起了此事。温国公认为，太子已至弱冠，早到了娶妻立妃的年纪。三年前，太后薨逝，太子刚入主东宫，因守孝耽搁了婚事，如今孝期已过，大婚之事是时候重议了。不过，太子妃是未来的皇后，理应慎重，不能操之过急，可先为太子挑选一两个侧妃，打理东宫内务，以替太子分忧。圣上深以为然，将遴选侧妃一事全权交予皇后。

虽只是侧妃，但也是太子府第一位有位分的妃子，将来少说是个贵妃，人选自然马虎不得，品貌出身皆须细细考量。一番深思熟虑后，皇后拟了一个名册给圣上过目。其中，便有南安侯嫡女陆念桃之名。

名册上的高门贵女各有千秋，到底是太子的侧妃，圣上的意思是让太子自己选。

此消息传入南安侯府，陆念桃喜忧参半。喜的是，若能入太子青眼，她和母亲的苦日子就到头了；忧的是，她在凤仪宫曾和太子有过一面之缘，太子根本没用正眼瞧她。她想要从众贵女之中脱颖而出，谈何容易。

还好，她和母亲事先有准备，偷偷送去长乐宫的礼派上了用场。陈贵妃身边的太监递出消息，圣上自在秋狝时受了风寒，龙体一直时好时坏，太子为表孝心，抄录佛经三百篇，准备亲自送往长生寺焚烧祈福。

这一消息，长乐宫的小宽子也告诉了胡吉，胡吉再转告林清羽。陆晚丞得知后，当场说了两个字："人脉。"

深秋的长生寺香火鼎盛之余，亦有几分清冷萧瑟之感，大雁南飞，寒日萧萧，草木摇落。林清羽搀扶着陆晚丞下了马车，欢瞳推来轮椅。一个小僧朝他们走来，双手合十道："陆小侯爷、林少主一路辛苦。"

语气竟像是早已等候多时。

林清羽道："小师父知道我等会来？"

小僧笑道："林少主高看小僧了。是国师告知小僧，长生寺今日有贵客临门，让小僧寺前相迎。"

陆晚丞和林清羽对视一眼，道："小师父确定国师说的'贵客'是我们？"

小僧做着请的手势，但笑不语。

三人跟着小僧穿过正殿，一路来到后山。小僧道："说起来，今日南安侯夫人和陆二小姐也到了鄜寺，现下应当在佛堂诵经礼佛。林少主可要同她们打声招呼？"

林清羽淡淡道："看来国师请的，只有小侯爷一人了。"

小僧鞠了一躬："林少主莫怪。"

他们此番前来，为的就是萧琤和陆念桃的金风玉露之事，林清羽也不想因为中途冒出来的国师打乱计划。

"晚丞？"

陆晚丞道："你且去吧，我去看看那个徐半仙想搞什么名堂。"

和林清羽分开后，小僧带着陆晚丞和欢瞳来到一间禅房门口："陆小侯爷请。欢瞳施主随我一同在门口等候即可。"

禅房内点着檀香，烟雾袅袅，大瑜国师徐君愿背手而立，一眼望去，颇有仙风道骨之姿。

"陆小侯爷。"徐君愿转身看来，笑容清雅，"许久不见，别来无恙。"

"别来无恙……"陆晚丞笑了声，"国师觉得我看起来像无恙吗？"

"小侯爷相比清明四月，确实消瘦很多。"

"所以请国师有话直说。重病之人的时间异常珍贵，我不想浪费在无意义的事情上。"

徐君愿笑道："小侯爷的心境似乎变了不少。上回见到小侯爷，我看到的还是一个超脱生死之人，定不会介意同我多说几句。"

因为有了在意的人和事，时间也变得有意义了。至少，他不能在萧琤失势前死去。

陆晚丞笑了笑："告辞。"

徐君愿立即道："陆晚丞的命数，此名、此生辰八字，无论我算多少次，结果都是止于今年腊月。"他摇头喟叹，"可惜了。"

陆晚丞看了徐君愿许久，像是想看透他一般："书上说，徐国师是有几分真才实学的。"

"哦？"徐君愿长眉微扬，"敢问小侯爷，所言何书？"

陆晚丞没有回答。他推着轮椅来到书桌旁，提笔在纸上写下几个字："还请国师，重新帮我算上一卦。"

半个时辰后，徐君愿亲自推陆晚丞来到后厢房，将其送回，正欲离开，陆晚丞叫住他，问："方才国师所说之事，有几成把握？"

徐君愿语焉不详："天意若不改，那便是十成。天意若要改，我等又能有什么办法？"

陆晚丞笑道："不愧是国师大人，听君一席话，不如多读书。"

徐君愿畅笑着离去。林清羽问："他同你说什么了？"

陆晚丞稍作迟疑，道："此事容后再说。梁氏和陆念桃如何了？"

"她们……"

陆晚丞远远看见一人走来，蓦地打断林清羽："清羽，你应该很讨厌萧琤吧？"

林清羽奇怪地看他一眼："这还用问？"

光是听到"萧琤"二字，林清羽胃里就泛起阵阵恶心。话音刚落，就看见陆晚丞的头朝他的方向栽去。林清羽下意识地以为陆晚丞在搞什么恶作剧，想将人推开。

这时，只听陆晚丞轻声道："有人在看。"

有人？林清羽明白过来，顿时配合地扶住陆晚丞的身体。

两人本来只是情急之下演戏，谁知陆晚丞此时身体突然软了下去。

"清羽，"陆晚丞慢吞吞地说，"我好像有点不对。"

"什么？"

"我……我快喘不过气来了……"

陆晚丞已然摇摇欲坠，林清羽本能地加大力道："晚丞？"

两个人险些一同摔倒，幸得林清羽以膝撑地，稳住了身体。陆晚丞脸色发白，耳根、脖颈却泛着奇异的红色。陆晚丞知道自己八成要晕过去了，在失去意识之前，有件事一定要交代。

陆晚丞抓住林清羽的衣襟，拼死艰难地吐出几个字："不要你背……"说完，头一歪，晕了过去。

林清羽："……"

欢瞳来寻两位少爷，目睹这一幕，还以为小侯爷又犯病了，火烧眉毛道："少爷，小侯爷他怎么了？！"

林清羽替陆晚丞诊完脉，一时之间不知该摆出何种表情："他身体过于虚弱，骤然低头导致气血循环不畅，暂时晕了过去，没什么大碍，等他缓过来便是。"

欢瞳疑惑地问："小侯爷干吗突然低头啊，难道是掉了什么重要的东西？"

林清羽语气镇定道："你背他去厢房休息吧。"

待欢瞳背着陆晚丞离开，林清羽冷声道："殿下既然来了，又必躲在暗处？"

05.

"呵，小侯爷和林少主真是给孤看了一场好戏啊。"未见人，声先至。

来人长眉入鬓，眼眸狭长，薄唇轻佻，明明是风流俊美的相貌，可一配上脸上那"孤知道孤长得极好"的神情，立马变得一言难尽。林清羽只瞧一眼，便有种将他扔进冰水里去油的冲动。

林清羽弯身行礼："参见太子殿下。"

"既是在宫外，林少主无须和孤多礼。"说话时，萧玚的目光就没从林清羽脸上挪开过，"抬起头，看着孤。"

林清羽掩去眼中的阴冷，眼睫抬起，直面萧玚的视线。萧玚深深地注视着他，眼中浮现出一丝追忆和怀念，喃喃道："你家中可有姐姐妹妹？"

林清羽道："殿下可是想起了静淳郡主？"

萧玚似大梦初醒，寒声道："是陆晚丞告诉你的？他究竟是如何得知……"

"看来小侯爷没说错，殿下确实对静淳郡主旧情难忘。之所以对我刮目相看，也是因为我有几分像静淳。"

萧玚眯起眼睛，戏谑道："没想到陆晚丞一个久卧床榻的病秧子，知道的倒不少。可惜，他知道的再多，也终究是个将死之人。"萧玚舔了舔嘴角，"林少主如此追随他，实属埋没人才。"

林清羽笑了声："若我没这双眼睛，没这颗泪痣，殿下可还会对我另眼相待？"

"林少主何必妄自菲薄。林少主有八斗之才，乃少年才俊，即便没有静淳，也足以让人求贤下士。"萧玚走近林清羽，他身形高大，可将林清羽完全笼罩在自己身影之下，"小清羽，你上次孤送你的酒，你为何不喝，嗯？"

林清羽退后半步，道："在下是侯府少主，殿下如此称呼，想必不妥。"

"孤是太子，有何不可？"萧玚的目光审视着林清羽道。

林清羽眸光一暗，想下毒的心又强烈了不少。这人能不能滚出他的视线。

萧珵用舌尖顶了顶脸颊内侧，道："小清羽……"

林清羽一刻也不想多留："我乃皇后做主，圣上亲赐的南安侯府少主。殿下如此作为，是不将侯府放在眼里吗？"

萧珵神色一顿，望着林清羽，笑道："无妨。陆晚丞总归活不久，孤有耐心。"

"我还要去照料小侯爷，"林清羽神色漠然，"恕不奉陪。"

"小清羽，"萧珵叫住他，挑起一侧嘴角，似笑非笑道，"终有一日，孤会让你心甘情愿地跟随孤，孤会等你。"

林清羽转身走过回廊，看到一片素白裙摆消失在墙角，回头望了眼胸有成竹的萧珵，低声自语："别等我，等你自己的死期吧。"

长生寺有善岐黄之术的僧人为晕过去的陆晚丞施了针。林清羽在一间厢房里找到陆晚丞时，他已经醒了过来，手里正捧着安神静气的汤药一小口一小口地喝着。欢瞳站在一旁守着陆晚丞，看到林清羽走进来，道："少爷来了。"

陆晚丞喝药的动作一僵，随即笑道："清羽。"

一副无事发生的样子。只要他不尴尬，尴尬的就是别人。

林清羽缓声道："你刚刚……"

果然，还是很尴尬。

陆晚丞以手掩面，无力辩解："真不是我孬，是这具身体太弱了。"陆晚丞气愤又郁闷，"要是换我以前，我扛着大米跑八百米都不带喘的。"

林清羽静静地看着他吹牛。

陆晚丞似乎被他的表情伤到了，垂头丧气道："真的。清羽，你信我一次。"

林清羽为了照顾病人的心情，口是心非道："我信。"

陆晚丞半信半疑："真的？"

"嗯。"

陆晚丞展颜一笑。少年的笑容清爽明净，犹如夏日暴雨过后的苍穹，拯救了林清羽被"油"糊住的眼睛。

找回自尊的陆晚丞想起了正事："对了，你见到萧珵了吗？"

"见到了，"林清羽冷笑，"他叫我'小清羽'。"

陆晚丞："救命。"

等陆晚丞休息得差不多，林清羽让欢瞳收拾收拾，准备回侯府。三人来到前殿，欢瞳瞧见方才给陆晚丞施针的僧人，道："少爷，就是那位大师把小侯爷扎醒的。"

大师对上他们的目光，颔首示意。林清羽认为自己作为陆晚丞名义上的兄弟，有必要亲自向大师道声谢，便让欢瞳和陆晚丞稍稍等等。

林清羽早前听说过佛门医者相比寻常大夫，自有一套医法。道谢过后，大师主动问起陆晚丞的身体，林清羽便同他说了一些。

欢瞳等得无聊，看着香客烧香跪拜祈福，道："小侯爷，要不咱们也给佛祖上几炷香？"

陆晚丞不甚在意地说："行啊。"

于是欢瞳便向僧人要了六炷香，引燃后分了一半给陆晚丞。他跟香客学得有模有样，跪在蒲团上，双手执香合十，嘴里念念有词，之后，对着佛像磕了三个头，再把香插进香炉里。做完这些，欢瞳拍拍衣服站起来，见小侯爷漫不经心地拿着香，眼睛一直往少爷和大师的方向看，又重新跪了回去："小侯爷身体不便，就由我来代他向佛祖行礼。"

磕完头，欢瞳道："小侯爷，你可以向佛祖说出你的心愿了。"

陆晚丞收回目光："心愿？"

"是啊。只要佛祖听见了，一定会助我们达成心愿。"

陆晚丞坐在轮椅上，看着大殿之上的金身佛像，庄严宝相，俯视众生。

陆晚丞想了想，道："那就希望……我的亲人朋友永远开心。"

南安侯府门口，林清羽的马车前脚刚到，梁氏和陆念桃的马车后脚就到了。梁氏下了马车，看到林清羽本能地想躲，被陆念桃拉住："母亲是主母，他是少主，面子上的事还是不能省的。"

梁氏揪紧手指，脸上堆着笑："晚丞、清羽，你们这是去哪儿了？怎么也不和母亲说一声。"

陆晚丞面沉似水，怫然道："我倒宁愿没走这么一遭。"

林清羽抿了抿唇，伸手想去推轮椅，就听见陆晚丞道："欢瞳，推我回去。"

欢瞳"哦"了声，全然摸不着头脑，看看陆晚丞，又看看林清羽，推着陆晚丞走了。林清羽愣了一瞬，方才跟了上去。其他下人亦是面面相觑，阖府上下皆知，府里脾气最好的便是大少爷，待人处事最是心大，从不斤斤计较，尤其是对林少主，总是笑容满面，这还是他们头一次见大少爷在少主面前冷脸。

梁氏也没看明白："他们不是一向很好吗，这是怎么了？"

"正因为关系好，才会如此。"陆念桃解颐道，"大哥如今对林清羽全然依赖，视作知己，自然不愿林清羽同他人交好。"

陆念桃既是幸灾乐祸，又有一种微妙的嫉妒。那样一张脸，长在一个男人身上有什么用。若她也能有那样一张脸，又哪须耗这么多心思？

这夜，陆晚丞和林清羽大吵了一架，闹得蓝风阁鸡飞狗跳，乌烟瘴气。别的院子的下人从蓝风阁大门前路过，还能听到东西被掼到地上的声音。

陆晚丞指着林清羽，咬牙道："我问你，今日你是不是同他约好在长生寺相见，有什么密谋？！"

林清羽和他讲道理："我若是和他提前约好，为何还要带你去？"

"你是不是当我病傻了？"

"是的。"

"你近日频繁制香，为的就是今天投其所好，向太子献宝吧。"

"与你何干。"

陆晚丞阴阳怪气道："呵，你心里肯定巴不得我早点死，你好去另攀富贵吧。"

林清羽平静道："你要这么想，我也没办法。"

陆晚丞噎住："你……"

林清羽等着陆晚丞吵回来。

陆晚丞压低声音："你不能这么说。"

"为何？"

"因为你这样我根本没法回。"

"那就先别吵了。"林清羽说着，一挥手臂，桌上的东西全被扫到了地上。

陆晚丞笑了笑，拿起架子上的花瓶正要往地上摔，就听见林清羽道："那是前朝遗物。"

陆晚丞立刻把花瓶放了回去："那就是留给你的遗产了。"

一夜过后，屋子里一片狼藉。花露和几个婢女收拾了半日，把收拾出来的破烂拿出去丢掉，其中就包括今日林清羽向太子献宝的香料余料。

初冬未至，菊花开得正好，蓝风阁已经用上了炭盆，挂上了挡风门帘。

林清羽在书房里读着张世全从徐州寄来的信，眼底冷意渐起。末了，他提笔回信，信中只写了三个字——继续查。

"少爷少爷，"欢瞳咋咋呼呼地跑了进来，"小侯爷请您回卧房，说要给您看个好东西。"

林清羽狐疑道："什么好东西？"

欢瞳笑得开心："您去看看就知道了。"

林清羽走进卧室，只见他睡的软榻没了，屏风和陆晚丞的床也没了，取而代之的是两张上下拼凑在一起的床，正是陆晚丞提到过的上下铺。

陆晚丞和木匠说着话："上铺这里再加一个围栏，免得少主半夜翻身掉下去。"

木匠道："还是小侯爷细心，我这便加上去。"

林清羽："……"

"清羽来了。"陆晚丞特意让到一边，全方位给林清羽展示他和木匠的杰作，"怎么样？你看这个楼梯，我特意让木匠做宽，方便你上下床。"

林清羽张了张嘴，看到陆晚丞身上厚重的衣袄和相比他的手腕明显大了一圈的衣袖，妥协："你喜欢便好。"

陆晚丞让木匠做的床，虽然上下烦琐，但睡着还算舒适。林清羽才睡下不久，半睡半醒之间听见有人在耳边唤自己的名字。

林清羽睁开眼睛，外面天还是黑的。陆晚丞站在床边，双手扶着加上去的围栏，笑吟吟地望着他。

睡意未退，林清羽的声线比平时暖了几分，也软了几分："什么时辰了？"

陆晚丞道："刚过子时。"

林清羽以为陆晚丞半夜将自己叫醒，是哪里不舒服。现在看他能自己站起来，说话的气息也很稳，可以排除掉这个可能。

林清羽难得犯懒，没有坐起身，翻身侧躺着对上陆晚丞的眼睛："你这个时辰把我叫醒，是想做什么？"

黑夜中，陆晚丞的眼睛璀璨如星辰："清羽，我今天过生日。"

06.

林清羽一时没反应过来，陆晚丞是今天的生辰吗？

以陆晚丞的生辰八字来算，不该是今日，如果不是陆晚丞，那只能是……他。

一个生辰而已，又不是整十大寿，便是自己的生辰，林清羽也不会在意，大可不必特意守到子时把人叫醒。若是在以前，他十有八九会把人赶回去，转身继续睡。可陆晚丞病了许久，他的眼睛从未如此清澈灿亮，仿佛期待了很久，只为在这一刻分享一个无人知道的小秘密。

林清羽坐起身，将睡得微乱的长发拢至肩后，踏着台阶下床。黑暗中不能视物，下台阶时衣摆着地，稍有不慎就容易踩空。林清羽实在想不明白自己怎么就接受了这离天下之大谱的上下铺。

"小心。"

一只手伸来，枯瘦脆弱得像破碎的冷玉。林清羽也伸出了手，却不敢用劲，只是将自己的手轻轻放在上面借力。

陆晚丞四肢冰冷是老毛病了，林清羽不是什么阳气重的体质，但手上还是比他暖和得多。陆晚丞闷咳两声，深感体力耗尽，不得不坐回床上，笑道："我也不想吵醒你。但这个生日很特殊，对我很重要……"

林清羽用火折子点亮烛台，问："有什么重要的？"

"在我的家乡，男孩子一过这个年纪，就可以做很多事情，女孩子也一样。"

"比如？"

"比如可以玩游戏玩到深夜，可以自己一个人在外面留宿……"陆晚丞一停，不知道想到了什么，面上多了几分欢喜，"我从小到大都在期待这一天，到这里后也一直在心里数着日子。"

关于陆晚丞的真实身份，两人始终心照不宣。陆晚丞不提，他从不会主动问，但他能从陆晚丞偶尔吐露的只字片语里拼凑出另一个人的模样。

他不知道少年是如何成为陆晚丞，他不相信鬼神之说，但他相信自己的感觉。

那大概是一个身体很好、整日睡不够、聪慧又懒惰的少年。他在学堂里肯定也不会刻苦努力：先生在台上讲书，他在台下酣睡，偏偏每次考核还能拿头名；他的长相应该很好，在不经意间俘获了不少女孩的心，从爱慕者那儿收到了什么小食点心还会和好友分享。可惜他太懒了，懒得去回应别人的好感，以至于到现在连姑娘的手都未牵过。

而今天，是这个少年特殊的生辰。

"如此说来，在你的家乡，这个生辰比我们过二十生辰还要重要。"

"对。我本以为这具身体是等不到今日了，没想到能拖到现在。"

林清羽明知故问："你能活到现在实属不易，也不知这是谁的功劳。"

"当然是我们林大夫的功劳。"身体太过虚弱，陆晚丞说话的声音都大不起来，只有气息里含着笑意，"清羽，我真的很高兴。所以不管原本如何，没有毒死我，反而多给了我半年时间的林大夫在我眼中从始至终，都是人美心善的主角。"

"主角"对林清羽来说又是一个陌生的字眼。不知是不是今夜的烛光太过清浅温柔，林清羽不想再去猜测，直接问道："'主角'是何意？"

陆晚丞看着他道："所谓'主角'，就是无论经历多少刀光剑影，腥风血雨，即便是从泥沼里爬出来的那一刻，也永远是最光彩夺目的那一个。"

两人并排坐在下铺床沿，肩挨着肩。陆晚丞还想再说什么，却莫名其妙地失语了，喉结滚了又滚，愣是憋不出一个字。

林清羽问："在你的家乡，过生辰可有什么习俗？"

陆晚丞想了想，说："吃长寿面？"

林清羽道："我叫人帮你做。"

仗着过生辰，陆晚丞得寸进尺："为何不是你亲自做？"

林清羽顿了顿，道："我不太会。"

陆晚丞就笑，笑弯了一双眼："那就做你会做的。"

林清羽虽不是生在大富大贵之家，也是个正经少爷，自小有人伺候着，自然不善庖厨之事。

林清羽站起身："宽衣。"

陆晚丞一愣，以为自己听岔了："什么？"

"我给你扎两针，让你今夜能睡得安稳些。"

陆晚丞笑容僵在脸上，抬手用指腹挠了挠眼睑："……谢谢啊。"

在陆晚丞的生辰，林清羽送了他一场好眠。

马上就要入冬，花露把春秋的衣裳一一叠好，收进柜中，换出冬日穿的厚衣。去年的旧冬衣都放在箱子里，花露费了不少工夫整理，在木箱深处意外发现了一套特别华丽的锦衣——金绣烦琐，衣摆拖地，正是林清羽入侯府时穿的衣服。

花露赞叹道："少爷少主，您瞧我找到了什么？"

陆晚丞看过来，没看明白："这是什么？"

"这是少主当日入侯府时穿的，您不记得了？"

陆晚丞坐直了身体，看了半天，道："好像是啊。"

林清羽淡淡道："把这个翻出来做什么。"

花露笑道："少主平日多穿单色素衣，穿的最多的也是白衣，我都没见过您穿鲜艳的颜色。"

欢瞳插嘴道："我们少爷入府那日你没看见？"

"少主入府那日，行了礼便直接去了房中，我还真没瞧见。"花露看向若有所思的陆晚丞，俏皮地打趣，"大少爷，您当时看到林少主穿华服，觉得是你好看还是他好看啊？"

陆晚丞痛心疾首："……我忘了。"

他只记得他初初苏醒，看到一个古典男子，接着他就忙着震惊去了，后来还因为太困直接睡过去了。现在回想起来，只记得是好看，具体怎么个好看法，他真的没什么印象。

花露瞪直了眼："这您怎么能忘呢！"

"没什么可惊讶的。"林清羽往陆晚丞面前的炭盆里添了几块炭，毕竟那个时候，他想的都是怎么给陆晚丞下毒让他早点死，哪有闲情逸致看穿什么衣服。

正在这时，下人进来通传，说潘姨娘请少主去前厅议事。

今日一大早，陆念桃便乘马车去了宫里。这次，梁氏没有陪着她。太子侧妃的人选迟迟未有定数，皇后邀请众贵女入宫，说是赏花，但谁都知道这是要为太子相亲。等赏花会一结束，太子侧妃之位应当就拟定了。

南安侯虽然刻意在和太子保持距离，但对女儿入选一事亦持积极的态度。此次选妃光明正大，圣上也点了头。太子毕竟是太子，迟早君临天下。南安侯府有个女儿在他身边，将来也算有了靠山。

"据二小姐院子里的嬷嬷说，二小姐今日穿得极是素净。她往日偏爱娇嫩的粉色，进宫却穿了一身素白，头上也没戴过多的发饰。"潘氏道，"和其他的贵女一比，怕是娴雅有余，富贵不足。"

林清羽嗤道："不用担心，太子说不定就好这口。"

潘氏试探道："我还听说，她此次入宫的妆容有些奇怪。她在左眼下点了一颗美人痣。"

林清羽闻言没什么特别的反应，神色冷淡道："这是她自己选的路，无人逼她，也无人诱她。将来若出了什么事，也是她咎由自取，与旁人无关。"

潘氏垂眸附和："这是自然。"

林清羽见潘氏没有告退的意思，问："姨娘可还有别的事？"

潘氏犹豫片刻，道："妾身记得少主说过，小侯爷恐怕……熬不到年底。"

林清羽微微一怔，道："确实。"

"如今已是十月，"潘氏面露不忍，"小侯爷的后事，是不是该着手准备了？"

林清羽沉默半晌，道："此事，我亲自来办。"

07.

赏花会结束后的第三日，宫里的太监来南安侯府宣旨，皇上皇后已择定南安侯之女陆念桃为太子侧妃。与她同时入选的，还有一位武将的女儿。

来府里报喜的太监说，太子和陆念桃在赏花会开始之前就在园中邂逅。陆念桃丢了一个香囊，寻觅之时偶遇太子，端的是淡泊恬静、落落大方，当下便入了太子青眼。

"太子殿下的眼光可挑着呢，陆二小姐当真是好福气啊，日后定能宠冠东宫。"

林清羽听得好笑，这种福气，原来真的有人巴不得要。

然而侧妃虽然地位尊崇，说到底也只是妾，不可能按照十里红妆大办婚事，否则置未来的太子妃于何地。皇后让钦天监选个黄道吉日，到时候用两顶喜轿把人接进东宫便是。

陆念桃入东宫的日子定在一月后，时间很是匆忙。清闲许久的梁氏终于忙碌了起来，上上下下为女儿打点着嫁妆。因为女儿，南安侯对梁氏的态度也缓和了不少，侯府其他人更是上赶着讨好正房——二小姐马上就要成为太子的侧妃，等太子一登基，她至少是个妃位，来日若诞下皇子，前途更是无可限量。

梁氏有了底气，库房的好东西是一箱一箱地往正房搬，看得欢瞳心疼，他还想着少爷离开侯府的时候能多分点家产呢。

"少爷，我方才听库房的管事说，夫人连皇后赏给小侯爷的江南丝绸也拿走了！"

林清羽无所谓："让她们拿。"他倒希望陆念桃能多裁几件衣裳，讨得萧琤的欢心，最好能吸引他所有的注意力，也能让他少害几条性命。

转眼，便到了陆念桃出嫁的那一日。吉时已到，南安侯和梁氏端坐在正堂上座，陆氏宗族长辈分别坐在两边。陆念桃的平辈之中，只有陆晚丞坐在轮椅上，其他人都站着。

不多时，凤冠霞帔的陆念桃在喜娘的搀扶下款款走来。太子侧妃的喜服出自宫中尚服局，雍容高雅，陆念桃头戴金钗凤冠，上头坠着珠帘，眉间还画着花钿。

她走到父母跟前，跪下叩拜："女儿不孝，不能侍奉父母身侧。请父亲、母亲受我三拜，以还养育之恩。"

梁氏含泪将女儿搀扶起身，正要说话，一个管事匆匆来禀："老爷、夫人，太子来了，说是来接亲的！"

话落，堂内立即乱了起来。

纳个侧妃而已，按照礼数，太子只须在东宫等人到即可。他亲自来接亲，当真是给足了南安侯府面子。

陆氏宗族纷纷向南安侯道喜："太子殿下如此看中侧妃娘娘，这是我陆氏一族的福分啊！"

"这阵仗，哪像只是纳侧妃，便是大婚也不过如此吧。"

这个时候南安侯也不忘谨言慎行："莫要胡说。妻是妻，妾是妾，两者如何能相提并论。你等且随我去恭迎殿下。"

陆念桃珠帘下的脸色变了一变，被喜娘用盖头挡住。

林清羽道："我们去吗？"

陆晚丞笑得有些冷："去啊。好歹是我表哥，又纳了我亲妹妹，怎么说都要去道声喜吧。"

林清羽推着陆晚丞跟随众人来到侯府大门口。萧琤未像寻常迎亲的新郎一般骑马而来，他坐在储君的轿辇之中，南安侯到了也未见他起身，与其说是来迎亲，不如说是来彰显他的身份地位。用陆晚丞的话来说，便是：又开始装了。

南安侯带领一大家子人向太子行礼。萧琤慢条斯理地说了声"免礼"，在人群中精准地找到林清羽和他身边的陆晚丞，嘴角勾起饶有兴致的笑，这才走出轿辇。

喜娘扶着陆念桃踏出门槛，想像平常人家嫁娶那般把陆念桃送到萧琤手中。萧琤只停了一停，道："扶侧妃上喜轿便是。"

喜娘怔了怔，不敢多问，带着陆念桃上了喜轿。萧琤径直走到陆晚丞跟前，道："表弟卧病已久，母后和孤均担心不已。也不知道表弟近来身子可有好转。"

陆晚丞笑道："没什么好转，恐怕要让殿下继续担忧了。"

萧琤俯下身，话是对陆晚丞说的，眼睛却看着林清羽："表弟放心，等你去后，孤会替你好好照顾阖、府、上、下，你说对吧，小清羽？"

"小清羽……"陆晚丞低笑出声,"原来殿下喜欢如此称呼旁人啊。我有点好奇,殿下会怎么称呼那位刚纳的侧妃——小桃桃?"

萧琤不悦地眯起了眸子:"表弟有说笑的力气,不如还是省下来多养养身体。毕竟人一死,一切都结束了。"

陆晚丞微微一笑:"殿下大可放心。只要我没说结束,什么都不会结束。"

萧琤直起身体,深深看了林清羽一眼,转身道:"回宫。"

送亲的队伍渐渐远去,南安侯和梁氏忙着招呼陆氏宗族,林清羽和陆晚丞不凑这个热闹,回到了蓝凤阁。

林清羽蹙着眉道:"萧琤为何……"

"为何用那种复杂的眼神看你?"陆晚丞卖着关子,"你知道像萧琤这样的人有什么共同点吗?"

"说。"

陆晚丞语气轻蔑:"他们喜欢对已经到手的东西置之不理,对得不到的永远蠢蠢欲动。若你一早便听从他,他反而不会对你有这么大的兴趣。可现在,你成了第一个敢拒绝他的人,他当然会对你另眼相看。"

林清羽眉头皱得更紧:"这不是犯贱吗?"

陆晚丞笑道:"说对了,这就是犯贱——咳。"

陆晚丞又咳了起来,想止也止不住的,林清羽轻拍着他的背,道:"去睡一会儿吧。"

陆晚丞喝完药便睡了过去。花露从外头走进来,张望着道:"少主,少爷呢?"

"刚睡下,怎么?"

花露压低声音:"凶肆的伙计来了。"

凶肆是售丧葬用物的铺子。林清羽选的是京城中最古老的一家凶肆,大瑜还未建朝,这家凶肆就已传承了百年。除了售物,凶肆还为客人包办丧仪,只要有银子,想要怎样的风光大葬都可以。

林清羽朝内室看了眼,问:"人在何处?"

"在府门口候着呢。"花露道,"他说,今日侯府办喜事,他不便入府,免得带来晦气。"

林清羽在侯府门口见到了凶肆的伙计,虽然做着丧仪生意,却是个活泼开朗的:"少主有什么要求尽管提,我店定竭尽所能,为侯府办好这场白事。"

林清羽从未经手过丧事,不免有些茫然。他看着侯府大门上贴着的"喜"字和屋檐下悬挂的红绸缎带，想了很久，说："就按他喜欢的来吧。"

这段时日，陆晚丞睡得多，醒得也多，每次睡不到一个时辰就会咳醒。醒醒睡睡，一天也就过去了。

这次他醒来，正是傍晚时分。他看到林清羽坐在他床边，安静地守着他，夕阳在他身上镀上一层温暖的余晖。

陆晚丞眼前出现了重影，下意识地唤道："清羽……"

林清羽道："我在。"

陆晚丞迷迷糊糊地问："东宫那边，有消息吗？"

林清羽默然不语。

香料由鼻而入，想要达到想要的效果岂是一日之功，没有三五个月，难见成效。

"先不说这个。"林清羽温声道，"晚丞，你喜欢什么颜色？"

陆晚丞愣了愣，像是意识到了什么，笑着说："如果是我以前，我穿黑白灰多一些，但如果是在大瑜，我喜欢穿红色，配长发好看。"

林清羽点了点头："好。"

"话说，林大夫是在为我准备后事吗？"陆晚丞笑眯眯道，"别的都无所谓，但棺木我能不能自己来挑？"

"……为何？"

陆晚丞开着玩笑："我要挑一个睡起来舒服的。"

08.

林清羽本以为陆晚丞只是随口说说，不料他还真为自己的丧仪操起了心。嫌凶肆的衣衾丑，说到时候要穿自己的衣服入棺；又嫌白衣执绋太单调，问能不能换成五彩斑斓的；得知墓碑上不能刻他想要的墓志铭，还和林清羽争论了半天。

"为什么不行？"陆晚丞愤愤道，"我自己的墓志铭，我还没有决定的权利？"

林清羽嘲弄道："'此卧一咸鱼，死后终得眠。'千百年之后，你觉得后世人会如何看你？"

陆晚丞悠然笑道："大概会觉得我是个超前的人才，然后将我列入什么'大瑜八大家'之类的……"

林清羽无情打断:"做梦也要讲分寸。"

精心创作的打油诗不能刻在墓碑上,陆晚丞显得很失望,坐在轮椅上垂首叹气,看得花露母性泛滥。林清羽没有理他,去书房忙自己的了。

没过多久,花露端着一盘洗净的鲜枣找到他,欲言又止:"少主,您吃枣吗?"

"有话直说。"

花露踌躇半天,道:"少爷就最后这么一个月了,我觉得您应该对他好点,多迁就迁就他。"

林清羽淡淡一笑:"可是,他并不想被迁就。"

花露讶然:"咦?"

"他想方设法让我们放轻松,我们又怎能辜负他的心意。"林清羽的声音不自觉地柔和起来,"告诉蓝风阁诸人,最后这段时日,我们该怎么样就怎么样,和往常一样即可。"

花露听得似懂非懂,但她相信少主。她在大少爷身边伺候这么久,都不敢说了解大少爷,少主进府才一年不到,就已经把大少爷看透了。

这大概就是文人墨客口中的知己吧。

棺椁是死者长眠之所,为丧仪诸事里重中之重。林清羽记着陆晚丞所言,挑选棺椁时,真的带上了他。凶肆不能把棺椁搬进侯府给他们挑选,只能劳烦他们跑一趟。凶肆这种特殊的铺子一般开在街角隐秘昏暗的角落里。这一整条街几乎都是做死人生意的铺子,其中最大的一家名为无妄堂,正是林清羽委托的凶肆。

林清羽推着陆晚丞走在前面,欢瞳畏畏缩缩地跟在后头,双手抱臂乱搓,觉得这条街比外头冷上不少,阴风嗖嗖的,时不时路过一家门口摆放着纸人的铺子,能看得人鸡皮疙瘩掉一地。

无妄堂的伙计得知侯府少主要来,一早就在门口等着:"小人恭请少主。"伙计看到轮椅上的陆晚丞,惊讶道,"这位难道是……"

欢瞳道:"是我家小侯爷。"

陆晚丞笑着和伙计打了个招呼,把伙计搞得一愣一愣的。他干这行这么久,还从未见过亲自到凶肆给自己选棺材的。

林清羽问:"东西呢?"

伙计人机灵,反应得也快,赶忙笑道:"都备好了,小侯爷、少主这边请。"

无妄堂门面虽小,后头却别有洞天。新做的棺椁整齐地排列在后院,种类各异,伙计一一向他们介绍:"这是梓木的,不易腐化,耐湿耐潮;那是楠木的,纹理细密,不易变形……少主、小侯爷想要哪种?"

陆晚丞道:"你有何建议?"

伙计道:"既是陆家人,来日定要葬在陆家的祖坟。不知陆家的祖坟选在了何处?这南北方气候差异太大,土壤也大有不同。小侯爷若要选,可以选和陆家先祖一样的……"

陆晚丞打断他:"谁要和他们一样!"

伙计为难地看向林清羽:"少主,这……"

林清羽淡淡道:"听小侯爷的便是。"

伙计不敢置喙:"后头还有不少无妄堂的新作,小侯爷、少主请随我来。"

突然间,隐约有女子低语之声响起。欢瞳吓得往林清羽身上靠:"少……少爷,您有没有听见哭声?"

伙计解释道:"小哥别怕,那是另一位看棺的客人。"

几人跟着伙计穿过一列列棺木,果然看见了一个女子。女子一身缟素,双眼失焦,形容憔悴,弱如扶柳,即便如此,也不难看出她曾经的花容月貌。

伙计小声道:"这位是霍夫人。她的夫君于三年前染上痨病,昨日在家中病逝。"

霍夫人本是教坊司一位才情不浅的伶人,因缘邂逅和一书生公子两情相悦,私订终身。书生公子散尽家财为她赎了身,原以为能相伴白头,不料举案齐眉的日子才过了几年,便天人永隔,再不能见。

伙计不胜唏嘘:"霍夫人一介出身风尘的弱女子,无父无母,早年丧夫,容貌又生得如此出挑,只怕以后的日子不好过啊。"

几人就站在霍夫人不远处,可霍夫人似乎完全看不到他们,也听不到他们说话。她的手轻轻抚过一尊楠木棺,喃喃低语:"愿为西南风,长逝入君怀……"

说罢,一行清泪从她眼角缓缓滑下,坠落破碎。

林清羽收回目光,道:"我们走吧。"

陆晚丞沉默须臾,笑道:"我觉得那个楠木棺就不错,有没有其他款式给我看看?"

无妄堂不愧是京中的老字号,事情办得又快又好。没过几日,除了陆晚丞要的楠木棺,其他的东西也悉数准备完毕,用陆晚丞自己的话来说,就是他随时可以和大家说再见了。

一切都准备好后,伙计到侯府结账。林清羽念他事情办得好,亲自打赏了一番。

伙计接了赏，笑道："堂里还有事，小人就不打扰小侯爷、少主了。"

陆晚丞随口问了句："你们无妄堂，一到冬日是不是会忙一些？"

"谁说不是呢。"伙计道，"每年冬天熬不过去的老人大有人在。不过今日，去的是一位年轻的夫人……小侯爷和少主应该还记得，正是那日咱们在无妄堂见过的霍夫人。"

陆晚丞一愣："前日她还好好的，怎么这么突然。"

伙计叹道："那位霍夫人无法承受丧夫之痛。替夫君办完丧事后，于夜中沉湖殉情了。"

闻言，花露眼眶通红地捂住了嘴巴，欢瞳也颇为动容。林清羽看了眼陆晚丞，对伙计道："辛苦你了，去吧。"

伙计走后，陆晚丞明显安静了不少。林清羽大概能猜到他为何如此，想必和霍夫人一事脱不了干系。

果然，陆晚丞喝完药后，突然问他："清羽，你应该，还没有真的把我视为可以依靠的家人吧？"

林清羽道："我说过，我把你当朋友，当知己。"

还好还好，只是知己。可是知己要是不在了，也会伤心，也会难过。

"知己也不要做了。"陆晚丞有些着急，"你把我当……当工具就好。"

工具……用完就丢，不用投入任何感情的工具。

陆晚丞希望他如此？

林清羽"呵"的一声冷笑："陆晚丞，你以为我是什么人！"

陆晚丞愕然："……清羽？"

"你以为你死之后，我会成日以泪洗面、寻死觅活？"林清羽嗓音微冷，犹如冬日傲雪，"你以为我会自暴自弃，停滞不前，活在对你的怀念之中？你错了，陆晚丞。我若是如此不堪一击、优柔寡断，当初接到圣旨时，就已经一头撞死在床上。"林清羽看着陆晚丞，平静道，"你放心，我会看着你走，然后……好好地活下去。"

陆晚丞久久注视着他，近乎叹息般地说："怎么办啊清羽，你的脾气……真的太对我的口味了，你就是我天选的好兄弟啊。"

第五章
霜雪满头

01.

立冬,水始冰,地始冻,草木凋零,蛰虫伏藏。蓝风阁院中的桂花树清香不再,唯余层层枯枝。

侯府的另一头,是梁氏的院子。天越来越冷,正房却是春意融融,生机勃勃。自从陆念桃嫁入东宫为侧妃后,梁氏逐渐有复宠的趋势,南安侯甚至有意还给她一部分的掌家之权,连带着病恹恹的陆乔松也重新振作了起来,四处寻访名医,想治好自己的隐疾。

陆晚丞听说后,问林清羽:"陆乔松的病应该治不好了吧?"

林清羽肯定道:"这是自然。"

"那我就放心了。"陆晚丞咳了两声,笑道,"清羽,我们好像有事没事聚在一起幸灾乐祸、胡乱诅咒别人的恶毒小人啊。"

林清羽也是一笑:"当恶毒小人挺好。"

两人说着话,花露走进屋给他们换热茶。陆晚丞见她眼圈有些红,表情像哭过一样,问:"怎么了花露,谁欺负你了?"

花露撇撇嘴,嘟囔道:"没人。"

林清羽道:"是欢瞳?"

花露是蓝风阁的大丫鬟,敢惹她生气的只有欢瞳。

花露本来还不觉得有什么,被两个主子一关心,反而委屈了起来,哽咽地说了事情的经过。原来，最近京城中流行起了女子额间贴花钿的妆容。花露瞧着新鲜，她没有贴的，今早便给自己画了一个。她干活利索，给自己上妆手却笨笨的，一朵梅花被她画成了四不像，还不小心被欢瞳撞见，被好一通嘲笑，说她是东施效颦。

"欢瞳这家伙，懂不懂尊重女孩子啊。"陆晚丞安慰花露，"没事，回头我替你骂他。你家少爷可会骂人了，肯定把他骂得娘都不认识。"

花露这才破涕为笑。

林清羽道："花钿我会画。我帮你画，替他赔罪。"

陆晚丞奇道："不是只有女孩子会画花钿吗，你怎么会？"

"这有何难？"林清羽淡淡道，"花露，拿你的妆奁来。"

花露平时甚少上妆，妆奁东西不多，但女子常用的胭脂还是有的。林清羽取了一支干净的笔，蘸上胭脂，一手执笔，一手挽袖，在花露眉间细细描绘起来。

花露笼罩在一片清雅的书卷香中，抬眼看到少主清丽的下颌，整个人绷得紧紧的。即便她对少主只有敬畏之心，此刻也是心跳加速，脸上阵阵发烫。她忍不住想，若少主能参加医考拔得头筹，会俘获多少姑娘的芳心啊。

不一会儿，林清羽放下笔，道："好了。"

林清羽画的是一小团燃烧的火焰，寥寥几笔，生动而俏皮。花露看着镜子里的自己，惊呼道："少主好厉害！"

陆晚丞笑道："美的美的，肯定能亮瞎欢瞳的狗眼。"

花露害羞得脸颊泛红："谁要给他看。"

陆晚丞又道："清羽，你这么会画，给自己也画一个呗？"

林清羽反道："你这么感兴趣，我帮你画一个？"

陆晚丞乐呵呵的："行啊。"

陆晚丞的花钿最终还是没画成。下人来通报，说胡太医来了。

对林清羽而言，胡吉是宫里消息的主要来源。他即刻让人请胡太医进来，给他上热茶。

胡吉一见陆晚丞大白日不坐轮椅，而是躺在软榻上，便知他情况不容乐观。他识趣地没有问及陆晚丞的身体，只向林清羽汇报宫里的近况，尤其是东宫的近况。

太子一下纳了两位侧妃，东宫里热闹了不少。两位侧妃一个出自文臣之家，一个是武将之后，性子亦是一个温婉，一个活泼。据东宫的小太监说，一开始太子对两位侧妃表面上一视同仁，私下却更偏爱陆氏一些，曾经连续三日宿在陆氏那儿。可是后来，约莫是新鲜劲过了，太子对两位侧妃就都冷淡了不少，偶尔去看一眼也是例行公事一般。

"我说什么来着。"陆晚丞慢吞吞道，"对太子而言，得不到的才是最好的。"

林清羽眉间微皱，他还以为陆念桃至少能受宠半年，是他高看陆念桃了。若萧琤不常同她待在一处，那他们的计划又要推迟。

陆晚丞如今的身体，哪儿还等得到那一日。

林清羽烦躁道："没用的蠢货，争宠都不会。"

"别气别气，"陆晚丞哄道，"陆念桃……咯，她是个聪明人，又极为好强，她会想办法获宠的。"

林清羽闭了闭眼，让自己平静下来，问起旁的事。他听说，南方一入冬便起了时疫，不知现下情况如何。

"情况很糟糕，洪州有几个村子都空了。如今正是多事之秋，南边起了时疫，西边又是战乱，"胡吉越说越感伤，"圣上的龙体还迟迟不见好……"

提及西边，林清羽想到了远在雍凉的父亲，问："胡太医可有我父亲的消息？"

胡吉道："老师到雍凉后，一直在帮顾大将军解毒。也不知那西凉贼子是从哪儿寻来那等奇毒，院判大人百草试尽，仍然不见效果。顾大将军一日比一日虚弱，我听说，他恐怕熬不到过年了。"

陆晚丞漫不经心道："那我岂不是要在九泉之下和这位顾将军打个照面？"

顾大将军出身贫寒，十四岁从军，用兵如神，建功无数，凭借一己之力护得西北周全，而立之年无父无母，无妻无子，一杆长枪便是他唯一的家人。

林清羽讥笑道："上天便是如此不公。"

该死的人身体康健，不该死的人却不得善终。

胡吉走后，陆晚丞看向窗外，自嘲道："难道我真的要比萧琤早死？唉，好不甘心哦。"

林清羽静了静，道："会有别的办法的，一定会有。"

陆晚丞一笑："嗯，会的。"

话虽如此，但凭他们两人想要萧琤倒台谈何容易，他们甚至连皇宫都进不去。早知如此，他不如弃医从武，萧琤叫自己"小清羽"的时候，他就可以直接掐断萧琤的脖子，亲眼看着他眼里的光消失。林清羽渐渐变得焦躁不安，他躺在陆晚丞的上铺，整夜无法入眠，不得不给自己开了一副助眠的药。

他到底怎么才能让陆晚丞活得久一点……再久一点？

第五章 霜雪满头

这日，陆晚丞午睡醒来，见林清羽不在，唤道："花露，扶我起来。"

花露放下手中的活，扶陆晚丞起来的同时拿了个软枕放在他背后："少爷想要什么？"

陆晚丞缓了许久，道："左边第二个柜子里有一个药方，你拿去给药房的人，让他们以后就按照这个药方给我煎药。"

花露不太放心："这是谁开的药方啊？还是先拿给少主看看吧。"

陆晚丞笑笑："没事，这是林院判的方子。"

"原来是院判大人，那肯定是好方子。"花露喜道，"我马上去。"

陆晚丞叫住她："这件事，不用告诉少主。唔……不过他那么聪明，肯定能看出来吧。"

不知从何时开始，林清羽开始亲自侍奉陆晚丞的汤药，一到喝药的时辰，林清羽便回到房中。花露端来药，他接过药碗，一闻就知这不是他给陆晚丞开的药方。

林清羽霍然抬眸。

陆晚丞冲着他笑："怎么了？"

林清羽指尖几乎要扎进掌心，他摇摇头，尽量平静地说："没事。"

如果这是陆晚丞的选择，他会尊重。

"你是什么时候找我父亲要的？"林清羽问。

陆晚丞也不隐瞒："林院判离京的那天，我起得很早。"

林清羽淡淡一笑："原来如此。你不怕痛了？"

"能有多痛？"陆晚丞不以为意，"女子都能忍受生产之痛，再痛应该没生孩子痛吧？"

林清羽胸口像是堵着什么，哑声道："你不是说，你命由天不由你吗？"

陆晚丞"啊"了声："我想多看一眼雪，多看一眼……再走。"

林清羽没再说什么，耐心地喂陆晚丞把药悉数喝下，而后一直陪着他，直到药效渐起。

陆晚丞神色变化不大，额角却是青筋暴起，没多久就出了一身的冷汗。对上林清羽的目光，他用手挡住自己的眼睛，颤声笑道："你别看了，我现在肯定是五官扭曲，很丑的。"

林清羽将他的手拿下，轻声道："怎么做，能让你好过一点？"

陆晚丞分出神想了想："就是想听你叫我一声……"

林清羽猜测道："兄长？"

陆晚丞摇了摇头："不叫'兄长'，叫'哥'。"他想用平时调笑的口吻和林清羽说话，但是他太痛了，痛到只能勉强露出支离破碎的笑容。

林清羽拭去他额上的冷汗，低声唤道："哥。"

陆晚丞虚弱一笑，强压下因为疼痛几乎要溢出口的呻吟，笑得眉眼弯弯："真好。"

02.

林父的药方在于以毒攻毒，用毒药激发病者身上潜在的生机，从而延长他的性命。药的毒性过强，入体后毒发，会给病者带来无法承受的痛苦和一些难以把控的副作用，用药不过三日，陆晚丞的双腿就渐渐失去了知觉。

即便如此，它能争取到的时间也是有限的。入冬后的每一日，都可能是陆晚丞在世的最后一日，但只要他还活着，萧琤就不会蠢到对侯府下手。正如萧琤自己所言，他在等，等陆晚丞一死，一切便都结束了。

十月中旬，离京数月的张世全得以返京。他回京后的第一件事，便是求见两位主子。这段时日，陆晚丞多数时间都在昏睡，张世全只见到了林清羽一人。

"少主，都查清楚了。"张世全声音压得极低，"徐州别庄上那些多出来的收入，确实是经营私盐所得。"

林清羽眼眸一暗，竟笑了起来："说梁氏有本事，却连自己的儿女都护不住；说她没本事，又有胆子干这等一旦败露即死罪的勾当，真乃奇人也。"

先帝在时，大瑜私盐猖獗，屡禁不止，严重影响到朝廷的收入。圣上即位后，大力打击私盐，甚至推出了新盐法，贩卖私盐超过一定数目便是死罪。但私盐利润极高，重压之下仍有不少人铤而走险。林清羽没想到，梁氏竟也是其中之一。

林清羽稍作思忖，又道："若是私盐，账面上的收入不该只有那么点。"

"少主英明。别庄不过是个幌子罢了，大头都到了夫人娘家人手上。"

这就难怪了。梁氏娘家相比侯府只能算得上小门小户，他们以为天高皇帝远，拿着南安侯府别庄的名头在徐州便宜行事，闷声发大财。徐州的地方官员，即便察觉到了什么，也碍着南安侯府的面子，睁一只眼闭一只眼。

以南安侯的谨小慎微，定然不敢干这种勾当，想来也是一直被蒙在鼓里。事情一旦败露，圣上看在他多年的忠心上，或许不会满门抄斩那么严重，但查封抄家总是免不了的。"

张世全问："少主，此事可要告诉小侯爷？"

"不必了。"陆晚丞还活着，自己在名义上就是南安侯府的人，事情败露也会受到牵连。林清羽朝窗外看去，淡然道，"等他去后，我自会料理……所有人。"

两人又说了不少证据细节，林清羽想到徐州离洪州不远，问道："你从南边一路回京，可有遭遇时疫？"

张世全面色凝重："时疫来势汹汹，人一旦中招，次日便高热腹痛，身上长满水疱，体弱者挨不到三日就一命呜呼。洪州一村子一村子地死人，不少难民举家北上，北方也陆续出现病患，不知哪一日就会殃及上京城。听闻，各方名医正齐聚于太医署，为的就是尽快找到除疫良药。"

多事之秋，风雨飘摇，这或许是大瑜近十年来最寒冷的一个冬日。

内室传来阵阵低咳，是陆晚丞醒了。张世全道："少主，我想向小侯爷请个安，不知……"

张世全归根到底是陆晚丞请到府上的人，林清羽体谅他的忠心，道："去吧，莫要久留。"

陆晚丞醒来便要喝药，今日的药迟迟没有送来，林清羽打算亲自去药房看一看。张世全跟着花露进到内室，就见陆晚丞躺在一张上下床的下床，脸色灰败，连坐起身都要旁人搀扶，即使不是大夫，也能看出他已是病骨支离、日薄西山。

陆晚丞说话也没什么力气："回来了。"

张世全心中一酸："给小侯爷请安。"

陆晚丞让花露先退下，问："少主让你办的事，你办好了吗？"

张世全记着少主不让他多说，便道："小侯爷放心，一切都在少主掌握之中。"

陆晚丞轻一点头："那我让你办的事呢，人，可有找到？"

"找到了。"张世全从怀中掏出一个用帕子包裹着的东西，"这是小侯爷要的信物。"

陆晚丞一动手指，示意张世全打开帕子。张世全问："此事，可要告知少主？"

陆晚丞摇摇头："时机未到。"他想了想，道，"你去替我把府里的木匠找来。"

另一头，林清羽人还未至药房，便听见了阵阵争执吵闹之声，其中就有欢瞳的声音。

"蓝风阁每日都要用这种何首乌,所有人都知道!"

"大少爷的病是病,三少爷的病就不是病了?千年何首乌药房总共就没多少,之前全被你们蓝风阁拿了去,我们今日拿一点怎么了?"

欢瞳怒道:"三少爷的病怎么能和小侯爷的病比!"

林清羽出声打断:"怎么回事?"

众人见到林清羽,立马闭上了嘴,但显然是面服心不服。这阵子正房东山再起,大少爷又奄奄一息,时日无多,下人对这个马上就要失去利用价值的少主自然不如从前恭敬。

"少爷!"欢瞳跑到他跟前,义愤填膺地和他说了事情的经过。

陆乔松在母亲和姐姐的鼓舞下重新振作,找了无数大夫给自己看病,药不知道吃了多少,始终不见起色。他不敢奢求还能恢复到以前,他只想给自己留个后。

不日前,有一江湖郎中到府上毛遂自荐,说他有一良方能让陆乔松重振雄风。陆乔松病急乱投医,也不管这江湖郎中的底细,就让人照方抓药。江湖郎中的药方中有一味千年何首乌,乃是千金难求的良药,即便是在像南安侯府这等侯爵之家,存货也少得可怜。

陆晚丞的药也需要用到千年何首乌,林清羽花了不少银子才寻来一些,存在药房供陆晚丞用药。今日,欢瞳照例来拿药,碰巧撞见青黛阁的人要求药房的伙计从蓝风阁那儿匀一些千年何首乌给他们,欢瞳果断冲上去阻止,双方便吵了起来,差点动手。

林清羽道:"以后蓝风阁的药不用药房来保管。欢瞳,把小侯爷的药带回去,我们自己煎。"

青黛阁一个胆子大的嬷嬷上前道:"少主,大少爷和三少爷那可是亲兄弟啊。三少爷需要用药,大少爷这个做大哥的,难道就不能让一让弟弟吗?"

"不能,"林清羽寒声道,"告诉你家三少爷,他的病,这辈子都不可能治得好。他将永远是个'无用'之人。"

嬷嬷咬着牙阴阳怪气道:"少主这么说,我只能将您的话原封不动地说给三少爷和夫人听了。等夫人进宫,也会将此事告知侧妃娘娘。"

林清羽冷笑一声,道:"你最好一个字也不要差。"

回到蓝风阁,欢瞳拿着药去小厨房煎药。林清羽来到卧房,陆晚丞已经坐起了身。

陆晚丞现在下床都很艰难,他让木匠做了一个能架在床上的小方桌,此刻就伏在那方桌上执笔画着什么。他手抖得厉害，不得不用左手握住右手的手腕，才能勉强画下去。

见林清羽来了，陆晚丞放下笔，笑道："啊，清羽回来了。"

想到陆晚丞毒发时痛苦难耐的样子，林清羽语气和缓道："见过张世全了？"

"嗯，见过了。"

"他和你说了什么？"

陆晚丞闷咳了两声，道："只是简单地问了声好而已。"

林清羽在床侧坐下，看到陆晚丞在纸上画的是一个奇怪的符号：一个圈里内嵌着一个弧形，弧形内又有一个小圆，像是一只眼睛。

"这是什么？"

陆晚丞不答反问："清羽，你知道萧琤之流，有什么共同点吗？"

这道题陆晚丞以前和他说过："喜欢犯贱。"

"这是其一。"陆晚丞道，"其二，像他这样的人最后都会遭到反噬，对曾经不屑一顾的人苦苦追求忏悔。这些被他不屑一顾，低至尘埃的人，往往会姓沈、楚、白、谢……"

林清羽庆幸陆晚丞遇到的是自己，除了自己，谁还能听懂陆晚丞这些莫名其妙的话。

"你的意思是，萧琤会对一人后悔？"

陆晚丞笑道："真聪明。"

林清羽回忆着道："沈、楚、白……沈淮识？"

陆晚丞惊讶道："你怎么知道？"

"你写过这个名字。"

陆晚丞闷哼一声，赞叹道："这也太聪明了。"

"那么，这个沈淮识是何人？"林清羽问，"是东宫的侍妾？"

"不，他是萧琤的影卫。"陆晚丞盯着纸上的图案，嘴唇发白道，"他常常隐匿在萧琤身边，说不定已经见过我们了。"

林清羽见陆晚丞有毒发的前兆，冷静道："先不说这些，你躺下来休息。"

这时，外头蓦地响起喧哗之声——

"大少爷需要静养，三少爷还是请回吧。"

"滚开！"

"三少爷若要强闯，奴婢只能——啊！"

林清羽站起身："是陆乔松，想必是为了何首乌来的。"

陆晚丞又咳了几声，脸色极不好看。

林清羽正要叫人赶陆乔松走，陆乔松已经大步闯了进来。林清羽挡在陆晚丞床前，横眉冷眼："滚。"

陆乔松的脸病态地狰狞着，再也不见过去的风流，连性子都变得扭曲。他指着陆晚丞，皮笑肉不笑道："就他这样，再喝多少药都没用！他凭什么跟我争？难道他还能给陆家留后吗！"

林清羽不欲理他："来人。"

欢瞳带着几个小厮赶来："少爷！"

"拖出去。"

陆乔松双手被束缚住，仍然死赖着不走，死死地瞪着林清羽："陆晚丞一个半死不活的人，你以为你还能嚣张几日？等他一死，你还能掀起什么风浪！到时候，就应该把你赶去街头卖艺，也不枉你长了这样一张脸！"

林清羽极力压下汹涌的恶意。陆晚丞需要休息，他只要把人赶走就行。其他的，等陆晚丞睡下他再和陆乔松好好清算也不迟。

"清羽，我……我有点难受，清羽……"陆晚丞有气无力地唤着他的名字，忽然"唔"的一声，嘴角溢出鲜红的血。

欢瞳惊道："小侯爷！"

刹那间，林清羽冷冽的眉宇间戾气暴涨，他粗暴地扯住陆乔松的衣襟，将其狠狠地往房柱上一撞："找死。"

03.

陆晚丞虽病重至此，但在他的悉心照料下，甚少有狼狈之时，吐血之事更是甚少有过。他无法挽救陆晚丞的性命，但至少要让他走得体面，走得干净整洁。

血这等污秽之物，不该出现在他身上。

陆晚丞这一呕血，像是打开了毒发的开关，血越涌越多，不一会儿，便染红了衣襟和锦被，人也晕了过去。

"大少爷，"花露哭喊道，"大少爷您别吓奴婢……"

"少主，这……这可怎么办啊！"

蓝风阁的下人没见过这阵仗，所有人都手忙脚乱的，等着林清羽主持局面。

陆乔松后脑勺撞到房柱倒地，被几个伙计压着跪在地上，全然不见少爷的尊严。他见到这么多血，想起自己当日也是如此，不由目眦欲裂，双眼通红地痛快大喊："林清羽，你瞧见了没，病秧子吐了这么多血，他要死了！纵使你一身医术，给他用再多的千年何首乌，你也救不了他！"

林清羽看着他，蓦地低笑了一声，那声音寒冷彻骨，配上他那张脸，竟又有几分妖冶之感，直叫人看得背脊发凉。等陆乔松缓过神来时，他已经被蓝风阁的小厮"请"了出去。

床前的帷幔被放下，唯有人影在后头影影绰绰。

林清羽忙碌到半夜，算是给陆晚丞捡回了一条命。下人帮陆晚丞擦净血迹，换上干净的衣衫被褥。陆晚丞安安静静、一尘不染地昏睡着，好似感觉不到一丝痛苦。

林清羽守了他一会儿，正房派人传话，说夫人请少主过去一趟。

陆乔松跑到蓝风阁大闹一通，还把重病的兄长气到吐血，这在家宅之中算得上大事，南安侯也被惊动了，他听说了事情的来龙去脉后，怒道："那个不孝子现在在何处！"

闹到这个地步，梁氏也不再玩虚情假意、以退为进的招数，抽抽噎噎道："侯爷只知晚丞在病中，可还记得乔松也正病着？"

"他的病如何能和晚丞的比？！他明知兄长病重，还跑到蓝风阁大呼小叫，出言不逊，难道不该罚？"

"这自然是该罚的。只是乔松被下人赶出蓝风阁后，竟也生生厥了过去。大夫说他身体虚，切不能大动肝火。说句不好听的话，晚丞他……他已经这样了，侯爷难道真的要在乔松病中罚他，以致他病情加重吗？"梁氏抹着泪，余光观察着南安侯的表情，"侯爷是不知道，乔松刚找到能治他隐疾的法子，他也是治病心切，想给侯爷留个后，一时冲动才顶撞了兄长。侯爷要罚他，我这个做母亲的无话可说。只求……求侯爷能等他身子好一些再罚……"

无后之事一直是南安侯的一块心病，听到梁氏说陆乔松的隐疾有治愈的希望，不免心生摇摆："你所言当真？"

梁氏连连点头："不敢欺瞒侯爷。"

林清羽冷眼旁观，只觉得这两人是在浪费他的时间。

南安侯看了林清羽一眼，道："罢了，先让他们两个养好身子。旁的事，日后再说。"

林清羽走出正房大院，欢瞳立刻迎了上来："少爷，侯爷怎么说？"

林清羽冷笑道："你还指望他？"

欢瞳不敢相信："可是三少爷是把小侯爷气吐了血啊，这事难道就这么算了？"

"够了。"林清羽道，"去把张世全找来。"

陆晚丞昏睡了三日，方才转醒。

陆乔松虽免了一顿责罚，但也被南安侯告诫不许再靠近蓝风阁，打扰兄长养病。除此之外，南安侯还让管事去市面上采买千年何首乌，供陆乔松入药。

陆乔松名贵的药材当饭一样地吃，银子不知道花出去多少，却始终不见效果。这时，他才后知后觉自己可能被那个江湖郎中骗了。陆乔松盛怒之下，把郎中关进府中的柴房，扬言他再想不出法子，便砍了他的双手，让他要饭都端不起碗。

江湖郎中被这么一吓，不知是急中生智还是如何，当真又配了个方子出来，信誓旦旦地说这次一定有效。陆乔松将信将疑，按照他的方子配了丹药出来，吃了几粒竟真觉得身体有了变化：精神亢奋，身体发热，腰腿也能使上劲了。陆乔松大喜过望，自以为过不了多少时日，他那见不得人的病症就该好了。

梁氏亦是喜不自胜。原配留下的嫡子活不了几日，女儿是太子侧妃，儿子若是能治好病给侯府留下后，她的日子也就圆满了。如今唯一让她稍感担忧的就是，她明明让人带消息进了东宫，告诉陆念桃府中近况，却迟迟得不到回信。

于是，她备了一份厚礼，遣人送给那个帮她们母女传话的公公。不料公公竟直接把人轰了出去，冷冷丢下一句："南安侯府真是养了个好女儿啊。"

梁氏闻言心急如焚，偏偏又打听不出来究竟发生了何事，舒心日子过了没多久又开始惶惶不可终日。

她不知道陆念桃"好"在哪里，林清羽却很清楚。胡吉给他带来消息——他的药见效了。

几日前，萧琤忽然犯起了头风，头疼欲裂，连带着耳聋目痛，恨不能以头撞墙。太医院一众太医齐聚东宫，看了半日也看不出一个所以来。陈贵妃下令彻查东宫的一应用度，从饮食茶水到穿衣用水，细枝末节一个未放过，却仍旧一无所获。

这时，陈贵妃的掌事姑姑道，问题既然不是出在太子宫里，会不会是别的宫里？

于是，两个侧妃居住的宫殿也被细细地搜查了一番。陆念桃在自己宫里点的熏香被搜了出来，经太医查验并无不妥，但萧琤生性多疑，即便太医说了熏香没有问题，他还是下令，以后整个东宫任何人不得用香。

萧琤不是蠢人，同样的招数，只能在他身上用一次。林清羽知道，陆念桃已经不中用了，既然如此，那就必须榨干她最后的价值。

胡太医对他父亲忠心耿耿，又帮了他们这么多，也该得到一些回报。太子的头风找不到病因，太医院的太医束手无策。谁都没想到，最后找到病因的竟是刚入太医院没多久的胡吉。

太子侧妃用的熏香的确并无不妥，但若和"凤求凰""生查子"混用，有风热外攻之效，极易引发头风。"凤求凰"和"生查子"是皇后和陈贵妃的专用熏香，太子每日都要去凤仪宫和长乐宫请安，晚上偶尔再去侧妃那儿，久而久之便埋下了祸根。

真相大白后，陈贵妃怒火中烧，想到南安侯府和皇后有层姻亲关系在，认为此事是陆念桃故意为之，而且还是由皇后教唆，当场便骂着"贱妇"扇了陆氏两个耳光，还险些闹到圣上跟前，最后被萧琤拦下。

陆念桃在东宫哭得花容失色，凄声坚称自己并不知情，她会用这熏香，也只是因为殿下喜欢。

萧琤知道她没有说谎。陆念桃就指望东宫能为她们母女撑腰，她没有下手的动机。再者，萧琤的太子之位来之不易，在成功登基之前，他不想和南安侯闹出嫌隙。念在陆氏是无心之失，又看在南安侯的面子上，萧琤未将此事张扬，只让陆念桃搬出偏殿。这之后，梁氏就再未得到女儿的消息。

陆念桃彻底失宠，再无翻身的可能。若萧琤死了，她要在宫里守一辈子的寡；若萧琤能活着登上皇位，她也只是一个弃妃。她不能怨旁人，从始至终，这都是她自己的选择。

而胡吉，年轻有为，青出于蓝，得到了太子和陈贵妃的赏识，成为太医院炙手可热的新人，前途无可限量。

东宫之事，林清羽知全貌，可和陆晚丞说起的时候，只说了前半部分：萧琤头风发作，太医束手无策，这么下去怕是再也难堪大任。

陆晚丞闻言，道："那我是不是不用喝药了。毒发真的有点痛。"

林清羽胸口揪紧，道："你不想喝，就不喝了。"

陆晚丞看了他一会儿，笑了起来："这一波干得漂亮，值得嘉赏，花露——"

花露捧来一个红木雕刻的木箱，共有五层，大大小小七八个抽屉；上面有提手，两侧打了孔，穿过结实的布绳——这是一个大夫外出就诊时背在身上的医箱。

林清羽注意到医箱不起眼的角落里刻着一个奇怪的符号，正是上回陆晚丞画在纸上的那个。

"这是我让木匠按照我设计的图纸做的，"陆晚丞道，"以后你进了太医院，出诊就背这个医箱吧。"

林清羽莞尔："多谢。"

看着身边人的笑颜，陆晚丞一个没忍住，道："都说礼尚往来，你是不是也要给我回礼？"

林清羽问："你想要什么回礼？"

陆晚丞认真想了想，摆出苦恼的样子："啊，还是想看林大夫再穿一次我们初见时的那件衣服。"

林清羽："……"

对他而言，被迫放弃太医署的考试，进入侯府，被困于内宅沦为下人，是他这辈子无法过去的心结，即便最后他与陆晚丞相知相交，成为知己，也改变不了这一点。让他再穿一次华服，无异于让他重来一遍当时的屈辱。

可如今的陆晚丞病入膏肓，唯有这一桩心愿，因此为了陆晚丞，他也不是不可以……

还未等他回应，陆晚丞探出手，想要抓住什么东西。不知是眼花还是如何，试了几次都未能如愿。

"看把你纠结的，"陆晚丞得逞般地笑道，"我开玩笑你听不出来？"

"听不出来。"林清羽轻声道，"你总是这样。"叫人看不出真假。

陆晚丞嘴上说着不喝药，后来还是乖乖地准时喝药。

这夜，林清羽刚看着陆晚丞睡下，门外传来一阵急促的脚步声，花露气喘吁吁地跑了进来："少……少主！"

林清羽抬手示意她放轻声音："出什么事了。"

花露喘着气道："三少爷……没了。"

林清羽问："没了是什么意思？"

"就是死了！"

林清羽"哦"了一声，面无表情地替陆晚丞盖好被子。

04.

陆乔松服用丹药过度，暴毙而亡。

事情来得太过突然。晌午，陆乔松还精神抖擞，自觉力拔山兮气盖世；晚上，他就七窍流血，大小便失禁，惨死于青黛阁。

梁氏受不了此等打击，听到消息后便厥了过去；南安侯只去青黛阁看了一眼，之后跌跌撞撞地去了陆家祠堂，一夜之间白了头，次日连早朝都上不了。最后陆乔松的丧事竟是由潘氏一手操办的。

潘氏对丧仪一事早有准备，但她都是给陆晚丞准备的。谁都想不到，陆乔松竟然会走在陆晚丞前头，还是一个如此惨烈的死法。给陆晚丞准备的东西自然用不得，潘氏不得不让人临时去采买，许多东西只能凑合着用。

南安侯府悬挂着丧幡，纸钱飘散，陆乔松的灵柩停在堂中。梁氏一身素服跪坐于棺前，但见她两眼空洞，神色麻木，眼泪像是已经流干了。

陆乔松虽然死得不光彩，到底是侯爵嫡子，生前又广交人脉，左右逢源，来给他吊唁的人并不少，其中有一个面生的男子自称是东宫的太监，是代替侧妃娘娘来给三少爷磕头的。

梁氏脸上终于有了些许反应，喑哑着嗓子问："侧妃娘娘……她……她可安好？"

那男子面露难色，在梁氏的再三追问下，告知了她陆念桃被太子幽禁之事。

梁氏发了很久的呆，冷不丁瞧见林清羽，突然尖叫起来，身子抖若筛糠，指着林清羽的脸歇斯底里道："妖孽……南安侯府简直是引狼入室啊！"

林清羽淡淡道："夫人说笑了。当初，说我是侯府福星的，不正是您吗？"

梁氏瞪大眼睛，仿佛被人掐住了喉咙，嘴里不住地说着怪异的胡话。梁氏彻底疯了。大夫说她患了癔症，这辈子恐怕都好不了了。南安侯接连受到打击，已是心力交瘁，一病不起，他再没精力过问家事，只让下人好生看着梁氏，别让她跑出去丢人现眼，其他的事，全交给潘氏打理。

给陆乔松办丧事的这段日子，陆晚丞的身子稍有好转，但也仅仅是清醒的时候多了些，能支撑着说上一会儿话。

得知陆乔松暴毙，梁氏痴疯，南安侯一病不起后，陆晚丞一点都不意外，反而欣赏地看着林清羽，说："清羽，你好像又变好看了。"

就像是蛰伏许久，终得盛放的剧毒之花，美得让人害怕，看一眼便觉惊心动魄。

林清羽低头看着自己洁净无瑕的双手，语气中带着几分指责："是你把我变成这样的。"

陆晚丞轻声笑道："这是我的荣幸。"

外头响起唢呐声，是凶肆的人在送陆乔松早登极乐。

两人沉默了一阵，陆晚丞忽然问："清羽，你说陆乔松会去哪里？"

"人死了，自然什么都没了，还能去哪里。"

"那你可知，我是怎么来到这里的？"

林清羽一怔，道："你不告诉我，我如何知道？"

"一天，我在回家路上救了一个孕妇，谁承想，后来却把自己搭了进去。"陆晚丞感叹道，"我可真是个好人。"

林清羽睁大眼睛："你是说……"

陆晚丞点点头："那天我走在路上，正巧碰见一个孕妇差点摔倒，我出手扶了她一下，然后让她站在一边，我帮她捡掉落的东西。这时我看见一辆满载货物的车向我驶来，后来……我就出现在这儿了。"陆晚丞笑道，"都说一报还一报，我救了两个人，那是不是意味着我能活两次？徐君愿给我算过一卦，他说，我……可能命不该绝。"

林清羽霍然站起身，脱口而出："什么叫可能！"

陆晚丞再装不了轻松，语气艰涩道："就是……可能。我这一闭眼，可能就真的什么都没了。即便我有幸能醒来，也未必会在大瑜，你明白吗？"

林清羽愣愣地看着陆晚丞，良久，他问："你有几成把握？"

陆晚丞沉默许久，轻声道："我不知道。"

林清羽极力忍下情绪："你这算什么？"

陆晚丞似乎预料到他会是这个反应，沉声道："对不起。我犹豫了很久，我觉得，我还是应该告诉你一声。"

"不确定的事情为什么要告诉我？！"林清羽忍无可忍。他已经做好了永远失去陆晚丞的准备，陆晚丞却告诉他，他"可能"还有一线生机。

陆晚丞要他怎么做？一天到晚什么都不干，去想他到底有没有死，去等一个不知道有没有的答案？！

如果……如果最后还只是可能，他宁愿没有这个可能。

"你等我一年。"陆晚丞说着，又觉得一年会不会太久了，他和林清羽认识不过一年，他凭什么要求人家等他一年？

"不用一年，喀喀……半年……不，一百天就好。"陆晚丞迫切地说，生怕自己的要求太过分被拒绝，"如果我百日之内没来找你，你就彻底当我真的死了。我们可以约定一个暗号，如果我还能回来，我们就靠这个暗号相认，好不好？"

林清羽嘴里发涩，心绪纷乱，咬牙切齿道："陆晚丞，你这个浑蛋。"

陆晚丞强颜欢笑："别人最多骂句'没良心'，林大夫倒好，一上来就是'浑蛋'，不愧是清羽。"

"滚。"

陆晚丞耍赖道："滚不了啊清羽，我腿都废了。"

陆晚丞不仅腿废了，五脏六腑更是没一处是完好的，他每天都会毒发，都会疼得迷迷糊糊。

林清羽闭上眼睛："说吧。"

陆晚丞一愣："说什么？"

"暗号。"

陆晚丞缓缓笑开："你让我想想。这个暗号，必须朗朗上口，容易记住，又没有别人会知道……"一番深思熟虑过后，陆晚丞道，"那就——奇变偶不变，符号看象限。"

林清羽冷声道："这又是什么东西。你能不能说点我能听得懂的？"

"这就要从三角函数的基本定理说起……"陆晚丞兴致勃勃地说到一半，眉头忽然皱紧，咬住了唇。这是他毒发的征兆。

林清羽道："我去拿针来。"

给陆晚丞施针，能减少一点他的痛苦，但也是杯水车薪，聊胜于无。

陆晚丞拉住他，摇着头道："不用了，你留下来跟我说说话就好。"

林清羽在床边坐下，让陆晚丞躺在旁边。

陆晚丞徒劳地睁大眼睛，瞪着前方，手指紧紧抓着林清羽的衣袖，笑着问他："清羽，暗号……你记清楚了吗？"

林清羽用手挡住他的眼睛："记清楚了。"

"真的只用等一百天就好……"陆晚丞在林清羽掌心中闭上了眼睛，"别等太久了，我会愧疚的。"

　　立冬之后，是小雪。今年的雪来得比往常迟上不少，天总是阴沉沉的，似乎老天也不确定要不要下雪。
　　陆晚丞清醒的时间越来越少，难得醒一次，也是因毒发疼醒的。从前，他还能坐在轮椅上去院子里晒晒太阳，如今连坐都坐不起来，除了床上，他哪儿都去不了。
　　月底，林母过四十岁大寿，林清羽回了一趟林府。林母见他独自一人回来，便知陆晚丞情况不容乐观。她怕长子难受，也未多问，倒是林清鹤问道为何晚丞哥哥没有一起来。林清羽摸摸他的脑袋，说晚丞哥哥下次就来了。
　　林母喜静，不爱热闹，加之丈夫不在家，她只让人做了一桌儿子们喜欢的菜，和孩子们一起安安静静地过寿。她望着窗外的阴天，道："等这场雪下下来，你父亲也该回家了吧。"
　　林清羽不敢离开侯府太久，陪林母用过午膳就回了侯府。回到蓝风阁，林清羽看到花露哼着小曲在院子里给那棵枯败的桂花树浇水，问："什么事这么高兴？"
　　自从陆晚丞吐过血，蓝风阁上下就一片愁云惨淡，他也许久未见花露如此惬意了。
　　花露欢喜道："少爷刚刚睡醒啦。他今日精神特别好，都能自己坐起来了，一口气喝了小半碗粥不说，还让我给他换了一件红色喜庆的衣裳。少主，您说少爷是不是要好起来了啊。"
　　林清羽蓦地一愣，心陡然下沉。

05.

　　林清羽来到卧房门口，门虚掩着。
　　今日回林府，他没有带欢瞳，此刻欢瞳正蹲在陆晚丞轮椅旁，给他腿上盖上毯子。欢瞳跟随他多年，也算见多识广，他见陆晚丞精神好得出奇，并未像花露那般欢天喜地，只是强颜欢笑地和陆晚丞说着话。
　　"小侯爷晚上想吃什么？我让小厨房提前备着。"
　　陆晚丞想了想，道："想吃梅花糕。"

欢瞳哑声道："好，我……我这便去传话。"

"什么时辰了？"陆晚丞脸转向衣柜的方向，问。

林清羽跟着朝衣柜看去，并未看到什么特别之处。

欢瞳道："申时末了。"

"你家少爷怎么还不回来？"

"应该快了，少爷说会回来用晚膳的。"

陆晚丞一直看着那个方向，有些担忧："要快点啊。"

林清羽退了出去。

院子里，花露依旧在哼着小曲，曲调轻快，婉转动听。她转过身，见林清羽站在门口，问："少主，您怎么不进去呀？"

林清羽回过神，道："花露，借你妆奁一用。"

林清羽这辈子只上过一次妆，就在初遇陆晚丞的那日。因男子不适浓妆，他又极其反感，入府时侍女只给他描了眉，在眉心贴了能去病气的花钿。

林清羽看着铜镜里的自己，突然发现这段日子，他似乎也清减了不少。他拿起笔，对镜一笔一画地还原当日的眉峰。那是一个简单的对称眉形，寥寥不过三笔，足以改变一个人的气质。

再着一次盛装为他祈福吧。

他褪去身上的素衣，将繁杂的吉服一件件地穿上，玉带束腰，束发的玉冠也被摘下，青丝如瀑垂落，他拿起搭配的吉冠，想了想，又放了回去。

已经够了。

"少爷？"欢瞳的声音从外头传来，"少爷您回来了吗？"

林清羽还未应声，欢瞳便闯了进来，看到他后倏地愣住。林清羽站起身，吉服的后摆拖着地；他没有束冠，只让长发自然披肩垂下，一低头，发丝便挡住了半边容颜。

欢瞳从未见过这样的少爷，明艳不可方物，举手投足之间皆是风华。他呆了半响，直到林清羽走到他跟前，方才缓过来："少爷，你怎么……"

林清羽问："小侯爷在何处？"

"小侯爷以为少爷还没回来，就说要去院子里等。"欢瞳想起自己是来干什么的，声音里带上鼻音，"少爷，小侯爷他……他……"

"我知道。"林清羽异常平静，"你让人备好晚膳。今夜，不需要你们在旁伺候了。"

如此华丽的衣服穿在身上沉重不便，稍有不慎就可能踩到衣摆。为了能快点到陆晚丞面前，他不得不像女子一般提着衣摆，穿过寂静的回廊，快步来到院中。

陆晚丞一身大红衣裳，披着雪白的狐裘，坐在虚位已久的轮椅上，犹如雪中红梅，轰轰烈烈地闯入他的眼帘。

今日的陆晚丞神采奕奕，脸颊和嘴唇都有了血色，双眸璀璨，隐隐带着少年意气，仿佛回到了今年暖春之时。那时的陆晚丞不用坐轮椅，甚至会没自知之明地尝试抱起他。

如果……如果陆晚丞身上的那件衣裳没有大那么多，如果他的双腿还有知觉，他或许也会觉得，陆晚丞说不定真的要好起来了。

陆晚丞就坐在那里，静待君来。

林清羽张了张唇："晚丞。"

陆晚丞反应稍显迟钝，先是一怔，而后慢慢转过头，看着他，展颜微笑："你回来了。"

和平时见到他的反应没什么区别，林清羽的胸口像是被什么东西重重地一撞。

陆晚丞说了那么多次想看到他穿红袍画眉峰、少年风采俊秀的模样，为何等他真的穿了、画了，他竟半点特别的反应都没有？

他抬起手，试图去触碰陆晚丞的眼睛。他的指尖几乎要碰到陆晚丞的眼睫，陆晚丞依旧睁着眼睛，眼帘一眨不眨地看着他。他嘴角弯着，笑得极是好看："你今日回家可有吃林夫人亲手做的梅花糕？对了，清鹤的门牙长回来了没？"

林清羽的手在空中僵了一僵，缓缓落下："吃了。长回来了。"

他怎么忘了呢。陆晚丞全身上下都是毒，出现什么情况都是正常的，他怎么能忘了？

"我让欢瞳也备了点梅花糕，"陆晚丞道，"你再陪我吃点？"

林清羽点点头，听见陆晚丞又唤了声"清羽"，开口道："好。外面冷，我推你回去。"

林清羽推着陆晚丞来到厅堂。按照高门大户的规矩，用膳都该在厅堂用。以前陆晚丞是懒，要人把饭菜送到他面前。后来，陆晚丞渐渐病重，饭菜即便送到床前，他也吃不了多少。

欢瞳让小厨房备了一桌子菜，红着眼睛上完菜正要下去，陆晚丞叫住他："有酒吗？"

林清羽不允许自己手里的病人饮酒。两人相识这么久，一次酒都未喝过。林清羽道："你的身体，不宜饮酒。"

陆晚丞道："可是，我已经长大了。"

"这和……"林清羽深吸一口气，拿出平常的语气，"这和你多大没有关系。"

"怎么没关系。长大意味着可以为所欲为。好不容易挨到现在，怎么能什么都不做就……"陆晚丞一顿，笑道，"林大夫就让我喝一杯吧。"

林清羽稳住气息，吩咐欢瞳："去拿酒来。"

欢瞳给两人上了酒，低声道："两位少爷没别的事，我就先退下了。"他怕他再留下，会忍不住哭出声。

陆晚丞道："你走了，谁伺候我吃饭？"

欢瞳不知所措地看向林清羽，林清羽道："我伺候。"

陆晚丞微微一怔，佯作惊讶："这么好？"

林清羽给陆晚丞盛了一碗汤，凑到他嘴边："张嘴。"

陆晚丞乖乖张开嘴，小心翼翼地就着他的手喝下一口汤，露出满足的表情："再来一口。"

陆晚丞吃了没几口菜，就说要喝酒。欢瞳特意拿的是温过的梨花酒，酒液入口无辛辣之感，酒香经久不散，陆晚丞抿了一口，很捧场地说："好酒。"

明明他喝药时，都不会觉得药苦了。

林清羽偏过头，不忍看他。他听见陆晚丞问他："清羽，一年前的家宴时喝的也是这种酒吗？"

林清羽闭上了眼睛："我……不记得了。"

陆晚丞便道："那就当你是和我一起喝的。"

林清羽收敛好情绪，再次睁开眼，窗外夜色渐浓，不知何时下起了小雪，簌簌而落。

这是这个冬天的第一场雪。

林清羽心底生出一丝欣喜，他记得陆晚丞说过，想看他撑伞站在雪中，脸颊被衣衫染红。

"晚丞，外面下雪了，你想不想去……"一个"看"字卡在喉间，说不出口。

"下雪了？"陆晚丞像是感觉不到林清羽的异样，语气轻快，"那我还挺幸运。走啊，赏雪去。"

林清羽事先打过招呼，下人都在自己房中待着。无人看见他一身华服，撑着一把伞，长发散落地站在雪中。

无人……看见。

陆晚丞伸出手，让那软白的雪花落在自己掌心。离了屋里的灯光，他的脸色迅速黯淡下来，嘴唇失去血色，唯余一双眼睛是亮着的，仿若迅速枯萎前的昙花拼命绽放。

这一切太短暂了，短暂得让人害怕。

林清羽不知道怎么样才能让他的绽放维持得久一些，只能徒劳地扶着他，尽量让声音平静："冷不冷？"

陆晚丞摇摇头，突然问他："清羽，你以后会好好的吧？"

林清羽喉结滚了滚，道："这是自然。"

陆晚丞点点头，笑道："那就好。"

陆晚丞又看了一会儿雪，眼睛半睁半合道："清羽，我有点累。"

林清羽心里空空荡荡的，轻声道："累了，就睡吧。"

睡着了，就解脱了，再也不用受病痛毒发之苦。

可陆晚丞没有听他的话，依旧固执地睁大眼睛，不好意思地笑着："对不起清羽，我好像……撑不住了，但我已经很努力了，你别生气。"

"不会，"林清羽跪在雪地里，一手撑伞，一手托着陆晚丞，"不会生气。"

陆晚丞大概已经看出来了东宫一事没有如他们所愿。是了，陆晚丞那么聪明，他什么都知道，怎么可能看不出来？

陆晚丞在伞下笑着，给他讲了最后一个笑话："萧琤失势之日，家祭无忘告乃兄。"

林清羽闻言，不禁莞尔一笑。

陆晚丞似乎是感觉到他笑了，一直看着他，看着他，直到再也支撑不住，终于闭上了眼："那，我先睡一会儿。你记得叫醒我。"

林清羽答应他："好。"

雪越下越大。

林清羽的手再如何发烫，那个人还是在他的掌心里，一点一点地冷了下来，冷得僵硬彻骨。

朔风夜雪，寒色照人，万籁俱寂。

他穿着华服，画着花钿，一如他和陆晚丞初遇之时。

06.

　　这夜，陆晚丞死在了林清羽眼前。他垂着长睫，表情安详，穿着喜庆的绯红衣袍，身上干净澄澈，他的手放在轮椅的扶手上，仿佛真的只是睡着了。他的脸失去支撑，向一旁歪去，和以前他坐在轮椅上打瞌睡时一样。林清羽下意识地丢下手里的伞，扶起陆晚丞冰冷的身子。

　　没有了伞的遮挡，雪无声地落在他们发上，脸上，肩上。

　　凶肆的伙计告诉过林清羽丧仪的流程。他应该记得很清楚，可现在，他竟有些茫然不知所措——陆晚丞死了，他该做些什么呢？

　　欢瞳实在放心不下，来院子里看看情况。他看见他家少爷单膝跪在轮椅前，华服铺在雪地上，长发挡住了他的侧颜，身旁立着打开的伞，上头覆满白雪。

　　两人一动不动，宛若雕像。

　　"小侯爷！"

　　林清羽听见身后传来一声哭喊——是欢瞳的声音。

　　欢瞳是他从林府带来的人，一开始和他一样，对整个南安侯府深恶痛绝。谁能想到，他最后会为陆晚丞哭得这么伤心。短短一年不到，就能将人心收服至此，陆晚丞可真有本事。

　　欢瞳跪在轮椅前，哭得上气不接下气，他的哭声把林清羽从一种虚无的茫然中拉回了现实。陆晚丞死了，或许他已经在某个光怪陆离的世界获得了重生，又或许，他真的死了。

　　没人能告诉他答案，他也不知道自己能不能等到答案，可无论如何，他答应过陆晚丞，他会看着他走，然后好好地活下去。

　　前半部分他已经做到了。

　　林清羽缓缓站起身。他保持同一个姿势太久，起身时眼前黑了一瞬，险些摔了过去，但最后他还是稳住了身形。

　　"别哭了，"他听见自己说，"你没听凶肆的人说吗，你若把眼泪滴在他身上，以后做梦便梦不见他了。"

　　欢瞳颤声道："少爷……"

　　林清羽逐渐回忆起凶肆伙计说过的话，木然地吩咐："把他移至屋中，以白绸覆面，寿衣就不必换了，让他穿着这身入殓就好。做完这些，你便去报丧吧。"

他顿了顿,又道,"对了,要用背的,他不喜旁人抱他。"

欢瞳哽咽着点头:"那你呢,少爷?"

"我去换件衣裳。"

报丧,入殓,守铺……陆晚丞的丧事进行得有条不紊。林清羽事必躬亲,在南安侯府风雨飘摇、处境艰难之际,依然给陆晚丞办了一场风风光光的后事。

消息传进宫中,皇后大为悲恸。早逝胞妹用命生下的孩子最终还是没有活过弱冠。她又想到自己的孩子远在别宫,见上一面都难,平日还要眼睁睁看着别人的儿子风光无限,越发悲痛难言。

皇后在凤仪宫暗自垂泪。她出不了宫,只能派自己的心腹公公去府上吊唁。圣上体恤臣下,赏赐了不少东西,并让南安侯在府中安心养病,至于户部的诸多事宜,可让太子先行兼管。

温国公夫妇得知外孙病逝亦是老泪纵横,他们年纪大了,看不得伤心场面,便选了几个得力的管事去帮着打理后事。他们知道,外孙是在意这个"义弟"的,否则也不会几次三番地向他们要人帮忙,只因不想林清羽受累于管家之事。

除了陆氏宗族,来吊唁者多为朝中百官及其家眷,均在灵堂见到了那位"挡灾避祸"的少主。但见他一身缟素跪坐于棺前,神色淡漠,从始至终没有掉一滴眼泪。灵堂中间一个大大的"奠"字,白幡飘扬,竟衬得他的容貌有几分艳丽诡谲之感。

南安侯府一月之内连续走了两位少爷,家主卧病在床,主母又疯疯癫癫,实属匪夷所思,引得不少好事者私下议论:看来当日南安侯府以"义子"的名义强认林清羽,并非顺应天意,以至于带来的不是好运,反倒是祸事。

白日吊唁者络绎不绝,只有到了夜里,林清羽才能寻得些许安宁。花露边哭边把纸钱放入火盆,整个蓝风阁,属她哭得最为伤心。

"有什么可哭的?"林清羽淡淡道,"不是早告诉了你们,他活不过冬天吗?"

花露哭成了一个泪人:"可……可是……少主,您真的一点都不难过吗?"

林清羽愣了愣,仿佛自己都不明白,只道:"我……还好。"

一切都在他预想之中。早在他见陆晚丞的第一眼,就知他活不长久,有一年的时间做心理准备,还有什么可难过的。

林清羽看着陆晚丞的牌位,怎么看都觉得诡异。他想了很久,终于意识到哪里不对,他霍地站起身,胸口直跳:"你们弄错了。"

"少主，您说什么？"

"他不叫陆晚丞。"

潘氏和花露面面相觑。潘氏以为林清羽是太久没有休息，导致神志不清，劝道："少主要不回房歇一会儿？这里由我守着。"

林清羽摇摇头，重复着方才的话："他不叫陆晚丞。"

潘氏无奈："他不叫陆晚丞，又叫什么呢？"

林清羽张了张唇，"他叫江……"

话音戛然而止。

哭声却没有停止，凄凄戚戚，断断续续，令人厌烦。

林清羽努力将这些声音隔绝在外。他过目不忘，过耳亦不忘，只要那个人说过，他就一定能想起来。可是，他想了很久，想到所有人都走了，想到灵堂里只剩下他一人，也想不出那人的名字。他只想起了在中秋之夜，那个人不正经的胡言乱语。

"我姓朱，名大壮，你除了唤我'晚丞'，还可以叫我'大壮哥'。"

"好啦好啦，不逗你了。其实吧，我姓江，叫……"

林清羽轻笑出声，烛光映照着他苍白又难掩清丽的容颜。他缓缓收起笑容，此后，再无其他表情。

他就这样，在棺前枯坐天明。

陆晚丞死后的时间似乎过得极快，不过一眨眼的工夫，便到了他的头七。

相传，死者的魂魄将于头七这日返家，见亲人最后一眼，之后才能安心地转世投胎。头七回魂夜，家人应当回避于灵前，在梦中与死者相见。

林清羽从来不信这些，却还是早早地上了床。不知是不是这几日操劳过度，他很快就有了睡意。

睡梦中，他隐约听见有人叫他的名字。声音是陌生的，语气却甚是熟悉，散漫中带着笑意，像极了某个人。

林清羽蓦地睁开眼睛。他以为自己会见到陆晚丞，没想到却看见了一个陌生的少年。

那少年身形颀长，肩宽长腿，穿着他从未见过的异邦服饰，留着干净利落的短发，五官精致，眉眼张扬中带着懒倦，一副睡不饱的俊美模样。

少年靠着床铺坐在地上，见他醒了，笑着唤他："清羽。"

林清羽怔怔地看着他。

"我没骗你吧，"少年托着腮，笑道，"我是不是比陆晚丞好看多了？"

林清羽恍惚地点了点头。

少年又问："声音是不是也比他好听？"

林清羽又点头。

林清羽有点恍惚，面前的少年只穿了一件单薄的衣服，袖子还是短的。林清羽伸手碰了碰少年的手臂，温热坚固，充满生机，无比真实。

是梦？此人是他想象中的陆晚丞？

少年望了他一会儿，叹了口气，道："好不容易见次面，你怎么呆呆的。再不说话，我就要走了。"

林清羽心中一急，拉住少年的衣摆："你要去哪儿？"

"我面前只有一条路，只能往前走。至于这条路通向何处，我也不知道。你还记得我们的暗号吧？"

林清羽立刻背了出来。

少年露出心满意足的笑容，站起身："我该走了。"

林清羽跟着下了床，这才发现少年竟比他高了大半个头。

"名字，"林清羽迫切地问，"你叫什么名字？"

少年静了静，突然给了他一个拥抱。然后畅快地笑道："你好瘦，肩上的骨头硌得人生疼。"

林清羽想嘲讽他，又想到这人已经死了，他们是在梦里，又把话咽了回去，拣紧要的问："你到底叫什么名字？你不告诉我，我怎么给你供奉牌位？"

少年说："我要是能回来，我再告诉你。如果我没回来，你就当我从来没出现过。"

"不，我要你现在就告诉我。"

少年不理他，转身朝夜色中走去，背对着他挥了挥手。

林清羽想追上去，脚下却像生了根一般，怎么都动不了。

"江……"

江什么？

林清羽从梦中惊醒，只见天光大亮，晨曦勾勒着清影，如梦境般虚幻，又真实。

07.

林清羽在床上静坐许久，一时竟分不清梦境与现实。他的脑海中一片茫然，怎么也想不起梦中人的容貌。他只记得那个人比他熟悉的陆晚丞要高、要帅，声音要更好听，还有……还有什么呢？

他对少年的记忆像是被蒙上一层纱幔，再怎么努力看，也只能看到一个隐约的轮廓。

花露打来热水伺候他洗漱，林清羽问："你昨夜梦见他了吗？"

花露眼圈又是一红，摇了摇头。

林清羽缓缓收拢掌心："他回来了。"

"少爷可有对少主说什么？"

林清羽莞尔："他和以前一样，正事不提，净说些没用的废话。"

连名字都不肯告诉他，太讨厌了，应该被吊起来痛打一顿才是。可即便是废话，梦境的气氛依旧温暖得让人怀念。只可惜，梦一醒，便什么都没了。

林清羽开始收拾陆晚丞的遗物，挑选一些作为陪葬品，东西太多，他先让花露筛选了一遍，挑出近一年里陆晚丞用过的东西，其他太过久远的可随意处置。

穿过的衣裳、戴过的玉冠、用过的碗筷、玩过的投壶、看过的书……

林清羽看着陆晚丞的遗物，莫名恍惚起来。

前半年，陆晚丞身体不算太差，收集了不少稀奇古怪的东西，还养过画眉和八哥。后来，他的身体逐渐变差，画眉、八哥也跟着病死了。陆晚丞亲自给两只鸟办了后事，哼着一首欢快的曲子送它们上路，还问他想不想学，他可以教他，等他死了就让凶肆的人用唢呐吹这首曲子，抬着棺送他走。

那时的自己根本懒得理陆晚丞，任由他在耳边说些离谱之事，一个正眼都不想给。还好，他记忆力过人，即便当时没有在意，如今也能回想起不少细节。

陆晚丞喜欢不用怎么动弹就能寻到乐子的事情。一日，他心血来潮，说想知道大瑜百姓是怎么给羊脱毛的，便让管事从别庄上牵了一头羊来，当着他的面把人家羊的毛全剪了。

"我要是那只羊，肯定害羞死了。"陆晚丞躺在这把躺椅上，如是说。

这把躺椅也是陆晚丞的心头好，他喜欢躺在上面晒太阳，摇摇晃晃，眯着眼睛，像一只慵懒的猫。林清羽学着陆晚丞那样，在躺椅上躺下，拿起手旁的话本翻阅。

这本话本他印象很深，是一本民间探案集。陆晚丞在第三页圈出了凶手的名字，导致无法看下去，他写了一个"滚"字送给陆晚丞，之后便再没翻阅过这本书。他没想到，陆晚丞竟在书中回复了他。

"此人是凶手。"

"滚。"

"最后居然是林大夫中招！对不住了，给您磕个头。"

林清羽看着某人潦草的字迹，嘴角浅浅弯起。

陆晚丞总是这样，先把人惹得无语，然后又迅速诚恳道歉，让人气都生不起来。

那时的陆晚丞还是一个不折不扣的纨绔子弟，成日吃吃喝喝，赖在床上不肯起来。

是从什么时候开始，他也变得城府深沉、殚精竭虑？

胸口传来轻微的钝痛，林清羽合上话本，胸膛里空空荡荡，却依旧流不出泪来。

没关系，知己好友而已，也许他失去的，本就是他不该拥有的。

在书房里，林清羽找到了陆晚丞一个月前的绝笔。他在信中言，生母温氏留下的嫁妆悉数留给林清羽。其次，希望外祖向皇后进言，他既已身死，入侯府挡灾一事理应到此为止，可放林清羽归林府，从此与侯府桥归桥路归路，各不相干。

温氏出嫁时，温国公为其备下了十里红妆，二十年过去了，嫁妆几乎没怎么动过，堪比整个林府的家产。

除此之外，陆晚丞去后，张世全也和林清羽算了一笔账。自从接手侯府庶务，张世全悄无声息地将侯府一大半田地、别庄、铺子的地契都转到了林清羽名下。

陆晚丞在两人初遇时说过，等他死了，就让他带着他的遗产回林府逍遥快活。

陆晚丞没有骗他。

只剩下一件事，是陆晚丞在死前没拿定主意的。

"少主，徐州私盐一事，小侯爷并不知情。依您看，现在该当如何？"

林清羽本想用这件事让梁氏就范，顺便在利用完陆念桃之后将其拉下马，毕竟陆念桃来日若真的当上贵妃诞下皇子，对他没有任何好处。可惜，还没等到他动手，这对母女自己就先不行了。

不过一年的光景，南安侯府死的死、疯的疯、病的病，已是危如累卵。现在只等南安侯撑不下去，轻则告老还乡，重则一病不起，哪还需要他动手。

没劲透了。

"先将自己摘干净，任他们继续闹，"林清羽道，"日后说不定用得着。"

张世全恭敬道:"是。"

"少爷,"欢瞳急匆匆地跑进屋里,"太子来了,侯爷让您赶紧准备接驾。"

皇上、皇后均对陆晚丞之死有所表示,萧琤身为储君自然不能怠慢此事。他能亲自到府上慰问,也算是给南安侯面子了。

林清羽早知道会有这么一日:"知道了,我换身衣服便去。"

南安侯由潘氏搀扶着在侯府大门相迎,林清羽和其他宗族子弟站在后头。南安侯本以为此次太子来府上吊唁会带着侧妃一起来,不料来的只有太子一人。

萧琤和南安侯稍作寒暄,说的无非是节哀顺变之类的客套官话:"孤一早便想来府上送表弟一程,怎想朝政繁忙,到今日才得以脱身。"

圣上年纪渐长,秋狝那场风寒过后龙体大不如前,为了朝纲稳定,不得不让太子辅国。萧琤又从南安侯手中接手了户部,可谓如日中天,风头正劲。

南安侯如今只剩下一个女儿,实在忍不住,开口询问侧妃娘娘近况。萧琤只轻描淡写道:"陆氏身体抱恙,不便离宫。孤会代她替表弟上三炷香。"

林清羽朝萧琤身后看去。储君离宫在外,除了车夫随从,竟只带了两个侍卫。以萧琤的多疑,断然不会对自己的安危如此疏忽,想必在旁人看不见的地方藏了不少他的影卫。

南安侯请萧琤入府歇息,萧琤从林清羽面前路过时,嘴角挑起一抹似笑非笑的弧度。林清羽率先移开了目光,他倒不怕和萧琤对视,只是他现在若被萧琤"油"到,没有人能拯救他的眼睛。

一行人到了灵堂。林清羽点燃六炷香,交予萧琤。

萧琤接过香,用只有两人能听到的声音道:"小清羽,你瘦了。"

林清羽神色木然,好似没有听见。

萧琤看着陆晚丞的灵位,慢条斯理地扯出笑:"孤还记得表弟曾言,只要他没说结束,什么都不会结束。可如今呢?他躺在棺中,魂归西天。站在小清羽面前的人,是孤,这难道还不算结束?"

林清羽心中一动。是的,只要那个人没说结束,什么都不会结束。

他强打起精神,道:"殿下可听闻过关于我的流言?"

"流言?"

"自我入府,南安侯府祸事连连,可见我是个不祥之人,殿下还是离我远些较好。"

"孤向来不信这等怪力乱神之说。"萧琤邪气一笑,"倒是小清羽,今日不同往日,陆晚丞已死,没了遮风挡雨的屋檐,你势单力薄,早日另寻明主才是明智之举。"

林清羽眼睫一抬:"殿下……到底想怎么样?"

"不急。"萧琤对着陆晚丞的灵位微微鞠了三躬,看似在虔诚上香,嘴上却说着,"耐心狩猎,才能捕得最好的猎物。"

林清羽眼睫又垂了回去,手伸进衣袖中,像是要抽出什么东西,还未动作,眼前闪过一道白光,未意识到发生何事,一个身影不知从何处窜了出来,挡在了他跟前。林清羽手腕上传来一阵剧痛,被击退数步,堪堪稳住身体。接着,一把长剑架在了他颈间。

一个守灵的侍女尖叫了起来,很快被捂住了嘴。突如其来的变故让在场之人讶异不已,只见灵堂之中多了一个身着黑衣的劲装青年,手执一把长剑,一身凛然的杀意,面无表情地看着林清羽。

和林清羽相比,青年无论是相貌还是身段都极为普通,放入人群便会淹没,但此刻,只要他微微动动手腕,就能让林清羽血溅当场。

林清羽低声道:"沈淮识?"

青年眼中迅速闪过惊讶。

"怎么了,"萧琤不悦道,"你突然跑出来做什么?"

青年言简意赅:"林少主的衣袖中藏有一锐利之物。"

众人倒吸一口凉气,行刺储君,这可是满门抄斩的大罪。

"哦?"萧琤危险地眯起眼睛,"林少主想在你兄长灵前,做什么傻事?"

林清羽平静道:"影卫大人误会了。"他拿出藏在衣袖里的东西,竟只是一支发簪,"这是小侯爷的遗物。小侯爷走后,我一直将其随身携带,养成了时不时放在手里把玩的习惯,不料会发生这等误会,望殿下恕罪。"

萧琤审视着林清羽,其余人等均是大气不敢出,直到他说:"滚回来。"

青年立刻收起剑,垂眸道:"属下该死。"

这场小风波过后,萧琤未再久留。林清羽将发簪放入陪葬品中,让它陪着陆晚丞长眠,免得陆晚丞在另一个世界手中没了趁手的物事。

停灵过后,便是下葬。陆家的祖坟在临安,陆白朔特意从老家赶往京城,为的就是送陆晚丞落叶归根。林清羽作为侯府眼下唯一掌权之人,理应和陆白朔同行,送陆晚丞最后一程。

年关将至，林清羽打算过完年再动身南下。除夕那日，南安侯府不贴春联，不放鞭炮，不走亲访友。林清羽虽然惦记着父母幼弟，但为了不让他们遭受过多非议，还是留在了侯府过年。

他给蓝风阁的下人放了假，和欢瞳二人简简单单地过了个年。欢瞳煮了一锅饺子，主仆二人正吃着，迎来了一位客人。

胡吉只身一人在京城，阖家团圆之际难免倍感寂寥。他先是去了林府，林母留他吃了顿饭，说他若无事，可以去南安侯府看看，于是胡吉便来了，还带了几样林母亲手做的糕点。

林清羽向他道了谢，问："母亲可还好？"

胡吉道："师娘一切都好，就是比较担心少主，也担心远在雍凉的老师。"

林清羽眉间蹙起。距上次雍凉的消息传回京已经过去了许久，迟迟未有新的消息传来。西北战事不断，顾大将军生死未卜，他父亲也不知何时能回来。

胡吉听说林清羽要南下，担忧道："南方时疫正盛，少主千万小心。"

林清羽颔首道："会的。"

胡吉稍稍坐了会儿便起身告辞，林清羽送他出府，抬头看见万家灯火，星河一道。

故岁今宵尽，新年明日来。

那夜过后，江姓少年再未入梦。

第二卷

长安

第六章
谜题暗语

01.

大年初三,林清羽带着欢瞳和几个护卫,同陆白朔乘船南下。从京城走水路到临安,一来一回,最快也需要一个月之久,他大概只能在路上过那上元佳节了。纵使此行是送葬,林清羽也未委屈自己。他租了两艘两层的大船,其中一艘专门用来停放陆晚丞的棺椁。

此刻正值过年走亲访友之际,京城渡口船只往来,人声嘈杂,林清羽扶着欢瞳上了船。欢瞳远眺江天相接之处,感慨道:"几年前少爷离京游学,也走了好长一段时间水路,我最怕坐船了。"

渡口还是这个渡口,人也还是这个人,变的只是心境罢了。林清羽这才想起欢瞳会晕船:"不若你还是回林府吧。"

"那怎么行,"欢瞳笃定道,"少爷去哪儿,我就跟去哪儿。"

伙计抬着棺椁上了船,陆晚丞生前能坐不站,能躺不坐,一年出门的次数屈指可数,出趟远门舟车劳顿,说是要他的命也不为过。陆晚丞曾言疯了才会出来找罪受,没想到最后死了还要跟着他一路颠簸。

一切准备齐全后,船夫拔锚开船,船只离岸,人声渐息,视野也变得开阔起来。刚退了潮,江面平静无风,雾淡水云阔,朝阳铺水,正是"半江瑟瑟半江红"之景。

"江景是不是还不错?"林清羽将陆晚丞的灵位擦净摆好,对着灵位说,"你若能回来,以后还是别太懒,常出去走走吧。"

林清羽还想再说些什么，看到牌位上"南安小侯爷陆晚丞之灵"几字，总觉得有些违和。自从在梦中见到了那位穿着奇特的少年，他再对着陆晚丞的棺木，就会有这种怪异感。

乘船一路南下，周围之景变换不断，由北方的平原变成了南方的山峦，几日后，他们在浔阳渡口短暂停泊。

洪州时疫肆虐，他们的船届时将不在洪州停留，故而要在离洪州一日水程的浔阳补充物资。

陆白朔问林清羽要不要上岸走走："听闻浔阳的茶饼乃是一绝，林少主想不想尝尝？"

林清羽没太大兴趣，道："不必，我在船上等你们。"

"那我买些给你带回来。"陆白朔道，"就当是那道'浑羊殁忽'的回礼……"当时他进京省亲，林清羽和陆晚丞便请他吃了这道菜，"哟，瞧我这张嘴。"

陆白朔自觉失言，他不该在林清羽面前说这些。故人已去，追忆往昔只会徒增感伤。

好在林清羽没什么特别的反应："那就劳烦六少爷多买一份，也让晚丞尝尝。"

欢瞳晕船晕得厉害，想跟着下去缓上一缓。林清羽道："正好，你进城找家凶肆，让店家临时做块牌位，无须太精致，能用即可。"

欢瞳以为少爷要给小侯爷多设一处灵位，问："牌位上也是刻那几个字吗？"

"不是，就刻……"林清羽沉吟，沉吟，再沉吟，"刻'江大壮之灵'五字。"

欢瞳困惑不解："江大壮是谁？"

"一个浑蛋。"

陆家的船在浔阳停了半日，途经洪州不停，继续往南。眼看再有几日就到临安，陆白朔和欢瞳却相继犯了急病。两人的病征一模一样，先是高热不退，呕吐腹痛，没过多久身上就开始发水疱。有个船夫正是从洪州逃难来的，一看便知两人是染上了时疫。

"浔阳离洪州不过一两日的路程，城里多的是洪州逃难去的老百姓。虽说进城时官府都是一个个查了的，也免不了有人染了病混进去，这两位爷怕就是在浔阳染的病。"船夫以手捂鼻，离两人远远的，"官人别嫌我说话难听，得了这种病，只能听天由命。命硬的自己就能好，命不好的，天王老子来了都没用。"

船舱内，陆白朔和欢瞳烧得迷迷糊糊，发病不过一日，就到了意识不清的地步，水疱也从身上蔓延至脖颈。

林清羽要为二人诊脉，被船夫拦下："官人使不得啊，这病会过人的！"

林清羽打开陆晚丞送他的医箱，道："你们离远点便是。"

胡吉一早提醒过林清羽，林清羽早对时疫有所准备，但他没想到时疫会来得这么快、这么急。他以棉纱覆口鼻，并让船上其余人等照做。到了下一个渡口，他又让其他人下船替他采买药材，自己则留在船上照顾病患。

欢瞳刚吐完一轮，难得清醒了些，见林清羽要给自己施针，忙道："少爷你别过来！"

林清羽按住他的肩膀，不让他乱动，问："你信我吗？"

欢瞳红着眼睛点头："少爷是这世上最好的大夫。"

"除了父亲和老师。"林清羽道，"我会对你试着用些药。别怕，都是些温和的良药，即便无效，也不会伤了你的身子。"

"少爷随便用，我相信少爷……"

林清羽给两人身上敷了药粉，亲自给他们配药捣药煎药，他也没有十足的把握，只能走一步看一步，随时根据两人的情况增加删减用药。去年时疫骤起时，他曾和恩师通过书信。恩师在信中说了不少对时疫的看法，他从中获得了一些启发，用起药来还算得心应手。在他精心照料下，不出几日，欢瞳和陆白朔就退了热，身上的水疱破了之后相继结痂，也没有继续起的迹象。两人又卧床休息了两日，便像没事人一样了，就是身上留了不少疤，万幸的是没伤到脸。

陆白朔感恩戴德，直呼林清羽是他的再生父母。林清羽道："父母就免了。可以的话，六少爷找人替我送封信回京，交予胡吉胡太医。"

他把自己给两人用的方子悉数写进了信中，但愿能帮上太医署的忙。

这么一耽搁，今年的元宵佳节他们只能在船上凑合过了。船夫把船停在城门渡口，林清羽登上二层。春江潮水，隐约可见城中火树银花，璀璨夺目。

"少爷，你快看！"

林清羽顺着欢瞳指的方向看去，只见一盏盏莲花灯从城中顺流而下，浮在江面，宛若点点繁星。林清羽看了会儿，道："我们还有酒吗？"

另一头，陆白朔小憩醒来，不见林家主仆，便到甲板上来寻人。只见如霜的月色中，一白衣男子迎风而坐，用丝绦系着的如墨般的长发飘扬，衣袂似雪，仰脖饮酒时的容颜更胜月色三分。

一时间，陆白朔还以为瞧见了一个仙人，直到船夫看到他发呆，出声唤了声"大官人"，这才回过神来。

"林大夫。"

林清羽拿着酒壶的手一顿，蓦然起身回首，在看到陆白朔的一瞬间，眼里的光迅速黯淡了下去。

陆白朔有些不知所措："林大夫？"

自从领略了林清羽的医术，陆白朔就觉得"大夫"这个称呼比什么"少主"更适合他。当日林清羽入侯府伺候小侯爷一人，属实是浪费英才。

林清羽收敛心神，淡淡道："无事。"

今年元夜时，月与灯依旧。他和陆晚丞的百日之约，已经过去三分之一了。

到了临安，下葬的诸多事宜都有陆白朔打理，不用林清羽操心。在老家的陆氏旁支，得知本家那位少主来了，都想来看个热闹究竟。可惜林清羽没有给他们机会，他连陆家的祖宅都未进，在外面住着客栈，直到陆晚丞下葬那日才露面。

他面无表情地看着陆晚丞葬在陆家祖坟。那些旁支哭得天昏地暗，有些人甚至连陆晚丞的面都未见过。他这么镇定，引得不少人在后头议论，仿佛他不表现得伤心一点，就坐实了灾星的流言。

可是，下葬的是陆晚丞，有姓江的什么事。他亲自操劳后事这么久，也算是替姓江的还了这笔债。

二月春分时，林清羽终于回到了京城。陆晚丞的丧事至此告一段落。他也该回南安侯府准备分家之事了。

林清羽前脚刚到南安侯府，胡吉后脚便寻了过来，兴冲冲地告诉了他两个好消息。其一，他的时疫方子确有奇效，经过太医署稍作改良后，下发至大瑜十九州，时疫逐渐被控制，已有偃旗息鼓之势。其二，西北边陲，顾扶洲顾大将军本来都要咽气了，不知怎的忽然又活了过来，硬生生地多扛了两日。在这两日，林院判终于寻到了能解这熙夏奇毒的法子。如今顾扶洲余毒已清，只需静养便可痊愈。

"听说顾大将军醒后，视院判大人为再生父母，非要认他做义父。院判大人几次三番推阻无果，只好硬着头皮收了他这个义子。"胡吉笑道，"如此一来，少主岂不是又成顾大将军的义弟了？"

义弟？不知怎的，林清羽心里有种微妙的熟悉感。无论如何，这两件确实是好事。他松了口气，道："顾大将军既已安然无虞，我父亲是不是也该回京了？"

"理应如此。"胡吉喜气洋洋道，"林少主，你知道吗，圣上听说是你配出了时疫的方子，传你进宫面圣呢。"

02.

几日后，宫里果然传来圣上的旨意，宣林清羽入宫觐见。

有皇后那层关系在，林清羽和皇帝也算沾亲带故，但他暂无官职在身，只能以庶民的身份入宫。

花露特意挑选了一件霁色的深衣，穿在林清羽身上如雨后晴空般淡雅清澈。林清羽想起他第一次进宫向皇后谢恩，临行之前姓江的百般不愿，问他为何，姓江的是怎么说的？

"怕你应付不了宫里的弯弯绕绕，着了谁的道。尤其我听说，太子还是个德行有亏的人，怕他为难于你。"

林清羽略微思忖，道："不穿这件，拿那件大紫色的深衣来。"

花露惊讶道："少主说的可是去年做的那件？"她记得少主并不喜欢大紫色，当时少爷也说这种颜色"土到伤眼睛"，让她赶紧拿去压箱底。

"嗯。"

"可是少主尚在孝期，还是穿得素一些比较好吧。"

"无妨。"

林清羽换上一身紫衣，但单看身段和脸，依旧惹眼得要命，这已经是他能做到的极限。面圣时若仪态不端，也有被治罪的风险。

林清羽跟着来府上宣旨的公公进了宫，一路步行至勤政殿。

"皇上正在同太子议事，"勤政殿的掌事公公道，"林少主请在此处稍等片刻。"

这位掌事公公名为薛英，在皇帝身边伺候多年，连皇后都要给他几分面子。林清羽颔首道："有劳公公。"

薛英是宫里的老人，一双眼睛看人极准。这位侯府掌事的少主，虽然和皇后娘娘没有任何血缘关系，但侯府和温国公府是打断骨头连着筋。如今他这副打扮，分明是在跟侯府撇清关系。

说是"稍等片刻"，林清羽一等便等了大半个时辰，终于等到萧琤从里头出来。萧琤见到林清羽，眼中闪过一丝惊讶："你为何在此处？"

薛英解释道："回殿下，林少主配出时疫方子有功，皇上要亲自给他论功行赏呢。"

"哦？"萧琤挑起一侧眉，围着林清羽转了半圈，"孤本以为你顶多会做些在病人榻前端茶送水的琐碎之事，没想到你还有如此才能。不愧是孤看重的……"萧琤凑到林清羽耳边，尾音打着转，"小清羽。"

林清羽后退半步，成功躲过萧琤："勤政殿门前，望殿下慎言。"

萧琤若有似无地笑着："孤不过和林少主打声招呼罢了。"

薛英看出两人之间气氛不对，笑眯眯地打着圆场："殿下可曾听闻林院判收顾大将军为义子一事？林少主又多了顾大将军这么一个义兄，可真是好福分啊。"

不愧是宫里的人精，轻飘飘两三句话便化解了僵局。顾扶洲手握兵权三十万，乃武将之首，在军中极有威望。姓江的曾经说过，萧琤最看重的便是他的太子之位，只要萧琤还有脑子，就不会为了一个大夫和顾扶洲过不去。

果然，萧琤看他的眼神收敛了不少。

"顾扶洲吗……"萧琤舔了舔牙尖，别有深意道，"林家倒是会给自己找靠山。只可惜，今时不同往日，即便是顾扶洲，也未必靠得住。"

萧琤说完便走了。一个小太监从勤政殿走了出来，道："林少主，请吧。"

皇帝年过不惑，身子时好时坏，看了半日的奏本，又和太子议了一个时辰的事，早已力不从心，但那个配出时疫方子的林清羽，还是要见上一见。往大了说，林清羽的功劳甚至可和顾扶洲相比，一个替他安内，一个替他攘外。

皇帝疲惫地揉着额角，见一个身着紫衣的年轻男子走了进来，在他面前跪下："草民林清羽，参见陛下。"

"平身。"

林清羽站起身，低眉敛目，站在光线晦暗处，似不敢直视圣颜。皇帝一见他的穿着，就懒得再认真瞧他："朕听太医署说，时疫的方子，是你配出来的？"

林清羽垂眸道："是，但草民也是受到了恩师的指点，才得以在短时间内配出药方。"

皇帝也觉得林清羽太过年轻。行医者，重在经验和资历。

"你恩师现今身在何处？"

"恩师云游四海，居无定所，行踪不定，草民也不知他身在何处。"

"你恩师倒像是个世外高人。当然，你也不遑多让。"皇帝道，"你父亲刚为朕把顾将军从鬼门关拉了回来，你又救了朕的千万黎民百姓，果然是虎父无犬子。"

"圣上谬赞，草民惶恐。"

皇帝不想在林清羽身上浪费太多时间："时疫一事，你有大功。说吧，想要什么赏？"

林清羽眼眸闪了闪，道："草民……想要能自由出入太医署，和天下名医共事，阅尽世间医书，为陛下的千秋江山献绵薄之力。"

"哦？"皇帝的语气和萧琤有几分相似，"没想到你还有这种志向。"

林清羽不要官职不要钱财，只要一个出入太医署的资格，让皇帝有些刮目相看："你是个有才之人，只是眼下侯府刚刚新丧，这一年来侯府多不太平，你还是把心思多放在侯府的打理上。"

林清羽重新跪下："南安小侯爷病逝，草民已尽侍奉送灵之责。侯府现下无甚大事需要草民打理，草民在侯府已是个闲人，望陛下恩准草民心愿。"

"这件事当初是皇后向朕求的。数日前，皇后也曾提及此事，她想的是也放你回林府……"皇帝稍作思量，道，"罢了，朕许你正七品医士之职，可自由出入太医署。"

林清羽叩拜谢恩："臣，叩谢皇恩。"

林清羽走出勤政殿，忽然有些想笑。他没有参加去年太医署的考试，也不用再等三年，就这么轻而易举实现了他曾经的抱负，甚至轻易得有些可笑。

自从陆晚丞死后，他似乎转了运：有了万贯家产，也恢复了自由之身，又莫名其妙多了一个有权有势的义兄，最后还进了他肖想许久的太医署。

"恭喜林太医。"薛英笑道，"以后还望林太医多多关照咱们这些奴才。"

林清羽笑了笑："薛公公客气了。需要关照的，是我。"

进了宫，他的手终于可以伸到东宫了。

林清羽跟着带路的太监出宫，恰巧碰到胡吉当完差准备回府。两人结伴而行，胡吉听说林清羽晋了正七品的医士，喜道："如此一来，日后我和林太医就是同僚了。"

"算是吧。"

"对了，林太医可有听说顾大将军的趣事？"

林清羽见胡吉脸色有几分古怪，似乎想笑又觉得自己不该笑，林清羽问："怎么？"

"我方才遇见了在勤政殿奉茶的小松子，是他同我说的这桩趣事。"胡吉为难道,"也不完全算趣事,圣上正为这事发愁呢。"

胡吉受到陈贵妃和太子的提拔,在太医院有了一定的地位,论资历已经可以给后妃诊脉看病,但他还是和以前一样,丝毫没有大人的架子,无论是太监宫女还是侍卫嬷嬷,只要找他看病,他都会尽力医治。

在宫中,奴才的命最不值钱。胡吉本意是治病救人,无意中也收买了大量的人心,因此他在宫中人缘极佳,就连皇上身边的人都乐意和他透露一些不算机密的消息。

能用"趣事"二字形容,必然不会是什么大事,大概又是后宫哪位没脑子的嫔妃争宠闹出了笑话。林清羽并不在意,顺口问了句:"是什么事?"

"今日,征西军的副将赵明威赵将军的奏本送到了圣上的案头。"

征西军,即大瑜在雍凉与熙夏作战的大军。依照大瑜军法,在外作战者不得私自同外界联系,形势严峻时连家书也不能写,以免泄露军机,违者不论身份,均以军法处置。可以说雍凉与京中唯一的联系,便是摆在勤政殿那张龙案上的奏本。林清羽想要知道父亲的消息,也只能靠胡吉向勤政殿的太监打听。

"可是雍凉出了什么变故?"

胡吉知道林清羽在担心什么,道:"林太医放心,征西军不久前在顾大将军的带领下大胜熙夏军,老师定然一切安好。赵将军上奏,是为了弹劾顾大将军。"

赵将军跟随顾扶洲数年,对其忠心耿耿,敬仰万分,好端端的怎会突然弹劾他,还是在打了胜仗之后。

"他弹劾顾大将军何事?"

胡吉忍俊不禁:"他说顾大将军太爱赖床,每日早起议事都是一场灾难,最后众将领不得不于他床前商议军机要务。顾大将军还嫌议事的时间太长,让他们洗洗早点睡,说是如此才能养精蓄锐。不日前,敌军夜间突袭,兵临城下,顾大将军半睡半醒,迷迷糊糊之际竟披着被子登上城门,指挥全军守城。虽说在他的带领下我军最后大获全胜,但实在是……有碍观瞻。"

林清羽:"这都是些什么,圣上是怎么说的?"

"圣上还未做出圣断,顾大将军又自己递折子来了,说是因为中毒一事,他在鬼门关走了一回,已看破红尘,身体和心境都大不如前,无力再为大瑜阵前杀敌,让他继续统帅三军,轻则延误军机,重则误国误民。他现下已三十岁'高龄',不想晚节不保,望圣上念在他过去的苦劳,准他回京做个闲散富人。"胡吉越说越觉得不可思议。这些自然不是顾扶洲写在奏本上的原话,勤政殿的小松子转述时添加了他的个人风格，但大体的意思不会有错，"顾大将军还在奏本中举荐赵将军接替征西大将军一职，再三恳请圣上准他即刻回京。"

顾扶洲十四岁从军，十六岁一战成名，彼时林清羽不过四岁。可以说，林清羽是听着顾扶洲的事迹长大的。他虽是从医，年少也向往过沙场斩将刈旗，建功立业。能得到他钦佩尊敬的人不多，顾扶洲算是一个。

胡吉所言，哪像是正经大将军会说出来的话。

林清羽沉默良久，忍不住道："你说的真的是顾扶洲顾大将军？"

胡吉道："老师曾经说过，一个人若亲身经历了生死一线，侥幸存活后心性大变是常有的事。或许顾大将军是真的看开了，想回京享享清福吧。"

林清羽点点头："或许。"

03.

得到皇帝口谕，林清羽不再耽搁，回到侯府便开始收拾东西，准备正式和南安侯府划清界限。他来时只带了衣物和医书，再加上一个欢瞳，走的时候再把这些带走便是。剩下的，就是他和那位姓江的义兄一起得来的家产：银子存在钱庄可换成银票；古董字画、田产铺子、房屋地契，以及陆晚丞生母留下的嫁妆一律带走。

几个管事清点了大半日还没清点完，东西实在太多了。林清羽看着伙计一箱箱地装东西，心底泛起一丝唏嘘之感。

林清羽当然用不上这么多钱。林父、林母都不是喜奢靡之人，他自身也没有太多需要用到钱的地方，但他宁愿把这些钱赏给路边的乞丐，也不想留给南安侯府。

这些家产是那位姓江的义兄送他的，他凭什么不拿。

潘氏一直在为林清羽做事，又管了这么久的家，自然对家产一事有所察觉。她看着蓝风阁几乎要被搬空，库房里的东西也少了一大半，却始终保持着沉默。陆氏这一支到此刻，人丁凋零，香火已断，偌大的侯府只剩下南安侯一个正经主子，纵使有再多的钱财又有何用。她已经遣散了之前伺候梁氏和少爷、小姐的下人，养着剩下的人也花不了多少银子。林清羽到底没把侯府搬空，还给他们留了一些田地铺子，便是靠着这些，也足以让她下半辈子衣食无忧。

林清羽走的那日，潘氏特意去蓝风阁送他。

"少主……不,应该叫您林太医了。"潘氏温婉地笑着,"愿林太医日后一切顺遂,成为像林院判一样悬壶济世的名医。"

这恐怕有些难,以他的睚眦必报,如何能成为他父亲一样的人。

"多谢。"林清羽道,"我让张世全留在侯府。他是个可用之人,你若不嫌弃,可让他继续帮着打理家事。"

即便他人走了,也想留只手在南安侯府。南安侯为皇帝效力多年,说不定还有利用的价值。

潘氏或许能看出他的深意,却一句话没多问,只是点头道好。

潘氏是个听话的聪明人,林清羽不反感和这种人共事。他见潘氏清瘦了不少,眼角又生出了几圈皱纹,难得和她多说了两句:"我记得,你当年是被卖进的侯府?"

潘氏道:"是。当年我母亲去后,只剩下我孤身一人。即便不进侯府做妾,也是去大户人家为奴为婢。"

"你若也想离开侯府,我可以帮你想办法。"

潘氏一愣,揪紧了手中的丝帕。

林清羽看她没有立刻答应下来,就差不多知晓了答案:"还是说,你想继续守着南安侯?"

"我……"潘氏幽幽叹了口气,"我在侯府十几年,这里就是我的家。离开了家,我还能去哪儿?"

林清羽道:"我既助你离府,自不会让你日后过得比现在差。"

潘氏摇了摇头,苦笑道:"林太医的好意,妾身铭感五内。只是侯爷终究是我的夫君。一个女子,如何能离开自己的夫君呢!"

林清羽不敢苟同:"没有谁离不开谁,更没有谁离开谁就活不下去。"他语气淡漠地道,"习惯就好。"

潘氏不想走,花露却跪着求林清羽带她走。花露本是温国公送给陆晚丞的婢女,对南安侯府也没什么感情。林清羽原意是让她回国公府,但她自己更想留在林清羽身边。

"小侯爷临走之前,最放心不下的便是少主。花露答应过小侯爷,要尽心伺候少主。"花露红着眼睛含着泪,"求求少主带花露一起走!"

林清羽轻笑了声:"他是这么说的?"

姓江的是以为自己一走,他就不会好好吃饭,好好睡觉吗?未免太看得起自己了。

　　花露点点头："少主，您就收下花露吧！"

　　林清羽道："明日，我便派人去国公府拿你的卖身契。"

　　花露惊喜交加："谢谢少主！"

　　"你成了林府的人，以后不必再唤我'少主'。"

　　花露点头如捣蒜："谢谢少爷！"

　　临走之前，林清羽最后给了南安侯一点面子，亲自去求见拜别，只是南安侯不愿见他。

　　去年林清羽入侯府时，南安侯还是圣上的左膀右臂，掌管着整个户部，何等风光。如今不过一年的光景，已经成了满头白发、心如死灰的废人，连家底被掏空了都不知道，可就算他知道，又能如何。

　　最后，林清羽去了一趟陆氏的祠堂，给陆晚丞上了六炷香，其中三炷，是代替那个姓江的上的。做完这些，林清羽带着数十车的家产，带着一张上下铺的床，带着"江大壮"的牌位，离开了南安侯府。

　　走之前，他转身看了眼侯府庄严肃穆的朱红大门，和高高悬挂在上的"陆府"匾额。

　　也不知梁氏疯癫之前，南安侯养病之中，会不会后悔当初以权势要挟他为自己儿子挡灾一事；陆乔松临死之前，陆念桃夜夜独守空房之时，又会不会后悔曾经羞辱过他。

　　而这一切，早已成为过眼云烟，都不重要了。迎接他的，是充满希望的新生活。

　　离开侯府，林清羽没有回林府。在旁人看来，南安小侯爷死了不到三个月，尸骨未寒，他的这个义弟就开始瓜分家产，自请离府，迫不及待地和侯府撇清关系。如此翻脸无情，也不怕半夜被他那病逝的兄长找上门。流言在京中愈演愈烈，林清羽可以不在乎，但他终究还是要为父母幼弟考虑。即使林母希望林清羽回林府住，他还是拒绝了。

　　早在南下之前，他就让张世全在京中给他置办了一间三进宅院。不算是大宅，但他一个人住足够。宅院离皇宫和林府都不算太远，院内生活所需的家具用品，一并都置办齐全，屋子什么的也都收拾好了，就连下人都是张世全亲自挑选，老实能干，身世干净，一切准备妥当，就等着主人入住。

林清羽一进门,管家就带着下人齐声喊道:"恭迎老爷回府!"

林清羽:"老爷?"

欢瞳噗地笑出声:"少爷才多大,你们怎么就叫上老爷了,都把他给叫老了。"

管家笑眯眯地解释:"老爷分了家,就是这府中的一家之主,那自然就是老爷了。"

"不必如此唤我。"林清羽道,"和从前一样便是。"

下人这才改口:"是,少爷。"

林清羽把江某人的牌位供奉在灵堂,命下人看顾,每日早中晚香火不断。众人走进走出,忙着收拾从侯府带来的东西。旁的无所谓,书房和药房他要自己收拾。

林清羽把带来的书籍一本本放入书架中。欢瞳跑来问他:"少爷,那张上下铺的床放哪儿?"

林清羽想了想:"就放书房。"

以后他若不想回卧房睡,可以在上面将就一晚。

这时,花露搬进来一盆绿竹,嘴里嘀咕着:"都已经三月了,竟然还会下雪……"

"下雪了?"林清羽手上一顿,朝窗外看去,果然,外面正簌簌飘着雪花。

搬家的第一日,林清羽在书房整理到深夜,干脆宿在了书房。他躺在下铺,听着远处模糊不清的打更声,一慢三快——已经四更天了。

这一天,又过去了。

去年年底,他 就是在这样一个雪夜走的,直至今日,已经过了整整七十日。

姓江的若是还活着,怕是睡得比谁都香吧。好在等这场雪结束,冬天就真的要结束了。

这个冬天的最后一场雪整整下了三日。林清羽身着正七品医官官服,在宫墙之内踏雪而行。给他领路的是一个模样清秀的小太监。小太监刚当差不久,头一回见到这样丰神俊朗的太医,忍不住频频向身后看去。

大瑜的官服多为深色,这位林太医身量清瘦,容颜出挑,靛青色的官服穿在他身上,比后宫里的娘娘们还要好看。

两人走得好好的,小太监忽然听见林太医唤了他一声:"公公。"

小太监以为自己偷看被发现,心虚道:"林太医有何吩咐?"

林清羽道:"东宫离此处远吗?"

"不远。"小太监道,"往前左拐,再走半炷香就到了。"

林清羽点点头："多谢公公。"

小太监脸颊微红："林太医客气了。"

大瑜重医，太医署和翰林院地位相等，太医署设置在皇宫西北侧，和皇宫不过一墙之隔。太医署的学子学成后，便可穿过这道墙，成为宫里的太医。林清羽靠着一剂时疫方子，跳过了这一步，直接成为太医院的正七品医士。

小太监停下脚步："林太医，太医院到了。"

林清羽看着金灿灿的"太医院"三字，心里是他自己都未想到的平静。

他终于，来到了这里。

从太医院往东走一炷香的时间，就到了皇帝处理政务和临时休憩的勤政殿。此刻的勤政殿内，皇帝正在同重臣、太子商议顾扶洲请辞一事。

"顾扶洲连发十道奏本，要朕准许他即刻回京，好像在雍凉多待一日便会要他的命似的。据赵明威言，他大半夜觉都不睡，还在帐中写奏本！"皇帝雷霆震怒，"这个顾扶洲从前惜字如金，现在洋洋洒洒写这么多字，究竟想干什么！"

说罢，皇帝手臂一挥，将龙案上的奏本全部掼到地上。

大臣跪了一地："皇上息怒。"

萧琤跟着跪下，地上一片狼藉，他瞧见几本摊开的奏本，每一页最后都写着一句话：臣请速归。

04.

早在顾扶洲第一道请辞的奏本送到京中，皇帝和心腹重臣就为此事商议了许久。

有人认为，顾扶洲统军多年，在军中深得人心，威望素著，长此以往，只怕众将士只听军令，不听皇命。既然顾扶洲自请归京释兵权，圣上大可随他的意，趁机将兵权拿回，也算是除去上位者的一个心头大患。

以萧琤为首的另一派则对此种说法嗤之以鼻。如今西北战事胶着，让顾扶洲回来，只会动摇军心，让敌军有机可乘。顾扶洲常年驻守西北边境，打了无数的胜仗。光是他的名字，就足以威慑一部分敌人。若顾扶洲不在西北，熙夏军定然趁机攻城拔寨。让赵明威去守，他能守得住吗？

皇上迟迟未有圣断，顾扶洲请辞的奏本从五天一封，变成三天一封，最近几日几乎是一天一封。与此同时，赵明威弹劾他的奏本却从五天一封，到十天一封，弹劾着弹劾着，突然又不弹劾了，甚至在奏本上言："将军虽甚懒，然能带我军屡战屡胜。已矣，不欲究矣。"

信使兵在京城和雍凉两地拼命奔波的时候，熙夏军没有闲着，一月之内攻城三次。皇帝准奏的消息一日不到，顾扶洲一日就还是征西大将军。每次敌军进攻，他都会骂骂咧咧、怨天尤人好一阵，然后不情不愿地从床上起来，在沙盘前运筹帷幄，决胜千里。

什么？圣上问顾大将军怎么不亲自上阵前杀敌？那是绝对不可能的。这么说吧，御赐的青云九州枪早就在角落里生灰了，百年难得一见的汗血宝马也被他喂胖了一圈，还取了个难听的小名。

可令人费解的是，顾扶洲每次都能带他们打赢，不但能赢，还赢得漂亮。甚至有一次，顾扶洲指挥城防的同时，另调了一队精兵，趁着敌军全力猛攻时，偷袭了他们存放军粮的城池，谁也不知道他是如何算出敌方粮饷放在离雍凉不过一日路程的小城。总之敌军攻城攻到一半，后方突然传来粮饷被偷的消息，使得他们进也不是，退也不是，最后只能赔了夫人又折兵。

这是顾扶洲拔清余毒后第一次主动出击。众人皆以为，他们万分敬仰、晨兴夜寐的顾大将军要回来了。谁想，顾扶洲不过勤勉了一日，得胜后丢下一句"先让大家休息两天再说"，便在帐中又躺了两日。

众将领又迷惑，又痛心疾首，又不得不心服口服。无论如何，对战场上的将士们而言，能打胜仗、能少伤亡几个弟兄是最重要的。赵明威这才在奏本中写道："算了算了，我们不想弹劾了，陛下也别追究了吧。"

谁想顾扶洲得知此事后，专门找到他，语重心长道："你不能半途而废啊赵将军。行百里者半九十，说不定你再递一本奏本上去，就能弹劾成功了。"

赵明威讪讪道："大将军带我们赢了这么多次，虽说赢的方法和从前大不相同，但能赢就行，我等要求不高。"

顾扶洲责备地看着他，恨铁不成钢道："你这也太没出息了，难道你不想把我挤走，自己上位吗？"

赵明威长叹一声，拱手道："顾大将军才智过人，末将自愧不如。这大将军的位置，还是您来坐吧。"

顾扶洲几乎要吐血："你们……不能……这么……对我。"

捷报传入京中，皇帝果断驳回了顾扶洲请辞的折子。别看顾扶洲一口一个不想打仗了，想回京养老，真把他逼到战场，他就能打胜仗给所有人看。既然如此，就让他继续在雍凉待着。皇帝还特意下旨，命林院判随侍左右，确保大将军身体无虞，顺便找找他性情大变的原因。

顾扶洲就这样，一边心不甘情不愿地打着仗，一边继续向皇帝请辞，皇帝的龙案上有一半都是他的请辞奏本。日子一久，皇帝终于忍无可忍，这才召集众臣于勤政殿商议此事。

天子盛怒之下，众人噤若寒蝉，谁都不敢去触这个霉头。

皇帝横眉冷竖，寒声道："朕已然驳了顾扶洲的折子，他还接二连三地跟朕说同一件事。如此狂妄，是真当朕舍不得动他吗！"

众臣心中叫苦不迭，西北战事正烈，这个关头确实不好动顾扶洲，可现在谁又敢和皇上说实话呢。最后还是太子站了出来。萧琤捡起散落一地的奏本，整理好放回案上，道："父皇息怒。儿臣以为，既然顾扶洲能赢，还是让他继续待在雍凉为好。如今正是用人之际，能用之人，自然要大用。"

皇帝重击桌案："他如此归心似箭，怎能替朕守好西北！"

"那就等他真的输了，再换人不迟。"

众臣交换着高深莫测的目光。兵部尚书道："如果顾大将军真的非回来不可，会不会故意输给敌军？"

萧琤勾唇一笑："若他故意战败，丢了城池，使得麾下将士伤亡不断，如何还能在军中立足？届时父皇要收回他手中的兵权，名正言顺，武将中还有谁会为他说话？"

皇帝缓缓在龙椅上坐下："这是个办法。"

"再者，顾扶洲如此迫切想要回到京城，想必不只是想养老那么简单。"萧琤道，"儿臣恳请父皇，派天机营好好查一查其中原因。"

皇帝颇感欣慰，揉着额角道："此事，就交由太子去办。"

萧琤见状，关切问道："父皇可是龙体欠安？"

皇帝闭目道："老毛病了，无妨。"

众人齐声道："望陛下保重龙体。"

皇帝挥挥手，示意他们退下。萧琤走出勤政殿，唤来薛英，问："父皇最近常有头疼？"

薛英道："可不是，陛下是在忧心西北战事啊。"

"那让褚正德给父皇看看。"

薛英道："奴才马上派人去。"

褚正德乃太医院副院判，已有六十五高龄，整个太医院就属他资历最老，却一直被林汝善压了一头，在副院判的位置上做了十年。

医术和诗词剑法一样，有不同的流派。褚正德和林汝善派系不同，政见不合已久，日积月累，心中对对方难免颇有微词。因为此层缘故，他对林汝善之子林清羽也没什么好脸色。

林清羽到太医院后，胡吉带着他一一见过同僚前辈。旁人不管心里怎么看，表面上都对他客客气气，唯独褚正德一上来便道："你就是写出时疫方子的那个黄口小儿？"

林清羽道："是。"

褚正德捋着须，摇头叹道："旁人想进太医院，少不得要寒窗苦读数十载，通过万里挑一的太医署考试，然后在太医署至少研习三年。你倒好，凭着一个不知真假的方子，考试也没参加，区区弱冠之龄就进了太医院……真是世风日下啊。"

胡吉道："褚太医此言差矣。自古英雄出少年，林院判入太医院时，也不过刚到二十。况且，林太医的方子并非不知真假，确实是对时疫有奇效的。"

褚正德冷笑一声，道："凡事都需循序渐进，越是有奇效，越要忧其害。我只怕林太医的方子就算治好了时疫，也会给病患带来不少祸根。"

林清羽道："有祸根的前提是，病患还活着。"

褚正德脸色一沉，正要再辩，就被勤政殿的小松子叫了去。胡吉道："褚太医就是这样，你别放在心上。"

林清羽点点头："毕竟做了十年的副院判，能理解。"

他之前听父亲提起过褚正德。林父认可褚正德的医术，也认为单论资历，应当褚正德坐院判的位置。但在十年前，褚正德奉命为一位宠妃保胎出了岔子。皇帝子嗣稀薄，又是宠爱的嫔妃怀孕，故而对此胎极为看重。怎料宠妃在褚正德的精心照料下还是莫名其妙地滑了胎。褚正德被问失责之罪，即便医术再如何高明，也永远只能是个副院判。

褚正德情绪都写在脸上，没什么可在意的，反而是那些表面上对他言笑晏晏、背地里不知道如何议论他的同僚，更值得他小心。

林清羽初来乍到，日子还算清闲。在太医院当值结束后，他从北门出了宫，来到太医署，直奔藏书楼。

　　此刻夜已深，藏书楼内空无一人，门口守着两个侍卫。皇帝许了林清羽自由出入太医署的资格，即便到了宵禁的时辰，侍卫还是给林清羽开了门，递上灯笼："林太医有何吩咐，唤我等便是。"

　　林清羽推门而入，一列列两层楼高的书架出现在他面前，一眼望不到头。传言，想要把太医署藏书楼的医书看完，需要数十年之久。林清羽举着灯笼，不过逛了两圈，就找到几本民间失传已久的前朝著作。

　　藏书楼的尽头有一扇上锁的铁门，铁门后面放着的应该是大瑜建朝来数百年的皇室脉案。藏书楼对面则是千草堂，无论想要什么奇珍异草都能在里面找到。

　　这就是集天下医学之大成的太医署。

　　林清羽在藏书楼待了一个时辰，出来时已经四更天。他想起自己有一味药在京中遍寻不得，便又去了趟千草堂。

　　他甫一进门，就瞧见堂内一人迎面走来。此人应该不是太医署学子，但看他步伐从容，也不像是偷盗之人。

　　那人也发现了他，沉声道："谁？"

　　林清羽只觉这人的声音有几分耳熟，随即，他闻到一股浓重的血腥味，就知此人受了重伤。

　　"太医院太医，林清羽。"

　　那人脚步蓦地一顿。林清羽抬起灯笼朝他看去，率先看到的是被血染透的黑衣和一把滴血的刀。

　　待看清那人的面容后，林清羽心中一动，道："是你。"

05.

　　这个一身染血、身受重伤的青年不是别人，正是萧玙身边的影卫沈淮识。

　　仔细一看，林清羽发现沈淮识的伤比他预料的还要严重：胸口一道深可见骨的刀痕最为致命，伤口隐隐发着黑。除此之外，还有其他大大小小的剑伤。寻常人伤成这样，早该因失血过多不省人事了，沈淮识还能若无其事地站在他面前，不愧是出自天机营的皇家暗卫。

林清羽和此人不过一面之缘。上次见面是在陆晚丞的灵堂之上，沈淮识一把长剑架在他肩头。换作是旁人如此对他，大抵会是他记仇名册的头名。但姓江的告诉过他，面前这个相貌平平的影卫，将来会是萧琤唯一的软肋。

沈淮识伤成这样，应该是去为他的主子办事，受伤后想来太医署拿些能止血的金疮药。他的目光在林清羽脸上停留许久，一言不发，手捂着胸前的刀伤，想要从林清羽身侧绕过去。

林清羽道："沈侍卫的伤，恐怕不是一两贴金疮药能治好的。"

沈淮识抿了抿唇，道："不劳林太医费心。"

"救死扶伤，医者天职。你最好趁现在中毒不深，把毒给解了，否则毒入心脉，武功尽废，你又如何继续为太子效力？"

听到最后一句话，沈淮识脸色有所松动。林清羽又道："你中的毒是西域的五毒散。我刚好知道如何解毒，要试试吗？"

沈淮识再如何武功高强，到底也是个人，撑了这么久已是强弩之末，若拒绝林清羽，他恐怕无法清醒地回到东宫，权衡再三，他道："多谢林太医。"

千草堂一隅亮起了灯。沈淮识脱下上衣，露出千疮百孔的胸膛和后背，上面新伤旧伤遍布，惨不忍睹。

林清羽游学时也曾为江湖中人治伤，习武者身上大多大小伤痕不断，沈淮识和那些武林中人相比，有过之而无不及，想来没少替他主子卖命。

林清羽为沈淮识清理好伤口，敷上解药："会有点疼。"

沈淮识摇了摇头，这点疼对他来说根本不算什么。林清羽如玉般的容颜就在他眼前，眼角那颗泪痣在烛光的映照下格外动人。

察觉到他的目光，林清羽眼睫抬起："你看我作甚？"

"林太医风华如月，天人之姿，难怪……"沈淮识声音很低，透着一股艳羡和自卑，"难怪殿下对你如此在意。"

林清羽停下手里的动作，端详着他："太子不是一直很看重你吗？"

沈淮识一阵错愕："你是怎么……"

"怎么知道的？"林清羽扫了眼沈淮识，"你身上的伤都是为太子而受，足以说明你在太子眼中的价值。"

沈淮识猛地站起身，眼神警惕起来："我和林太医素不相识，为何上回在南安侯府，林太医能叫出我的名字？"

林清羽答非所问："药还没上完。"

沈淮识知道林清羽不欲回答他，漠然道："我自己来便是。"

林清羽不再勉强，起身让到一旁。沈淮识有些伤在后背，他自己上药极是不便。林清羽见他动作艰难，冷笑一声，道："你在此处受尽苦楚，太子呢？或许正搂着佳人逍遥快活呢。"

沈淮识闻言，整个人都僵住了，沉默片刻后方低声道："他是太子，想要什么都可以，天下诸人皆为他所用——包括你，林太医不如早些归顺太子。"

林清羽笑了笑："也是。"

沈淮识只觉得林太医的笑，带着悲天悯人的味道，有种说不清的神韵。能让太子真正看在眼里的，大概只有这种才俊吧。

沈淮识草草地上完药，再次向林清羽道谢："天黑路暗，林太医回府路上小心，在下告辞。"

林清羽道："药效过后，你来太医院找我，我替你换药。"

"不可。"沈淮识道，"影卫受伤，知道的人越少越好。"

"那换我去东宫找你。"林清羽说完，俯身将烛火吹灭，千草堂重新陷入黑暗。

一连几日，林清羽都未在太医院见到褚正德。圣上头风加重，已经到了无法上朝的地步，褚正德随侍圣驾，一直在勤政殿待命。胡吉说起此事时，林清羽正在捣药。他目前只是个七品医官，相比出诊，他留在太医院配药的时间会多一些。

林清羽问："圣上头风犯得频繁吗？"

胡吉道："圣上一旦操劳国事过度就会犯头风，这次算厉害的了，朝政也理不了，只能让太子监国。"

皇帝年纪大了，又有头风这种无法治愈的顽疾，日后萧琤监国的时日只怕会越来越多。

林清羽将捣好的药放入医箱："我出去一趟。"

萧琤生性多疑，东宫亦是戒备森严，纵使林清羽穿着官服，背着医箱，一看便知是个太医，仍被东宫侍卫拦下："我等未曾接到殿下宣太医的消息，林太医请回吧。"

林清羽道："我不是来替殿下诊治的。"

"无论你是替谁诊治的，没有殿下口谕，都不得入东宫半步。"

果然，萧琤防备心之强，不是南安侯府那些蠢货能比的。林清羽正想着该如何是好，就听见有人唤他："林太医。"

养了一阵，沈淮识的脸色比上回好看了不少。两个侍卫见到他，拱手行礼道："沈大人。"

"林太医是来找我的。"沈淮识道，"我会带他去我屋中。"

"有沈大人在，我等自然放心。"侍卫说着，给林清羽让开了道。

由此可见，萧琤对沈淮识确实不同于旁人。或许还没到极其重视的地步，但至少是信任的。

林清羽跟着沈淮识来到后殿一间房前，沈淮识推开门，道："林太医请。"

屋内简朴素净，一件多余的物件都没有，说明屋子的主人谨慎低调，鲜少归来，沈淮识给林清羽倒了杯粗茶："我没想到你真的会来。"

"为何？"

沈淮识犹豫片刻，道："没人会在乎影卫身上的伤。"

林清羽也不在乎，他接近沈淮识不过是因为想要他主子的命而已。

"既然如此，你可以自己在乎。"林清羽打开医箱，"别总想着太子，也对自己好一点。"

沈淮识垂眸道："可是我的命，就是太子给的。"他的视线正巧落在林清羽的医箱背面，面色骤然一变，猛地抓住林清羽挡在前面的手腕，"你为何会知道沈家的暗号？"

林清羽蹙眉道："暗号？"

"这个。"沈淮识指着医箱角落刻着的奇怪花纹，声音微颤，"你怎么会知道……"

林清羽静默不语，他不知道，知道的是那个人。所以，这便是那人送他医箱的理由？为了拿捏沈淮识？

林清羽镇定道："你先松手。"

两人各怀心思，未曾注意到门外越来越近的脚步声，只听"砰"的一声，门从外面被推开，身着朝服的萧琤大步而入，看到两人，危险地眯起眼睛："看来孤来的不是时候。"

沈淮识回过神，跪地行礼："殿下。"

萧琤没理会他，就让他跪着："小清羽怎么在这儿？孤不去找你，你倒自己送上门来了。只不过，你是不是走错地方了？孤可不在这里。"

林清羽道："下官既是太医，来沈侍卫处自然是给他治伤的。"

"伤？"萧琤终于正眼看向沈淮识，"你受伤了？"

沈淮识低着头，道："一些小伤罢了……是属下无能。"

"你确实无能。"萧琤转了转手上的玉扳指，"一点小事就能让你伤到，孤要你何用，还不退下。"

沈淮识看了眼林清羽，嘴唇抖动："殿下，这恐怕不妥。"

萧琤盯着林清羽的眼睛，笑道："怎么，孤就是想在你的屋子里和小清羽好好聊聊，有何不妥？"

林清羽藏在官服袖摆中的手攥紧成拳，淡淡道："殿下这么悠闲，是西北又大捷了吗？"

提到西北，萧琤自然而然地想起了顾扶洲，也想起了眼前的林清羽现在是顾扶洲的义弟。他眼中流露出一丝不甘，正要说话，一个太监急急来禀："殿下，雍凉八百里急报到了，诸位大臣都在勤政殿等您呢。"

国事要紧，萧琤分得清孰轻孰重，他转头看了沈淮识一眼，道："今日由你当值，过来。"说罢，拂袖而去。

沈淮识摇摇晃晃地站起身，眼神复杂地看了林清羽一眼，跟了上去。太监道："林太医也请回吧。"

沈淮识说得对，他逃得过初一，逃不过十五。只有萧琤永远消失，他才能彻底放心。

萧琤走进勤政殿，挥手免了众臣的礼："怎么，是顾扶洲又来请辞了？"

"回殿下，自从上回陛下和他说'打了败仗'再回来，顾大将军已经不再提请辞一事了。"兵部尚书道，"此次，他在奏本上言，他截获了熙夏军送往熙夏国都的一封密函。密函上有一句暗语，他怀疑其中隐藏着熙夏的军机要密。但征西军中无人能看懂，顾大将军想让陛下广而告之，在京城寻找有才之人，为他破解此道暗语。"

"还有这种事。"萧琤将信将疑，"是什么暗语？说来听听。"

兵部尚书清了清嗓子，郑重念道："奇变偶不变。"

06.

"奇变偶不变……奇变偶不变……"萧琤默念着所谓的熙夏暗语，一时间头绪全无,"你们看到奏本也有一时了,有想法就说。"

丞相大人深思:"'奇'也,'偶'之对。'奇'变,'偶'却不变……臣以为,这是在暗指熙夏军行军的时间:奇数日行,偶数日停。"

兵部尚书熟虑:"这个'变'字尤其值得商榷。臣倒是觉得,此为阵法的变化,熙夏恐怕要用一种变化多端的阵法奇袭我军。"

太子洗马沉吟:"奇偶之说常用于数理之中。臣觉得,这句话是在暗指某个数理之法。"

户部侍郎不敢苟同,质疑道:"数理之法和行军打仗又有何关系?"

几人讨论了半日,每个人的说法都有些许牵强之处,无法全然说服他人。萧玚不动声色地看着群臣争论,等他们安静下来,方慢悠悠道:"说完了?"

丞相大人恭敬问道:"敢问太子殿下有何高见。"

萧玚慢条斯理地吹着茶盏上的雾气,道:"顾扶洲说这是熙夏暗语,你们就信了?"

众人面面相觑,谎报军情可是欺君大罪,以顾大将军的为人,如何会做出这等事?

兵部尚书试探道:"殿下的意思是?"

萧玚放下茶盏:"近三个月来,顾扶洲性情大变,行为举止多有可疑之处。前阵子吵着闹着要回京,今日又弄出一个莫名其妙的熙夏暗语来。"萧玚眼眸微眯,"孤在想,这个暗语,会不会和他致力回京的缘由有关。"

太子洗马道:"经殿下这么一说,臣也觉得有不妥之处。'奇变偶不变'五字若真是熙夏军机要秘,又如何能'广而告之'。即便是在天子脚下的京城,也难免会有敌国细作。顾大将军要我等这么做,就不怕打草惊蛇吗?"

"顾大将军到底是个武将,急于求胜,有所疏漏也是正常的。"丞相大人道,"太子殿下,西北战事胶着,暗语一事是宁可信其有不可信其无啊。依臣之见,此暗语还是要解的。"

萧玚勾唇冷笑:"解自然要解,毕竟孤也很想知道,顾扶洲葫芦里到底卖的什么药。但不能按照他的心意去解。"萧玚想了想,道,"'广而告之'就免了,去把翰林院那帮学士找来,让他们在勤政殿偏殿慢慢解,解不出来就在里面一直待着。另外,孤也不希望无关人等知晓这道暗语,你们可明白?"

翰林院的学士是万里挑一的人才,若他们都解不出来,民间的普通人又如何会知道。兵部尚书盛赞道:"殿下英明。"

次日，位于皇宫西门的翰林院突然不见了一批学士，除了他们自己，没人知道那些人干什么去了。和翰林院相比，太医院则一切如常。

来太医院请太医的多是各宫派来的宫女、太监，光是看他们的穿着和架势，就能看出他们主子在宫中的地位。比如今日来的一位宫女，衣着不算特别华丽，但姿态大方，颇有气质，太医院的太监对她也格外热络，此人是凤仪宫的宫女绿腰。

绿腰一进太医院的门，褚正德便站了起来："绿腰姑娘来此，可是皇后凤体有恙？待老夫收拾片刻，马上就去凤仪宫。"

"褚太医不必麻烦。"在诸多当值的太医中，绿腰一眼就看到了那个最惹眼的，"皇后娘娘点名要林太医为她请平安脉。"

褚正德脑袋一甩，猛地看向林清羽，气得胡子乱抖："他？一个刚进太医院的七品医官，如何能照料皇后的凤体？！"

林清羽扫了褚正德一眼，背起医箱。这老头儿也太没脑子了，皇后找他肯定不是请平安脉，若他没猜错，应该是为了陆晚丞。

绿腰漠然道："这我就不知道了。林太医请随我去凤仪宫吧。"

褚正德瞪着林清羽离开的背影，胡子几乎快冒烟："毫无礼数！"

林清羽到了凤仪宫，给皇后请了安。他跪在地上，正要打开医箱，就听见皇后道："不必麻烦，本宫今日找你不是为了这个——平身吧。"

林清羽站起身，皇后上下打量着他，欣慰道："你穿这身官服倒是好看得紧。"

林清羽垂眸道："娘娘过誉。"

"你在太医院一切可好？"

"尚可，谢娘娘关怀。"

"晚丞的遗书本宫看过了。"皇后一脸怅然，"他字字不离你，言辞恳切，只求本宫还你自由之身，本宫这个做姨母的又岂能拒绝。当然，也是你自己有本事，否则也进不了太医院。"

林清羽没有太多和皇后交谈的兴致，静立不语。皇后长叹一声，道："晚丞在天之灵看到你如今的模样，应该也会倍感欣慰吧——算一算，晚丞走了也有三个多月了。"

林清羽眼睫轻轻一颤："是。还有三日，就到百日了。"

"日子过得真快啊。"皇后伤感道，"本宫命人在长生寺为晚丞点了一盏长明灯，你若得空，就去寺里给他添添香火吧。"

林清羽行礼道："微臣领命。"

两日后，林清羽趁着休沐，带着欢瞳来到长生寺。人间四月芳菲尽，山寺桃花始盛开。三月已逝，漫长的冬日总算过去了。去年今日，也是那个人最有生机的时候。

长生寺偏殿供奉着陆晚丞的牌位。林清羽从长明灯上借火点燃三炷香，躬身朝拜三次，将香插在牌位前。

"林太医。"

林清羽转过身，看到来人并不惊讶："沈侍卫。"

沈淮识还是那身黑色劲装，腰间佩剑。只要不在萧玿身边，不在宫里，在林清羽眼中，沈淮识就称得上器宇轩昂。

"林太医似乎预料到我会来。"

"我只猜到你会来找我，并不知你会今日来长生寺找我。"林清羽淡淡道，"看来，沈侍卫一直在跟踪我。"

"我……我也不想。"沈淮识低声道，"但在宫里交谈始终不便，我只能在宫外寻找机会，抱歉。"他走到长明灯前，看着陆晚丞的牌位道，"林太医痛失知己，这份悲痛，是不是很难排解？"

"还好，给自己找点事即可。"

沈淮识惨然笑道："如果人人都像林太医一般豁达，世上也不会有那么多痴男怨女了。"

林清羽没耐心和沈淮识在这伤春悲秋："你来找我，是为了我医箱上的记号？"

沈淮识点点头："那是沈家天狱门中人才知道的机关暗号。可如今，天狱门只剩下我一人……"沈淮识喉结滚了滚，"林太医是如何知道它的？"

既然这些都是姓江的一手策划，他也没隐瞒的必要："我不知道。这个医箱，是陆晚丞赠予我的。"

"陆小侯爷？他又是如何……"沈淮识皱眉沉思片刻，"林太医，那个医箱现在在何处？"

"我几乎随身携带，就在马车上。"

林清羽让欢瞳取来医箱。沈淮识手指抚过那个奇特的记号，问："林太医，我可否把它拆开一看？"

林清羽稍作犹豫，道："请便。"

沈淮识把医箱中的东西悉数拿出。只见数道极快的剑光之后，红木医箱表面上出现无数裂痕，再听"砰"的一声，便崩裂而开。

在无数木屑之中，露出了一抹翠绿。沈淮识呼吸一颤，将那抹翠绿拿起——那是一块玉牌，玉牌的一面，刻着"天狱"二字。

"怎么会……"沈淮识低声喃喃，"天狱门人身死，玉牌俱毁……难道有人还活着？"

林清羽道："玉牌的后面还有一行小字。"看小字的刻痕，应该是最近才刻上去的。

沈淮识翻过一看："徐州，遂城……"

林清羽若有所思："徐州吗？"

姓江的想要引沈淮识去徐州，找这个玉牌的主人？

林清羽问："你要去吗？"

沈淮识毫不犹豫："当然！"

林清羽哂道："身为影卫，你的武功固然高强，心思倒如孩童般单纯。你就那么信任小侯爷？"一直被人牵着鼻子走，难怪会对萧琤死心塌地。姓江的大概也是知道这一点才会这么做。

沈淮识胸口剧烈起伏，眼眶微红道："只要有一丝希望，我定……定要……"

"你打算何时去？"林清羽道，"太子会放你走？"

沈淮识眼中流露出一丝茫然，很快又被坚定取代："我会想办法。"

天狱门……他之前听都没听说过，不过看沈淮识魂不守舍的模样，现下也不是刨根问底的好时机。

"你想到办法告知我一声。"林清羽道，"我也想去徐州看看，陆晚丞到底在打什么主意。"

沈淮识紧握着那枚玉牌，哑声道："好。"

林清羽走出长生寺时，天色已近黄昏。夕阳如火焰般跳跃，等它烧尽，这一日也快过去了。他正要上马车，一个小僧叫住他："林施主。"

林清羽记得这个小僧，上一回他和姓江的一道来长生寺，便是此人把姓江的请去见徐君愿。

徐君愿……林清羽心中一动，问："可是国师找我？"

"国师尚在闭关，不见旁人。"小僧道，"不过他在闭关之前，命小僧转交一物给林施主。"说着，小僧从怀中掏出一枚锦囊，"林施主，请。"

林清羽接过锦囊打开，里头装着的是一张字条，字条上面写着十个字，是生辰八字和一个名字。

"这是……"

看着那人熟悉的字迹，林清羽眼睛被风吹得有些干涩。他刚才还在笑沈淮识的失态，可现在，他的手怎么也抖了起来。

在那个人离开的第九十九日，他终于知晓了那个人真正的名字。

没想到那条怎么都睡不够的"咸鱼"，居然会叫这个名字。

07.

回到家中，林清羽独自去了灵堂。灵堂中只供奉着一人的牌位。他看着刻得粗糙的"江大壮"三字，茕茕孑立，久久出神。

"你告诉徐君愿，却不告诉我。"林清羽轻声道，"你说你是不是浑蛋。"

暖风吹过，无人应他。

敲门声响起，欢瞳在外面道："少爷，张管事来了。"

林清羽出去前，又对着牌位说了一句："但只要你能准时回来，我也不骂你了。"

张世全是林清羽叫来的，他不知林清羽晚上找他有何事，便先把南安侯府的近况如实禀告。短短一月，侯府发生了翻天覆地的变化，不再死气沉沉，只因为潘氏有喜了。

这是林清羽未曾想到的，是他低估南安侯了，心境被摧残成那样，还要挣扎地爬起来给自己留个后。

"大夫替潘姨娘诊出喜脉后，侯爷的病可以说是不药而愈，现下已经不用卧床，想来不久后也能重归朝堂了。"

"他想重归朝堂，可如今的朝堂却未必还有他的位置。"说完此事，林清羽言归正传，"你在徐州的那几个月，除了替我查私盐之事，也替小侯爷办了不少事吧。"

张世全愣了愣，苦笑道："什么都瞒不过少爷。"

"说说。"

张世全道："小侯爷让我在徐州的遂城找一个人，再想办法从他手上拿到一个信物。"

林清羽问:"那个人是谁?"

"我只知道他化名朱永新,是一个屠夫。至于此人的真实身份和真实姓名恐怕只有小侯爷知道了。"

林清羽颔首道:"辛苦了,待会你去库房拿点补药回去送给潘姨娘。"

张世全道:"是,少爷。"

次日清晨,林清羽从醒来开始,就觉得胸口空荡荡的,好像丢了什么重要的东西。花露进屋看到林清羽坐在床边发呆,唤了声:"少爷?"

林清羽突然道:"今日回林府。"

他搬家的事,未必所有人都知道。

到了林府,林清羽陪林母用过饭后,便一直待在书房里。林母看出他心情不好,拦下想去黏着兄长的林清鹤:"你哥哥想自己待着。"

林清羽一人独坐,从白天到黑夜,直到华灯初上,欢瞳进来提醒他:"少爷,您该进宫了。"

今晚,林清羽要在太医院当值六个时辰。

林清羽问他:"什么时辰了?"

欢瞳应道:"已经戌时了。"

"那离子时还有……"林清羽不说话了,敛了敛神,道,"替我更衣吧。"

夜幕高举,宫门落钥。太医院晚上当值的太医,大多都是资历尚浅的小太医,只有一两个老太医坐镇。

胡吉正对着方子配药,有一味药他拿不准剂量,抬头问身边的林清羽:"林太医,这苏合香少一分会不会好些……林太医?"

林清羽回过神,道:"什么?"

胡吉放下方子,问:"你这几日是有什么心事吗?我觉得你总心不在焉的。"

林清羽按了按眉心:"无事。"

"你有事一定要告诉我,"胡吉诚恳道,"我可以……"

胡吉话未说完,院外传来一个慌慌张张的声音:"胡太医!胡太医在吗?!"

来人是勤政殿的洒扫小太监,名叫小福子。他半夜来太医院是因为有个和他同住一屋的太监忽然犯了急病,腹痛难忍,吐得天昏地暗、神志不清。他们做太监的，病了也无人在乎，只有胡太医会为他们尽心诊治。

胡太医二话不说地收拾东西："我马上就去。"

林清羽道："你还要为陈贵妃配养颜丸，我去吧。"

胡太医诧异道："你愿意去吗？"

林清羽点点头，他想为自己找点事情做，唯有面对病患时，他能得到短暂的平静。

小福子只信任胡吉，闻言有些不安："胡太医不去了吗？"

胡吉笑道："放心吧，林太医的医术在我之上，有他在绝对没问题。你不知道吗，时疫的药方便是林太医配出来的。"

小福子眼睛一亮："真的？谢谢林太医！"

林清羽道："带路吧。"

林清羽跟着小福子来到太监住的司礼监。气势恢宏的皇宫另一面，就是这些七八人挤在一间房的太监。他到的这间房还算好的，里头住的都是勤政殿伺候的太监，圣上身边的人，至少身上干净无异味，做最下等苦役的太监，往往身上会有很重的酸味。

经过林清羽诊治，犯病的太监是吃坏了东西。林清羽给他开了一剂催吐药，让他把胃里的东西都吐出来，再喝上几日养胃药，便可痊愈。

小福子连声道谢："我送林太医回太医院吧。"

林清羽道："不必。"

"可是已经到子时，天黑不好走路。"

林清羽怔了怔："已经子时了吗……"

小福子道："是啊。"

林清羽心里最后一块，也空了。

这一日，终究还是过去了，那个人还是没有出现。此事何其罕见，在那个人之前，他闻所未闻。能经历一次已是匪夷所思，哪还有第二次。没了就是没了。没了之后，就什么都没有了。

他居然相信了那个人的鬼话，好蠢。

林清羽目光盯着一处看了许久，忽然闭上了眼，仿佛这样就能逃避些什么。之后，他背起崭新的医箱道："我……我自己可以。"

他走到房门口时，睡在一边的太监在熟睡中翻了个身，模糊不清地呓语："奇变偶不变……奇变偶……"

林清羽蓦地顿住,难以置信地低下头,死死盯着那个面容清秀的小太监。睡梦中的小太监浑然不觉,嘴里仍然叨着那句话:"奇变偶不变……"

林清羽瞳孔猛然收缩,身体从头到脚都发着麻,他再顾不上其他,一把揪起太监的衣领,将人抓了起来。

小太监睡眼惺忪,茫茫然地看着林清羽:"我这是梦见仙人了……"

林清羽大脑一阵空白,本能地说出在心里默念过无数次的五个字:"符号看象限?"

太监更加茫然了:"什么?"

林清羽百感交集,一时之间不知该说些什么。他朝太监的身下看去,颤声道:"是你吗?"

"林太医?"小福子想要拉住他,又觉得自己的手不配碰到这样的清贵太医,"林太医,这是勤政殿的小松子,您找他有事吗?"

林清羽恍惚了一阵,理智渐渐回笼,那个人若在宫里,早就来找他了。小松子知道这句话,很可能是别人告诉他的。

林清羽手上忽然发狠,厉声道:"你是从哪儿听来这句话的?"

小松子被揪着衣领,几乎快喘不过气来:"哪……哪句话啊……"

"奇变偶不变!"

"我不知道啊,我什么都不知道。"小松子脸涨得通红,"我只是听关在勤政殿的学士们老念叨这句话,从早念到晚,和念经似的,我不知不觉就背下来了……"

林清羽缓缓松开手,心绪无比纷杂,失而复得的惊喜和不明真相的忐忑同时并存。但现在不是惊喜也不是忐忑的时候,他必须冷静下来,探得更多的消息。

小松子此人,胡吉和他提过多次,他们很多消息都是从他那儿听来的。据胡吉所言,小松子心思单纯,懂得知恩图报,是个可信之人。若小松子所言非虚,那翰林院的学士又是怎么知道这句话的?

林清羽脸色稍霁,问:"你在勤政殿还听到了什么?"

小松子缓着气道:"就这些了。勤政殿偏殿的门一直关着,谁都出不来,我能进去是因为每日要给他们送三次饭……哦,对了,我还听到他们提到了好几次熙夏什么的。"

林清羽又问:"翰林院的学士是从什么开始被关在勤政殿的?"

"三五日前。我也不知道他们究竟在做什么。"

如今圣上病重,太子监国,众学士齐聚勤政殿,定然是受了萧琤之命。那么,消息的源头是萧琤?萧琤又是从熙夏那边得知的?

无论如何,那个人还活着,有可能身在熙夏,或是大瑜边陲。熙夏和大瑜边陲战乱不断,那个人或许是知道自己无法准时回来,才出此下策。

他还活着,却迟迟没有来找自己,而是不知道用了什么方法将暗号传到了京城,足以说明他现在要么无法脱身,要么必须隐藏身份。他让萧琤知道这个暗号,不是要自己回应,只是想通过萧琤的口,传递他尚在人世的事实。

既然如此,他也不该暴露,至少不能在萧琤面前回应这道暗语。林清羽沉思许久,剧烈跳动的心总算平静了下来。他对小松子说:"此事,我欠你一个人情。"

小松子不好意思地笑笑:"林太医是胡太医的朋友,又愿意来太监住的地方给我们治病。我们也不知道该怎么回报你们,只能给你们透露一些无关紧要的小道消息了。"

林清羽忽然觉得,偶尔当个好人,似乎也不错。

08.

林清羽让小松子多帮他留意勤政殿的情况,但小松子也仅仅是个送饭的太监,每日在勤政殿停留的时间很短,能得到的消息也有限。

林清羽将这些零零散散的线索拼凑起来,唯一能确定的是,"奇变偶不变"这句话从雍凉而来,萧琤召集翰林院学士在勤政殿,就是为了破译这句暗号。

他动过去雍凉找人的念头,但冷静一想,这显然不是明智之举。别说雍凉离京城路途遥远,一来一回少说要一个月,就算他真的去了,没有线索也无异于大海捞针,还不如留在宫中,或多或少还能找到一些蛛丝马迹。

这时候林清羽反而不急了,知道那个人活着便好,即便处境再怎么艰难,但只要活着,他们就有重逢之日。更何况,他早就吃透了那人的性子,懒归懒,但论心机城府,自己都未必是他的对手。他相信,那个人会想尽一切办法找到他。他哪儿都不用去,只需在原地等他。

也不知……那人如今是何模样。是老是少,是男是女,是美是丑。姓江的曾经还给京城的美男排过名。陆晚丞已算是世间少有的俊美贵公子,他的容貌却也不及姓江的本人的容貌。姓江的入梦那次，还要在林清羽面前强调这一点，说明他对自己的长相甚是满意。若这次成了一个丑八怪，姓江的八成会气得吐血，怕是也没脸出现在他面前。

万一要是成了个女子，以他的性格，大概纠结痛苦一阵后也就淡定接受了，说不定还会找个能让他躺平吃喝的男人把自己嫁出去。

思及此，林清羽浅浅一笑，看得一旁的胡吉不禁失神了一会儿。

胡吉不禁问道："林太医，什么事这么高兴啊？"

林清羽嘴角微扬："想起我脱离侯府，恢复自由身许久，难道不值得开心吗？"

"这……"胡吉连忙收回目光，不敢再看他。

两人正说着话，身后传来一个声音，阴阳怪气道："当值期间，是让你等闲聊的？！"

说话者自然是褚正德。自从上回林清羽被叫去凤仪宫，褚正德看他就越发不顺眼，连带着对和他走得近的胡吉也没什么好脸色。

太医院乃论资排辈之地，他们是院判下属，对褚正德自然不能明目张胆地抵抗。胡吉讪讪地闭上了嘴，林清羽心情好，也懒得和他过多计较。

不多时，一个东宫的太监来到太医院，称太子殿下偶感不适，传林清羽林太医去东宫为其诊治。

第一回尚且能忍，第二回是忍无可忍。褚正德恼羞成怒道："这东宫尊体向来是老夫看顾，再不济也是胡吉。林清羽才疏学浅，殿下怎会点名让他去诊治？"皇后和太子接连越过他去找林清羽，是在打他的脸吗？

林清羽淡然道："褚太医似乎很想去给太子诊治。这个福气，褚太医若是想要，我给你便是。"

东宫太监冷道："殿下的心意哪是旁人可揣测的，我等只须听命便是。难不成褚太医要抗命不成？"

褚正德一跺脚："简直岂有此理！"

胡吉隐约知道太子对林清羽的心思，担忧道："林太医，你千万要当心啊。"

"无妨。"林清羽将一瓷瓶放进袖中，"太子顾忌着顾大将军，应该不会对我怎么样。"

话虽如此，他和顾扶洲素未谋面，顾扶洲也只是因为他父亲对其有救命之恩才认了这个义父。顾扶洲远在雍凉，却能几次靠着威名护佑他，让萧琤暂时动不了他，这份恩情，亦值得他当面重谢。

到了东宫，林清羽跟着太监来到供主子休憩的偏殿："林太医，请。"

林清羽走进殿内，看见里头犹如狂风过境，一片狼藉之中摆着一张酒案，上头放满了喝空的酒壶。萧琤侧躺在酒案后，仰着脖子往嘴里灌酒，看起来"油腻"又凄惘。

林清羽按照规矩跪地行礼："参见殿下。"

萧琤将酒壶丢开，摇摇晃晃站起身，居高临下地看着他："来了，你可让孤好等。"

"微臣不敢。"

"你有何不敢，孤看你胆子大得很。"萧琤看了他一阵，眼中渐渐变得迷惘，"你这双眼睛……生得甚好。"

林清羽胃里泛起阵阵恶心，偏头躲开萧琤。萧琤如遭重击，似乎看清了眼前人非心中人："静淳从来不会用这种眼神看孤，"萧琤嘴角勾起一抹残忍的弧度，"你若是瞎了，是不是就会像静淳一样，眼里只透着天真和无邪？

"小清羽，孤给过你机会。孤是太子，是储君，只要你乖乖听话，跟随孤，等孤登基后便允你太医院院判之位，你还有什么不满足？"

"殿下喝多了。"林清羽道，"微臣给你开一个醒酒的方子。"

萧琤怒吼道："你看着孤！"

"若无其他事，微臣告退。"

萧琤陡然抓住他的手臂，两眼怒睁，凶狠道："孤是太子，孤即便是杀了你又能如何！是，你是顾扶洲的义弟，可顾扶洲难道会为了一个半路认的兄弟，和孤过不去？！"

林清羽眼眸一暗，竟笑出了声："那你试试。"

他或许逃不过此劫，但萧琤也别想活着离开东宫。可惜了，他要和萧琤同归于尽。他突然想起了姓江的之前说过的话："林清羽……那个死在东宫的俊美太医？"

原来如此。原来，这就是他的结局吗？

萧琤目光锁着他的脸，没有松手，也没有进一步的举动。就在这时，一个身影走了进来。

是沈淮识。

除非主上有难，影卫不得轻易现身。萧琤眯起眼睛，寒声道："你来做什么？"

沈淮识扑通一声跪在地上，脑袋重重磕下："求殿下……放过林太医。"

萧玚观察着两人的神色，突然古怪地笑了声："你再说一遍。"

沈淮识道："殿下酒后失控，若在清醒时，断然不会如此。"

"你替他求情？你居然替他求情！"萧玚的笑声越来越大，"孤总算明白了，小清羽怎么那么好心给你包扎上药，哈哈哈……"

沈淮识声音发颤："属下知道，今日是静淳郡主的生辰，殿下每年这个时候都……"

萧玚神色狰狞，一脚踹过去，大吼道："闭嘴！"

林清羽紧紧攥着衣袖中的药瓶，强迫自己在这种情况下冷静思考对策。沈淮识武功高强，他手里有药，若沈淮识愿意配合，他们或许可以……

这时候，外头传来通传声："贵妃娘娘驾到——"

萧玚一顿，厉声问道："母妃为何突然来了？"

"贵妃娘娘听闻殿下抱恙，还去太医院请了太医，特来探望殿下。"

"母妃怎会如此小题大做？"萧玚看向林清羽，眼中暗藏凶光，"可是有人在她面前说了什么不该说的话？"

林清羽将药瓶塞回袖中，冷静道："微臣不知。"

酒意下头，萧玚恢复了几分清醒，他看向倒在地上的沈淮识，眼中闪过一丝异色："命人煮杯醒酒汤来。"

沈淮识慌忙从地上爬了起来，低着头道："是。"

林清羽毫发无损地走出了东宫，在无人的角落里缓缓沉下一口气。他忍不住想，若顾扶洲没有认他父亲做义父，若他和沈淮识没有结识，他今日还会这么幸运吗？

没有顾扶洲，萧玚不会有那片刻的犹豫；没有他故意的接近，沈淮识不但不会为他求情，还会在他对萧玚下手的时候现身，旧戏重演，将那把刀架在他的脖子上。

他或许会死在东宫，死在沈淮识的刀下。冥冥之中，就好像……好像是有一双手，将他从天命的结局拉了出来。

林清羽抬头看着西北方的苍穹，轻声道："是你吗，江大壮？"劫后余生，他像突然没了力气，靠着宫墙缓缓蹲下："这一切，你究竟还知道多少啊？"

是夜，勤政殿灯火通明，内阁大臣围着一封刚到的西北急奏，个个面色凝重。萧玚指尖敲打着桌案，心浮气躁，额角也因饮酒隐隐发痛。

不多时，褚正德在小松子的带领下走了进来："参见太子殿下。"

萧玚废话不多说："孤问你，你可知一种叫'天蛛'的毒？"

"回殿下，这是一种出自北境的奇毒。中毒者若无解药，五脏六腑将被毒气侵袭，直至衰竭而亡。"

"那天蛛可有解法？"

"有，但解法极其复杂。"褚正德知无不言，"要用北境的千年雪莲作为药引，再用太医署千草堂独有的暖玉臼捣成粉末，并在药成后即刻给中毒者服药，方能解毒。"

萧玚道："你的意思是，这毒，只有在太医署能解？"

"正是。"

"行了，你退下吧。"

待褚正德退下后，萧玚沉声道："人在雍凉，竟会中北境的毒，你们不觉得奇怪吗？"

丞相大人道："殿下，天机营已证实中毒确有其事。无论他是如何中的毒，当务之急，还是得先把这毒给解了啊。"

萧玚脸色难看，百般不愿，却不得不妥协，咬牙切齿道："传孤的旨意，准顾扶洲即刻回京。"

第七章
再世相逢

01.

顾扶洲即将回京的消息由小松子口中传到了林清羽耳中。林清羽和萧琤有着同样的疑问，认为此事有太多蹊跷之处。

从几人的对话中，虽然能看出顾扶洲是因为中了天蛛之毒，才得到了返京的允准，可如今圣上病得神志不清，顾扶洲到底能不能回京全看萧琤如何想。

数月前，顾扶洲连发多道奏本请求回京，均被圣上、太子置之不理。但此次的情况截然不同，顾扶洲乃军心之所向，朝廷再如何忌惮他手中的兵权，也不能让他在这个节骨眼儿上中毒身亡。倘若他们不准顾扶洲回京，明明有解毒的法子却任其毒发而亡，顾扶洲手下的三十万大军轻则对朝廷丧失信心，重则倒戈相向也未可知。

可为何偏偏是天蛛之毒？若和上回一样，是熙夏动的手，熙夏为何要用来自北境的慢毒，直接用见血封喉的剧毒，岂不更省事？

他能想到的，萧琤肯定也能到。然事已至此，萧琤为了顾全大局，即便知道其中有隐情，也不得不下旨准顾扶洲回京。

无论如何，顾扶洲能回来于他而言都不是件坏事。顾扶洲回来，他父亲定然随行。林父一走便是半年，这下他们一家四口总算能团聚了。

顾扶洲此次回京，目的是解毒。为了稳定局势，朝廷决定秘而不发，让顾扶洲秘密返回，宫中除了内阁重臣，暂时只有太医院知晓此事。

消息传到雍凉八百里加急需要十天，再到顾扶洲抵达京城，至少还要再等大半个月的时间。太医院要在这大半月内，准备好天蛛的解药。

自那日从东宫回府，林清羽便毫无预兆地发起了高热。他强撑着为自己开了方子，让花露照方抓药，又命欢瞳去太医署为自己告假，之后便沉沉睡去。病来如山倒，林清羽睡得昏昏沉沉，不知白天黑夜。恍惚中，他听见有人在唤他的名字："清羽，清羽……"

语气悠然带笑，甚是惬意。

林清羽想回应他，却怎么也睁不开眼，身上像被压了一块重石，动动手指都费劲，喉间也干渴得发不出声来。奇怪的是，他明明闭着眼，竟还能看到一个模糊的人影。接着那一声声"清羽"陡然变了调，成了另一个男人的声音："林太医。"

林清羽终于用力地睁开眼，看清了他床边站着的人，哑声道："沈侍卫？"

"是我。"沈淮识递来一杯茶，"还好吗？你看上去脸色很差。"

凉茶入喉，林清羽逐渐清醒了过来。日有所思，夜有所梦，他这是做梦了。林清羽用手背探了探自己的额头，高热已转为低热，他身上也恢复了一些力气。

"你为何会出现在我府上？"

"我听太医院的人说你因病告假……"沈淮识局促道，"我是来探病的。"

"半夜三更，招呼不打一声站在病人床头。你们影卫都是这样探病的？"

沈淮识情绪低落："我不能让别人发现，只能出此下策。"

以沈淮识的身手，别说区区一个林府，让他夜闯皇宫都未必会被人发现。林清羽嗤道："确实不能被太子发现，否则他又要犯病发狂，牵连无辜之人。"

沈淮识的脸因羞愧涨得通红："殿下酒后冲动，我……我替他向你道歉。"

林清羽仿佛听到了什么惊天大笑话："你替他道歉？你是他什么人，凭什么替他道歉？"

沈淮识神色僵硬："别……别说了。"

"不想听这些你就滚。"林清羽眼底生出几分冷意，"我对看人作践自己没兴趣。"

沈淮识若一直执迷不悟地犯贱下去，对萧琤死心塌地，又怎么能替他林清羽办事？枉费他花时间给沈淮识解毒治伤。

沈淮识沉默许久，轻声道："我、静淳，还有殿下，三人自幼相识。静淳性格天真烂漫，不谙世事，虽然是个宫女，却总是娇娇气气的，一遇到委屈就哭鼻子。

静淳一哭，殿下就会去哄。我不会哄人，只能在天狱门把武功练好，想着这样就能永远护着静淳和殿下。后来……静淳被北境王看中，静淳不想嫁，哭着求殿下救自己，但圣旨已下，即便是殿下也无能为力。这是殿下的一块心病，从那以后，殿下每每遇到有关静淳的事，就会变得性情暴戾，喜怒无常。"沈淮识抬头看向林清羽的眼睛，"林太医，你的眼睛真的太像静淳了，所以殿下会一时没控制住。"

林清羽在一堆废话中找到了重点："天狱门？皇家影卫不是都出自天机营吗？"

沈淮识犹豫片刻，道："天机营和天狱门同是天子爪牙，天机营在明，天狱门在暗，世人只知天机，不知天狱。两者一明一暗，相辅相成。三年前，天狱门一朝覆灭，数百人中只剩我一人苟活于世。"

沈淮识说得简单，隐去了很多细节。林清羽问："天狱门是谁灭的？"

沈淮识摇了摇头，不想多提此事："总之，是殿下救了我。之后，我改投天机营，继续为殿下效力。我以为天狱门除了我无人在世，没想到有朝一日还能再看到天狱门的玉牌。"沈淮识眸光微动，"徐州，遂城……我一定要亲自去看看。"

林清羽问："你打算何时动身？"

沈淮识叹了口气："顾大将军回京，我暂时走不开。"

"为何？"

"顾大将军身边有天机营的人，从雍凉到京城，他的一举一动、一言一行，均在殿下的掌控之中。"

林清羽有些奇怪："你告诉我这些，不怕我泄露出去？"

沈淮识笑了笑，道："顾大将军何其睿智，他如何会不知道自己一直在被天机营监视？但这是他返京的条件，他想回来，只能接受。"

"听你的语气，似乎很敬佩顾大将军。"

"大瑜朝的男儿，有谁会不敬佩一国战神？虽说他最近有一些匪夷所思的行为，但……"沈淮识话音一顿，"有人。"

林清羽朝门口看去，什么都未瞧见，再回头，沈淮识已不见了踪影。片刻后，花露推门而入，看到林清羽坐在床头，惊喜道："少爷，你醒了！"

窗不知何时被打开了，窗外风吹得树叶沙沙作响，仿佛无人来过。林清羽忍不住想，以沈淮识这身手，萧琤能挨过他一刀吗？

病去如抽丝，林清羽的病拖拖拉拉了半个月才好彻底，整个人因病瘦了一圈。

胡吉本着让林清羽好好休息的想法，和他一同当值时主动揽下了所有的事情。可褚正德见不得林清羽闲，打发他去太医署配制天蛛的解药。

六月，热浪袭袭，谷风阵阵，顾扶洲在一个盛夏黄昏悄然入京。

天蛛之毒之所以必须在京城解，全因其药引——北境雪莲必须用暖玉臼捣入药中，成药后又须在一个时辰内服药。暖玉臼世间少有，大瑜一共才有三枚，其中一枚在北境，剩下的两枚在太医署千草堂。

顾扶洲抵京的消息一传到太医署，太医署上上下下都忙碌了起来。一切准备齐全，只差最后一味药引。

"药引呢？快拿药引过来！"

"药引是林太医看顾的，快去找林太医来。"

"这个节骨眼儿，林太医跑哪儿去了！"

众人最后在藏书楼找到了林清羽。林清羽知道他们的来意，眉间皱起："顾大将军不是明日才抵京吗？"

"谁告诉你的？顾大将军半个时辰前就已经回府了！"

林清羽的目光落在一个六品医官身上，就是此人一早特意来告知他的。那医官似乎也觉得心虚，不敢同林清羽对视。林清羽暂时没工夫搭理他，道："给我半个时辰，马上就好。"

为首的医官瞪大眼睛："你是现在才开始配药吗？"

"再废话下去，耽误得更久。"

药成后，林清羽没有片刻耽搁，亲自将解药送往大将军府。

将军府的管家迟迟等不到药，急得满头大汗。好不容易等到林清羽，连忙带他去到内院："大将军，药来了！"

未得允准，林清羽只能先在门外候着。

一个低沉的男声响起，带着不加掩饰的讽刺："这来得也太早了。怎么不干脆明年再来，还能顺便把我坟头三米高的树砍了。"

林清羽一愣。这是……顾扶洲？一国战神，三十而立的顾大将军？

褚正德的声音随后响起："大将军恕罪。是下官疏忽，竟将如此要事交予一个七品新人。待下官回到官署，定然重罚此人。"

"将军，还是先把人带进来吧。"

林清羽心中一动，这是他父亲的声音。父亲的声音听起来带着些许疲倦，想来回京的一路上都没怎么休息。

林清羽收敛心神，端着解药走了进去。只见他父亲和褚正德都站在太师椅前，一身材高大的男子坐在太师椅上，身着玄色武将官服，剑眉星目，不算白皙的面容乍看冷峻，带着武人嗜血的凶狠，可一配上他的眼睛，凶狠就被冲散不少，反而有几分少年散漫之感。

天蛛是慢毒，顾扶洲尚未到毒入内脏之时，故而看上去和常人无异，此刻正端着茶盏饮茶。

林父素来矜持，但突然看到半年不见的长子突然出现，难掩情绪，脱口而出道："清羽？"

顾扶洲手上猛地一顿，抬眸看来。在和他四目相对时，眼睛如拨云见雾一般，突然有了神采，紧接着，他又像有几分紧张，匆匆移开了视线。

林清羽对着父亲浅浅一笑，而后朝顾扶洲行臣下之礼，道："下官林清羽，参见大将军。"

顾扶洲迟迟不说话，怕是在怪罪他来迟之罪。林清羽又道："让将军久等了，望将军恕罪。"

顾扶洲不看他，终于能说出话来："没关系，"他低笑道，"我喜欢等人。"

02.

林清羽微微一怔——方才顾扶洲可不是这么说的。褚正德亦是摸不着头脑，不知大将军态度转变为何如此之快。林父在雍凉习惯了顾大将军的不着调，早已见怪不怪："清羽，伺候将军用药。"

林清羽走上前，端起汤碗，递到顾扶洲面前："将军请用药。"

两人靠得有些近，顾扶洲飞快地看了他一眼，又立刻偏过头，呼吸都变得不稳。

林清羽觉得顾扶洲似乎在紧张。他不知道喝个解药有何可紧张的，问："将军可是觉得有什么不妥之处？"

顾扶洲闷声道："……我自己来便是。"

林清羽闻言把汤碗放到桌上，自己退了回去。

"哎，我不是那个意思……算了。"顾扶洲像是在为自己的表现感到耻辱，偏偏又无能为力，自暴自弃地拿起汤碗，喝了个干净。

褚正德道："解药须每日服用一次，一月方能将余毒清除。每日的这个时辰，太医署都会将解药送到将军府，还请将军按时服用。"

换言之，顾扶洲只能在京城待一个月，等他解完毒，又要回到西北边陲。

"那么问题来了，谁每天来给我送药？"顾扶洲环顾一圈，把目光落在林清羽身上，"林太医，你可以吗？"

不等林清羽回答，褚正德便道："林太医今日送药来迟，万一还有下次，岂不是误了将军尊体？"

林父知道长子不是如此不小心之人，事出定然有因。他问林清羽："将军今日抵京的消息一早便命人传去了太医署，你为何会迟？"

林清羽道："有人告诉我，将军明日才到。"

褚正德眉头皱得死紧："谁？"

"洪长丰。"

顾扶洲一锤定音："那就是这个洪长丰的错，林太医何错之有？就算有，他是本将军的义弟，本将军乐意等他。"

林父无奈："既然将军都这么说了，清羽，日后就由你来将军府送药吧。"

林清羽点头应下，他没耐心做跑腿的活儿，但顾扶洲对他有恩，他理应有所回报。

天色渐晚，已经到了平常人家就寝的时辰。林父道："将军，下官想回林府一趟。"

顾扶洲笑道："应该的。这一路辛苦义父了，早些回去同家人团聚吧。"

林清羽跟着林父一并告退，走到门口时，顾扶洲忽然叫了他一声："清……林太医。"

林清羽转过身："将军还有何吩咐？"

顾扶洲欲言又止，最后看了眼守在他身侧的天机营侍卫，缓声道："没事。只是觉得，辛苦你了。"

林清羽客套道："能为将军效力，是下官的荣幸。"

顾扶洲笑道："那还是本将军更荣幸一点。"

林清羽跟着父亲回到家中。林母事先未得知林父归京的消息，见到夫君后，未语泪先流。林父林母相伴多年，伉俪情深，此刻虽无语凝噎，亦胜千言万语。

"爹爹！"林清鹤朝林父飞奔过去，扑进了父亲怀里。林父俯下身接住幼子，将他高高举起："清鹤长胖了。"

一家四口围在一起吃了些东西。林父离京的半年，发生了太多的事情。陆晚丞病逝，林清羽同南安侯府分家，又成为太医院的一名医官，日后他们父子同在太医院，也算是同僚了。

提起陆晚丞，林父不胜唏嘘："小侯爷最终还是没多撑些时日，可惜了。"

林清羽倒不觉得有多可惜，能摆脱那具体弱多病的身体，于那个人而言是好事。

等林母带着犯困的林清鹤睡觉去了，林清羽问："父亲，你可知'奇变偶不变'这五字？"

林父点头："此句在征西军中广为流传。据说，是顾大将军截获熙夏密函所得。将军百思不得其解，便上奏太子，想请太子召集京城才子为其解惑。然而，直至我们获准回京，依然无人能答。"

林清羽若有所思。所以，那个人真的是在熙夏吗？

久别重逢，又喝了点酒，林父的话也多了起来："顾大将军，真是个妙人啊。"

林清羽问："此话怎讲？"

林父笑着摇了摇头："你和他多相处几日就知道了。"

林清羽也笑了："我听闻顾大将军认了父亲做义父，属实惊讶了一番。"

"大将军乃一品辅国大将，我一个五品的太医院院判如何敢做他的义父？原先，我百般推拒。后来将军说，我若认了他这个义子，林府在京中的地位将和从前大不相同，也于你的仕途有益，我这才松了口。"

林清羽颔首道："将军确实帮了我不少。"

次日，林父重回太医院，做的首件事便是查清解药送迟的前因后果。他让林清羽和洪长丰当面对质，洪长丰坚称自己没有说错，是林清羽听错了。两人均是口说无凭，当时也没有第三人在场。林父处事向来公正，即便他心里相信长子，在没有证据的情况下也不会做出决断。好在大将军并未追究，林父小惩大诫，将两人一并罚了一个月的俸禄。

胡吉道："洪长丰肯定是受了褚院判的教唆，谁不知这两人是嫡亲的师徒。"

"未必。褚正德看不惯我不是一日两日，他为人迂腐顽固，但针对我也是明着来。"林清羽道，"看来，在太医院和太医署中，看不惯我的不止他一人。"

胡吉叹道："都说树大招风。你配出了治疗时疫的方子，是太医院中年纪最小的，又和皇后、顾大将军沾亲带故，父亲是正院判，自然会招人嫉妒，平时还是应当收敛锋芒啊。"

林清羽冷道："我需要的不是收敛锋芒，而是那些蠢货少来招惹我。"

晚膳过后，林清羽在太医署配好天蛛的解药，将其送至将军府。将军府的管家名叫袁寅。顾扶洲常年不在家，又无父母妻子，平日里都袁寅打理府内大小事务。

袁寅知道林清羽会来送药，奉命早早地等在门口。"将军正在后院乘凉，"袁寅恭敬道，"林太医请随我来。"

夏日炎炎，蝉叫虫鸣。俊朗伟岸的男子躺在摇椅上，闭着眼睛慢悠悠地摇着。他的身材极是高大，一双长腿随意地架着。两个小厮一左一右坐在他身边，手持蒲扇为他扇着风。

顾扶洲这般慵懒惬意的模样，让林清羽觉得十分熟悉。他身后站着两个带刀的侍卫，气质不像是行军打仗的武将，倒和沈淮识类似。若他未猜错，这些应该是天机营的人。萧琤让天机营的人跟着顾扶洲，名义上是护大将军周全，实际想做什么大家心里都清楚。

袁寅上前道："将军，林太医来送药了。"

摇椅停住，顾扶洲站了起来，相比上次，他显得没那么紧张了，走到林清羽面前，低下头说："你来了。"

林清羽在男子中身量不算矮，但站在顾扶洲面前，竟像个女子般娇小，下巴才到顾扶洲肩膀处。只能说，顾扶洲不愧是有大瑜战神之称的猛将。

"将军，该喝药了。"

顾扶洲喝了药，抬头叹道："今夜月色真美。林太医若没旁的事，不如陪本将军喝点小酒，吃点小食，再赏赏月？"

林清羽迟疑片刻，点了点头："多谢将军相邀。"

顾扶洲露出笑容。他不笑时面容冷峻，笑起来却也不显违和，反而看起来年轻了不少。顾扶洲命袁寅呈上消夜，林清羽提醒他："将军现下不宜饮酒。"

"我不喝，你喝。"顾扶洲为林清羽斟了一杯酒，笑吟吟地看着他抿了一口。

林清羽蹙起眉，总觉得此情此景似曾相识。

"将军为何这样看着我？"

顾扶洲轻咳了一声，道："我听闻林太医刚经历了丧兄之痛。现在看来，你好像也不怎么伤心？"

林清羽淡淡道："斯人已逝，生者应当多向前看。"

"不伤心就对了，伤心伤身。"顾扶洲停了停，道，"林太医可曾听过一句话，叫——奇变偶不变？"

话音刚落，那两个侍卫就朝他们看了过来。萧琤未将此事公开，他自然不能露出马脚。

"未曾听说。"

顾扶洲挑了挑眉，笑道："这样啊，那就有意思了。"他扫了两个侍卫一眼，语焉不详，"也罢，现下不是什么好时机。"

林清羽问："将军的意思是？"

顾扶洲换了个话题："对了，昨日送药的事查清了吗？"

林清羽简单说明此事，顾扶洲得知他被罚了一个月俸禄，笑道："那你一定要记住这个仇，来日十倍奉还。"

微妙的熟悉感越来越强烈。林清羽盯着顾扶洲看了许久，方道："我会的。"

赏了半个时辰的月，林清羽起身告辞。顾扶洲摸了摸小腹，叹气道："我也要起来动一动了，出点汗。"

似曾相识之感瞬间没了个干净。如果是那个人，绝对不会在大夏天动一动，搞得自己一身汗。

林清羽道："将军余毒未清，练功切不能过度。"

顾扶洲一脸沉郁："我年纪大了，不比十七八岁的时候，怎么吃都吃不胖，怎么睡都不长肉。我是不想动，但我更不想中年发福。"顾扶洲像是想到了什么，弯了弯唇，"义弟啊，你想不想看看我平时是怎么练功的？"

说实话，不是很想。但想到顾扶洲对他的帮助，林清羽还是点了点头。

顾扶洲突然豪气干云："是时候让你见识下我真正的实力了。走走走，我带你去校场。"

校场上虽然点着火把，仍不如白日亮堂。林清羽问："将军为何不在白日练功？"

"白天太晒了，傻子才练功。"

林清羽迷惑不解，常年在外征战之人还会怕晒？

顾扶洲走到一石锁前，道："这个石锁，应该和你差不多一样重。"

林清羽："……哦。"

"请林太医认真看着我。"顾扶洲稍作伸展，半蹲下用力，单手就将石锁提了起来。

林清羽很赏脸地捧了个场："将军威武。"

"你再看、你再看。"顾扶洲深吸一口气，竟又将石锁高举过头顶，"如何？"

"厉害。"

顾扶洲笑了笑,"砰"的一声扔下石锁:"本将军的身体素质是不是比陆小侯爷好多了?"

"嗯。"

"那相比他,你是不是更欣赏本将军?"

林清羽语气淡了几分:"将军有将军的好,但我更欣赏小侯爷那般的。"

顾扶洲笑容僵住:"不是,他那样的病秧子有什么好?"

林清羽垂眸道:"将军若无别的吩咐,下官告退。"

顾扶洲又笑了:"哎,义弟你这是干吗,好端端的生什么气啊。我们不聊他了,我给你表演一个徒手劈砖当作道歉,如何?"

林清羽:"……"

如此过了半月,林清羽每日去将军府上送药,明白了父亲为何说顾扶洲是个妙人,但他觉得,用"怪人"二字形容他会更加贴切。

这几日,太医署迎来了一位贵客——南疆一位闻名天下的神医。南疆医者善蛊,这位神医可谓是蛊中之王。中原老百姓大多把养蛊当成邪术,谈之色变,对医者来说,则不然。药有良药毒药之分,蛊亦有良蛊和毒蛊之分,毒蛊能害人,良蛊自然也能救人。林父知晓其中利害,多次写信给南疆神医,终于把人请到了太医署为众多学子传授蛊术。林父希望太医署的学子除了学会用蛊救人,还能学会如何解蛊毒。

林清羽虽然饱读医书,但对蛊术的了解也仅限于纸上谈兵,此次南疆神医在太医署开课,他自然不会错过。

这日下学后,林清羽搬着医书走出学堂,忽然听见一声口哨声。他循声看去,只见顾扶洲倚栏站着,冲他笑着招手,身后依旧跟着天机营的侍卫。

林清羽急匆匆走上前,道:"将军来太医署,可是天蛛发作了?"

"不啊,我去宫中向太子述职,路过太医署,我就想着……"顾扶洲不太好意思地笑着,抬手挠了挠眼角,"嗯,顺便来接你下课好了。"

林清羽一怔,接他下课?他又不是刚上学堂的稚子,下个学还需要人接?而且从将军府到皇宫,怎会路过太医署?

林清羽还未应答,手上忽然一空,是顾扶洲将他抱着的医书接了过去。他的动作那么自然而然,仿佛他平时拿的最多的不是他的青云九州枪,而是一本本书籍。

林清羽道:"大将军不必劳烦。"

"没事，我力气比你大，能者多劳。"顾扶洲随意翻了翻他的书，"那么，林太医今天在学堂学了什么？"

林清羽道："医术之学，将军应该不会感兴趣。"

顾扶洲笑道："不会，林太医说的我都感兴趣。"

"南疆蛊毒。"

"蛊？蛊好啊，我们清羽就应该用蛊。"

林清羽步伐一顿，看顾扶洲的眼神多了几分意味深长的探究。

顾扶洲浑然未觉，又或者他察觉到了，假装不知道："说起来，我一直想给小侯爷上炷香，算是尽一点心意。"

林清羽收回目光："将军可去南安侯府祭拜小侯爷。"

"去南安侯府就免了，"顾扶洲说，"不如去你府上？"

"我府上？"

"你应该有在自己府上供奉他的牌位……"顾扶洲一顿，不太自信地求证，"你有吧？"

有是有，但那可不是陆晚丞的牌位。

顾扶洲见林清羽表情中透着一丝不能为外人道的复杂，心情也跟着复杂了起来，揶揄道："你连个牌位都没给他立，还好意思说更欣赏他那款的。"

理智告诉林清羽，此类激将之语无须理会。可不知怎的，顾扶洲用这种语气和他说话，他就是忍不住想回应："我有。"

"真的假的。"顾扶洲扬起嘴角，"那你带我去，证明给我看。"

思及牌位上"江大壮"三字，林清羽镇定道："不太方便。"

顾扶洲不解："有什么不方便的？"

03.

自分家立府后，林清羽未请过任何人去过他府上，包括他的家人。顾扶洲虽对林家有恩，但身上疑点实在太多，身侧又有天机营的眼线，无论说什么，做什么，都会被萧玪得知。此时带他去府中，绝非明智之举。

林清羽权衡再三，道："我一不祥之人，若贸然带将军回府，定会引来非议。"

顾扶洲转念一想，未再勉强："既然如此，那便去南安侯府吧。"

林清羽以为顾扶洲是骑马来的，不料他和自己一样，也是坐的马车。两人来到南安侯府，府里的下人通传过后，南安侯虽然没有像迎接太子般出府相迎，也是等在正堂前。

　　数月未见，南安侯的气色的确好了不少，潘氏肚子里的孩子着实功不可没。顾扶洲和他一个是一品将军，一个是一品侯爵，见面只须行平礼。

　　林清羽静立在一旁，看着二人你来我往地说着废话。顾扶洲面对南安侯时，神色冷峻，言简意赅，举手投足之中都是习武之人干练的作风，好似又变成了传言中不苟言笑的冷面战神。

　　明明刚才顾扶洲还跟自己言笑晏晏，仿佛对他很了解一般，说他就应该练盅，明明不久前还在他面前表演徒手劈砖。这种收放自如的气场，又让他想起了某个人。

　　熙夏、暗号、顾扶洲怪异的言行和过盛的示好，究竟是巧合，还是他太敏感，又或者……另有什么隐情。

　　南安侯得知顾扶洲是专门前来祭拜陆晚丞的，没有多欣慰，反而是担忧地看了看跟在他身后的两个侍卫。

　　"将军有心了。来人，送将军去祠堂，本侯还要进宫一趟，就不奉陪了。"

　　顾扶洲轻一领首："侯爷请便。"

　　从始至终，南安侯视林清羽若无物，显然还对"灾星"一事耿耿于怀，根本不想和他有交集。

　　几人来到陆氏祠堂，顾扶洲看着最下层的"南安小侯爷陆晚丞之灵"，嘴角微动，想笑又觉得不该笑，终是轻叹一声，什么都没说。

　　下人点燃六炷香递上，林清羽和顾扶洲各执三根，并肩站在陆晚丞灵前，同时拜了三拜。顾扶洲先将香插入香炉中，侧身给林清羽让出位置。林清羽上前，轻声道："将军无论身在何处，都有侍卫随行，一言一行全在别人眼皮底下。难道，不嫌烦吗？"

　　顾扶洲好似十分无奈："没办法，太子总觉得我急着回京是另有所图，仿佛京城有我的接头人，我们要一起搞什么大事一样。让他们跟着也好，至少能打消太子的疑虑，还我一个清白。"

　　"将军多虑了。"侍卫面无表情道，"将军中毒中得蹊跷，如今还未抓到投毒者。殿下派我等随侍将军，是为了护将军周全。"

　　那侍卫站在他们身后，林清羽自认声音已经压得很轻，竟还是能被他们听得一清二楚。都说天机营各个是能人异士，果然如此。

顾扶洲无所谓地笑了声："行吧，太子说什么便是什么。"

林清羽心中一动，总觉得顾扶洲的话意有所指："将军想替自己洗清嫌疑，却堂而皇之地来太医署找我，就不怕太子怀疑到我身上，认为我就是那个接头人？"

顾扶洲脸上笑意微敛："我也不想将你牵扯进来，但你不是我义弟嘛，走得近一些也算正常。清者自清，林太医不用太过担心。"

清者自清，前提是清者真的是清者，至少清者自己要这么认为，才不会落下把柄，让人有机可乘。

林清羽又问："如此说来，将军着急回京确实只为了解毒，并非另有所图？"

"我能有什么坏心思，不过是想保住性命，多享几年清福而已，毕竟我胆子再大，也不敢做欺君之事，那可是死罪。"

"西北战乱，国土割据，边陲民不聊生。将军去鬼门关走了一圈，回来就想着享清福，如何对得起朝廷和黎民百姓的信任？！"

"别人不知道，但我心里很清楚。"顾扶洲轻轻笑了声，"我能打胜仗全靠运气。打个五连胜还行，多了迟早要连败。朝廷也好，黎民百姓也罢，都不该信任我。我不想再为数百万条人命负责，真的好累。无能者就该早日解甲归田，这才是真的对得起黎民百姓。"

林清羽不敢苟同，顾扶洲无能是假，想偷懒是真。

还真是……越来越像了。

祭拜完陆晚丞，顾扶洲就再未和他同行。

顾扶洲上了马车，马夫问他："将军可是要回府？"

马夫等了半天，大将军都未回应，他想着再问一遍，方听见车内传出声音："不了，还有个人，我想见上一见。"

入夏后，皇帝的病状非但没有好转，反而有日渐沉重之势。众太医束手无策，即便是回来不久的林院判也没有什么好办法。

"圣上的头风乃是顽疾，数十年来都未根治。如今寻常的药方在圣上身上已经发挥不了作用，这才导致病情加重。"

皇后守在皇帝床榻，心焦似火："难道真的一点办法都没有了？"

林院判犹豫道："这……"

萧玚道："有话直说。"

"今日南疆神医受邀到京，在太医署开课讲学，其中提到，以虫蛊入脑，可除头风病根……"

"万万不可！"皇后想也不想道，"给皇上下蛊虫，这种话你也说得出口，是不想要命了吗！"

众太医跪倒一片："皇后息怒。"

萧琤居高临下地看着林院判，冷笑道："真是有其父必有其子。太医院两个姓林的太医，胆子都这么大。林院判跟着顾扶洲久了，又当了他的义父，难不成也和军中一些愚昧无知者一样，只知顾大将军，不知天子了？"

林院判冒出冷汗："微臣不敢。"

皇后厉声道："此事休要再提，退下。"

"慢着，话未说完，母后急什么。"萧铮勾了勾唇，"传孤的命令，林汝善胡言乱语，欲对天子行南疆蛊术，即今日起，降为正六品吏目。"

太医院吏目，司医书药材管理之责，无实权，亦不得出诊。

皇后觉得不妥，林院判乃大瑜医学第一人，不让他出诊实在是枉费英才。她张口要说话，却被萧琤扬手拦下："区区一个太医，母后不必多言。"

林院判叩首道："臣叩谢殿下。"

皇后闭目隐忍，再如何不愿也只能把话咽了回去。皇上病得神志不清，太子自从监国以来便肆无忌惮，一手遮天。

"殿下，"薛英从外头走了进来，"天机营首领求见。"

萧琤道："让他去勤政殿等候。"

皇后心中涌起一股悲凉，无论是皇上身边的老太监，还是为天子鹰犬的天机营，现在都以太子马首是瞻，太子真的……离皇位不远了。

勤政殿内，天机营首领正向萧琤事无巨细地汇报这一日顾扶洲的行程："今日顾大将军回京后头一次离府。先是去了太医署，说是接林太医下学；之后两人去了南安侯府祭拜陆小侯爷，南安侯只和他说了两句话，便匆匆离开；最后，顾大将军又去了一趟四皇子府上。"

萧琤瞳眸眯起："萧玠？"

当年夺嫡之争，除了他大获全胜，只有两个皇子全身而退，其中一个是皇后生的傻儿子，剩下的一个便是四皇子萧玠。

萧玠虽然不傻，却是一个中看不中用的蠢货。他的生母出生低微，自己又不受父皇宠爱，根本连加入夺嫡之争的资格都没有。

萧琤问："他们说了什么？"

"只是寻常的客套问候而已。顾大将军说了不少沙场趣事，四皇子听得津津有味，还邀他下次去府中一同烤羊吃酒。"

难道顾扶洲千方百计地回京，是为了萧玠？不对，顾扶洲知道有人监视，所以他们表面上看到的，只是顾扶洲想让他们看到的。那么顾扶洲是故意想把水搅浑，隐藏自己真实的意图吗？

"继续盯着。"萧玠道，"有异状随时来报。"

林父被贬职的消息传到太医院，林清羽立刻告假回了林府。他本以为父亲遭到了贬斥，会郁郁寡欢，没想到父亲一脸平静，还笑着和母亲说，这下每日能按时回府了。

林清羽无奈："父亲居然还笑得出来。"

林父苦中作乐："无非是从正五品去了正六品的闲职，算不得什么。说起来，归京之前，大将军还提醒过我，让我当心太子，是我救人心切，大意了。"

林清羽微讶："大将军让您当心太子？"

"是。他说他急于回京，不得已留下了不少疑点，太子定会对他身边之人多加防备。没想到，我最后竟是因为此事受贬。清羽，南疆药蛊你我都见识过，它能给庶人治病，却不能医天子之症，可悲，可叹。"

林清羽没心思想什么南疆蛊毒。他一遍遍回顾相识以来顾扶洲说的话，朦朦胧胧触碰到了什么，又像是雾里看花，始终无法看得透彻。

姓江的无法和他相认，除了身在远方，不得已要隐藏身份，会不会还有一种可能？

"也罢，现在不是什么好时机。"

"我也不想将你牵扯进来。"

林清羽沉思许久，问道："父亲，你说'奇变偶不变'是顾大将军截获熙夏密函所得。除了顾大将军，可有人亲眼见过那道密函？"

林父不知道长子为何有此一问，道："如此机密，将军自然不会给旁人过目。"

"就连赵将军都未见过吗？"

林父道："这我就不得而知了。"

林清羽眸光微动。或许，他一开始就弄错了，密函的源头不在熙夏，而是在……雍凉。

次日，林清羽照常去将军府上送药，他刚下马车，袁寅便迎上来道："林太医，将军今日不在府上。"

林清羽问："那他在何处？"

"将军去了四皇子府上。"袁寅笑眯眯道，"林太医把药给我，我这就派人给将军送去。"

林清羽想了想，道："不必，我再跑一趟便是。"

宫中有规矩，成年的皇子除了太子，其他人都要离宫立府。来日太子登基，这些皇子就会被封王位，迁居封地。而这位四皇子，今年刚及弱冠。

林清羽下了马车，看到四皇子府前停了数十匹骏马。这些骏马无不威风凛凛，像是军营里的战马。看来今日到四皇子府上的武官，不止顾扶洲一人。

林清羽说明来意，下人进府通传。不多时，一个相貌阴柔、雌雄难辨的俊美男子走了出来，看他身上的穿着，应当是府里的管事。

"见过林太医。"那管事道，"请随我来。"

林清羽跟着管事一路到了后园，远远就闻到了酒香和肉香。只见园内架着篝火，篝火上烤着一大头羊。火旁围着数十人，他们大多身着铠甲戎装，一手喝酒，一手吃肉，不拘小节，好不快活。只有两个还算斯文的人，一个是一位身着锦衣的少年，少年生得唇红齿白，灵动可爱，虽然手里也撕着羊肉，动作却没多粗犷，此人便是四皇子萧玠。

另一个斯文人则是顾扶洲，但见他坐在人群之中，剑眉星目，轮廓硬朗，自带一股寒凉之意，待他看到林清羽，寒意散去，笑着朝他举杯示意。

管事道："殿下、将军，林太医来了。"

"我听说太医院来了位美男太医，就是你吗？"萧玠一张小脸红扑扑的，"容貌还真是俊美啊。"

一个武官大大咧咧道："这不比当年的静淳郡主好看多了！"

"老吴你真的喝多了，这男的和女的怎么能比……"

顾扶洲道："林太医是来给我送药的，到我这儿来吧。"

林清羽问："将军可有饮酒？"

"没有。"顾扶洲主动把酒杯给林清羽检查，"我都是以茶代酒。"

林清羽朝顾扶洲身后看去。天机营的侍卫还在，但他们脸色极是难看，几乎可以用羞愤耻辱来形容。很快，林清羽就知道其中缘故。

"顾大将军好不容易回京一趟，走哪儿都有人跟着，也就是将军脾气好，换我早发飙了。这算什么，软禁吗？"

顾扶洲道："我突然要求回京，太子怀疑我也是正常的。"

"怀疑也要讲证据啊！这都大半月了，证据的影子都看不到，太子凭啥还派人看着将军？"

"太子向来和那帮酸了吧唧的文臣走得近，对我们武将千防万防。他怕不是忘了，大瑜的江山是谁打的，又是谁守的！"

顾扶洲脸色一变："吴将军，慎言。"

"我敢现在在这里说，明天也敢在早朝上说。顾大将军征战十六年，大小战功无数，为何要受这等屈辱！这太憋屈了，我受不了！"

"俺也一样！"

"明日我等一同谏言，太子他不能这么对将军！"

"没错！大不了让太子把我们十几个弟兄都监视起来，看日后谁还会替他卖命！"

"哎哎哎，你们别激动嘛。"萧玠被夹在其中，看上去有些手足无措。

顾扶洲神色凝重："今日四殿下组此局，只是为了兄弟一聚。你们再说这等大逆不道的话，便都散了吧。"

"我吴老三不服！"姓吴的将军将杯盏甩落在地，大怒，"我现在就要进宫！"

顾扶洲摇首长叹："我是管不了你们了。"说完，任由武将如何群情激动，都不再言语。

林清羽坐在他身侧，看着他喝下药，道："等太子迫于压力，不得不洗清将军身上的嫌疑后，自会将天机营撤去。到时，将军就可以畅所欲言，为所欲为了。"

顾扶洲做出一副恍然大悟的样子，低声笑道："好像是啊。我都未想到这层，林大夫好生聪明。"

林清羽心中一动，垂下眼睫，亦是一笑："不及将军一二。"

04.

近年来，皇帝亲近文臣，防备武将，这些血性汉子心里头早就憋屈得不行。他们大多性格直爽，有一不说二，之所以忍到今日，是因为他们敬仰的顾大将军告诫他们要以国以民为重，将自身荣辱置之度外。

如今太子有过之而无不及，竟监视打压大将军至此，是可忍孰不可忍。在场的武官借着酒劲商量起明日组团谏言之事，听得林清羽眉间蹙起。

这些武官的智谋似乎都放在了行军打仗上，对朝堂之事不甚敏感，也不懂察言观色，贸然谏言，只怕未必说得过和太子亲近的文官。

这时，萧玠打断他们，一语道破真相："可是你们和文官吵架，从来都没吵赢过呀。"

众武将："……"

萧玠又道："每次你们都是被气得脸红脖子粗，憋半天憋不出一个字。"

林清羽看了顾扶洲。这人还是一言不发，面色沉静，但林清羽总觉得他非常想说话，都快憋死了。众人商议了一通，最后决定见机行事，总之一定要救大将军于水火之中，还他应得的尊重和荣耀。

次日一早，吴将军在宫门口下马，准备入宫上朝。

"吴将军。"

吴将军回头一看，原来是昨天在四皇子府上见过的林太医。林太医穿着靛青色的文官官服，静静地站在一旁，凭一己之力把他对文官的好感提了上来。

吴将军咧嘴一笑，憨憨道："林太医找我啊。"

林清羽一颔首："将军待会在早朝上还要为顾大将军谏言吗？"

"那是一定。"吴将军毫不犹豫，"我都和弟兄们约好了。"

"那么，请将军记住。无论文官说什么，你们只需回复'然后呢''所以呢''真的吗''我不信''你说的在理但我不听'……这些就够了。"林清羽道，"千万不要试图和他们讲道理，也不必理会他们究竟说了什么。"

"然后呢，所以呢，真的假的……"吴将军渐渐品出味来，黝黑的脸上笑开了花，"妙！太妙了！这不得把那帮老头子气死。"

林清羽淡淡一笑："这是我从陆小侯爷那学到的，但愿能帮到将军。"

除了顾扶洲，武官之中最有威望者便是已经年近八十的武国公。武国公曾经在战场上救过先帝的性命，后获一等公爵位，世袭罔替，可带刀入殿。武国公在家养老多年，听闻顾扶洲在京中的境遇，佩上先帝御赐的宝刀，重新出山。

在武国公和吴将军的带领下，今日的早朝比市集还要热闹。文官昨夜便从天机营那儿获知武官要搞事情，早有准备。吴将军一提出此事，他们便开始细数顾扶洲的可疑之处。

西北战事胶着,顾大将军仗打得好好的,突然连发数十封奏本,请求"告老归乡",未免太过儿戏,征西三十万大军难道说不管就不管了?甚至又把熙夏暗语一事搬了出来,说将军有散布军机要密的嫌疑。太子当然相信顾大将军的清白,但为了堵住悠悠众口,查还是要查的,这才让天机营的暗卫随侍将军左右,同时还能保护将军在京城的安全。

武将没文臣会说话,但他们胜在嗓门大。无论文臣说什么,他们永远都只是简短的几个字来回用。太子几个心腹文臣说得天花乱坠,唇焦口燥,最后换来对方轻飘飘的一句:"真的吗?我不信。"

问吴将军为什么不信,吴将军又道:"说不出来,反正你这话听起来怪怪的。"

丞相大人年纪大了,又是一身的傲骨,听吴将军这么说,一口气没上来,差点在大殿上厥过去。

萧琤坐在龙椅下方的太师椅上,脸色黑如锅底,指尖敲打着扶手,一副山雨欲来风满楼的架势。等丞相被人抬下去后,他终于咬牙切齿地开口:"够了。"

所有人都停了下来,齐齐向他看去。萧琤沉下一口气:"此事,容孤三思。"

这些武将只是性格直,不代表他们傻。他们都知道,太子这么说,是想继续拖,最好能拖到顾扶洲离开京城。于是,他们闹得更厉害了,下了朝也不安分,一个接一个地去求见太子。这些人身上都有军功,一两个人不算什么,十几个联合起来,萧琤是斥责都不便斥责,只能避而不见。武官见状,又分成了两组。一组给太子写奏本进言;另一组玩起了文官常用的把戏,跪在勤政殿门口,号称不得太子召见就一直跪下去。

宫里乱成了一锅粥,顾大将军府上却是一副岁月静好、现世安稳的景象。

荷风送香,竹露清响。池塘边摆着两把凉椅,凉椅后头立着遮阳棚。林清羽来给顾扶洲送药时,顾扶洲正手持一把钓竿,躺在凉椅上钓鱼,手旁放着刚从井水里捞出来的冰镇红提,优哉游哉,好不惬意。

"林太医。"顾扶洲拿走另一把躺椅上的草帽,"路上很热吧,快坐下来吃水果。"

林清羽看着红提上晶莹剔透的水珠,捻起一颗,道:"陆小侯爷和将军一样,酷爱在夏日吃冰镇的东西。"

顾扶洲咀嚼的腮帮停住。林清羽假装没看见,又道:"可惜他身体孱弱,吃不得冰。去年贪嘴多吃了几个红提,便一病不起,险些丢了性命。"

顾扶洲低笑了声："这……有点惨啊。"

"若有来世，他能有一具康健的躯体，也不知会不会在夏日多吃几个冰镇红提解解馋。"

"那想必是会的。"顾扶洲道，"都说越缺什么，就越想要什么。说不定再给他一次重来的机会，他就去吃以前那些他吃不了的东西，最后吃到撑。"

如此，他好像明白顾扶洲为何非要他看举石锁了。

林清羽看顾扶洲一口一个红提吃个不停，道："夜间吃水果易胖。顾大将军今天练功的时间要加倍。"

顾扶洲一听这话就有点蔫："我在练。钓鱼，也是一种运动。"

"你动了吗？"

顾扶洲转了转手腕："我动了。"

林清羽警告道："三十岁的人不比少年，稍微不控制，就会发胖。以大将军的身形，若这一身肌肉变成了肥肉，就不怕日后娶不到夫人吗？"

顾扶洲沉默许久，以手掩面，痛苦道："林太医别说了，我待会儿就去'举铁'。"

两人说话间，鱼竿晃动了起来。顾扶洲眼睛一亮，熟练地拉竿。"我以前不理解我父亲为什么那么喜欢钓鱼，我现在突然就明白了。"顾扶洲感叹，"这不比蹴鞠马球什么的好玩多了，还不会累。"

林清羽问："将军自幼无父无母，又哪来的父亲。"

顾扶洲笑得高深莫测："你说呢。"

林清羽淡淡道："我不说。"

"那当然是我的义父，你的父亲。"

林清羽配合点头："我父亲确实喜欢钓鱼。"

林清羽看着顾扶洲费了半天工夫钓起一个小泥鳅，起身告辞："等将军了却诸多事宜，可来我府上祭拜小侯爷。"

闻言，顾扶洲的眼睛比看到有鱼上钩时还要亮："好。"

武将闹了两天，萧琤还未松口。可见，日后他定是一个唯我独尊、圣断独裁的君主。此事已经不仅仅关乎撤不撤顾扶洲身边暗卫的问题，而是成了朝中所有武将的事。萧琤还只是太子就敢做得这么狠绝，日后登基了他们武将哪儿还有好果子吃。

林清羽远远地路过勤政殿，看到门口围了一大群人，竟有几分逼宫的架势。

萧琤再如何强硬，估计也撑不了多久了。

当值结束，林清羽直接去了太医署。自从他父亲被贬，顾扶洲被查，太医院不少人看他的目光光明正大地微妙起来。以前他们只是私下议论，现在当着他的面就会大声非议。好在他们还没胆子做些什么，林清羽只当他们不存在。

在南疆神医的教导下，林清羽已经开始学着用一些简单的蛊。他在千草堂待到深夜，突然听到药柜被拉开的声音，隐约猜到了是谁。他拿着烛台寻去，果然不出他所料。

"沈侍卫。"

沈淮识见到他，下意识地把手背到身后，视线飘忽："林太医。"

林清羽上下打量他："你又受伤了？"

沈淮识脸上透着古怪："没有。"

"没有你来千草堂做什么？"

对天机营暗卫来说，受伤是家常便饭。沈淮识的任务大多需要暗中进行，有时不便看太医，就会自己来太医署拿些治外伤的药。话虽如此，能自由出入太医署的暗卫除了沈淮识，林清羽也不知道旁人。据说，这是太子给他的特权。

沈淮识支支吾吾说不出话来，林清羽在他面前摊开手："拿出来。"

说来也怪，林清羽明明只是个太医，身上又没武功傍身，连沈淮识一掌都受不住，可站在他面前，被他冷刃一般的目光注视着，沈淮识竟默默地把东西拿了出来。

那是一小罐药膏，林清羽只一闻，便知这是上好的伤药。

林清羽走上前，扯开沈淮识的衣领，看到他身上的伤痕，寒声道："他如此折磨你，你还要对他如此死心塌地？！"

沈淮识后退两步，捂住脖子，涨红了脸："林太医……"

"你过来。"林清羽回到自己的位置上，从医箱中拿出一根银针，"手给我。"

沈淮识不明所以地伸出手。林清羽将银针刺破沈淮识的指尖，鲜红的血流入蛊盘。林清羽观察了片刻，惊讶道："你竟然没有中蛊。"

沈淮识问："林太医为何会觉得我中蛊了？"

"太子如此对你，你仍对太子死心塌地，情深义重。除了中蛊，我想不到其他原因。"

沈淮识面露苦笑："林太医，你为何总是……瞧不上我？"

林清羽看着他："不是我瞧不上你，是你自己瞧不上自己。"

05.

　　林清羽虽然没把沈淮识当朋友，但对他的经历还算了解。沈淮识和萧琤自幼相识，他是个死心眼，练武是为了保护萧琤，本就已经把自己放在忠仆的位置上，后来萧琤又救了他的性命，他对萧琤自然更加千依百顺，唯命是从。
　　平心而论，沈淮识是一个合格的仆人，但林清羽要的不是萧琤的忠仆，而是能杀死萧琤的棋子。目前他多次尝试，均未有良效，可见想让沈淮识能为他所用，言语的刺激远远不够，需要下一剂猛药才行。
　　看沈淮识一副默默然的样子，林清羽懒得再说下去："你的伤，给我看看。"
　　沈淮识猛地站起身，快速道："也不是什么大伤，我还有事……"
　　"以你的体格，都已经到了要来千草堂拿药的地步，定然伤得不轻。"
　　"多谢林太医，我还是先走一步了。"
　　沈淮识刚转身，就听见门外传来一个男声："大晚上的，谁在那儿说话呢？"
　　林清羽认出这是六品医官洪长丰的声音。他和洪长丰因为解药送迟一事产生嫌隙，之前洪长丰还算收敛，自从他父亲被贬后，洪长丰就不再掩饰对他的嫉恨：故意在他面前提起"灾星"之类的字眼，总让他在夜间轮值，派一些平常人不愿去的活儿给他，比如给宫里脾气最坏的老太妃看诊，谁的病比较不好处理也让他去处理。
　　林清羽对此倒没特别大的意见，大概是和胡吉走得近了，他现在也觉得给谁看病都一样，即便是奴才，那也是一条人命，但如果洪长丰要在此事之外招惹他，他决不会善罢甘休。
　　果然，洪长丰一见到他就摆起了脸色："都过宵禁了，你还在千草堂偷偷摸摸地干什么呢？"
　　林清羽冷道："皇上准我自由出入太医署。你可知'自由出入'的意思？"
　　洪长丰哑口无言，又不想失了面子，便将矛头对向了沈淮识："你又是谁，手里拿的什么？"
　　沈淮识抿了抿唇，似乎不想暴露身份，林清羽道："他是我的好友。"
　　沈淮识一愣，看着林清羽的侧颜，总是逆来顺受的眼中出现了一丝光彩。
　　洪长丰自以为抓到了林清羽的把柄，迫不及待道："皇上准你自由出入太医署，可没准你的好友自由出入。林清羽，你大半夜带闲杂人等入内，还让你好友拿千草堂的东西，你眼中还有没有规矩了？"

沈淮识张口欲解释，被林清羽制止："此事是我疏忽，明日我会去找褚院判负荆请罪。沈兄，你先把药放回去。"

洪长丰得意一笑："你最好自己去，否则别怪我不顾同僚的情谊了。"

洪长丰走后，沈淮识愧疚道："是我连累了你。"

"未必。"林清羽浅浅一笑，"说不定你还帮了我一个忙。"

沈淮识疑惑道："我帮了你的忙？"

"到底能不能成，要看太子对你这个暗卫有多少在意。"

沈淮迟低声道："殿下他怎么可能……"

林清羽不置可否："试试就知道了。"

次日，林清羽在太医院，洪长丰就一直在盯着他，午膳时还不忘"好心"提醒："林太医，你准备何时去找褚院判请罪？"

林清羽看也不看他："这便去了。"

褚正德在太医院中并不和普通太医同坐，他有一间自己的屋子，而在不久之前，这间屋子还是林清羽父亲的。

林清羽敲响房门，听见一声"进来"，推门而入："褚院判。"

褚正德正在给圣上写方子，写得白发掉尽也写不出什么新鲜管用的东西。他憋着一口气，看到林清羽自然没什么好脸色："哟，稀客啊。林太医向来不把老夫放在眼中，今日来找老夫，想必是有什么大事吧？"

林清羽不想废话，单刀直入道："我有一法，或许能让圣上的病情好转。"

"你？"褚正德瞪着他，"你能有什么法子。"不等林清羽回答，又道，"莫非是和你父亲一样，想给圣上用蛊？"

林清羽道："南疆药蛊究竟有没有用，褚院判心里应当清楚。"

老头子阴阳怪气的神态收敛了几分："中原离南疆路途遥远，百姓闻蛊色变。先帝在时，也有后宫嫔妃用毒蛊谋害皇嗣。圣上乃九五之尊，皇后和太子怎么可能让那些脏东西长在龙体里？"

"若那'脏东西'成了死物，再捣成粉末入药，虽然效果大不如活蛊，亦能缓解头风之苦。"

褚正德冷笑道："年轻人说得轻松。没有药引，没有配药，你让圣上用死蛊，和弑君有何差别？"

"我和南疆神医已经找到了合适的药引和配药。"林清羽从袖中拿出他这几日和南疆神医一道努力的成果，"这是用法和用量。"

褚正德怔愣住，难以置信地看着林清羽，而后一把夺过药方，如饥似渴地看了起来。

"褚院判可先过目试药，再做定夺。"林清羽淡淡道，"那么，我告退了。"

林清羽和褚正德密谈之时，胡吉去了一趟东宫。萧玪近日为武官群谏一事烦心不已，两日未曾合过眼。早上给陈贵妃请安时，陈贵妃见他脸色不好，便命胡吉去东宫看看。

胡吉替萧玪诊了脉，道："殿下没什么大碍，只是睡得太少，所以精神不济。下官给殿下开一剂安神药，殿下用了药应当能睡得好些。"

萧玪闭着眼，扬手示意胡吉退下。胡吉又道："下官还有一事，要禀告殿下。"

"哦？"萧玪睁开眼，慢条斯理道，"你一个太医，能有什么事禀告孤？"

"昨夜，沈侍卫来太医署拿药，竟被洪长丰洪太医赶了出去。沈侍卫伤得不轻，后来下官一问，才知他是殿下身边的人。"胡吉从医箱拿出一盒药膏，"下官担心沈侍卫因此事耽误用药，今日特意把药带了过来。"

萧玪本就心情不佳，听见自己的暗卫在外受到欺负，眉眼间凝起一股戾气，寒声道："还有这种事？"

胡吉恭敬道："洪太医也是不知道沈侍卫的身份，把他当成了入室盗窃的贼人，这才发生了误会。"

萧玪昨日确实对沈淮识发了难，没想到沈淮识竟连药都未用上："真是个哑巴。"

太医院中，洪长丰看着林清羽从褚正德屋里出来，脖子伸得老长，期待着好戏上演。不料戏没等到，却等到了一道太子的口谕。

"洪长丰玩忽职守，不敬储君，兹革去太医一职，永不得入仕。"

洪长丰瞪大眼睛，颓然倒地，还没反应过来发生了什么，就被两个太监拖了出去。

转眼，武将已经闹腾了三日。不少文臣扛不住了，劝告太子为了朝堂的安稳，别去查顾大将军了。查了这么久，什么都没查出来，还把前朝搞得乌烟瘴气，实非明智之举。然而太子也是个倔脾气的，年轻气盛，不想受迫屈服，不顾一切强保自己作为太子的威严。场面就这么僵持着。

　　林清羽和顾扶洲说起此事，顾扶洲痛心疾首："他们怎么能这样为难太子。我听说，太子因为此事都气得宣了太医，太子若有什么三长两短，我如何面对天下苍生，那只能以死谢罪了。"

　　守在门口的两个天机营侍卫默默对视了一眼。

　　林清羽头几次送药来，顾扶洲是站着的，后来变成了坐着，今日的顾扶洲……是躺着的。

　　林清羽道："将军起床喝药吧。"

　　痛心疾首完的顾扶洲语气懒懒："劳烦林太医把药端过来。"

　　林清羽将药端至床边。顾扶洲撑起脑袋，起了又没完全起，以一个半起的姿势把药喝完，接着把药碗递还给林清羽，安详地躺了回去。

　　林清羽不由问："将军今日睡了多久？"

　　"用完午膳后我就一直在床上了。"

　　"那你晚膳是在何处用的？"

　　顾扶洲眨眨眼："床上啊。"

　　眨眼这个动作，出现在三十岁、面容冷峻的高大男子身上，林清羽只觉不忍直视。

　　"将军你不能这么下去了。你若是个病秧子也就罢了，如今你身强体健，怎能一日日躺在床上，不事生产。难道，你真的想当一个废人吗？"

　　"不瞒林太医说，自从我从阎王爷那儿抢回一条命，我就顿悟了。"

　　"将军悟了什么？"

　　"一个人的梦想若只是当一条咸鱼，那他和无忧无虑有什么区别？"

　　"……"

　　顾扶洲悠悠感叹："你是不知道过去那么久我是怎么熬过来的。起得比鸡早，睡得比狗晚，每日白天在下属那儿受尽苦楚，晚上好不容易睡个觉还要遭遇敌军偷袭，我一刻都不能赖床，立刻要爬起来逃命。那种痛苦你能想象吗？"顾扶洲又强调了一次，"一刻都不能赖床！"

　　林清羽不禁莞尔："活该。"

　　顾扶洲看着他笑，就有些忍不住了。明知道威胁还未完全解除，仍然叫出了那个他惦念了很久的名字："清羽……"

　　明知道不是最佳时机，林清羽还是忍不住应了他一声："……嗯？"

"你瘦了好多。"顾扶洲不想把气氛搞得太伤感,又笑着加了一句,"我却壮了一圈,你气不气?"

林清羽:"……"

06.

林清羽看着顾扶洲喝完药,又替他探了探脉:"将军体内的天蛛余毒已经清得差不多了,应该不会留下后遗症。"

顾扶洲早有预料,不甚在意地说:"在雍凉时一直有你父亲在我身旁,当然不会有事。"

林清羽心中微动。有个问题,他一直想问顾扶洲,只是……林清羽朝门口看了眼,道:"时辰不早了,下官先行回府。"末了,还不忘提醒,"将军记得'举铁'。"

被天机营两双眼睛盯着,顾扶洲再如何不舍也只能放人走。"好吧,"他生无可恋道,"我再躺半个时辰就去举。"

林清羽站起身,听见门外传来动静,是又来了一个天机营的人。顾扶洲见状,从床上坐了起来,语气隐隐带着兴奋:"这还没到他们换值的时辰呢。"

不是来换值的,那就是……

只见新来的人和那两人说了些什么,三人一同入内,朝顾扶洲跪地行礼。其中一人道:"太子殿下已加强京中巡逻的禁卫军兵力,将军府的安全日后由禁卫军负责,我等便回天机营复命了。"

林清羽长舒一口气,颇有豁然开朗之感。顾扶洲微笑,道:"这段时日辛苦各位了,慢走不送。"

天机营侍卫一走,林清羽还未来得及说什么,就被身后的人长臂一拉,连连后退。

顾扶洲刚回府上时,床还是硬邦邦的硬板床。他受不了这种委屈,立刻让衷寅给自己换了一张大床,铺着软绵绵的被褥,最上头还盖着凉丝,夏天睡在上面,又软又凉。

"清羽,我回来了。"顾扶洲嗓音沉沉,"对不起啊,我有点没用,回来晚了。"

林清羽闭上眼睛,轻轻拍了拍顾扶洲的后背:"我知道,你一直都在努力。"

"努力没有用，还是不能准时回来。"顾扶洲对这件事耿耿于怀，忍不住抱怨起来，"萧琤不愧是主角，真不好糊弄——算了，不说他了。"

林清羽细细地端详着顾扶洲现在的脸。轮廓硬朗，五官深邃，和当初的俊美贵公子截然是两种风格，唯有那一双眼睛依旧光彩夺目、璀璨如星。林清羽看看到他眉尾有一道浅痕，离眼睛只有丝毫之差。这痕迹看上去很新，应该是两三个月前形成的。

林清羽抬起手，指着那道伤疤，问道："怎么会变成了顾大将军？"

顾扶洲叹气："不知道，我醒来的时候也吓得不轻。"

他第一次醒来，看到的是穿着华袍的古典美男子；第二次醒来，看到一帐篷的魁梧大汉，落差太大，再加上身上有毒，他差点没闭眼再回去。直到他朦朦胧胧看见林院判走进来，才知道自己还在大瑜，还在原来那个世界。

强烈的求生欲让他苟活了两天。也就是在这两天，林院判找到了解药，把他从鬼门关拉了回来。

"出征在外的武将无诏不得回京，连家书都不能写。我知道自己短时间内回不去，就先认了你父亲当义父，并在述职的奏本中提及此事。我想着，萧琤知道你是我义弟后，应该不会对你做太过分的事情。"

林清羽想起这小半年来的种种，道："顾大将军义弟的身份，确实给我省了不少麻烦。"但也仅限于萧琤清醒的时候。上一回静淳的生辰，要不是沈淮识，他恐怕也见不到现在的顾扶洲。

"后来，我一直在奏请回京，可皇帝和萧琤那两个傻子死活不准奏。"说起这个，顾扶洲就很气。那个时候，他心焦如焚，长这么大头一次遭遇失眠，整夜整夜地睡不好，头发都掉了不少。"眼看马上就一百天了，我只能先想办法，让你知道我还活着。"

林清羽道："所以根本没有什么熙夏密函，都是你瞎编的。"

"没错。可是我回到京城，注意到一般人根本没听说过'奇变偶不变'，就知道萧琤肯定没照我说的做。我在天机营的眼皮底子下问了你这个暗号，你又很平静地说你未曾听说。我便猜你一早就知道了。"

林清羽点点头："我在你走的第一百天，从勤政殿的一个小太监那儿听到了这句暗号。"

"一百天才听到？"顾扶洲有些愧疚，"那你当时是不是很难过？"

林清羽顿了顿："还好。"

顾扶洲看着他:"你哭了吗?"

林清羽摇摇头。

顾扶洲松了口气,笑道:"好狠的心啊林大夫,一滴眼泪都不肯流。"

林清羽轻声道:"你不是回来了吗?"

"是我,我又回来了。"顾扶洲无限感叹,"从今往后,我要悠闲地活到死。"

有了"悠闲"二字,林清羽都不知该感动还是该无语。

"你既然已经把暗号传到了京中,为何还要这么着急回来?你应该知道,你的种种行为太过可疑,以萧琤的多疑,定然不会放过你。"

"我知道,但我没办法。其一,我不能保证暗号一定能传到你耳中;其二……"顾扶洲犹豫道,"我依稀记得,静淳郡主的生辰就在夏天。"

林清羽脸色微变:"我本来应该死在静淳生辰的那日,对吗?"

"你怎么……"顾扶洲睁大眼睛,"萧琤出手了?"

"嗯。"林清羽语气中带上了一丝丝自己都察觉不到的委屈。

顾扶洲一阵心疼,他强自稳下心神,暗骂了一句。

"我本来是怎么死的?"林清羽问,"死在萧琤手下,还是沈淮识的剑下?"

"你本想和萧琤同归于尽,但半路杀出来一个沈淮识。他为萧琤挡下了致命的一击,你见暗杀失败,毫不犹豫地吞下事先准备好的毒药……"顾扶洲说不下去了,即便这只是原来的剧情,他也不能接受。

林清羽淡淡道:"这确实像我会做出来的事情。"

顾扶洲后悔道:"我应该早点下决心回来的。"

"你说的下决心,是指让我父亲给你下天蛛之毒?"

顾扶洲幽怨坦白:"我也不想啊,可是若不如此,我根本回不来。"

林清羽喉结滚了滚:"胡闹。"

顾扶洲笑笑:"你父亲帮我控制好天蛛的剂量了,只要能准时回京,就不会有大碍。放心吧,一切都在我计划之中。"

包括天机营,也在他预料之中。其实天机营并不是在他回到京城才开始监视他。他连发数十封奏本请辞,就已经引起了皇帝和萧琤的怀疑。早在那时,天机营的暗卫便混入了雍凉,此后一直跟随他入京。

他想过一回来就和林清羽相认。即便是在天机营的眼皮下,想要强行相认也不是不行,但萧琤正在彻查他身边的人,林院判已经被牵扯进来,他不想再让林清羽卷入其中,只好暂且忍耐下来。

可惜，林清羽那么聪明，最终还是将他认了出来。林清羽知晓当下的形势，也没有轻举妄动。两人心照不宣地演了这么久，这才得以解脱。

林清羽静默片刻，问："你做这一切，包括不惜给自己下毒，都是为了回京？"

顾扶洲不假思索："不然呢？"

林清羽闭了闭眼，偏过头不再看他。

"清羽？"

顾扶洲看到林清羽眼睛发红，手足无措了一会儿，露出笑容："其实也不完全是。我不是和你说了吗？我在雍凉过得太苦太累，肩上又背负着三十万征西军的性命，想偷懒都觉得良心不安。在那儿多操劳一日，我感觉自己要少活一年。"他抓着发丝在手中把玩，"我这么拼命回来，也是为了自己来着。"

林清羽那点难得的伤心瞬间跑得无影无踪："不愧是你。"

"是我是我，所以你别难过，别哭。"

林清羽淡淡道："你死了我都没哭，你活着我干吗还哭？"

顾扶洲被赶鸭子上架打了几个月的仗，深知敌进我退、敌退我进的重要性。林清羽要强撑淡定，那就必须戳穿他。

"有人眼睛红了，但我不告诉你他是谁。"

林清羽："……"这人真是，一点没变。

这时，袁寅急急忙忙跑了进来："大将军，宫里来人了，说皇上宣您进宫面圣。"

顾扶洲一愣："皇上？你确定是皇上，不是太子？"

"是皇上不假。"

顾扶洲看向林清羽："皇上不是病重吗？"

林清羽站起身，镇定地理了理身上的官服："我救的。"

07.

皇帝病重多时，礼部都已经在筹备他的后事了。不料褚正德给他换了一剂药方，喝了没两天，病情就得到了好转，人也清醒了过来。

一醒来皇帝便招来太子，询问他病时朝堂情况。

旁的都没什么，只有顾扶洲一事最为棘手。在皇帝醒来前，萧琤迫于压力已经撤去了顾扶洲身边的天机营侍卫。可那群武将还是不肯消停，得知皇帝清醒后，纷纷上奏求见，仿佛受了天大的委屈，一定要来御前告上一状。

皇帝躺在龙床上，将武国公的奏本往萧玦脚下一扔："看看你做的好事！"

"儿臣不觉得自己错了。"萧玦目视前方，固执道，"顾扶洲身上疑点重重，若不能探明真相，如何能让他在京中自由自在，为所欲为。父皇，您难道真的放心他吗？"

皇帝怒道："你还不知错！"

萧玦跪下道："请父皇明示，儿臣何罪之有。"

皇帝摇摇头："你啊，还是太年轻了。"

要说多疑，皇帝不比萧玦好多少，但他好歹在龙椅上坐了这么久，深谙制衡之术，凡事皆以大局为重。顾扶洲可疑不假，可现在远远不到和顾扶洲撕破脸的时候。顾扶洲虽然人在京城，却依旧是京中武将和雍凉三十万大军心之所向。除他之外，大瑜再也找不到第二个百战百胜的战神。

大瑜和熙夏打了这么多年，几乎搬空了国库，多少将士战死沙场，天大的事在西北战事面前都要做出退让，即便顾扶洲可疑狂妄，只要他能打胜仗，就没到动他的时候。等平定了西北，再逐一和他清算，一一翻出旧账，还怕定不了他的罪？

皇帝看人看得透彻。他知道萧玦手段强硬，不肯服输，傲慢自大，来日登上皇位，绝不会走什么以德服人、从善如流的明君之路。严治天下没错，可一旦失了武将的心，纵使有千军万马，又有何用。

皇帝这一病，已是心力交瘁，骂了两句再提不起精神，唤道："玦儿。"

萧玦眼眸一缩，他已经不记得父皇上一次这么唤他是在什么时候了。

"好好琢磨琢磨人心。"皇帝道，"别人的，也包括你自己的。"

人心，不过是世间最无用之物罢了，萧玦低下头，无声冷笑："儿臣多谢父皇指点。"

薛英道："皇上，顾大将军来了。"

皇帝强撑着道："让他进来吧。玦儿留下，随朕一道好好安抚顾扶洲。"

萧玦憋着一口气："是，父皇。"

不多时，顾扶洲便在太监的带领下走入殿内。高大的男人一身戎装，身后暗红色的披风齐地，带来一团寒凉之意。

顾扶洲正要跪地行礼，皇帝就笑道："爱卿不必多礼。薛英，赐座。"

顾扶洲道："谢陛下。"

看皇帝一副笑眯眯的模样，顾扶洲大概猜到了皇帝大半夜把他叫进宫的原因。

皇帝先是问了问他的身体，得知他余毒已清，似乎倍感欣慰。接着又提起天机营一事，说太子本意是为了护他周全，谁承想会引来武将的不满。

"太子头一回监国，难免有所疏忽。既然事情已了，众武官那边还须爱卿多多疏解才是。"

皇帝这一番话，听着是对臣下的关怀，实则处处护着自己儿子。不得不说，姜还是老的辣。顾扶洲轻一点头，端的是内敛深沉："臣明白。"

皇帝闷咳了两声，接过萧琤递来的茶，道："说起来，爱卿已有三十了吧。"

"臣今年三十有一。"顾扶洲有种不好的预感。一般来说，问过年龄之后都是要催婚的。

皇帝笑道："都三十一了啊。朕像你这么大时，都有好几个皇子了。是朕一直让你待在西北，这才耽误了你的婚事。"

连催婚的句式都和他预想的一模一样。顾扶洲道："西北未定，臣无心家事。"

"话不能这么说。你常年出征在外，府中没个人怎么行。"皇帝想了想，道，"朕的七公主，正值妙龄，爱卿觉得如何？"

萧琤很快明白了皇帝的用意。将公主许配给顾扶洲，一来可以安抚武将，让他们知道大瑜对武将的重视；二来，在顾扶洲身边放一个正妻，可比放侍卫有用多了。

萧琤似笑非笑道："不瞒父皇说，七妹仰慕顾大将军英姿已久，想来定不会反对这门亲事。"

顾扶洲一口回绝："七公主的仰慕臣心领了，但臣已经有了心仪之人。"

"说来听听，是哪家的小姐？朕可以给你们赐婚。"

顾扶洲道："那我还是没有吧。"

萧琤冷眼道："顾扶洲，你当这是儿戏吗，说有就有，说没有就没有？"

皇帝呵斥："太子。"随后又缓声道，"既然没有，朕改日让你和七公主见上一面。若彼此对不上眼缘，朕再叫皇后从高门贵女中给爱卿挑一个中意的。无论爱卿喜欢哪个，朕都给你做主。"

顾扶洲还要拒绝，皇帝又咳了起来，不给他说话的机会："朕乏了，爱卿退下吧。"

皇帝病情好转，养了几日后已勉强能起身坐着。此事褚正德占头功，皇帝本欲大大地嘉赏他一番，褚正德却告诉皇帝，新的药方不是他配的，而是七品太医林清羽配的。

皇帝对这个名字有印象，问："可是那个配出了时疫药方的林清羽？"

褚正德道："正是此人。"

皇帝病了这么久，有人能医他已属难得，连忙传召："传朕口谕，林清羽晋从五品御医。"

在大瑜，太医院中最高者是正五品的院判，其次便是从五品的副院判和御医。林清羽救了天子的命，连升三级，已和褚正德平起平坐，官职相当于御史台的御史中丞。

林清羽去皇帝的寝宫谢恩时，陪在皇帝身边是一位使女。那使女不过十六七岁的年纪，身量纤细，只见使女坐在脚踏上，脑袋依偎在皇帝膝上，乖巧可爱。

皇帝看到林清羽，迟疑道："朕……以前见过你？"这样一张脸，若是见过，他如何会一点印象都没有。

林清羽道："半年前，臣有幸得见天颜。"

皇帝看了他许久，道："你以后和褚正德一同随侍圣驾吧。"

所谓随侍圣驾，是指他每日都要和褚正德一同例行给皇帝诊脉、施针、开方，俨然成了天子近臣。可一想到伴君如伴虎，林清羽倒希望褚正德能把自己这份功劳抢了去。可惜老头子虽然和他政见不同，也是个极有原则之人，不屑抢晚辈的功劳。

这日轮值结束，林清羽走出太医院，就看见顾扶洲靠着宫墙站着，双手抱臂，脸色沉郁，低着头不知道在想什么。

"将军。"

顾扶洲双腿站直，笑了笑："林太医。"

林清羽问："将军怎会在此处？"

"皇后娘娘邀我进宫赏花。赏完之后，我就顺便来接林太医下班。"

好端端的，皇后为何要请顾扶洲赏花？上一回她请人赏花，还是为萧琤挑选侧妃。

两人挥退领路的太监，走到没人的地方，顾扶洲欲言又止："清羽。"

"说。"

顾扶洲深吸一口气，低声问道："你愿不愿意，把我带回家当你的护卫？"

林清羽脚下一顿："什么？"

顾扶洲双手合十，抵在额前："你行行好，把我带回家吧。"

林清羽用掂量的目光看了他两眼，毫不犹豫："不带。"

顾扶洲早猜到林清羽会拒绝，但还是不死心地问："为什么？"

林清羽莫名其妙："堂堂一品辅国将军，如何能当我的护卫？"

顾扶洲试图说服他："你看呀，你曾经被强迫当我的侍从，难道不想让我还你一次，找回尊严吗？"

"不是很想。"

顾扶洲仿佛戴上了痛苦面具："清羽，我又要被赐婚了。"

林清羽蹙起眉："又？赐婚？"

顾扶洲将皇帝欲把七公主许配给他的事情告诉林清羽。原来，今日皇后组的赏花局，就是他和七公主的相亲会。

林清羽笑了笑，眼中却没什么笑意："这不是挺好的吗？七公主花容月貌，温柔体贴，又是金枝玉叶，配你绰绰有余。"

"那不行。"顾扶洲一本正经道，"成婚是终身大事，理应由我自己做主，怎可被他们皇家当成弄权的手段。"

"虽然如此，你也不必到我府上受委屈。"

顾扶洲笑道："我这人你知道的，一向没什么大志向，别说当你的护卫了，就是当你的小厮，和欢瞳称兄道弟，也比娶个劳什子公主有意思多了。"

林清羽脸色变得颇不自在，顾扶洲顺杆往上爬："林太医，你考虑考虑呗，有战神保护你，你不觉得很有面子吗？"

"不觉得。"林清羽凉凉道，"真正的顾大将军已去，魂魄不知归于何处。你占了他的身体，不延续他战神的荣耀也就罢了，还要让他背上一个'护卫'的名头，这像话吗？"

"我也是没办法。"顾扶洲忧郁得开始强词夺理，"你把皇帝救活了，他跑来给我赐婚，这麻烦有一半是你造成的，你得负责善后。"

林清羽冷笑："你还真有脸说出口。我若不救皇帝，让萧玚顺利登基，你的处境只怕会更艰难。"

顾扶洲叹了口气："好吧，那你去忙你的吧，不用管我，不就娶个公主吗，咬咬牙这辈子很快就过去了，我就不给你添堵了。没事的，我可以自己想办法解决此事。我好得很。"

林清羽眉间一跳："你能不能别用顾大将军的脸做出这样可怜兮兮的表情？你个五大三粗的男儿，这副表情，会让人很不自在。"

"我也不想的，但我确实蛮可怜的……"

林清羽若有所思："或者，还有其他的办法。"

顾扶洲一对上他的暗藏兴奋的目光，就知道大帅哥又要做坏事了。

"今夜，你到我府上来。"林清羽道。

08.

林清羽回到府中，告诉花露和欢瞳今夜有客人要来。自从分家立府后，还没有客人到过这宅子。欢瞳猜客人是胡吉，花露说是林家的亲戚。

"都不是。"林清羽道，"是我的义兄，顾大将军。"

欢瞳闻言欢欣雀跃，花露也兴奋得小脸通红。在大瑜，顾扶洲是家喻户晓的战神，像他们这种年纪，对顾扶洲多有崇拜。不用林清羽多说，两人就兴冲冲地忙活起来，准备待客用的酒菜茶水。

林清羽想起一事，问欢瞳："我要你去定做的东西做好了吗？"

"做好了，已经放在书房里了。"

陆晚丞身去后尚且能在陆家的祠堂里享受香火，而一世英名的顾大将军，却无人知晓真正的他已为国捐躯，他也享不了后世的供奉。虽然姓江的说，他是因为救了一个孕妇，误打误撞来到大瑜，顾大将军人这么好，救了无数人的性命，一定也会好好地生活在其他世界。但林清羽还是让欢瞳去订了一座无字灵牌，供奉在书房后的暗室之中。

天色渐晚，过了用晚膳的时间还不见顾扶洲的身影。欢瞳守在门口翘首以盼，最后把袁寅盼了过来。袁寅告诉林清羽，武国公拎着两瓶好酒，突然造访将军府，要和将军煮酒论英雄。武国公到底是长辈，又在天机营一事上出了不少力，将军不便推辞，只能晚点再过来。

"将军还说，若是太晚了，林太医就不要等他，先睡吧。"

林清羽谢过袁寅，用过晚膳后便去了书房。虽然顾扶洲让他不要等，但明知顾扶洲会来，他又怎么睡得着？

一直到夜阑人静的亥时末，林清羽忽然听见一声口哨声，便知某人已经到了。

按理说，顾扶洲到了欢瞳肯定会来禀告自己，也不知那人又在搞什么名堂。

林清羽走出书房，就瞧见一个黑影从墙外翻了进来，动作如行云流水，稳稳地落在了地上。顾扶洲拍了拍手，道："晚上好，清羽。"

林清羽面无表情："为什么要翻墙？又不是没给你留门。"

"夜访林太医家走大门多没意思。既然要追求刺激，那就贯彻到底。"

"……"

想到这人还是陆晚丞时的日子过得那么可怜，林清羽沉下一口气，尽量收敛着脾气，耐心道："白日在宫中不便交谈……过来。"

林清羽这栋宅子比侯府和将军府小了不止一点半点。顾扶洲打量着四周，说："我给你留了那么多家产，你完全可以买一个和南安侯府一样大的宅子啊。"

林清羽道："然后被御史参一个僭越之罪？我府上又没多少人，要那么大做什么！"

两人来到书房。书房有内外两室，外室摆着一列列书架，窗前的长桌是主人的伏案之地。主人若是读书写字累了，便可去内室稍作休息。顾扶洲一进内室，就瞧见了那张由他亲自设计的上下铺。

顾扶洲愣了愣，笑出声来："你怎么把这个也搬来了？"

林清羽道："府中刚好缺床。"

这种拙劣的谎言他也不指望顾扶洲会信。以顾扶洲如今的身高，站在地上就比这张床高上不少。

顾扶洲看着床上的丝被，想：以前，林清羽就是睡在这里，陪他度过了一个又一个被病痛折磨的夜晚。

他转过身看着林清羽，笑了。

书房里除笔墨纸砚的味道之外，还萦绕着淡淡的药香。

林清羽垂下眼睛，轻声道："你不是和武国公喝酒了吗，身上怎么一点酒味都没有。"

顾扶洲弯唇："我来之前洗过澡了，知道我对我们的会面多重视了吧。"

"见我之前沐浴就是重视？"

"对，"顾扶洲说得和真的一样，"这是最高礼遇。"

林清羽清浅一笑："这种说法我还是头一次听说。"

顾扶洲呼吸渐渐变得不稳。武国公的酒后劲十足，刚喝完还觉得没什么，现在才开始上头。顾扶洲在下铺坐下,双手向后支撑,语气懒懒:"清羽,我有点醉了。"

林清羽道:"给你煮碗醒酒汤?"

顾扶洲摇摇头:"醒酒汤没用,先说正事吧。皇上要把七公主许配给我的事,连武国公都听说了,喝酒的时候一个劲地恭喜我,还说要收我未来的儿子为徒。你有什么办法能让皇上改变主意?"

林清羽收敛心神,道:"七公主是皇上最小的女儿,皇上向来视她为掌上明珠。你若是骁勇善战,战功赫赫的大将军,配她自然是男才女貌;但你若身患隐疾,皇上应该也不会舍得她嫁给你守活寡。"

身患隐疾,守活寡?

顾扶洲反应过来,"嗖"地一下站起身,难以置信道:"林清羽,你是不是想气死我?"

林清羽淡淡道:"不是。"

顾扶洲阴阳怪气:"得了吧,我看你就是想气死我,然后再得到我的家产。"

"你上辈子留下的我都花不出去,为什么还要你这辈子的?"林清羽奇怪道,"再说,你活久一点,我得到的岂不是更多?"

顾扶洲一愣,气着气着就笑了:"这话说得太漂亮了兄弟。有理有据,我完全反驳不了。"

林清羽放软语气:"我的医术你还不放心?只是让你暂时丢点体面,等风头一过,我自会让你恢复正常。你还是陆晚丞时,对此事不是接受得很好吗?"

"我那时候是被逼的好吗。命都保不住了,哪里还有心思管这些。但现在不一样了。"顾扶洲沉声道,"我,要有尊严地活下去。"

林清羽强调:"说了是暂时的。"

"暂时的也不行。"顾扶洲冷笑,"为了顾大将军的声望威名,直接丢给他一个身患隐疾的帽子,你的良心不会痛吗?"

林清羽稍微思索:"你所言,也有一番道理。"若真让顾扶洲不举,此事又被好事者张扬出去,顾扶洲以后也不用做人了,说不定还会影响他在军中的威望,"既然如此,那只能……"

顾扶洲气到一半,忍不住接话:"你答应了?"

"皇帝的病始终不见好转,已是日薄西山,积重难返,你再拖一拖,或许等不到赐婚反而先等来国丧。"林清羽语气沉稳冷静,"至于太子,我们先前与萧琤结下的梁子太深，他手段狠辣，若是登基，恐怕我还是要如你所言死在东宫。"林清羽眼眸一暗，压低嗓音，"除非……换掉他，由其他皇子继位。"

顾扶洲静了静，并没有多惊讶。

"林太医的格局是越来越大了。"顾扶洲笑吟吟道，"难不成，你还想以己之力动天下格局？"

林清羽眼眸微挑："有何不可？"

他对江山没什么兴趣。他本来只想安安心心钻研医术，可这一个两个的，都不让他好生活下去。如今的朝堂局势并不太平，既然有人强拉他们入局，不如一不做二不休，干掉这幕后搅弄风云之人。

顾扶洲想了想，道："皇上那几个皇子在三年前的夺嫡之争中，死的死，废的废，如今还在的除了萧琤，就只有萧玠和萧璃。萧璃是个傻子，就算是嫡子也不可能继承皇位。那就只剩下萧玠了？一个漂亮的蠢货。"

林清羽冷哼一声，道："萧玠既是蠢货，也更方便我们控制。"

顾扶洲不敢苟同："萧玠身边有聪明人，恐怕轮不到我们控制。"

"谁？"

"那人你应该也见过，以前是伺候萧玠的小太监。后来长成了大太监，和萧玠一同离宫建府，现在是萧玠府上的管家。"

林清羽是记得有这么一个人。

"此人很聪明？"

"在大瑜能排进前三。"顾扶洲道，"而且这个人因为身体的残缺，性格偏执阴鸷，和他打交道要费点脑子。"

林清羽眉头一松："这些都是后事了，以后再说。当务之急还是应该想想怎么解决你眼下的困境。"拖住皇帝不让其赐婚其实不难，皇帝本来就病重，他只要稍微改一改药方，让皇帝病势看似加重、无暇他顾就行。说来说去，最为棘手的还是萧琤。

顾扶洲也想到了这一层："萧琤不吃药，吃食也只吃东宫的东西，有了前车之鉴，熏香也不用了。下毒是不可能的，唯一的突破口就是……"

林清羽接过话头："沈淮识。"

顾扶洲点点头："可是清羽，我拖不了多久。看皇上的意思，是希望我即刻订下婚约。"

"如果我们的计划能成功，赐婚一事自然会不了了之；如果失败了，再商议后面的对策也不迟。"

顾扶洲总结道："也就是说你接不接受我的提议，要看萧琤什么时候倒台？"

林清羽点头："没错。"

顾扶洲表情复杂道："这心情啊，突然就微妙了起来。我本来是希望萧琤立刻滚出我的视线的。"

林清羽嗓音微冷："你现在难道不希望了？"

顾扶洲笑道："那还是希望的。"

09.

让萧琤倒台是林清羽此生必做之事。顾扶洲还是陆晚丞时，他们也动过手，最终却以失败告终，但现在不一样了，他们一个是武将之首，一个是天子近臣，不像当初那般连宫都进不了。况且现在，林清羽还结识了沈淮识这个关键人物，这一回，他有五成的把握。

若计划成功，在萧琤失势之前，林清羽会设法保住皇帝的性命，顾扶洲也会在此期间将萧玠拉上船。萧琤倒台，储君之位空悬，皇帝情急之下，哪儿还有心思考虑顾扶洲的婚事。就算有，林清羽也会在他下旨赐婚之前让他龙驭宾天。到那时，能继承皇位的只有萧玠。

若计划失败，萧琤和皇帝都活得好好的，顾扶洲免不了赐婚一事。看他那么不想娶旁人的样子，自己可禀明皇帝，称顾扶洲余毒未清，不宜娶亲，再以"义弟"之名入府照料……未尝不可。除非皇帝活腻了，否则不可能在重病时革自己的职。他就算住进将军府，也不妨碍他继续在太医署钻研医术。

两人大致商定完，已经到了子时。顾扶洲盘腿坐在下铺，打着哈欠道："清羽，这么晚了，将军府肯定都关门了。我能在你府上留宿吗？"

林清羽轻哂："你要回去，将军府的人还会不给你开门？"

顾扶洲笑道："那我总要找个借口。"

林清羽道："要留宿可以，但你必须睡上铺。"以前陆晚丞身体不好，都是他睡上铺，上上下下，着实烦人。

顾扶洲立即站起身，整理好被自己坐乱的床铺："您请。"说完，双手在上铺一撑,轻轻松松就坐了上去。

两人一上一下,让林清羽想起了过去还在南安侯府的时候。那时,他们偶尔会在睡前聊上几句。有时陆晚丞会说他家乡的事情,教他几句家乡话;有时是一起商量着怎么干坏事;还有时陆晚丞因为毒发惊醒,他就会下床,轻轻安抚陆晚丞。

陆晚丞走后,林清羽独自在下铺睡了很久,他总是睡不好,今夜,他上铺终于有人了,他心里也终于踏实了。

明明不久前才密谋着弑君这等大事,他却出奇地平静。纵使群狼环伺,前路未明,稍有不慎就会丢了性命,但只要有兄弟一路相陪,就没什么可怕的。

顾扶洲在上面翻了个身,弄出不小的动静,接着,从上铺探出头看他,问:"清羽,你睡着了吗?"

林清羽闭着眼睛:"睡着了。"

顾扶洲笑了笑,道:"好的。我刚刚想到一件事——我给你留下的暗号,你和沈淮识看到了吗?"

原剧情里,林清羽确实是在陆晚丞去后,凭借配出时疫的药方得以进入太医院,并在太医署和沈淮识有过一面之缘。但原剧情的林清羽没有他的提点,不会对沈淮识过多关注,后来才有了自尽于东宫的结局。

"看到了。"正因为这个暗号,他和沈淮识才逐渐熟悉,"据说,这是天狱门中人才知道的暗号。"

顾扶洲道:"沈淮识在乎的便是萧玚和天狱门。天狱门被灭一事,是他最大的软肋,也是开启萧玚和沈淮识剧情线的钥匙。"

所以他才在送给林清羽的药箱上刻下天狱门的暗号。只要沈淮识看到这个暗号,以为林清羽和天狱门有关,就不会让林清羽死在东宫。

林清羽沉吟道:"如此说来,天狱门被灭,是萧玚一手造成的?"

顾扶洲双手枕在脑后,语气难得正经:"天机营和天狱门一明一暗,同为天子的爪牙,但私下一直不怎么对付。天狱门家主姓沈,正是沈淮识的父亲。天狱门被天机营打压已久,沈家家主心有不甘。因为沈淮识和萧玚亲密无间的少年情谊,沈家家主把宝押在了萧玚身上,暗中对他多有关照,甚至替他办了不少事,就指望萧玚登基后,天狱门可以一家独大。而那时,萧玚还只是个皇子。

"暗卫组织和皇子交往过密,此为皇帝之大忌。沈家家主自以为做得隐蔽,却还是留下了蛛丝马迹,被天机营找证据呈交给皇帝。彼时夺嫡之争已到尾声,萧玚离太子之位不过一步之遥。

"皇帝认可萧琤的能力,他深知萧琤是太子的不二人选,但他无法容忍天狱门暗中助皇子夺嫡的行为。皇帝给萧琤看了一份立他为太子的诏书,并告诉他:'天狱门一灭,朕的玉玺就会盖在这道诏书之上。'"

林清羽道:"如此说来,萧琤便是天狱门被灭的罪魁祸首?"

"讲道理,在这背后搅弄风云的是皇帝。萧琤动手了,但在最后一刻杀沈家家主的时候,因为和沈淮识自幼的情谊心软了。可惜已经太迟,天机营奉皇帝之命及时赶到,帮萧琤做了他不忍心做的事情。也正因为萧琤的不忍心,导致他险些失了太子之位。所以在静淳郡主被北境王看中时,为了不失圣心,他根本没办法留住喜欢的人。他后悔自己的心慈手软,并把这一切归结到沈淮识身上。"顾扶洲嗤笑一声,道,"沈淮识失去的不过是一家人的性命,而萧琤他失去的是爱情啊!"

林清羽忍不住问:"你到底是如何得知这些事情的?在你的家乡里,这些是记录在册的史料?"

"史料谈不上。"顾扶洲悠悠道,"这一切——无论是你的命运,还是萧琤和沈淮识的纠葛,都出自一个叫《淮不识君》的游戏。"

"淮不识君?"林清羽冷笑,"难怪萧琤和沈淮识是主角。"

"是啊,整个故事都是围绕他们二人的。你还记得我跟你说过,我曾救过一个孕妇的事吗?其实那天,我出门就是去买这款游戏的。我打开游戏,阅读剧情介绍,谁知这时出现了意外。那辆车迎面撞过来时,我眼前突然闪过一道白光,再醒来,我就成了游戏里的'陆晚丞'。我本以为'陆晚丞'身死后,我会被送回我的家乡,谁知再次睁眼,我又变成了'顾扶洲'。"

听顾扶洲说了这么多,林清羽冒出个疑问:"你为何会玩这种游戏?"

"你要是和我说这个,我就不困了。"顾扶洲坐起身,一副被欺骗了的模样,"这原本是由话本改编的游戏,我表姐给我推荐的,说是讲一个影卫的升级逆袭之路。我看名字还挺有感觉的,就尝试玩了玩,就此打开了新世界的大门。"

林清羽不解:"你玩的时候不会觉得不对劲吗?"

"确实不对劲。但沈淮识真的太惨了,故事介绍看得我想骂人,我就特别想看他崛起的一日,所以玩游戏前我先找了原作来看。"顾扶洲幽怨道,"你知道那种感觉吗,那种欲罢不能的感觉。边骂边看,根本停不下来,莫名其妙就看到结局了。"

林清羽不太理解顾扶洲说的"欲罢不能的感觉"。他若看到这种话本,定然一页都不想多看。

"那么,在《淮不识君》里,他们的结局是什么?"

"沈淮识得知真相后'黑化'了——'黑化'这个词我给你解释过吧?"

"嗯。"

"他势要为沈家报仇。但眼看就要成功,沈淮识也心软了,弃剑而逃,离开了东宫,从此浪迹天涯。等他走了,萧琤才看清沈淮识的重要性,不顾一切地要把人带回来,甚至上演囚禁的戏码。一日,沈淮识寻到机会反杀,已是皇帝的萧琤大大方方地亮出自己的胸膛,说出了那句经典的话'只要你留下来,孤的江山与你共享'。然后,沈淮识被感动了你知道吗?他居然被感动了!他重新接纳萧琤,两人尽释前嫌,从此成为两肋插刀的好兄弟!大团圆结局啊!"

顾扶洲还记得自己看完全书的心情——一言难尽。

林清羽听完整个故事,很快便理清了思路。想要在皇帝赐婚的圣旨下来之前解决萧琤,他们需要做两件事。第一,尽快让沈淮识知道当年天狱门被灭的真相;第二,决不能让沈淮识有心软的可能。

10.

想让沈淮识尽快得知天狱门一事,那个远在徐州遂城的屠夫是关键。此人化名朱永新,据顾扶洲所言,他是天狱门安插在天机营的暗线。朱永新极善隐藏身份,一直到天狱门覆灭都未暴露。

天狱门惨案中,只有沈淮识和朱永新两人存活。朱永新曾经想过告知沈淮识真相,转眼却看到沈淮识加入了天机营。他心灰意冷,不敢在天机营再待下去,便在一次任务中借假死脱身,之后隐姓埋名,成了一个看似平平无奇的屠夫。

朱永新知晓事情的全貌,在原剧情中,他是在萧琤登基的前一天告诉沈淮识一切。而林清羽要做的就是将这个日子提前,越快越好。

沈淮识拿到天狱门的玉牌后,也想尽快赶到徐州找到玉牌的主人。可萧琤不肯放他离京,此事才一拖再拖。

林清羽想过让张世全把人带到京城,但朱永新为人小心谨慎,不肯贸然入京。他有武功傍身,张世全一个生意人哪里拿他有办法。

顾扶洲道:"这事交给我,我负责把他带到京城。"

林清羽问："你预备怎么做？"

"我自然有我的办法。"顾扶洲笑道，"我这个大将军也不是白当的。"

林清羽问："你不是吗？"

顾扶洲如梦初醒："我真的是白当的。"

京城到徐州路途遥远，一来一回少说要十天半月。这段日子，顾扶洲常被皇上、皇后以各种理由叫入宫。除了七公主，他还被迫见了丞相的孙女、兵部尚书的女儿、太子洗马的侄女……总之，全是文臣家的女子。

顾扶洲余毒已解，本该赶回雍凉主持战局。上回顾扶洲大败熙夏，熙夏被迫休养生息，厉兵秣马。赵明威虽不像顾扶洲一般能百战百胜，但也是个将帅之才。有他驻守边疆，熙夏短时间内掀不起什么风浪。这时皇帝倒不急了，索性让顾扶洲在京城多待些时日，把终身大事解决了再走。

顾扶洲既然身在京城，身体也好了，就要和其他武将一样上朝议政。闲散的日子过了没多久，他又回到了水深火热的噩梦中，以至于林清羽在太医署忙来忙去，还要分神听他怨天尤人，大吐苦水。

藏书楼里，林清羽穿梭在书架之中，将一本本看完的医书放回。顾扶洲跟在他身后，亦步亦趋："清羽，我实在是熬不住了。"

林清羽看都没看他："又怎么了？"

"今日一早，鸡一叫我就被袁寅请了起来，接着就是上早朝、勤政殿议事，听了一堆废话。好不容易挨到用午膳，他们不让我回府午睡，要我陪翰林院孙阁老的曾孙女和皇后一起听戏——磨坊的驴也不带这么折腾的吧！"顾扶洲痛苦掩面，"中年人本来就容易脱发，我怀疑再这样下去，我真的要秃了。"

虽然知道没什么用，但林清羽还是象征性地劝了两句："天将降大任于斯人也，必先苦其心志，劳其筋骨，饿其体肤，你这才哪儿到哪儿。"这本医书应当放在最上层，他够不到，得搬个梯子来。

顾扶洲从林清羽手中拿过医书，抬手把书放到了正确的位置："道理我都懂，但我就是不想听。"

放完书，林清羽在桌边坐下，打开一卷陈年脉案："那你可以称病。"

"那不是欺君之罪吗？"

"反正你犯的欺君之罪也不少了。"

顾扶洲在林清羽身边坐下，慢吞吞道："清羽啊，我和你说这些，不是想听你讲大道理的,也不是想要你提出解决的办法。"

林清羽不解:"那你想要什么?"

顾扶洲诚实地说:"想要你的鼓励。"

这人无论用谁的身体,爱向亲近之人撒娇的毛病是一点没改。

"唉,那好歹安慰我一下吧。"顾扶洲往桌子上一趴,生无可恋,"我真的好累。"

林清羽朝四周看了看,此时宵禁将至,藏书楼里只有他们。除了他,没有其他人能看见顾扶洲"咸鱼"的一面,顾大将军的脸面得以保存。

林清羽不禁嘴角微扬,温声道:"再忍忍。等我们计划成功,就让新帝赏你一个闲职。不用上朝,不用议政,俸禄还不低。你每日想睡多久便睡多久,清醒时吃酒赏花,投壶听戏,累了就继续睡,可好?"

方才还口若悬河的顾扶洲此刻只憋出来一个字:"好。"

林清羽摸了摸顾扶洲的头发:"不会秃的,放心。"顾扶洲还未来得及说些什么,林清羽又道,"就算秃了,我也会想办法让它们长回来。"

顾扶洲手都不知道该往哪儿放,他不想在林清羽面前表现出自己的不淡定,竭力保持着风趣,调笑道:"你要是真有这个本事,有朝一日若能去到我的家乡,定能一夜暴富……有了,等我闲下来,我要为你写本小说,专门讲讲林大夫靠生发发家致富的故事。"

面对皇帝的催婚,顾扶洲只能敷衍推托。他称相比京城女子的华贵,自己更喜欢江南女子的温婉;等皇后为他选了几个江南闺秀,他又说自己最爱的是西北女子的爽朗。

顾扶洲就这样一拖再拖,拖到了朱永新入京。将朱永新带入京城的是将军府的府兵,这些府兵个个身手不凡,且对顾扶洲忠心耿耿,乃值得信任之人。

林清羽在自己府上和顾扶洲一同见到了这位可以逆转沈淮识人生的屠夫。朱永新三十多岁,其貌不扬,存在感极低,寻常人看过一眼便会忘。

朱永新也是经历过生死之人,即便是被强行带到京城,面对他们时仍不亢不卑,甚至还能笑出声来:"没想到我一个杀猪佬,临死之前能有大瑜战神顾大将军相送。不亏,不亏!"

"死?"顾扶洲坐在宽大的檀木椅上,神色冷淡,尽显常居高位的气质,"你为何觉得自己会死?"

朱永新满不在乎道:"将军千里迢迢将我带回京城,不就是为了天机营那档子事吗?"

林清羽道:"看你的样子,似乎早做好了赴死的准备。既然如此,早在天狱门被灭之时,你就该忠心殉主。你逃什么?"

朱永新脸色一变:"你怎知我是天狱门的人!"

林清羽讥笑道:"就算你不殉主,也可以继续待在天机营,伺机复仇。都说天狱门中人皆是死士。如今看来,不过如此。"

朱永新哈哈大笑起来:"连天狱门的少主都投了天机营,我一个人又能做什么!"

顾扶洲道:"沈淮识没有投敌,他只是信了太子的话,以为天狱门是被江湖上的仇家联合灭的门。他还以为,是太子救了他。"

朱永新一愣:"此话当真?"

"我可以安排你和沈淮识见面。"林清羽道,"他如今身在天机营,又是太子身边的暗卫,比你能做的事多多了。"

朱永新几年前就想告诉沈淮识真相,没怎么犹豫就道:"好,我愿再见少主一面,将实情一五一十地告诉他!"

林清羽轻笑一声,俯下身,在朱永新耳边低语:"你应该了解你家少主的为人,以他对太子的情谊,只怕听到实情后一番痛苦纠结,最后当断不断,反受其乱。"

朱永新的瞳仁逐渐变得涣散,随即像是想明白了什么,温顺道:"懂了,我自会向少主陈清利害。"

"很好。"林清羽直起身,吩咐欢瞳带朱永新下去。

顾扶洲笑望着他:"林太医什么时候学会以声势夺人了?"

"这还用学,"林清羽不甚在意道,"不是有手就会吗?"

顾扶洲明白,林清羽这是不让沈淮识有心软的借口,也为未来减少一分变数。

林清羽道:"我去沐浴。"

"大白天沐浴?"顾扶洲想起方才的情景,"你刚刚离朱永新那么近,可是对他做了什么?"

"我在他身上种了蛊,防止他胡乱说话,打乱我们的计划。"林清羽嗓音微冷,"如果沈淮识听到这些后,还是对萧峥下不了手,那他就不配做人。"

第八章
福兮祸兮

01.

　　林清羽自从晋升为五品御医后，每日都会和褚正德一同去给皇帝请脉。皇帝的寝宫他尚且能出入，反倒是东宫，他稍微靠近一些都会被当值的侍卫多加关注。但只要他和沈淮识同在宫中，总有碰面的机会。

　　褚正德年纪大了，办事难免有些力不从心。他这几日感染了风寒，告假在家中养病，伺候皇帝的御医暂时只有林清羽一人。

　　这夜，皇帝头风复发，林清羽恰好当值，连夜被请到了皇帝寝宫。

　　今夜服侍皇帝的是林清羽上一回见过的使女。

　　林清羽为皇帝施了针，皇帝的头风有所缓解，睁开眼就瞧见林清羽和他的使女一同站在龙床旁。使女小声唤着"陛下"。林清羽却从容镇定，道："立秋将至，此后阳气渐收，阴气渐长，皇上的药方也应随阴阳之道适时而变。臣这便回太医院给皇上拟一个新的方子。"

　　皇帝看着他，也不知哪根筋搭错了，道："朕这里有纸笔，你在这儿写，写完了给朕瞧瞧。"

　　林清羽顿了顿，道："是。"

　　皇帝在使女的搀扶下坐起身，盯着林清羽一笔一画写下药方，不置可否，只是意味深长地说了一句："大将军近日身体如何？你既然成了他的义弟，可要上点心。"

林清羽心咯噔了一下，看来，皇帝既猜忌他，又想把他当成布局在大将军身边的一枚棋子。他收了收神，垂首躬身道："大将军乃是国之柱石，横亘在敌国和我大瑜之间的一道天堑，微臣不敢不用心。"

皇帝在林清羽的话中找不到差错，便不再言语。

林清羽拟完方子后，便退下了，他跟着薛英走出寝殿，回首看了眼明黄色的龙帐，目光深沉，寒意凛然。

萧琤听闻皇帝犯病，为表孝心，深夜赶来，恰好碰见从寝宫走出的林清羽。林清羽看了他一眼，目光便在他身后的沈淮识身上落下。

沈淮识亦回望他，就听萧琤冷声道："看够了吗？"

沈淮识连忙收回视线："属下不敢。"

萧琤勾唇一笑："有何不敢？孤看你，胆子大得很。"说吧，拂袖冷哼，跟着薛英入殿。

另一个太监提着灯笼走来："林太医，我送您回太医院。"

沈淮识只能在外头守着。林清羽和他擦肩而过时，低声道："找时间来府上寻我。"

沈淮识一惊，下意识地看了眼寝殿的方向，而后低低地"嗯"了一声。

沈淮识没让林清羽多等，三日后的一个深夜，他神出鬼没般地出现在林清羽府上。林清羽正在桌前配药，一抬头就见沈淮识站在窗前："林太医。"

林清羽打开门："进来。"

沈淮识有些紧张："我不能久留，若是被殿下发现了我和你还有来往……林太医，你找我有什么事？"

林清羽道："你想找的人，我帮你找到了。"

沈淮识呆了呆，而后激动道："你是说，那块玉牌的主人？"

林清羽微微颔首："出来吧。"

一声响动，书房暗阁的门缓缓拉开，朱永新从后走出："少主。"

沈淮识瞪大眼睛，难以置信道："朱大哥？！"

朱永新是暗线一事，天狱门中人知道的并不多，沈淮识是其一。沈淮识入天机营后，也曾找过朱永新，没想到得到的是他身死的消息。

"朱大哥，你不是……"再见故人，即便是铮铮铁汉也会红了眼眶，"真的是你，你没死？"

相比之下，朱永新显得镇定不少，沉了沉眸子，道："我确实没死，未报血海深仇之前，我如何能死！"

"报仇？"沈淮识眼中透出茫然，"灭天狱门的赤牙宗，早在三年前就被天机营剿灭了，还是太子殿下亲自下的命令。"

"太子？哈——"朱永新狞笑道，"区区一个江湖邪宗，如何能在一夜之间使天狱门覆灭！少主，你就从未怀疑过吗？"

"不是天狱门出了赤牙宗的叛徒，天狱门才……"

朱永新打断他："赤牙宗早就被朝廷暗中招安，那一场生死之战，也是朝廷故意安排的。不是天狱门出了叛徒，是朝廷舍弃了天狱门。那些所谓的赤牙宗人面具之下，是一张张天机营人的脸！"

沈淮识脸上血色尽失："朝廷……天狱门向来对朝廷忠心耿耿，朝廷为何要……"

林清羽开口道："天狱门是对朝廷忠心耿耿，还是对太子忠心耿耿？若是后者，你觉得皇上能忍吗？"

沈淮识眼中仅存着最后的希望，喃喃道："那就是皇上，是皇上他要杀我们？"

"是，皇上是想动我们。但他的好儿子深知圣意，在他动手之前，先把我们料理了，博了圣心，也博到了他朝思暮想的太子之位！"

沈淮识全身上下都泛着疼痛，几乎站立不稳。清淡的药香袭来，他的手臂被扶住，一抬眸，林清羽的侧颜便出现在他视野中。

"不可能。"沈淮识反握住林清羽，"殿下不会这么做的，林太医……"

"很惊讶？"林清羽低声道，"你觉得，这不是萧琤能做出来的事？"

沈淮识摇着脑袋："证据，我要证据。"

朱永新从粗布麻衣中掏出半截面具，丢到桌案上。"这是天狱门覆灭后，我在天机营一个刺客身上找到的。"

面具青面獠牙，乃赤牙宗独有，上头沾着不知是何人的陈年血迹。沈淮识像是被刺痛了双目，眼中仿佛要流出血来。

"淮识，你看着我。"

沈淮识一愣，他太久没听到这个称呼，他想到了自己的父亲、兄长，从前，他们也是这般唤他的。

林清羽的眼睛有一种摄人心魄的力量："当年的事，你也有诸多怀疑，不是吗？

为何实力雄厚的天狱门会被一个江湖门派所灭，为何萧琤会在事发第一时刻出现，又恰好救了你？天狱门被灭后，萧琤是不是对你极好，好到你感激涕零，甚至不惜为他去死，直到北境王求娶静淳公主？

"你，还不明白吗？"

书房内死一般地寂静，一阵风吹过，吹得窗户嘎吱作响。沈淮识如大梦初醒，猛地推开林清羽，转身要走。

林清羽寒声道："你要去哪儿，去找萧琤对质？你以为你是谁，一个被他害了全门，依旧为他卖命，任他为所欲为的暗卫罢了，他凭什么和你说实话？他能骗你一次，难道不能再骗第二次，你想从他口中听到什么？"

沈淮识僵在原地，双手颤握住拳。

"我若是你，根本不会给他狡辩的机会。"林清羽放缓嗓音，"你说我总是瞧不起你，是因为我讨厌犯贱之人。"

沈淮识飞窗而出，眨眼间便不见了踪影。

该做的，林清羽都做了。接下来，他们只能等待。

萧琤再怎么看不起沈淮识，对他却是极为信任的，沈淮识想要报复萧琤，再全身而退的办法多的是。萧琤本就德行有亏，若能利用这件事直接要了他的性命，或是将他拉下马，他们目前面临的困局即可迎刃而解。

又是一个轮值的晚上。胡吉出诊归来，看到林清羽摆弄着一个瓮，好奇凑上去看了眼，问："林太医，这是什么啊？"

"金蚕蛊。"

胡吉看到瓮里金黄色的多足小虫，连忙离远了："你怎养起这种东西来了？"

林清羽给瓮盖上盖子，轻描淡写道："它的翅膀可入药。"

胡吉干笑了声："原来如此。"

"你方才是去司礼监了？"林清羽问，"可有探得什么消息？"

"消息？"胡吉想了想，"哦，我听花房给东宫送花的太监说，这两日太子殿下喜怒无常，脾气暴躁，好像是因为常跟着他的那个侍卫忽然失踪了。"

意料之中，就沈淮识那样的死心眼，想要彻底接受这件事需要时间，就是不知他想了两日，究竟想出来了什么。

在《淮不识君》中，沈淮识得知真相后把刀架在萧琤脖子上。如今他会不会做出同样的举动？

这一夜，宫里出奇地平静。到了下半夜，太医院轮值的太医开始打起盹来。夜色之下，一个宫女跌跌撞撞地闯入太医院，打破了这份平静。她几乎是尖叫哭喊地说："传太医！东宫传太医！"所有人都被惊醒，纷纷站起身，唯独林清羽依旧坐着，眉间轻轻拢起。

为什么要传太医？难道，萧琤那儿出了变数？

众人皆知太子殿下一向身体康健，半夜急召太医，定是犯了急病。宫女如此慌张，想必病得还不轻。

胡吉是东宫的主管太医，此刻不敢有丝毫懈怠，背上医箱要走。林清羽叫住他："胡太医。"

胡吉急道："林太医还有事吗？"

林清羽迟疑片刻，道："没事，去吧。"

除了胡吉，又陆陆续续去了不少太医。林清羽是皇帝亲点的御医，他要留在太医院为皇帝待命。

胡吉等人这一去便是一夜，直到天亮都没有回来。东宫整夜灯火通明，像是被封锁了一般，只看得到人进去，看不到人出来，林清羽等不到任何消息。

辰时，林清羽结束轮值，心绪凝重地出了宫。一出宫门，他就听见有人叫自己："林太医。"

顾扶洲穿着武官的官服，这个时辰在宫门处，应该是要去上朝的。

林清羽快步走到他面前："将军。"

顾扶洲表情散漫，似乎还没睡醒："当值一夜饿了吧，我给你备了些吃的，待会儿在马车上趁热吃。"

林清羽接过顾扶洲递来的食盒："将军有心了。"

见林清羽脸色不佳，顾扶洲残存的睡意一下就消了，压低嗓音问道："怎么了？可是沈淮识有动静了？"

"沈淮识动手了。但我认为他还有所保留，否则以他的身手，怎么可能不让萧琤一击毙命。"林清羽敛目隐忍，怀中紧紧抱着顾扶洲送他的食盒，"若是萧琤侥幸捡回了一条命……"

顾扶洲沉思片刻，眉间舒展，露出笑容："别说萧琤是死是活还没有定数，就算他有幸捡回一条命，我再辛苦辛苦，帮你想个更好的办法便是。"顾扶洲抬起手，宽大的手掌搭在林清羽肩上，"不用担心，多大点事。快回去睡觉，记得先吃点东西，下朝了我去找你。"

02.

　　林清羽没什么胃口，但还是听顾扶洲的话，在马车上打开了食盒。最上面一层放着的是刚出锅的烤饼，金黄酥脆，还冒着热气。林清羽捧起烤饼，一小口一小口地吃着，在脑中把昨夜的种种重新梳理了一遍。
　　若不是他事先知道整件事的来龙去脉，他肯定会以为萧琤是真的突发疾病。这么大的事，宫里的禁卫军居然没有任何动静。事关储君，难道他们不该搜查整个皇宫吗，为何只是封锁了东宫的消息？
　　沈淮识究竟是如何对萧琤下的手，他有没有成功出逃，现在又身在何处？林清羽知道多想无益，为今之计只有等待，静观其变。

　　午后，顾扶洲赶到了他府上，这次他没有翻墙，光明正大走的正门。欢瞳见到仰慕的战神，上茶的时候兴奋得手抖，眼睛里都带着光。顾扶洲摆出不苟言笑的深沉脸，一本正经地问欢瞳要不要自己的签名。
　　这种时候顾扶洲还有心情插科打诨，林清羽不得不佩服。他把发蒙的欢瞳打发走，问："宫中情况如何？"
　　顾扶洲喝了口茶，道："今日早朝，萧琤缺席，理由是身体抱恙，由丞相主持早朝。其他的，表面上看起来和往常无异，但宫里的气氛明显不对劲，有'山雨欲来风满楼'的味儿了。"
　　林清羽问："抱恙？有多抱恙，萧琤神智可是清醒的？"
　　顾扶洲道："这就不知道了。"
　　数位太医去了一夜未归，说明萧琤伤得极重，生死悬于一线。那下令封锁消息，安排早朝事宜的人是谁——皇帝吗？
　　顾扶洲接着又道："我问过宫中当值的侍卫，昨天晚上他们没得到任何消息，也没听说有什么刺客。综上可得，无论是萧琤，还是皇帝，他们应该都不想把这件事闹得满城皆知。"
　　林清羽颔首赞同。皇帝的病虽有好转，但也只能在寝宫看看奏本、议议事，在大事上拿拿主意，其他的都交给了萧琤。

皇帝已是如此，要是监国的太子再出了什么事，群臣无首则朝纲不稳，时局动荡。他若是皇帝，应当也会把这件事压下来，再派天机营密探暗中调查。

林清羽越想越是心浮气躁，揉着额角道："萧琤若是当场毙命，哪还有这么多事。沈淮识就不能稍微争点气，哪怕就这么一次。"

"他也未必是心软，当时可能还有别的情况。"顾扶洲一笑，"清羽，你知道情景再现推演法吗？"

林清羽未曾听说过，但大概能理解顾扶洲想表达的意思："你想怎样？"

顾扶洲拉着林清羽站起身，跃跃欲试道："你把你当成萧琤，我把我当成沈淮识，我们把当时可能发生的事情还原一遍，说不定能帮助你理清思路。"

林清羽坐了回去："无聊。"

"那我演萧琤，你演沈淮识？"不等林清羽再说一个"无趣"，顾扶洲就往下铺上一坐，瞥了眼林清羽，惟妙惟肖地模仿着萧琤的语气："还傻愣着？怎么，几日未见，连规矩都忘了？"

林清羽："……"

顾扶洲本意是想让林清羽放轻松，无奈人家不吃这套。他正想着其他让他放松的办法，就听林清羽道："沈淮识失踪两日，萧琤不应该先问他去哪儿了吗？"

顾扶洲弯唇一笑，改口："你这两日去哪儿了？"

林清羽缓步走到床前，思索着沈淮识可能的言行。沈淮识既然没能将萧琤一击毙命，很有可能还是给了萧琤狡辩的机会。

"我……我有一事想问你，希望你能告诉我答案。"

顾扶洲眯起眼睛："你先告诉孤你去哪儿了。"

林清羽抿唇不语，眼中酝酿着风暴。忽然，他手臂一疼，竟是被顾扶洲狠狠抓住，林清羽想要挣扎，又觉得这确实像萧琤会做出来的举动，便放任顾扶洲动作。

顾扶洲一手钳住林清羽的脸，冷声道："两日不见，脾气见长啊。孤问你话，你是聋了还是傻了，听不见吗？"

顾扶洲手上也没用什么力，林清羽可以轻松挣脱开，就像沈淮识可以轻松挣脱开萧琤一样。沈淮识会不会挣脱呢？服从萧琤的命令是刻在他骨子里的本能，想要冲破枷锁，抗拒本能，沈淮识可能需要一些时间。

林清羽没有挣扎，只是身体缩了缩。

"还是不说？很好。"顾扶洲的呼吸渐渐变得凌乱，"无妨，孤有的是办法让你开口。"

说完，顾扶洲就不动了。

林清羽强作镇定，问："你的办法呢？"

顾扶洲低头看着林清羽，笑道："此处省略五百字。大概就是孤对你一顿冷嘲热讽，再用各种手段折磨得你生不如死……"

他当然不会去折磨林清羽，只是把手放到林清羽发间，假装蛮横地一把将发簪抽出。

顾扶洲顿了顿，继续道："此时，沈淮识心里想着天狱门，却遭受着萧琤的折磨，他多年养成的奴性终于被击破——他觉醒了，他要反抗！"

这个情绪的变化在情理之中。林清羽试图推开顾扶洲，却被顾扶洲扯得更紧。

林清羽眼眸一暗，一个翻身，反手制住顾扶洲，拿起桌上的发簪，抵住他的咽喉："三年前，天狱门究竟是如何被灭的？"

顾扶洲收起笑容，震惊万分道："是不是有人和你说了什么？沈淮识，你敢动手，孤定饶不了你！"

"我只问你，那一夜和天狱门生死一战的，究竟是赤牙宗，还是天机营？"

顾扶洲咬牙道："你是从哪里听来的这些？"

"你告诉我，我只要真相。"

"真相？"顾扶洲"呵"的一声冷笑，"真相就是你本来该和天狱门一起下黄泉，是孤救了你，想尽办法留了你一条性命，你还想如何！"

林清羽把自己想象成沈淮识，渐渐入戏："所以，都是真的。是天机营，是你……"

顾扶洲厉声道："一个朝廷的刺客组织，失去了天子的信任，必死无疑。谁都救不了他们，包括孤。孤能救下你，已经是……"

"住口。"林清羽手上发着力，发簪几乎要刺入顾扶洲的咽喉，"我再也不会相信你，去死……"

戏到高潮，欢瞳不合时宜的声音忽然在门外响起："少爷，该用膳了。话说顾大将军留下来一起吃饭吗？"

两人对视一眼。顾扶洲道："难道，沈淮识也被人打断了？"

"有可能。"林清羽继续道，"所以沈淮识才在情急之下失了手，也没时间补刀。"

"你说话怎么越来越有我家乡的味道了。"顾扶洲懒得动，维持着刚才的姿势，

"不过这些都只是推测，当夜到底发生了什么，恐怕只有沈淮识和萧玮两个人知晓。等等吧，会有消息的。"

林清羽沉吟道："东宫的人嘴巴最为严实，想要探得消息，只能看胡吉或是小松子。"

顾扶洲问："小松子是谁？"

"勤政殿的太监。很多消息都是他告诉我的。"

顾扶洲打趣道："嘴这么松，难怪叫小松子。"

林清羽："……"

外头得不到回应的欢瞳又问了句："少爷，你在里面吗？"

林清羽问顾扶洲："你要留下来用膳吗？"

"要啊。"顾扶洲语气懒懒，"我现在一顿能吃三大碗饭，你让欢瞳多备点肉。"

林清羽还散着发，隔着门吩咐了欢瞳几句，随即坐在桌前摆弄自己的头发。嘴上不免埋怨："你情景还原就情景还原，散我头发作甚？"

顾扶洲笑道："抱歉，一时太入戏。"

林清羽忽然道："原来不是错觉。"

"什么错觉？"

林清羽戏谑道："你胖了，估计都没腹肌了吧。"

顾扶洲登时如临大敌，自己摸了摸肚子："不会吧！我每天都有'举铁'的。"

"我听闻顾大将军以前在京城，一日有四个时辰在校场练功，才练出这般身形。你现在每日'举铁'多久？"

顾扶洲郁闷道："大概半个时辰。"

林清羽淡淡道："平时注意一些吧，顾老将军。"

03.

林清羽在家中待了一日，宫中都未有消息传来。他也让欢瞳去胡吉府上打探了，胡吉迟迟未归府，十有八九还在东宫候着。

东宫出事的第二日晚上，林清羽回到太医院当值。当日去东宫的太医已经回来了一部分，他们各个行色匆匆，对太子的情况讳莫如深。林清羽几番询问，他们都只道太子是突发疾病，需要休养一段时日。

这是在把人当傻子。林清羽虽然看不到他们的药方，但看药柜中少了什么药，就知萧琤定是受了严重的外伤，流血不止，极有可能是伤在胸肺之处。

出事后的第三日，胡吉终于回到了太医院。他身上的官服三日未洗，袖摆处沾满了血污，人已经疲惫到恍惚。

林清羽主动提出送他回府。在马车上，胡吉告诉林清羽，太子殿下并非染病，而是受了剑伤。

"当日我赶到东宫，太子已被抬到了床上。他只穿着寝衣，胸口一个血窟窿，全身染血，双目大睁，神智还是清醒的，就是说不出话来。"回忆起当时的情景，胡吉心有余悸，"我冲上前想为太子止血，突然被他揪住了衣服，就听见他说了声'回来'……后来太子便晕过去了，直至我走时还未苏醒。"

林清羽不关心萧琤昏迷前说了什么，他只想知道萧琤什么时候死。

"你有几成把握能让太子醒来？"

胡吉苦笑着摇头："不足三成。"

三成……还是太多了。

胡吉又道："不过，太子伤到了左肺，就算此次捡回了一条命，日后也恐怕要汤药不离嘴，活成一个药罐子了。"

林清羽迟疑片刻，道："胡吉，是不是无论病人是谁，你都会尽心医治？"

胡吉毫不犹豫道："自然，这是我的医道。"

林清羽未再多言。胡吉学医是为了救死扶伤，哪怕病人是十恶不赦之徒，他恐怕都会先把人救了再送去官府。而林清羽学医、学毒、学蛊都是因为喜欢，他原本也不想利用这些去害人。他尊重胡吉的想法，也不想坏了胡吉的医道。最重要的是，就算胡吉有心做些什么，别的太医也不是瞎的。东宫的每一碗药都会被试毒，稍有不慎，胡吉就可能"补刀"不成反受其害。谋害太子是满门抄斩的死罪，就算是为了家人，胡吉也不能贸然动手。

胡吉疲倦得睁不开眼睛，还不忘嘱咐林清羽："对了，皇上下了死令，太子遇刺一事决不能外传。这事，林太医可千万不要告诉旁人。"

林清羽颔首道："放心，我自会守口如瓶。"

话虽如此，林清羽转头就把消息告诉了顾扶洲。顾扶洲得知萧琤有三成可能活下来，不容乐观："胡吉说三成，那至少有九成了。"

"此话怎讲？"

"萧琤是剧情中的主角，主角都有'光环'加身。这么跟你解释吧，就算对着萧琤万箭齐发，他都有可能毫发无损。"

林清羽道："简而言之，他运气非常好？"

顾扶洲笑道："可以这么理解。"

"沈淮识同是主角，他也会有'光环'吗？"

"有啊。你别看他惨兮兮的，肯定也死不了。寻常人刺杀储君最多搏一个'极限一换一'，他在萧琤胸口刺了一剑还能全身而退，这难道不是'光环'吗？"

林清羽将信将疑："沈淮识能逃出宫，难道不是因为他身手好？"

两人正说着，欢瞳跑来告诉他们，说有一个不知道是谁家的小童跑来敲门。他开了门后，那小童二话不说就塞了张纸条给他。等他反应过来时，小童已经跑没了影。

"纸条呢？"林清羽道，"拿来我看看。"

纸条上只写了简单几个字。林清羽瞧见后，立即吩咐："备车。我要去趟长生寺。"

林清羽换了身常服，和顾扶洲一同来到长生寺，下马车之前，林清羽道："要不，你在车上等我？"

"嗯？为什么？"

"此地人多口杂，你愿意让旁人见到你和一个'灾星'同进同出？"

顾扶洲装模作样地想了想："我有点愿意哎。"

林清羽失笑："那一起走吧。"

外头正下着秋雨，飘飘洒洒，沾衣欲湿。顾扶洲率先下了车，撑开伞，再去扶林清羽。林清羽借力落了地。他刚站稳，就听见身后传来一声冷哼："祸秧子！"

林清羽回头一觑，就见一个老头儿义愤填膺地瞪着两人，表情像是瞧见了什么脏东西一般。

顾扶洲低声问道："这人是谁？"

"御史中丞，杨耕。"

顾扶洲悠悠道："一把年纪了，还和你一样是个五品文官，我若是他，就用血把'惨'字写在自己裤脚上。"

杨耕本就看不惯他们，此刻见他们窃窃私语，嘴里不知念叨着什么，根本不把他放在眼里，更是一脸怒容。

顾扶洲叫住他："杨大人。"

当御史的都有几分倔脾气,杨耕也不例外。他臭着一张脸,走到顾扶洲面前行了个礼:"下官参见大将军。"

顾扶洲问:"你方才在说谁祸秧子?"

"下官说的自然不是大将军。"杨耕看向林清羽,凛然道,"林太医,若老夫未记错,当初你拜入南安侯府还不到一年,侯府便死的死,疯的疯,已然人丁凋零!"

顾扶洲道:"照你这么说,林太医每日还要去给皇上请脉,皇上也会沾染霉运了?"

杨耕瞪直了眼,气急败坏道:"大将军是在强词夺理,这哪能一样……"

"如何就不一样?"顾扶洲淡淡道,"林太医的官职是皇上给的,圣上都不介意他的流言,杨大人倒意见这么大。不如,你去说给皇上听,让他免了林太医的职?"

"这……"杨耕被堵得哑口无言。宫里谁人不知皇上能醒来多亏了林清羽,让他上奏免林清羽的职,就是在和皇上的龙体过不去。虽说大瑜不因进谏杀言官,也没人敢在这时同皇上说这个。

林清羽道:"将军,正事要紧。走吧。"

两人朝正殿走去。顾扶洲刚要骂骂那个杨耕,就听林清羽冷哼一声:"蠢货。"

顾扶洲一愣,以为自己听错了:"你刚刚骂他什么?"

"蠢货?"

顾扶洲震惊到语无伦次:"你怎么可以这么说话?"

"跟你学的。"林清羽斜眼看他,"你可以说,我不可以说?"

"当然,我们清羽是不可以爆粗口的。"

林清羽不屑道:"我就要爆。"

顾扶洲痛苦自责:"是我带坏了你。"

天上落雨,长生寺的香客比平时少了不少,金身佛像前只有寥寥数人在焚香祈福。林清羽四处瞧了瞧,没见到什么异样。

写字条的人约他来长生寺相见,应该不会是在正殿。这时,一个小僧走上前,问他们可要上香,林清羽便要了三炷香。

顾扶洲问:"你要祈什么福?"

即便是在佛祖面前,林清羽也没有掩盖自己的恶意:"祈求我们的愿望早点实现。"

顾扶洲笑道："好。不过，在长生寺祈愿好像不怎么灵。"

林清羽点燃香，随口问道："你试过？"

"是啊。"顾扶洲漫不经心道，"要是灵的话，陆晚丞也就不会死了。"

林清羽心里一酸，抬眼看向身侧之人。顾扶洲似乎还没意识到自己说了什么，对上林清羽的视线，问："干吗这样看着我？"

"没事。"林清羽垂下眼帘，"我去偏殿看看。上一回我同他在长生寺相见，就是在偏殿。"

顾扶洲点点头："你去吧，我就不去了。"他这个身份，还没有和沈淮识混熟，不宜在这个时候见面，"我去趟后厢房，看看徐君愿在不在。"

"国师？"林清羽眉间轻蹙，"你要告诉他……你的事吗？"

"那倒不至于，我最多找他算一卦。"

林清羽和顾扶洲分开，独自来到偏殿。偏殿比正殿还要冷清，连个看守的僧人都没有。此处供奉着陆晚丞的牌位和长明灯。林清羽为长明灯添灯油时，余光瞟见石柱后有一个人影。

林清羽回过身，道："只有我一个人。"

沈淮识从石柱后走出来，神色木然道："林太医。"

沈淮识穿着寻常老百姓的粗衣，脸上擦了一层灰，胡茬遍布，眼中满是血丝，极是落魄颓废的模样，也不知多久未曾合过眼了。

林清羽问："这几日，你去了哪里？"

沈淮识像是听不到林清羽的问题，自顾自地说："天狱门一事，多谢林太医告知。"

林清羽追问："萧琤重伤可与你有关？"

听到"萧琤"二字，沈淮识眼睛动了一动，仍是答非所问："请林太医好生安顿朱大哥，放他回徐州，还他平静的生活。"

"那你呢，你准备去哪儿？"林清羽道，"你逃得过天机营的追捕吗？"

沈淮识扯了扯嘴角，露出一个难看的笑容："你……是在关心我吗？"他缓缓低下头，"除了家人，没有人关心过我。林太医，我如果不犯贱了，你会把我当朋友吗？"

林清羽轻轻吐出两个字："或许。"

沈淮识眼中闪过一丝光亮，很快又恢复麻木："可惜，已经来不及了。"

林清羽不置可否，从衣袖中拿出一早准备的药盒："这个，你且收下。"

"是什么？"

"假死药。必要的时候，你可借其脱身。"

沈淮识收好药盒："多谢。那……"他深深地注视着林清羽，"我走了。"

林清羽看着他离开，忽然道："那一夜，你究竟是失手，还是心软？"

沈淮识脚步停了一停，沉默着摇头，一步步走出偏殿，直到最后也未告知林清羽答案。

林清羽独自待了片刻，出去的时候看到顾扶洲在房檐下站着，看着朦朦胧胧的雨幕，似乎也有什么心事。雨滴从檐上滴落，碎在青苔石阶，将顾扶洲唤醒："完事了？你见到他了吗？"

林清羽点头："说了一些没用的废话。"他顿了顿，又道，"也不完全是废话。总之，沈淮识应该要离开京城了。"

顾扶洲笑道："萧琤醒来后肯定要去找他。他逃，他追，他们都插翅也难飞。"

林清羽不悦道："你还觉得萧琤会醒？"

"无论萧琤最后是死是活，我们都要做好最坏的准备。"

"最坏的情况，无非是他活着，还坐着太子之位，我们扳不倒他。"

"我觉得，我们拜把子的事可能要提上日程了。"顾扶洲又一次确认，"清羽，你真的不想让我当你的护卫？"

林清羽权衡再三："不想。"

别说他不想，他就是想，一个一品的大将军给五品太医当护卫，这是在向整个大瑜朝的言官挑衅。

顾扶洲不死心："真的不想？宁死不想？"

"嗯。"

顾扶洲摸不准林清羽的意思："难道你愿意再到我府上来当我义弟？不应该啊，你不是一直觉得之前入侯府的事情是在折辱你吗？"

林清羽淡淡道："折不折辱的，我都为你穿过两次吉服了。"

"两次？"顾扶洲惊讶道，"哪来的两次？"

林清羽愣了愣，轻笑一声："是我记错了。"

04.

萧琤遇刺后，皇帝在病中还要强撑着处理政务，头风发作得越发厉害，只能靠林家的针灸之术稍作缓解。每次轮到林清羽当值，他几乎都在皇帝寝宫待命。即便是在府中休息，也时不时要被皇帝召入宫中。

在皇帝眼中，林清羽性子温和，从不说多余的话，身上还带着清淡的药香。这种味道在褚正德身上，他闻到只觉得刺鼻，而放在林清羽身上，就变得沁人心肺。尤其是替他揉按头上的穴位时，林清羽垂着眼帘，安静不语，给人一种平宁的感觉。

如今他也不要嫔妃侍疾了，只留一个薛英、一个林清羽，图个安静。

这日，林清羽奉命前往皇帝寝宫，在门口被薛英拦下。

"林太医留步，皇上正在里头议事，劳烦林太医稍等片刻。"

"是丞相大人在里面？"这阵子是丞相在把持朝政，群臣有何要事须上表天听都是由他代为转达。

薛英和林清羽一同伺候皇上多时，关系渐渐变得熟稔。薛英也不瞒他："是天机营的首领，谢大人。"

林清羽淡淡道："如此。"

想是为了萧琤遇刺一事。萧琤一出事，沈淮识就失踪了，天机营定会顺着这条线索追查下去。也不知他们查得如何了。

等谢大人告退，林清羽才入了寝殿。皇帝坐在龙案后头，表情严肃，看来天机营没给他带来什么好消息。

皇帝免了林清羽的礼，有气无力道："朕的头风又犯了，你过来给朕揉揉。"

林清羽走到皇帝身后，替他按捏着额角。皇帝面色稍缓，闭目享受："你这手法，着实不错。"

林清羽道："这些都是臣从家父那学来的。臣的手法，不及家父一二。"

"林汝善？"皇帝记起了这个被降职的前院判，"他是个人才，只是胆大妄为了些，太子罚他并无不妥，但让他不能出诊确实屈才了，如今太医院又是用人之际……罢了，传朕的旨意，复林汝善太医院院判之位。"

林清羽欲跪下替父亲谢恩，却被皇帝制止："不必多礼，接着替朕按。"

萧琤一日不倒，皇帝也不能死。林清羽强压下心头的恨意，表现得恭顺又听话。

在他的按压下，皇帝的头没那么痛了，便又打开一本奏本，强撑着看了起来。

林清羽道："陛下龙体欠安，不宜忧思。"

皇帝叹道："现下太子也病着，朕不忧思，谁又能替朕忧思。"

"皇上也不是只有太子一个皇子。"

皇帝危险地眯起眼睛："你说什么？"

林清羽做出一副惊慌失措的模样，跪地道："微臣失言，请皇上降罪。"

皇帝看着林清羽被自己吓得惶然失色，觉得是自己多疑了。一个太医而已，能有多少心思。"起来吧。你说的，也不无道理。只可惜，朕剩下的两个皇子……"想到这些，皇帝的头又开始隐隐作痛，奏本上的字也看不清了。

林清羽见他面露苦色，道："龙体为重，皇上还是先去歇一歇为好。"

皇帝点了点头："也好。就由你来伺候朕就寝吧。"

林清羽面无表情地应道："是。"

林清羽将皇帝扶起，朝龙床走去，忽然道："臣有一事，要向皇上请罪。"

"哦？你犯了什么罪？"

林清羽道："近日，家母身体略有不适，臣和义兄顾大将军一同去长生寺为家母上香祈福，在寺门口偶遇了御史中丞，杨耕杨大人。杨大人说微臣不祥，不应和旁人太过亲近，若是把什么不好的东西带到顾大将军或旁人身上，臣万死不能谢罪。"

皇帝心里咯噔一下。当初南安侯府的惨状历历在目，南安侯也是等林清羽离府后才稍有好转。这种事情，宁可信其有，不可信其无。

"你先退下，"皇帝道，"让薛英进来伺候。"

林清羽走出寝殿，迎面瞧见薛英火急火燎地走来，问："薛公公，何事这么着急？"

薛英喜道："是太子——太子醒了！"

林清羽笑了声："这……确实是喜事呢。"

回到太医院，胡吉告诉林清羽，太子虽然已经清醒，但身体已经垮了大半，能恢复到什么程度还要看日后的休养。他醒来之后，性情变得比过去还要喜怒无常、暴躁易怒。一个侍疾的侍妾不过手脚粗笨了些，就被他赶去和那位陆侧妃做伴去了。

胡吉还在东宫见到了天机营的谢大人，无意中听到太子和他的对话。太子似乎连朝政都不想过问了，不顾一切地要把刺客捉拿回京，还一再强调要留活口。

林清羽出宫后，直接去了将军府。袁寅将他迎进府，道："大将军正在校场练功呢。"

林清羽来到校场，就见顾扶洲赤着上半身，以俯卧的姿势撑在地上，身体绷成一条直线，上下起撑，嘴里念念有词："七十七，七十八，七十九……"

"大将军，"袁寅道，"林太医来了。"

"八十……"顾扶洲长舒一口气，起身接过下人递上来的上衣，胡乱穿上，玩笑道，"啊，被林太医看到了，害羞。"

林清羽因为萧琤醒来的坏心情缓和了些许："幼稚。"

顾扶洲打发走下人，道："本想等练好之后，给你展示下腹肌的。"说着撩起衣摆擦了擦汗，"累死我了，我以前打球半天也没现在累，岁月不饶人啊……"

林清羽打断他："萧琤醒了。"

顾扶洲一挑眉，丝毫不觉得惊讶："我说什么来着，萧琤他是有'主角光环'的，没那么容易死。不过我们也不算完全失败。皇帝未必能容得下一个体弱多病、无心朝政的太子。之后会如何，要看萧琤自己争不争气。"

但这些也只能日后再看了。

林清羽想了想，道："你与我林家认亲一事，尽快去办。"

顾扶洲一顿，嘴角扬起笑："现在又这么着急了？"

思及皇帝的种种行为，林清羽道："既然已经决定了，拖下去只会夜长梦多。还是说，你改变主意了？"

"当然不是，但你真的想好了吗？"

"我看上去像没想好？"林清羽被问得怔了怔，犹豫道，"此次也是不得已而为之，自不必遵循上次那些冗杂的规矩。现在如何相处，日后也如何相处便是。"

顾扶洲撇了撇嘴，低声道："你都这么说了，那好吧。我有一物要送你。"

林清羽问："何物？"

"你把这个收下。"

顾扶洲手上一弹，一个金色的东西从空中滑过，被林清羽稳稳地接住。

这是一枚纯金的指环，比男子常戴的扳指细上许多，上面刻着简单的浮雕，小巧又精致。

林清羽朝顾扶洲投去困惑的目光："这是何意？"

顾扶洲笑道："既然以后要共谋大事，为不使人怀疑，你搬来我府上住，当我的幕僚，我当然得送你一个信物。有道是兄弟同心，不分彼此，以后若有旁人质疑你管家之权，你大可把此物给他们看。"

"是吗？"林清羽常听顾扶洲说起他的家乡，那应该是一个光怪陆离的世界。相遇以来，都是顾扶洲在入乡随俗，他偶尔也该尊重顾扶洲家乡的规矩。

"等下，这个时候我应该再说点矫情的。让我想想……"顾扶洲深吸一口气，郑重其事道，"那么清羽，我就把将军府托付给你了。"

"嗯。"

听见林清羽回应自己，顾扶洲激动之下不由得寸进尺："那你答应我，以后就算我秃顶了、发福了、没腹肌了，你也不能嘲笑我，好吗？"

林清羽迅速冷静，无情地道："不可能。"

05.

林汝善官复原职后，皇帝那边的一应事宜自然交予他安排，林清羽总算不用每日面对皇上那张和萧琤有三四分相似的脸。林父的医术在林清羽之上，有他的回春妙手，皇帝的身子一日好过一日，虽没到痊愈的程度，但头风发作的频率有所减少，并且只要不发病，就和常人无异。

再看东宫那头，萧琤的外伤看似好转，但那一剑伤到了他的根本，再如何调养都无法恢复到从前。每日不间断的喝药用药，让他本就不怎么样的性情更加暴戾难测，闹得东宫乌烟瘴气、人人自危。

天机营久未有沈淮识的线索，萧琤根本没心思管旁的。皇帝念在他遭此重创，对他的种种乖戾行为颇多纵容，虽也派薛英旁敲侧击地提点过，然而效果甚微。

像萧琤这样狂妄自负之人，如何能忍受自己变成一个药罐子？更让他愤恨的是，将他变成这样的，竟然是和他从小一起长大的沈淮识。他费了多少心计，杀了多少人，才走到今日，最后竟栽在一个暗卫身上，他如何能甘心？不把沈淮识带回来任他宰割，他决不罢休。

皇帝寝宫里，林汝善刚为皇帝针灸完，皇帝身体舒畅了，心里却不怎么痛快。林清羽和林汝善虽是父子，长相却不如何相似，要不是"灾星"的流言甚广，他也不至于把人换下。

林汝善告退之时，皇帝随口问了句："林清羽近来都在做什么？"

林汝善脸色微变，道："犬子这几日都留在太医院，为陛下配药。"

皇帝迟疑着，心里始终惦记着不祥一说，挥手道："罢了，你退下。"

林汝善怀着心事回到府上，看见林府门口立着一匹威风凛凛的汗血宝马，他认得此马，这是顾扶洲的坐骑，只是相比过去似乎又胖了不少。他急匆匆地进了府，问管家："顾大将军来府上了？"

管家面色古怪道："是……是啊，大将军此刻正和夫人、大少爷在里头喝茶呢。"

到了院中，林汝善才发现府上不仅仅来了顾扶洲和林清羽两人，院子里多了不少生面孔，看体态架势，应该都是将军府的人。将军府的袁寅正指挥着他们将一个个木箱摆放好，木箱上系着喜庆的红绸，俨然一副有喜事的架势。

林汝善满腹疑虑地走进正堂，只见自家夫人的脸色比管家的还要复杂。见他回来，林母似找到主心骨般地匆匆向他走来，整个人如释重负："老爷。"

林汝善先向顾扶洲行了礼，被顾扶洲连忙扶起，他问："大将军，这是……"

顾扶洲笑道："义父，我是来送孝礼的，回京这么久，该行的礼节还没做好，是儿子的不是。此次前来，还想让义父帮儿子一个忙。"

林汝善和夫人对视一眼："敢问大将军，是什么忙？"

林清羽道："他想让我入住将军府。"

顾扶洲耐心地向两人解释："皇上有意替我指婚，给我挑的人选不是公主、郡主，就是那些文臣的女儿。这些人家的姑娘实在不值得信任，放在身边怕是会养虎为患。我思来想去，想以满身伤病、损耗过度为由，拒绝赐婚，但是戏要演得真一点，就想请义弟入府佯装每日为我诊疗，顺便帮我打理府内事宜，让朝野上下，信以为真。"

林母还是不明白："大将军英明神武，是个盖世英雄，真心倾慕将军的女子定不在少数。将军可以从武将家中挑选信赖之人管家，为何偏偏找我家清羽呢？"

顾扶洲不知如何作答，朝林清羽投去求助的目光。林清羽不想让父母担心，未将自己在宫中的处境告诉他们，此刻也只是道："林府一直在大将军的庇佑之下，我入住将军府，于我、于林府皆是利大于弊。"

林母不懂这些，但她还记得儿子之前被迫进入侯府时所受的屈辱，实在不忍旧事重演，她看向林父："老爷……"

沉默许久的林汝善开口道："我明白了。"

长子这么做，不仅仅是为了帮顾大将军，也是在为自己避祸。太子针对他，皇上忌惮他，说不定哪日一道圣旨下来，他又要陷入困境，到那时，只怕做什么都为时已晚。

"你们既然早有考量，我们自不会反对。"林汝善道，"只是皇上那边，恐怕会有所顾忌。"

顾扶洲笑道："义父放心，这件事交予我即可。"

林母眼见几个男人要把此事定下，忍不住道："可是，清羽这才回家待了几个月啊。"

顾扶洲道："母亲可是在担心流言蜚语？"

林母欲言又止。

林清羽知道他母亲的意思。"母亲放心，"林清羽顿了顿，道，"陆家不会在意此事的。"

既然林清羽都这么说了，林母也无话可说。

信物送出去了，也得到了林清羽家人的准许，顾扶洲没有耽搁，立刻进宫奏请圣恩。林清羽准备在家中陪父母用了晚膳再走。

林清鹤趁机黏着兄长，问："哥哥，你真的是大将军的朋友吗？"

大人说话，不允许他旁听，但他还是从嬷嬷那里得知了这件事。

林清羽点点头："是啊。"

"大将军他……他太老了。"林清鹤担心道，"他比哥哥大十二岁呢！你们能有共同语言吗？"

林清羽莞尔："他没那么老。"论实际年龄，姓江的比他还要小一岁。

林清鹤央求道："哥哥，我想要晚丞哥哥那样的哥哥来陪我玩。"

林清羽："……"

另一头，顾扶洲在勤政殿见到了皇帝。经过这段时间林汝善的诊治与调养，皇帝的气色好了不止一星半点，大概用不了多久就能亲自上早朝了。

"爱卿来得正好。"皇帝道，"你且看看赵明威从雍凉发来的急报。"

赵明威于急报上言，熙夏休养数月后卷土重来，大有东山再起之势，接连攻下大瑜三座小城。征西军几场败仗打下来后，军心不稳，急需顾大将军回雍凉主持大局。

顾扶洲不动声色，心中却有万马奔腾。他能主持什么大局，他有几斤几两自己还不清楚吗！连胜靠运气，连胜之后必然连败。他现在甩手不干，还不会拉低自己的胜率。赵明威打了几百场仗，胜率或许只有百分之六十，但也比他胜率虽然百分之百，但一共只打过五场仗要稳当得多。

皇帝又道："朕说过，要你进京一个人，离京一双人。前日因为太子突发疾病，你的婚事被耽搁了，如今是不能再拖。先把家定下来，你在雍凉才能后顾无忧。皇后也同你相看了不少贵女，你心里可有中意的人选？"

顾扶洲将奏本合上，道："说到此事，臣特意去找徐国师算了一卦，问的正是姻缘。"

"哦？"皇帝对那个高深莫测的国师素来敬重，"他怎么说？"

"国师说，臣如今的运势不宜结亲。若强行娶妻，于命数不合，恐会害人害己。除非找一生于癸未年三月十一辰时的男子，留于身侧，消灾避祸，或能化解灾厄。"

皇帝皱起眉头："国师果真这么说？"

"果真。"

皇帝又道："那你可找到此人？"

"这就巧了。臣的义弟，林清羽林太医，正是生于癸未年三月十一辰时。"

皇帝一愣，道："你可知，林清羽有不祥之说？"

"国师说，祥与不祥，皆看个人。清羽义弟对旁人或许不祥，但对臣而言，就是祥瑞之兆了。"

皇帝面色不善："林清羽是太医院的良才，朕身旁也离不得他，岂是你说要就要的？"

顾扶洲道："这不冲突。林太医既是已入仕的男子，从前如何，日后依旧如何。臣也不需要他追随臣一道前往雍凉，只需清羽义弟入住将军府，替臣管理府中家事。如此，臣在战场亦可安心，也无须耽误那些好人家的女子。"

"荒谬。"皇帝手拍桌案，"朕怎么可能允许一个将军府的幕僚顶着五品官职，在宫中和文武百官同行！"

顾扶洲微微扬起嘴角："就像皇上说的，家中无事，臣才能在雍凉后顾无忧。"顾扶洲跪地行礼，"还请皇上准予林清羽入住将军府。"

皇帝听出顾扶洲言语中的威胁之意，勃然大怒之下，头风来势汹汹。他再顾不得其他，抱头急道："传太医！"

林清羽要追随顾扶洲的消息不胫而走。时隔一年余，林府又一次成为京城高门茶余饭后的谈资，或者说，关于林府的流言蜚语从林清羽入侯府给陆晚丞挡灾那一日开始，就再未停过。

太医院中关于林清羽的各类说法甚嚣尘上，胡吉几次三番想向林清羽询问究竟，见对方和没事人一样，话到嘴边又咽了回去。

林清羽讨厌嘴碎事多之人，想要和他交朋友，就要知道什么该说，什么不该说。

这日，胡吉出诊归来，碰见几个御史结伴而行，嘴里议论的正是林清羽再次进将军府挡灾一事，言语间不乏一些"祸殃子"之类的嘲讽之词，甚是难听。

"此一事虽然有先例，但那先例也不好看啊。顾大将军怎么会去向陛下要一个不祥之人？我是看不懂了。"

"听说他找国师算了一卦，国师说林清羽能旺他。"

"无稽之谈！顾大将军肯定是被林清所蛊惑，才请了国师为他说话。"

"和林清羽之流同流合污，可惜了顾大将军的一世英名啊……"

胡吉听不得这些话，以他的身份又不能出面阻止，正要绕路而行，就听见后头传来一个声音："我说……"

他和数位言官一同看向后去，只见顾扶洲身着一品武官戎装，上头绣着两只飞鹰，身形高大，面容冷峻，站在几个言官面前，用鹤立鸡群来形容都不为过。

"差不多得了。"顾扶洲缓声道，"你们以为自己议论的是谁的人。"

顾扶洲的声音异常平静，可隐隐流露出来的压迫感却让在场每一个人心里发怵。

几位言官交换着目光，一同朝他行礼："下官拜见顾大将军。"

杨耕壮着胆子道："我等都是皇上亲封的御史言官。所谓御史，肃正纲纪，行监察之责，可风闻奏事。林太医行事出格，寡廉鲜耻，我等为何说不得？！"

顾扶洲的视线一一扫向众人："你们听好了，是我向皇上要走的林太医。林太医百般不愿，碍于我的权势，不得不如此——还有什么想骂的，骂我。"

杨耕怒道："将军如此咄咄逼人，莫非是想同我等动手？！"

"不可以？"

顾扶洲话音一落，群臣哗然。

"当然不可！这是皇宫，不是西北战场，也不是将军的军营校场！"

顾扶洲笑了一下："你们该不会以为，我除了在军营战场上，没在其他地方打过架吧。"

杨耕气得脸红脖子粗："敢问顾大将军，眼里还有没有王法！有没有圣上！"

眼见几人冲突愈演愈烈，胡吉生怕林清羽受到牵连，忙上前道："大将军！"

顾扶洲自然记得这个和林家关系密切的太医："有事？"

"大将军息怒，这毕竟是在宫里，要是传到皇上耳中，降罪于林太医，那就……"

顾扶洲本就要去勤政殿和众臣商议西北战事，闻言便未有多留，拂袖离去。胡吉回到太医院，看到林清羽正在看脉案，忍不住凑了过去。

"顾大将军……"胡吉打了个寒战，"有点可怕啊。"

林清羽有些意外："你为何会这么觉得？"

胡吉将方才的所见所闻一一告知林清羽："也难怪，顾大将军一杆青云九州枪下多少亡魂，也只有他那样的西北战神能单凭气场就把那些言官压得喘不来气。不过，我一直以为顾大将军是个内敛斯文的武将，没想到他居然说除了在军营战场上，在别的地方也会和别人打架……"

林清羽闻言，不禁浅浅一笑。

窗未关，一阵风吹过，带来一丝丝的寒意，林清羽道："天气是不是转凉了？"

胡吉道："是啊，都要立冬了。"

林清羽无端地生出感慨："好快。"

冬日的故事，又要开始了。

06.

皇帝最终还是咬牙切齿地同意了顾扶洲奏请之事。西北又出战乱，他此时必须安抚好顾扶洲，再者，既然徐君愿也说了这是祥瑞之兆，为了大局，他只能默许林清羽入住将军府成为顾扶洲的幕僚。他是一国之君，孰轻孰重，他还是分得清的。

皇帝虽不得已默许此事，但他还是放了话：林清羽不可再入朝为官。

顾扶洲闻言，欲找皇帝理论。林清羽拦下他："放心，用不了多久，皇帝会自己请我回去。"

顾扶洲佯作抱怨："林大夫干坏事又不带上我。"

林清羽道："这也不算坏事。"

林清羽最后当值那日，大多数的太医院同僚冷眼旁观，除了胡吉一路相送外，褚正德竟也来送了送他。老头儿对他依旧没什么好脸色，说话也阴阳怪气的："说走就走，你对得起你这一身的天赋吗？"

林清羽无所谓道："正是因为有天赋，偶尔耽误些时日也无妨。"

褚正德气急败坏道："赶紧走赶紧走，看见你就晦气。"

只是林清羽没立马走成——一个东宫的太监找到他，说太子有请。

时隔多日，林清羽再次见到萧琤，差点没忍住笑出来。

在生死边缘徘徊了一遭，萧琤和从前意气风发的模样判若两人。但见他人几乎瘦脱相了，面颊凹陷，唇色苍白，即使身着华服，也难掩狼狈。林清羽甚至觉得，他比那日在长生寺的沈淮识好不了多少。

萧琤两眼朝林清羽瞅去时，不见过去的傲慢和精明、自大却多疑，只剩下满眼的偏执和怨恨。

林清羽照规矩行礼："下官参见殿下。"

萧琤未像过去那般用视线锁着他的眼睛不放，开门见山道："你可有沈淮识的消息？"

林清羽挑了挑眉："沈侍卫是殿下的专属侍卫，殿下怎会来问我他的消息？"

萧琤的嘴唇紧绷着，这么久了，天机营还未探得沈淮识的行踪，他的焦躁怨愤无处可发泄，整日在东宫里，把眼前的东西全部砸烂也缓解不了。直到天机营的暗卫战战兢兢地问了句："请问殿下，沈侍卫可有什么亲戚朋友？我们可以从这些人身上入手。"

萧琤一怔，想了许久，才想到一个林清羽。

沈淮识所有的亲人朋友都和天狱门一起，在三年前消失了。这三年，除了自己，沈淮识似乎只和林清羽有过交集，否则，他也不会在静淳生辰那天现身为林清羽求情。

"你只须回答孤的问题。旁的，孤允许你提问了吗？"

林清羽道："下官上回见到沈侍卫，是在太医署。他不知为殿下办了什么事，弄得浑身是伤。下官给他配了几服药，仅此而已。"

"他可有和你说什么？"萧琤未在林清羽身上抱什么希望，但他真的已经……无计可施，能有任何一点消息，哪怕是无关紧要的事，他都要牢牢抓住。

林清羽思忖片刻，道："他提到了静淳郡主。"

"静淳？"萧琤急不可待道，"他怎么说的？"

"他说，他和静淳郡主自幼一同长大。当年郡主被迫和亲北境，也不知这三年她过得如何。"

萧琤追问："他说他要去北境？"

太刻意引导只会平添怀疑，林清羽道："他未曾这么说。他说他是殿下的影卫，自然要常伴殿下左右。"

萧琤眯起眼睛，道："这里没你的事了。"

临走之前，林清羽问："殿下可知我即将入住将军府之事？"

"知道。"萧琤嘲弄道，"陆晚丞尸骨未寒就急着另攀高枝。林清羽，你果然离不开权势。不过，像顾扶洲那样的粗人头脑简单，只懂舞枪弄棒，又能给你什么？若你一早投到孤麾下，恐怕早就一飞冲天了。"

林清羽可以看出来，萧琤不过在逞口舌之能罢了，就他现在的状态，太子之位能坐多久还未可知。

"殿下之前对我屡屡示好，我本以为殿下找我是为了此事。没想到殿下只字不提，只关心沈侍卫的下落。"林清羽轻笑了声，"看来，沈侍卫在殿下心中比任何事都重要。"

萧琤陡然愣住，仿佛才意识到这点，接着像是要说服自己般地说："孤关心他的下落，是为了治他的罪，让他早日自食其果。"

林清羽道："殿下说什么便是什么，下官告退。"

任外头流言满天飞，顾、林两家认亲开宴的日子还是定了下来。虽定得匆忙，但在林母和袁寅的操持下，一切都进行得有条不紊。

因林清羽此次离家是要去将军府长住，与远行无异，因此林母为他准备了不少财物。林母将拟好的单子给他，他却说："可以再多些。"

林母面露窘色："清羽，你父亲入仕这么多年，一向两袖清风，积攒的家产就这些了。"

林清羽笑道："母亲误会了，我哪能用父母的积蓄。母亲放心，此事我会交予旁人去办。"

林母担忧道："你哪来的家产？你入仕才多长时间。"

"让陆小侯爷帮我出便是。"姓江的筹谋已久，给他留了那么多家产，他正愁没地方花，这次正好还给本人。

林母吃了一惊:"这……这不太好吧。"

"没什么不好的。"林清羽笑道,"陆小侯爷泉下有知,说不定还希望我多带点去将军府。"

林母只觉得自己是越来越看不懂长子了。不过她素来不会对林清羽的决定过多置喙,最后还是照林清羽的意思去办了。

林府上下为此事忙碌了起来,顾扶洲也没有偷闲,陆陆续续送了不少东西来。比如行认亲礼那日,林家二老、林清羽和林清鹤要穿的吉服就是由顾扶洲亲自挑选,再让袁寅送到林府的。

林清羽知道顾扶洲行事高调,他还以为顾扶洲定做的衣服,都会过于华丽夸张,没想到送来的是由极好的锦缎制成的常规吉服,上头没有过多的刺绣,简简单单的一身鞓红,得体大方,穿在身上又见几分清俊。

林清羽摸了摸挂在胸前的指环,上面的雕刻也很简单。顾扶洲的眼光和品位都不俗,他自己穿衣也不喜花里胡哨的。

和吉服一道送来的,还有顾扶洲的一封信。满纸的大白话,说他这几日又累又饿,快要撑不下去了,然后又在感叹人生:活着没意思,吃不到肉不如跳湖云云。

林清羽不解:"将军累就算了,怎么会饿?"

袁寅无奈道:"大将军为了督促自己练功,特意将他吉服定小了一些。这几日他饭都不怎么吃了,整日靠青菜萝卜度日。昨日还抓着我问人活着就为了保持腹肌吗?还说人间不值得……"

林清羽:"……"

现在的顾扶洲其实身量很不错,肩宽腿长,不会壮得太夸张,一切都恰到好处,林清羽故意说他腹肌松了也是为了督促他勤快起来,多动一动总不是坏事,不料却给了顾扶洲这么大的打击。

林清羽失笑:"跟他说,太瘦的男子不帅,让他好好吃饭。"

07.

这段日子,林清羽一直在林府中待着,哪儿都未去。诸多事宜都有旁人替他操心,他每日看看书,陪陪弟弟,转眼便到了宴会前夕。

这一夜，林清羽入睡不到两个时辰，将军府请来为林府一家梳妆更衣的掌事姑姑就到了。林清羽犹记得他初入侯府时，侯府也派了掌事姑姑来。不知是不是情绪作祟，上回他看到那两个掌事姑姑，只觉得面目可憎，明知人家不过是奉命行事，还是记了仇，不过最后他也没找人家麻烦就是了。

这次来的是两个仪态端庄的年轻女子。

林清羽问："我记得，梳洗之前是要沐浴的？"

掌事姑姑笑道："是的，但顾大将军说了，林大夫怎么舒服就怎么来。"

林清羽笑了声："他倒是贴心。"

林清羽还是去沐浴了，不为别的，只为洗去从宫里带来的晦气。之后，掌事姑姑将他的长发擦干，梳顺，问："林大夫要戴吉冠吗？"

林清羽问："这个也由我决定？"

"是啊。听大将军的意思，就算林太医想穿常服过去，他都没意见。"

怎么可能没意见，他若真的不穿吉服去，那人八成是脸上笑吟吟，心里不知道要抱怨多久。

"还是戴着吧，省得某人事后念叨。"

又等了半个时辰头发才干，掌事姑姑为他戴上吉冠。两个下人各执吉服的一端，将吉服摊开。

"请林大夫更衣。"

掌事姑姑想搀扶他起身，林清羽道："我自己来。"

手臂穿过衣袖，下人将吉服披到他身上。掌事姑姑在为他束腰时，林清羽突然回想起了似曾相识的一幕。

那曾经是他此生最屈辱的记忆。那时的自己或许怎么也想不到，他竟然会有心甘情愿放弃自己理想的一日。就算他和顾扶洲是为了避祸不得已而为之，也足够匪夷所思。

折腾了这许久，外头早就天亮了。吉时一到，林清羽先去林府正堂拜请父母，他们二人简单嘱咐了林清羽两句，将军府的队伍就到了。

来者多为武将，为首的正是和顾扶洲交好的吴将军。武人向来喜爱热闹，但这些粗人今日却一个比一个文雅，被顾大将军提点后，在林大夫面前完全不敢造次，规规矩矩地把林父、林母请进了轿子。

阵仗之大，引来不少好事老百姓围观。

"都说林家长子是灾祸之始。想当年前朝那亡国妖妃——一嫁祸家,二嫁祸军,三嫁祸国!说不定此人便是妖妃转世,周旋于世家朝堂,要把大瑜搅得不得安宁。"

"嘘——你这话说的,不想要脑袋了?"

轿子抬起,一步步朝将军府前去,将闲言碎语远远地抛在后头。

到了将军府门口,将军府的管家高声道:"落轿——"

接着,轿帘被掀开,林父、林母先行下轿,被扶着朝将军府走去。林清羽这边刚跨过门槛,一只手出现在他眼睛。

这一只手宽大温厚,指腹上长着不少厚茧,斑驳粗糙,一看便知是习武人的手。还没等他反应过来,林清羽又听到一个熟悉的声音:"果然,林大夫穿华服就是好看。"

掌事姑姑提醒他们:"将军,咱们还是先进去再说吧。"

顾扶洲难得听话地闭上了嘴,和林清羽一同进了正堂。

顾扶洲无父无母,也无亲戚长辈,因此坐在一旁见证此事的是老当益壮的武国公。顾扶洲携林清羽、林清鹤对林父、林母行过拜礼,在掌事姑姑的指引下,奉茶改口,这就算正式认林父为义父,从此,顾扶洲就是名正言顺的林家子。

行完认亲之礼,林清羽先去收拾行李,顾扶洲还要留在前堂应付宾客。林清羽一走,武将们没了顾忌,朝顾扶洲蜂拥而去,非要和大将军一道乐和乐和。

顾扶洲这一应酬,就从天明到了夜幕,他也不想的,但那几个武将实在磨人。顾扶洲还没当过被劝酒的主人公,今日头一遭,对手就是吴将军这种痛饮起来不要命的人,灌得他分不清东南西北。

回房间的路上,顾扶洲脚步都是飘的。越靠近房间,他的脚步越飘,到最后,人好像也是飘的,眼前的一切都似在梦境中。

顾扶洲深吸一口气,双手在贴着门上放了许久,才轻轻地推开了门扉。

林清羽听到动静,从书上抬起头:"回来了。"

顾扶洲穿着吉服,英气伟岸,剑眉星目,无论从哪个角度看,都是一个成熟的男子。只有那一双眼睛,在与林清羽相处时,会隐隐流露出旁人感受不到的少年意气。

两人四目相对,顾扶洲张了张嘴,一个字未说,竟又退了出去,把门重新关上。

林清羽:"……"

没等林清羽搞清楚状况，门再次被推开。顾扶洲确定自己未看错，困惑道："吉服呢？那么大一件吉服哪儿去了！"

"你说我的吗？"林清羽朝桌案上看去，"我嫌累赘，脱下放一旁了。"

顾扶洲表情凝固了，盯着林清羽的脸，控诉道："你这样是不是不太好？宾客都还没走呢。"

"太沉了很碍事。"顾扶洲在外面与武将们喝酒快活，他作为幕僚只能等在房里枯坐大半日。他想着反正也不是头一次了，他和顾扶洲都这么熟，很多礼能免则免。有这半日的时间，他书都可以看完一本。

顾扶洲摇摇晃晃地走过去，身上幽幽散发着怨气："快说你错了，你说你错了我就不生气。"

林清羽上前扶住他，闻到一阵扑鼻的酒气，问："你到底喝了多少酒？"

顾扶洲扶额："我也不想喝，他们一直灌我……"

林清羽问："谁灌的你？下回记得灌回去。"

顾扶洲扳着手指，一个个数了起来。林清羽道："你继续数，我去叫人帮你煮醒酒汤。"

林清羽转身之际，醉得半死的顾扶洲忽然探出手，从身后扯了扯他的衣摆。

"清羽。"

"嗯？"

"清羽……"

林清羽无奈："为何一直叫我的名字？"

顾扶洲笑了，一直看着他笑，笑得眉眼弯弯，灿若星辰。等他笑够了，便做了一个"你过来"的手势。林清羽俯身凑过去。顾扶洲手拢在唇边，像是要告诉他一个小秘密："我很高兴……"

林清羽问："怎么说？"

顾扶洲又躺了回去，唇边是遮不住的笑意："大家还能在一起，就很高兴。"

第九章
暗流涌动

01.

　　清早，林清羽感觉身旁有人动了动。他向来睡得浅，这个时间又到了他平时起床的时辰，很快便睁开了眼睛，入目便是烧尽的蜡烛和从窗户外透进来的晨光。

　　林清羽按了按太阳穴，让自己清醒片刻，转过头看到身旁的男人，或者说少年，伏在桌案，睡得很沉。

　　昨夜顾扶洲醉死过去后，林清羽原本想把人拖回床上，一番努力过后，奈何实在挪不动，只能放任其趴在桌案上。而他自己，本想回房睡觉，又担心这醉鬼半夜需要人照料，索性便留了下来，后来也伏在桌案上睡着了。

　　睡着后的顾扶洲十分老实，难怪在雍凉遭遇敌军偷袭时，他还能睡得天昏地暗，最后不得不披着被子转移阵地。算实际年龄他也是大人了，还和孩童一般爱睡觉。

　　林清羽正打算起身，然而他起不来，顾扶洲……压到他头发了。

　　林清羽长发的后半截全被顾扶洲压着，他动作稍微大一点，就被扯得发痛。他尝试将顾扶洲推开，努力了半响顾扶洲依旧纹丝不动。他又试着抓着自己的头发将其抽出来，头发没抽出多少，倒把自己疼得想给人下毒。

　　林清羽忍无可忍。靠叫是叫不醒顾扶洲的，他用手捏住顾扶洲的鼻子。顾扶洲再怎么爱睡，也因呼吸不顺皱起了眉，接着便睁开了眼，看见林清羽后，又张开了嘴。

　　林清羽冷冷道："醒了？"

被"残忍"的手段弄醒，顾扶洲人都是蒙的，眼里含着一层雾气。

"嗯……"顾扶洲的声音带着刚醒的低哑，"我这是在哪儿？"

林清羽冷漠道："你觉得呢？"他用力在顾扶洲胳膊上捶了一下，"起开，你压到我头发了。"

顾扶洲挪了挪位置，林清羽终于得以解脱，他坐起身，道："既然醒了，就起吧。"林清羽看顾扶洲一动不动，问，"不起？"

顾扶洲从震惊中缓了过来，慢吞吞道："起这么早干吗？又不用去给长辈敬茶。"

林清羽道："起床用早膳。"

"可以再睡一会儿，到了时间直接用午膳。"顾扶洲笑了声，往床上一扑，安然躺平，"清羽，难得这么放松，睡久一点吧。"

林清羽没有赖床的习惯，但对上顾扶洲略有期待的眼神，还是跟着躺到一旁的软榻上，两人就这样有一搭没一搭地说着话。

林清羽问："昨日的宾客之中，可有文官？"

顾扶洲心不在焉道："还是有几个的，也不是所有的文官都是傻子。萧玠也来了，还带了不少厚礼。果然，人情往来什么的，是一条稳赚不赔的生财之道啊，清羽，成为京城首富指日可待。"

林清羽懒得理会顾扶洲的胡言乱语，挑有用的问："你和萧玠的关系现今如何了？"

"他很敬佩我，还说想到府上亲手摸一摸青云九州枪。"

林清羽这才想起来，他来将军府的次数也不少，可还没见过那把传说中的神枪。

"你是把青云九州枪放在了校场吗？"

顾扶洲笑道："好歹是御赐之物，我当然要放在自己屋子里，以表重视。"

"自己屋子里？"林清羽四处望了望，"在哪儿？"

顾扶洲朝墙角懒懒一指："那儿呢。"

林清羽顺着顾扶洲指的方向望去，只见墙角立着一根什么东西，乍看之下像根铁棍，上头还系着红绸。

顾扶洲又道："用来挂衣服还挺方便的。"

"……"林清羽不由得怀疑自己入住将军府是否是正确的决定。

因为现在太子已不能指望，皇帝对顾扶洲的猜忌更盛。为防止府中有细作混入，泄露二人的言行，当晚，顾扶洲就命人把从林府搬来的上下铺放进了卧房里。

顾扶洲请了三日假，不用上朝议事。林清羽指挥下人收拾他带来的东西时，顾扶洲就在一旁无所事事。他看到一个上锁的木箱，随口问道："这里面放着什么？"

林清羽瞟了一眼，挥退下人，打开木箱道："是顾大将军的牌位。府上可有隐蔽的屋子？"

"待会儿我让袁寅帮你找一间——这不是有两个牌位吗？还有一个是谁的？"

林清羽语气微妙："你可以拿起来看看。"

顾扶洲把两个牌位都拿了出来，其中一个是顾大将军的牌位没错，另一个则是……

顾扶洲差点没把手里的东西扔出去："这什么东西啊！江大壮是谁？"

林清羽云淡风轻道："当日，你生死不明，我便给你设了个灵位，以免你真的死了，却享不到后世香火。"

"你的好意我心领了。"顾扶洲表情复杂，"可是你为何会觉得我叫这个名字？"

林清羽似笑非笑："是你自己告诉我的。一开始，你说你叫朱大壮，后又改口说姓江，那你自然就叫'江大壮'了。"

顾扶洲好笑道："你明知我是在说笑，怎么还当真了？"

"砰"的一声，林清羽猛地合上木箱的盖子："我不当真能怎么办，我根本就不知道你的名字。"林清羽喉间滚了滚，"我问你，你什么都不告诉我。"

顾扶洲皱了皱眉，神色认真了起来："你什么时候问的我？"

明知道那只是一场梦，说出来自己都觉得离谱，可他还是忍不住控诉："就在陆晚丞走后第七天，我问你，我问了你那么多次，我追在你身后问，你还是头也不回地走了。"

顾扶洲喃喃道："那居然不是梦吗，还是……梦能联机的？"

林清羽眼眸一敛："什么意思？"

林清羽坐在桌边，看着顾扶洲拖着凳子挪到了自己身旁。即便两人都坐着，顾扶洲还是比他高了一大截，和他说话的时候要俯身低头："对不起啊清羽，我当时不知道自己还能再回来。"

林清羽惊讶道："你……知道那个梦？"

顾扶洲点点头："我从陆晚丞的角色退出后，跟着游戏系统走，迷迷糊糊地以顾大将军的身份醒来了。"

林清羽霍地站起身："所以那真的是你？你真的不想告诉我你的名字……"

"我只是觉得，如果我不在，你不知道我名字的话，忘掉我应该容易一些。"

林清羽咬牙道："你不知我过目不忘？"

顾扶洲轻笑一声："我错了。我现在告诉你，好不好？我名字还挺好听的。"

"我现在不想知道了。"林清羽偏过头不去看他，冷静道，"我管你叫什么，和我无关。"

顾扶洲煞有介事道："完了完了，这好像是重逢以来，林大夫最生气的一次，比我偷吃冰镇红提导致拉肚子那次还生气。"

林清羽确实生气，一想到自己梦醒时怅然若失的滋味，他就恨不得掐死顾扶洲。

"唱首歌肯定是哄不好的，要不，我给你当一天小厮，就从伺候林大夫洗漱开始？"

他都这么生气了，这人居然还有心情开玩笑？

林清羽面无表情："免了，我怕花脸。"

02.

林清羽这一走，欢瞳和花露也跟着来到了将军府，这两人对顾扶洲都抱着十分纠结的心情。

欢瞳还好，他毕竟是林清羽的人。无论林清羽想做什么，他都会举双手双脚赞成。虽然他也有点可怜陆小侯爷，但大将军实在太英勇了，昨日他还看到大将军不知为何惹恼了少爷，为了哄少爷开心，大将军特地去校场表演了一上午"胸口碎大石"。换成陆小侯爷，他行吗？别说碎大石了，拿一小块砖头压在陆小侯爷胸口，不出半炷香，人就没了。

人往高处走，水往低处流，他家少爷要跟随也得跟最厉害的，这没毛病。

花露就不用说了，她是陆晚丞最亲近的婢女。陆晚丞尚在人世时，待她如同自家妹妹一般。她之所以愿意跟着林清羽，虽有敬重林清羽的缘故，但更多的，是因为陆小侯爷。她知道小侯爷最在意、最放心不下的便是林清羽，所以她要留在林清羽身边，替小侯爷照顾他。

可是，林清羽似乎已经完全忘记了小侯爷，匆匆和大将军结拜不说，还把小侯爷亲自设计的上下铺搬进了将军府。若小侯爷泉下有知，不知道会有多难过。她是崇拜大将军不假，但要她选，她肯定站在小侯爷那边。

花露没什么城府，心思都写在脸上，看顾扶洲的眼神总是带着几分幽怨。顾扶洲猜到她心中所想，使坏的念头蠢蠢欲动。

年关将至，天越来越冷，虽说还未下雪，但寒风吹到脸上，也是刀刮一般地疼。顾扶洲不知抽了什么风，放着温暖的屋子里不待，非要拉林清羽去院子里用晚膳。

顾扶洲命人搬出来个炉子，炉子里头烧着炭，上头盖着一块洗净的大石板。等石头烧热，顾扶洲在上面刷上一层油，接着把厨子切好的肉片放上去烤。油脂顺着烤肉的纹理滴落，发出滋滋的声响，引得人食指大动。

林清羽看得新奇，他还是头一回见这种吃法。顾扶洲先烤了几片羊肉，烤好后放进林清羽碗中："清羽，尝尝看。"

林清羽咬了一小口，矜持道："只能说一般，膻味很重。"

"吃羊肉不就吃个膻味嘛。"顾扶洲又夹起一片肥中带瘦的五花，"再试试这个。"

林清羽稍作迟疑，接过肉来。顾扶洲余光瞧见一旁的花露目光哀怨，提高声音，问："清羽，你和小侯爷一起吃过烤肉吗？"

林清羽："……"这人又犯什么病了。

顾扶洲摸了摸下巴，道："本将军听闻，陆小侯爷身体孱弱，去哪儿都要坐轮椅，那肯定吃不得这些油腻之物。你以前和他处在一起，能有什么乐子呢？"

"将军说对了。"林清羽凉凉道，"只能说还好陆小侯爷死得早。"

花露瞪着眼睛，难以置信地看着林清羽——少……少爷怎么能说这种话！

顾扶洲又问："那你说，是陆小侯爷更好相处，还是觉得本将军这个义兄更好相处啊？"

林清羽翻了个白眼："你无不无聊？"

美男翻白眼的模样也能看得人赏心悦目。顾扶洲笑吟吟道："你说实话便是，本将军又不会跟一个已故之人计较。"

林清羽见花露都快哭出来了，道："那我选陆小侯爷。"

花露感动道："少爷……"

顾扶洲摆出惊讶又失望的表情，手中还不忘继续给林清羽夹肉："怎会如此？是本将军哪里做得不好吗？"

林清羽弯了弯唇:"陆小侯爷和我是同龄人。我喜欢和同龄人相处,有什么问题?"

顾扶洲:"……"

林清羽看见顾扶洲夹给自己的牛肉还是红的,道:"这个还没熟。"

顾扶洲告诉他:"三分熟的牛肉才好吃。"

林清羽嫌弃地把"三分熟"的牛肉丢到顾扶洲碗中:"你干脆把牛肉放在日头下晒上一晒,不熟的更好吃。"

这夜,顾扶洲辗转难眠。林清羽的一句"同龄人"始终萦绕在顾扶洲心头。林清羽睡在下铺,时不时听到他翻身的动静,吵得他无法安眠。

"你不是一沾枕头就能睡着吗,"林清羽问,"今日是怎么了?"

顾扶洲从床上翻身而下,在林清羽身边坐下,忧心忡忡地问:"清羽,你真的因为年龄,更喜欢和陆晚丞相处吗?"

原来是为了这件事。陆晚丞和顾扶洲都是一等一的俊美男子,从外貌上其实看不出什么年龄差,只是俊美的形式大相径庭。陆晚丞贵气,顾扶洲英气,无论哪个他都看得很顺眼。但若让他选,他还是觉得现在的顾扶洲更好。无关年龄,身体康健,无灾无病,比什么都重要。

林清羽看得出来,顾扶洲是真的介意年龄问题,便不再嘲讽,实话实说道:"论外在,陆晚丞和顾扶洲各有千秋;论内里,他们都是你。那对我而言就没什么区别。"

顾扶洲缓缓笑开,在床沿道:"你话说得这么好听,若是我此次穿越到一个丑八怪身上,你肯定理都不理我。"

林清羽无法否认:"确实。"

顾扶洲轻叹一声:"《淮不识君》官方认证过,你是最好看的那个,没人能因外貌让你惊艳了。"

林清羽想了想,道:"有个人的外貌,让我惊艳过。"

"真的假的。"顾扶洲怀疑道,"谁啊?"

林清羽看着他:"真的。"

顾扶洲不爽道:"他长什么样?"

"……忘了。"梦一醒,他就忘了,唯独记得那份惊艳的感觉。

"都让你惊艳了,你怎么会忘?你记性那么好。"

"不知道。"一想起那个梦，林清羽就不想给顾扶洲好脸色看，"滚去睡。"

假期第三日，两人去了趟林府。探亲礼是袁寅帮着准备的，他得了顾扶洲的授意，备的礼比林清羽带来将军府的足足多出一倍。林府的库房被堆得满满当当，不得不空出几间屋子专门放礼。

顾扶洲和林清羽又一次给父母敬茶。之后，顾扶洲拿出送给林清鹤的礼物——一把少时用的佩剑，林清鹤这个年纪用刚刚好，以后，除了林清羽，清鹤也是需要自己舍命护佑的幼弟。林清鹤接了他的礼，规规矩矩地说了声："多谢大将军。"

林清鹤被父母兄长教导得极好，在外人面前颇有世家小公子的风范，只有在家人面前会撒娇，譬如当初的陆晚丞，便是他撒娇对象之一。此刻见林清鹤同自己这般见外，顾扶洲不由道："清鹤，你从前是怎么唤陆小侯爷的？"

想到陆晚丞，林清鹤抿了抿嘴，有些伤感地说："我唤他'晚丞哥哥'。"

"那你现在也这么唤我便是。"

林清鹤偷偷看了眼兄长，见兄长点了点头，方道："是，顾叔叔。"

顾扶洲的脸，黑如煤炭。

林母忙道："清鹤，不许乱叫。扶洲同我们已是一家人，是你的大哥，你这一叫，辈分都乱了。"

林清羽幸灾乐祸："将军比清鹤大二十多岁，让他叫'哥哥'是有些强人所难了。"

从林府回来，顾扶洲就陷入了抑郁。倒不是被叫叔叔叫得抑郁，而是三日休沐已过，明日他又要早起上朝了。

将军府里有一人比顾扶洲还要抑郁，那就是袁寅。袁寅找到林清羽，苦笑道："明日叫将军起床一事，就拜托林太医了。"

林清羽淡淡道："放心。"

袁寅放心不下来，多嘴了几句："林太医刚来恐怕不知道，将军从雍凉回来后，就像得了嗜睡症似的，早上怎么叫都醒不来。所以还请林太医提前半个时辰开始叫将军，给将军一些缓冲的时间。"

林清羽笑得别有深意："在叫他起床这件事上，我或许比你更有经验。"

袁寅大受震撼，又不敢多问，赔笑道："那就有劳林太医了。"

大瑜的早朝定在卯时，一般的官员五更天就要起来。时辰一到，林清羽洗漱穿戴完毕，熟练地使用捏鼻大法把人弄醒："大将军，该上朝了。"

顾扶洲痛苦地抓着被子："我不想上朝，清羽，当官为什么要上朝啊。"

"你和我说有何用？"

顾扶洲闭着眼睛："我决定了，我要告假——或者干脆一点，我直接解甲归田好了。"

林清羽不理他，快准狠地掀开被子，接着唤来下人，伺候顾扶洲梳洗。

顾扶洲因起床气脸色阴沉得吓人，他如今这张脸，冷面时威慑力十足，叫人不敢靠近。

顾扶洲看见林清羽一脸无奈的模样，起床气消了一大半，问："清羽，你会送我去上朝吗？"

林清羽抬眸扫了他一眼："你多大的人了，上朝还要人送？"

顾扶洲一点不觉得害臊："我听吴战说，他每次离府，他家人都会送他。每每回府，还能喝到他家人亲手煲的汤，真是羡煞旁人啊。当然啦，我也舍不得你去煲汤。毕竟林大夫的手是用来干大事的。"

顾扶洲絮絮叨叨着。林清羽拿起官帽，比画了一下，发现自己够不到顾扶洲的脑袋，道："低头。"

顾扶洲便弯腰，方便林清羽帮他戴官帽。

林清羽审视了顾扶洲一番，道："我送将军上朝。"

顾扶洲愣了愣，笑道："我开玩笑的，外面冷，你留在家中等我回来就好。"

"别废话。"林清羽披上雪白的狐裘，"走吧。"

顾扶洲兀自低笑了声，跟在林清羽身后，道："清羽，你知道'别废话'三字，在我家乡怎么说吗？"

"怎么说？"

"别叨叨。"

"记住了。"林清羽道，"不过，你不是不喜我说你的家乡话吗？"

顾扶洲叹气："唉，你学都学了，不如多学一点。说不定哪日，天有异象，七星连珠，你就能去我的家乡了呢，到时候还能和我的老乡们无障碍交流。"

林清羽送人只送到将军府门口，他目送顾扶洲乘马车离开，对身后的花露说："花露，你悟了吗？"

花露一点没悟，茫然地摇了摇头："少爷，我要悟什么呀？"

林清羽冷笑："千万别和没长大的懒鬼住在一起，否则你可能要大冬天早上，冒着严寒送他去上朝。"

花露悟了，又没完全悟——哪来的没长大的懒鬼？

03.

一连几日早朝，众臣都在商议大瑜和熙夏的战事。熙夏此次卷土重来，还更换了主帅，行军风格和从前截然不同。赵明威无计可施，三连小败之后，采取保守的守城战略，避而不出，并向京中求援。在奏本上，赵明威再三强调自己无法胜任主帅一职，请圣上尽快让顾大将军重新挂帅出征。

皇帝坐于龙椅之上俯视众臣，萧琤则立于群臣之首。这对天家父子有几分相似，如今是同样地满脸病容、消瘦憔悴。皇帝以手撑额，眉间紧皱，群臣奏议的声音不绝于耳，时不时还掺杂着萧琤的闷咳之声，让他觉得头疼欲裂。

萧琤亦是强撑着在上朝。沈淮识那一剑，伤到了他的左肺。除非神医再世，否则他的余生都无法和正常人一般生活。

同样强撑着的还有顾扶洲。只见他垂着眼睑，笔直地站着，旁人看见还以为他是在闭目沉思。

"顾大将军回来才多久啊，就赶他上战场，将军府的床都没睡热乎呢。"说话的是和顾扶洲交好的吴将军吴战。

丞相捋着须道："吴将军此言差矣。有国才有家，国难当头，顾大将军难道要因为贪恋安逸，弃征西三十万大军于不顾？"

吴战骂骂咧咧："什么国难，崔相说得太夸张了，不就几个熙夏草寇，"吴战出列跪地，"皇上，请给臣一万精兵，我立马去西北支援赵将军。三月之内，定给将那熙夏贼人打个落花流水，不敢再犯！"

丞相摇头道："口出狂言，不自量力。"

吴战火大道："我不自量力？那你行你去啊！"

皇帝不动声色地听着两人争辩，忽然道："太子，此事你怎么看？"

萧琤似乎没听见一般，神色一变不变，显然是心不在焉。

皇帝厉声道："太子！"

萧琤这才回过神，道："儿臣附议。"

"你附议？你附谁的议？"

"自然是崔相的。"萧琤又咳了两声,"儿臣身体不适,殿前失仪,望父皇恕罪。"

考虑到萧琤的身体,皇帝强忍着没发作,他又问顾扶洲:"顾爱卿,你觉得呢?"

顾扶洲:"……"

接连两次被无视,皇帝忍无可忍,拍桌怒喝:"顾扶洲!"

顾扶洲睁开眼,眼中极快地闪过一丝茫然。他见吴战跪在御前,一副主动请缨的架势,大概能猜到皇帝在问他什么。

"吴将军是将才,并非帅才。臣以为,他更适合做先锋。"

吴战一个劲地朝顾扶洲使眼色,顾扶洲只当没看见:"且西北地形多为平原荒漠,吴将军善水战,让他去西北是不太妥当。"

顾扶洲说得有理有据,叫皇帝挑不出过错,不得不缓缓道:"顾爱卿言之有理,吴战确实不适合挂帅西北。"

丞相趁机道:"顾大将军在西北多年,没有人比大将军更懂如何在平原荒漠行军打仗了。征西的帅印,非顾大将军莫属。"

兵部尚书附和道:"当日大将军秘密回京是为了解天蛛之毒。如今天蛛已解,大将军在京一事早就瞒不住了。熙夏也是得知大将军不在雍凉,才敢如此肆意妄为。大将军再不回去稳固军心,只怕会让熙夏愈发变本加厉啊。"

顾扶洲皱了皱眉,捂着胸口道:"臣愿领兵出征。"

吴战忙道:"不可!天蛛虽然解了,但接二连三的毒物,早就伤了大将军的根本。太医说了,大将军若想多活几年,就必须留在京城静养。"

吴战口中的太医,正是林清羽。几日前,吴战去将军府做客,顾大将军不拘小节,三人同桌饮酒。林清羽便是在那时向他透露了大将军的身体情况。

顾扶洲沉声道:"在国家大义面前,臣愿将个人生死置之度外。"

"这如何使得!大将军的生死事关社稷。若此时让他强行回西北,导致旧疾复发,岂不是更称了熙夏贼人的心意!"

皇帝头疼得受不了,他指望萧琤出来主持大局,可萧琤一副神游天外的模样,除了刚才回他的话,未再多说一句,也不知在想什么。

他寄予厚望的太子,怎就成了现在这个样子!

"主帅一事容后再议,尔等先拟一个暂时之策,好让赵明威有事可做——退朝。"皇帝心力交瘁地站起身,身形晃了一晃,大臣顿时跪倒一片:"皇上保重龙体。"

散朝后,顾扶洲和吴战结伴而行。吴战问他:"大将军,你为何不让我去西北啊?"

顾扶洲道："你本就不适合西北战场。"去的话不就明摆着给对面送人头，大可不必。

"可是我不去，大将军就要去了啊。"吴战开玩笑道，"将军才认林院判作义父，尚未和家人团聚几日，难道将军舍得抛下这一切，到西北那等荒凉之地，一去就是好几年？"

"自然舍得。"顾扶洲掷地有声道，"大丈夫志在四方，岂能被禁锢在一方天地之中贪图安逸。"

吴战顿时肃然起敬："大将军真乃我辈楷模！"

和吴战分开后，顾扶洲迎面瞧见一个搬着花瓶的太监走来。那花瓶有半人一般高，搬在手中根本瞧不见前面的路。

给顾扶洲领路的太监怕这人挡住顾大将军的路，开口道："小松子，你可得慢点。"

"小松子？"顾扶洲问，"可是勤政殿的小松子？"

小松子艰难地从花瓶后探出头，看到是顾扶洲，忙道："回大将军的话，奴才是在勤政殿当差。"

顾扶洲嘴角微扬："久仰。"

小松子受宠若惊，他一个太监何德何能让顾大将军久仰："大将军说笑了，是奴才久仰大将军威名才是。"

"你谦虚了。"顾扶洲转向为他领路的太监，"就由这位小松子送本将军出宫吧。"

领路太监从小松子手中接过花瓶退下。顾扶洲道："我听清羽提起过你。"

小松子道："林太医……他以前常为我们这些奴才看病。"

顾扶洲微微颔首，问："圣上的头风先前不是有所好转吗，为何今日脸色还这么差？"

小松子不愧是小松子，没如何迟疑就道："回大将军的话，先前皇上确实好了很多。可一入冬又突然严重了起来，喝药施针都没什么用，连林院判都束手无策呢。"

顾扶洲回到将军府，不等他开口询问，袁寅就道："林太医现下应该在书房。"

顾扶洲把官帽丢给袁寅，径直朝书房走去。书房的门开着，他撩开挡风的门帘，就见林清羽一袭白衣，坐在窗边一人对弈。他一手拿着一本棋谱，另一手指尖漫不经心地翻转着一颗黑子。明明有一张明艳的脸，气质却清冷如月，仿若不食人间烟火一般。欢瞳在一旁，安静地往炉子里添着炭火。

林清羽看棋谱看得入神，未察觉有人入内，直到听见一个熟悉的声音："林清羽——"

林清羽抬眸看来："怎么了？"

"什么怎么了？"

"你从来不唤我全名的。"

顾扶洲故意问道："那我平时怎么唤你的？"

"清羽，或者林大夫。"林清羽眉间轻蹙，"是不是发生什么事了？"

"没什么，"顾扶洲坏笑，"原来平时一副云淡风轻的林大夫竟怕被叫全名啊。"

林清羽不悦道："下次别这样唤我，我不习惯。"

顾扶洲咳了两声，不想表现得太得意："我尽量。"

顾扶洲在林清羽对面躺下，随手拿起一颗白子一抛一接地把玩起来，随口道："清羽，你的休闲日子大概也快结束了。"

林清羽之前对顾扶洲提起过，皇帝治头风的方子里有一味药是金蚕蛊的翅膀。金蚕蛊在各个时节形态各异，配药也要由此变化，其中的奥妙连他父亲都不知道。等天再冷些，之前的药方便会失效，皇帝若不想再被头风折磨，只能来请他回去。

因此听到顾扶洲这样说，林清羽一点不意外："是吗？"

不多时，花露来叫他们用晚膳。用过晚膳，顾扶洲消食后去校场痛苦"举铁"，林清羽继续未下完的棋。待夜色渐浓，两人才回到卧房，一上一下地上床歇下。

半夜，林清羽被渴醒，睁开眼瞧见屋子里有亮光，原是顾扶洲点了灯，在灯下执笔凝思，不知道在写些什么。

林清羽见多了顾扶洲不着调的模样，偶尔见他认真一次，才会想起这个人和他一样工于心计，只是大多时候他懒得去想罢了。

林清羽坐起身，顾扶洲听到动静，朝他看来："吵醒你了？"

"我在想熙夏那个新任的主帅到底是怎么用兵的。"顾扶洲低头看着自己凭借记忆和赵明威奏本上所言还原出的敌军行军路线，"有点意思啊。"

林清羽问："你为何白天不想？"

顾扶洲不假思索道："因为白天我要玩。"

林清羽下了床，披上鹤氅，给自己倒了杯茶："这么说，你是在担心的西北的战况？"

"没有啊，我就是随便想想。"顾扶洲横执起笔，"他强任他强，我选家中躺。"

林清羽未雨绸缪地后退了两步，警惕地看着顾扶洲手中的笔。只要顾扶洲思考的时候拿着笔，他就有被溅一身墨渍的危险。

顾扶洲动作一顿："怎么了？"

林清羽道："你是不是又要转笔了？"

顾扶洲愣了愣，笑道："完了，好像是有点想。"

04.

顾扶洲睡得晚了，次日起床又是一场灾难。林清羽把顾扶洲从床上拽起来，让花露端来早膳，守在一旁看他生无可恋地喝着粥。

"清羽，什么时候才休沐啊？"

大瑜的官员，除了过年，每月只能在十五那日休沐。林清羽帮他算了算，道："十日后。"

顾扶洲俊容扭曲："十日？救……命……"

顾扶洲穿戴完毕，林清羽正要送他出府，就见袁寅跑来禀告："将军，林太医，宫里传来消息，说圣上头痛难忍，太子伤口复发，今日罢朝一日。"

顾扶洲被突如其来的惊喜砸晕，袁寅话刚说完，他就没了人影。眨眼间，床上就多出来了一个人，被子鼓起来一大块。林清羽从未见过他如此兴奋。

林清羽轻声笑了笑，嘱咐下人不要靠近卧房，好让将军今日睡个天昏地暗。

罢朝的消息传来没多久，宫里又来人了。皇帝的头风逐日恶化，太医院束手无策。皇帝终于受不了了，再次宣林清羽入宫。林清羽替皇帝诊了脉，更改了之前的药方。皇帝喝了几日，病症得到缓和，按理说应当厚赏林清羽，但他心里始终憋着一股气。

林清羽是他看重的人，居然被一个臣子耍计谋抢了去。顾扶洲今日抢人，来日是不是将这江山也要抢了去！不日，顾扶洲上了一道折子，奏本中，从兵马的调配到粮草的运送，将西北战况分析得头头是道。皇帝看完之后，再如何不愿，还是原封不动地把折子送去了西北。

皇帝没安排林清羽继续回太医署当差，林清羽也未主动提起，只道有些药的药效他拿不准，要去太医署查阅典籍。皇帝便又复了林清羽自由出入太医署之权。除此之外，林清羽每三日要进宫一次为皇帝请脉。除了没俸禄，和过去没什么不同。

事到如今，林清羽在乎的也不是官职和俸禄。成功入住将军府不过是解了燃眉之急，想要一世安稳，他们要做的还有很多。

顾扶洲千等万等，终于等来了每月一次的休沐，这日林清羽刚好要进宫。林清羽起床时，特意放轻了动作，转念一想，似乎又没什么必要，顾扶洲哪是轻易能被吵醒之人。不料他脚刚落地，身后就传来低哑的声音："清羽……"

林清羽惊讶道："你怎么醒了？"

顾扶洲闭着眼睛，虚弱道："你今日要进宫，我送你。"

林清羽一怔，道："你都快困死了，如何送我？"

顾扶洲睡眼惺忪地坐起身，揉了揉眼睛，凭着本能说道："再困也要送清羽上班……"

林清羽好笑道："不必。你继续睡。"

顾扶洲强迫自己下了床："不行，你每天都会送我，我如果不送你，那我也太不是兄弟了吧。"

顾扶洲如此有心，林清羽便由着他去。他本以为顾扶洲会和他一样，送到将军府门口就算了，没想到顾扶洲竟和他一同上了马车，直接将他送到了宫门口。虽然顾扶洲在马车上一直打瞌睡，两人也没说什么话，但这份早起的心意，用感天动地来形容都不为过，着实弥足珍贵。

林清羽进宫后，领路的太监带他来到勤政殿。皇帝传他入内时，天机营的首领谢大人刚好退下。两人擦身而过，林清羽闻到了一股清淡的幽香。很快，林清羽便知晓了这香的来处。皇帝给他看了一样东西———一朵晶莹通透的雪莲，单看花瓣的色泽，就知此非凡物。

皇帝道："你瞧瞧，这对朕的头风可有神益？"

林清羽闻了闻雪莲的暗香，问："敢问陛下，此物可是从北境而来？"

听到"北境"二字，皇帝似有不豫："据说是采自北境极北之地。"

林清羽淡淡一笑，道："的确是千金难求的良药。学生这就为陛下新拟一个药方，用北境雪莲入药，定能事半功倍。"

离宫后，林清羽在太医署的藏书楼待了半日，黄昏时分才回到将军府。远远地，他就瞧见将军府门口停着一辆华贵的马车。对寻常官宦而言，此等仪仗是僭越，由此可见来人必是显贵。

这辆马车只比林清羽早到片刻。马车的主人一下车就和林清羽打了个照面："是那位长相俊美的太医！"

林清羽道："我已经不是太医了，殿下。"

"可是我这么唤你都习惯了。"来人正是四皇子萧玠，和他形影不离的管家姓奚，单名一个容字。林清羽对漂亮蠢货无感，只对聪明人有兴趣。相比萧玠，他把更多的注意力放在奚容身上。

"殿下大驾光临，可是和将军约好了？"

"不是啦，不对，也算是吧。上回大将军答应给我看他的青云九州枪和汗血宝马，今日我路过将军府，突然想到这个，就……"萧玠不太好意思地笑了笑。

奚容朝林清羽鞠了一躬，客气道："殿下心血来潮，不请自来，叨扰将军和林太医了。若将军不便，我下回递了帖子再带殿下来。"

林清羽道："将军今日休沐，没什么不便的。殿下请进。"

几人进了府邸，萧玠好奇地打量着四周，问："怎么不见顾大将军？"

林清羽猜测："这个时辰，他应该在玩。"

萧玠一副懵懵懂懂的样子，他仰起头问奚容："大将军也会玩吗？"

奚容道："顾大将军的'玩'可能和殿下的'玩'不同。"

萧玠露齿笑道："我明白了。就比如说，我的'玩'是吃吃喝喝，大将军的'玩'是骑马射箭？"

奚容微笑点头："殿下聪明。"

林清羽道："殿下请在厅中稍等，我去请将军来。欢瞳，给殿下上茶。"

萧玠抿了口将军府的茶，眼中一亮，赞不绝口："这个好喝，我觉得比宫里的茶还好喝！阿容，你也尝尝？"

奚容摇摇头，道："殿下，在外切不能忘了礼数。"

萧玠有些失望："好吧。"

"殿下不觉得奇怪吗？"奚容道，"请将军这等小事，让小厮去即可，为何林太医要亲自去？林太医也不像是不懂待客之道的人。"

萧玠想了想，想不出来："为何呀？"

奚容微微笑道:"大概是林太医有什么悄悄话要和将军说吧。"

林清羽在卧房找到了顾扶洲。只见顾扶洲用黑布蒙着双眼,在他面前,有一个用红绳悬挂着的、林清羽用来装药的瓷瓶。

听到林清羽的脚步声,顾扶洲将黑布往上扯了扯,露出带笑的眼:"清羽,清羽,我给你表演一个好玩的。"

说着,顾扶洲重新戴上黑布,用力将瓷瓶一推,瓷瓶开始前后摇晃,顾扶洲也跟着左摇右晃,每次都能完美地避开瓷瓶,不被打到。

顾扶洲玩得嘴角飞扬:"如何?我练了半个时辰呢。"

林清羽走上前,抓住摇摆的瓷瓶,道:"萧玠和他的太监来了。"

顾扶洲扬了扬眉:"现在?"

"他们已经在府上了。"林清羽伸手扯下黑布,"还有,萧玠果然派天机营去了北境,皇帝对此事应当颇有不满。"

"林大夫的意思是……就在今天?会不会太早了?"

林清羽推开顾扶洲,道:"话不必说得太满,稍作试探即可。"

两人一同回到前厅见客。顾扶洲在萧玠和奚容面前端的是深沉内敛、不苟言笑,这两人怎么也想不到,半炷香之前,顾大将军还窝在房中练习如何不被摇晃的瓷瓶撞到脑袋。

一番寒暄过后,顾扶洲命人呈上青云九州枪。此枪极重,一般人把握不住,至少要两个成年男子才能抬起。

萧玠围着青云九州枪转了几圈,惊叹之声不断,转头冲着奚容兴奋道:"阿容,你有没有感觉到一股来自西北大漠的杀气?"

奚容道:"枪以血养,大将军的枪自有一股灵性。"

萧玠试着将青云九州枪拿起,无论如何用力,也只能靠双手将枪将将抬起分毫,不由感叹:"这枪砸都能把人砸死,顾大将军却能单手持枪杀敌无数,不愧是大瑜战神。"

面对皇子的夸赞,顾扶洲仍是惜字如金:"殿下过誉。"

看完枪,顾扶洲将几人带到马厩,一匹骏马正在低头喝水,感觉到陌生人的气息,马儿警惕地支起脖子,不安分地甩了甩尾。这匹马通身漆黑如墨,四肢修长,鬃毛浓密,和外头寻常马匹大不相同,就是许久不动,比刚到京城时胖了不少。

萧玠看得啧啧称奇，问："它叫什么名字？"

林清羽戏谑地看了顾扶洲一眼，道："小白。"

萧玠一脸迷惑："可是，它是黑的啊。"

顾扶洲严肃道："确实。殿下可要试骑？"

萧玠又惊又喜："我……我可以吗？"

奚容不甚赞同："宝马多烈性认主，殿下又骑术不精，还望殿下三思。"

顾扶洲道："有我在，不会出事。"

萧玠抚摸着小白黝黑的马背，心动不已："我只是骑着它走走应该不会有事吧，阿容？"

奚容无奈地叹了口气，拱手道："那就劳烦将军在一旁多加看顾了。"

顾扶洲带着萧玠去骑马，林清羽和奚容在一旁观看。不难看出，萧玠和奚容的关系绝非寻常主仆那般，萧玠显然极为依赖奚容，这点和顾扶洲所言一致，但林清羽暂时并未看出奚容阴狠偏执的一面，想来他也是个善于隐藏真面目之人。

林清羽状似不经意道："殿下性子天真烂漫，来日太子登基，殿下去封地当个闲散王爷，也是极好的。"

奚容眼神微暗了暗，又极快地展颜一笑，笑颜犹胜佳人："林太医说的是。"

05.

萧玠玩得开心，一时半会儿回不来。欢瞳搬来桌椅和暖炉："少爷，您坐着等吧。"

林清羽吩咐："再搬把椅子给奚管家。"

"林太医客气了。"奚容眉眼低顺道，"奚容不过一个下人，怎能和将军义弟同坐？"

林清羽淡淡道："殿下都不把奚管家当下人，奚管家也不必把'下人'二字常挂嘴边。"

奚容不论心中作何想，面上依旧维持着谦卑："殿下性子如此，在府上常和下人玩闹在一处。殿下不懂规矩，奚容不敢不懂。"

林清羽微微一笑，眼底却升起几分冷意："看来，奚管家是无论如何都不愿喝我这杯茶了。"

"林太医风华绝代，像小的这等粗鄙之人哪有和林太医同饮的福分。"

林清羽不再勉强，平心静气道："随你。"

奚容站在林清羽身后，不露声色地打量着这位闻名京城的太医。林清羽的容貌无可挑剔，只是静坐地品茶，就能让冷冰冰的校场变成一幅清丽的画卷。

然而，越是动人心魄的美越是危险。林清羽先入侯府，短短一年，南安侯府便几乎家破人亡，后为天子近臣，如今虽无官职在身，却还能自由出入太医署与皇宫。这样的一个人，怎么可能如外表看上去这般简单。

林清羽察觉到奚容的视线，道："奚管家不好好看着殿下，看我做什么？"

奚容被林清羽戳破，依然泰然自若："奚容是在看林太医手中的茶。方才殿下对贵府的茶赞不绝口，说是比宫里的还好喝。不知林太医可否透露其中玄机，让奚容长长见识。"

林清羽放下书中茶盏，道："奚管家果然处处为殿下着想。日后殿下前往封地，你也要一同跟着去吧？"

"这是自然。"

"你甘心吗？"

奚容狭长的凤眸骇然一缩："奚容不明白林太医的意思。"

林清羽捕捉到奚容脸上微小的变化，嘴角耐人寻味地牵了牵："留在京城，留在宫中，奚管家就有做司礼监掌印太监的可能；可一旦真跟着殿下去了封地，就永远只能是个阉人管家。"

"阉人"二字狠狠地刺入奚容骨髓，蚀骨之痛难忍，但这些年总归被刺得多了，无论何时何地，他都能不动声色："掌印太监……林太医可知这四个字意味着什么？"

"司礼监掌印太监，亦有'内相'之称，乃内廷权势之首。你说这意味着什么？"

奚容沉下一张脸。他本就生得阴柔，配上阴沉的神色，看得一旁的欢瞳背脊发凉。

"林太医说这些话，不怕小的误会吗？"

林清羽反问："那你误会了吗？"

和聪明人说话只须点到为止。奚容显然已经明白了他的意思，却仍是沉默不语，懂装不懂。

他的反应在林清羽的预料之中，顾扶洲虽和萧玠有几分交情，也只能说是泛泛之交。奚容与他，更是只见了两次面。现在共谋大事，就像顾扶洲说的，的确太早了。林清羽说这些不过是稍作试探，奚容的沉默已经给了他答案。

既然奚容不信任他，那就先给他尝些甜头便是。

"话说回来，殿下已经搬出皇宫，自立府邸，却还只是'四皇子'而已。我记得圣上做太子时，他的几个兄弟都已封了亲王。圣上即位后，这些王爷便相继前往封地。"林清羽道，"圣上日理万机，又在病中，怕是忘了这件事。若有人能提醒他此事就再好不过了。"

萧玠的生母不过是别宫里的一个宫女，被皇帝一夕宠幸后生下了萧玠。皇帝本就对这个儿子不甚喜爱，加之萧玠在文韬武略上又无半点过人之处，皇帝平日里就更难想到他这个儿子。也不会有大臣吃饱了撑的，去提醒皇帝关注一个不受宠的皇子，万一惹得太子不悦，那是得不偿失。如此一来，萧玠封王一事就被耽搁至今，也成了奚容的一桩心事。

奚容也想以此事为由，试试眼前这个林太医究竟有多大能耐，便笑道："我也盼着殿下能早日封王。"正面回应后，他又加了一句，"也好早日离开京城这等是非之地。"

两人谈话间，萧玠已经遛完一圈，和顾扶洲一道回来了。林清羽给顾扶洲递上提前备好的茶："将军请用。"

顾扶洲一笑："多谢清羽义弟。"

另一边，萧玠兴冲冲地和奚容分享骑汗血宝马的感受："小白看着性子烈，但在顾大将军面前好乖好乖的。大将军让它往哪儿走它就往哪儿走，让它快它就快，让它慢它就慢。"

奚容道："这一般的马似乎也能做到。"

"不一样。"萧玠摆着手，认真解释，"明显能感觉到不一样。唉，我不知道怎么形容……"

奚容含笑道："枪马都看了，时辰不早，殿下该回府了。"

林清羽和顾扶洲送两人离府。萧玠先上了马车，奚容再次向他们表达不请自来的歉意，又谢过周全的招待，最后道："那就先告辞了。"

"慢着。"林清羽叫住他，"茶水的玄机我回头写下，下次再交予奚管家，可好？"

奚容躬身拱手道："有劳林太医。"

马车一走，顾扶洲便揉了揉自己的脸，埋怨道："装面瘫怎么也这么累。"

林清羽转身进府："有什么事是你做起来不觉得累的？"

"睡觉。"顾扶洲跟在林清羽身后，问，"你和奚容谈得怎么样了？"

"你说的没错，他是个有野心的人。"

顾扶洲笑道："我怎么可能会错。我可是看过剧本的人。"

"厉害厉害。"林清羽敷衍地夸了两句，"刚才和奚容对话，能感觉到他很介意自己身体上的残缺。不过，奚容对萧玠，好像不似一般的奴才对主子……"

说到这里，见顾扶洲皱起眉，林清羽索性直接问道："不是的话，那是什么关系？"他凉凉道，"你别告诉我，奚容只是萧玠俯首帖耳、唯命是从的忠仆。"

顾扶洲道："萧玠的生母在被皇帝醉酒宠幸之前，曾和一个侍卫私通，并珠胎暗结。行宫人少，也没什么正经的主子，那个宫女遮遮掩掩七八个月，成功诞下了一名男婴。"

林清羽惊讶道："你是说……萧玠和奚容，是同母异父的兄弟？"

顾扶洲点点头："宫女生下奚容，托人将他送出宫，交给远亲抚养。远亲将奚容拉扯到九岁，又把他送回宫中。奚容净身之后，就成了萧玠身边的小太监。不过，他们两人毕竟只是配角，没出场过几次。奚容究竟如何看待萧玠的，也只有他自己知道。"

"那奚容可知道自己的身份？"

"知道。正是因为知道，他才会护着萧玠，护着护着，就生出了野心。凭什么都是一母所出，有的人是皇子，有的人却是太监。若他的皇子弟弟有朝一日登上了皇位，那他岂不是一国之君的皇兄？"说到这里，顾扶洲认为有些事，必须提前告知林清羽。"清羽，在《淮不识君》的结局中，奚容护住了萧玠，最后和他一起远赴封地。之前我和你说过，奚容是个聪明人，不会轻易被人控制。一个毫无城府的国君，再加上一个渴望权势的宦官，两人还是兄弟关系，这并不是什么好事。"

林清羽冷笑："倘若我真的能将萧玠扶持上位，自会看顾好他们兄弟二人。如果他们不肯听话，那再换个听话的便是。姓萧的，可不只有萧玠。"

"那还不如你自己登基称帝。"顾扶洲悠悠道，"有句话怎么说来着，王侯将相宁有种乎？"

林清羽看了顾扶洲一眼，眉眼间光华四放："当皇帝，没意思。"

林清羽回到书房，招来欢瞳："递一张名帖去南安侯府，就说陆小侯爷忌日将至，我想去给他上炷香。"

欢瞳一愣："小侯爷已经走了一年了吗？"

"嗯。"

欢瞳失落道："日子过得真快啊。"

除了林清羽，花露也牢牢记着陆晚丞的忌日，早早就备下了丰盛的祭品。她准备干果时，恰好被顾扶洲瞧见。顾扶洲看见这么多东西，还以为府上要来客人了。

花露拿不准要不要告知大将军小侯爷忌辰将至一事，支支吾吾地看向林清羽。林清羽问："你是忘记了吗？"

顾扶洲道："我忘记了什么？"

林清羽迟疑片刻："没什么。"

陆晚丞最后一段时光过得极为辛苦，他病得神志不清，自然也不记得日子，哪怕回光返照，好了半日，也……什么都看不见。

顾扶洲不记得也好，这不是什么会令人开心的事。

陆晚丞忌辰的前一日，京城下了今年冬天的第一场雪。雪下得极大，不过半日，庭院中已是白雪皑皑。

顾扶洲下朝回到府上，官服都未来得及换，便在书房找到林清羽："清羽，外头的雪已经很厚了，我们去堆个雪人吧。"

林清羽兴致缺缺："又不是第一次下雪，堆什么雪人。"

"我家乡几乎不下雪，对我来说，下雪天不堆雪人简直是在浪费生命。"顾扶洲伸手挡在林清羽眼前，不让他看书，"走吧清羽，今日就陪我好好玩一玩，嗯？"

"你让欢瞳陪你玩吧。"

顾扶洲被赶了也不走："林大夫好冷漠啊，是发生什么事了吗？"

林清羽顿了顿："没有。"

顾扶洲有些担心地问："那是我烦到你了吗？那我走？"

林清羽微怔，旋即勉力一笑："你怎么会烦到我。我只是……不喜欢下雪。"

顾扶洲若有所思，灵光一闪，道："你是因为陆晚丞……"

林清羽打断他："一下雪，我晒的那些药不知何日才能晒干。对医者而言，雨日雪日都不如晴日。"

顾扶洲没有勉强他，也没有去找欢瞳堆雪人。他从书柜上拿了一册话本，陪林清羽安静地看着书。

雪从白日下到黑夜，被子里都像结了一层霜。大概是因为太冷，林清羽迟迟没什么睡意，好不容易睡着了，半夜又忽然从梦中惊醒。

屋子里没有点灯，借着白雪反射的月光能依稀看到家具的轮廓。林清羽心跳如鼓，赤脚下了床，朝上铺看去——床上空无一人。

林清羽四肢发凉，梦中的情景和现实交织在一起。他站在床前，强迫自己镇定，一遍一遍地告诉自己那只是梦，可身体还是不受控制地僵在原地，怎么都动不了。

直到身后传来吱呀的开门声，林清羽猛地转过身，看到了男人高大的身影。

"清羽？"顾扶洲诧异道，"你怎么也醒了？"

林清羽张了张嘴，想说话，却一个字都说不出来。

顾扶洲用火折子点了灯，对上林清羽的眼神，脸色一变，快步走到他面前，问："怎么了？"

"你去哪儿了？"林清羽强迫自己开了口，才发现他的声音低哑得吓人。

"我半夜被饿醒，就出去让花露给我下了碗面。"顾扶洲拉过林清羽，"你眼睛怎么红了，是在气我一个人吃独食，然后气得想哭？"

顾扶洲手心温热，热得林清羽眼睛越发酸涩。林清羽摇摇头，垂下眼睫，轻声道："我想……看看你还在不在。"

顾扶洲静了静，拉着林清羽朝床边走去。

林清羽一阵恍惚，觉得此情此景似曾相识，突然间有种自己置身于梦境的错觉。

顾扶洲坐在床前，仰望着他："陆晚丞走的那天，也下了雪，对吧？"

林清羽反问："你不是看到了吗？"

顾扶洲笑笑："对啊，我看到了。"

林清羽呼吸一窒，咬牙道："骗子。"

顾扶洲不置可否："过去的事就别想了，现在不是好好的吗？"

"我也不是经常想。"林清羽犹豫着，说出了自己的心里话，"我……有点怕。"

林清羽甚少在别人面前表现出自己脆弱的一面，即便是和陆晚丞交心相处已久，也几乎没有坦露过自己伤怀的情绪。

"别怕别怕。你想想啊，我现在可是大瑜最勇猛的战神，顾大将军这么强壮，肯定不会和上次一样得什么大病。况且我现在又不上战场——就算上了，也只是在帐中出出馊主意，不会战死。"顾扶洲笑着，笑容如同晴日一般灿烂清朗，"所以，我会一直在的。"

可林清羽还是不放心："真的假的。"

"真的啊，我发誓……我给你写保证书？"顾扶洲说着，真的去桌边铺纸执笔地写了起来，写着写着，他又笑了声，"不过，我到底比你大十二岁，估计五十年后你还得送我走。"

林清羽偏过头，轻声一笑。

顾扶洲听到笑声，抬眸看去。

06.

顾扶洲写完保证书，郑重其事地交予林清羽。林清羽接过一看，还是他的一贯的风格——满纸的大白话。顾扶洲和旁人写信，或是写奏本时，往往用词精炼，文采不说斐然，但在武将之中亦是佼佼者。唯独给他写东西时，怎么舒服怎么来，偶尔还会画几幅简笔画。

理智告诉林清羽，无论是承诺还是保证书，都不过是人的一厢情愿罢了。厄运来临之时，又岂是一纸白话能阻挡得了的。可现在，他却因为顾扶洲的承诺和保证书心安了下来。

陆晚丞也好，顾扶洲也罢，这个人再如何不务正业、怠惰因循，却从来没让他失望过，他愿意相信他。

林清羽把保证书收好，有点为自己短暂的失态感到局促，故作镇定道："我没事了，睡觉吧。"

"好。"顾扶洲看着林清羽上床躺好，笑了声，问："想听睡前故事吗？"

林清羽道："说说你家乡的事吧。"

"你好像对这个很感兴趣？"

"你口中的那些新奇事物，我都挺感兴趣。"

顾扶洲嘴角漾出笑："那我和你说说手机吧。手机在我家乡是十分重要的工具，若你哪天去了我的家乡，又和我失散了，可以通过手机找到我。你先记下这串数字……"

顾扶洲说着说着，声音越来越小，没过多久就完全没了声。说实话，他能撑这么久不睡着已经很让林清羽意外了。

林清羽也闭上了眼睛。

不知过了多久，感觉到林清羽呼吸平缓多时，顾扶洲先睁开了一只眼，确定林清羽睡着后，又睁开了另一只眼。

顾扶洲眼神清明，不带丝毫睡意。他低声道："晚安，清羽。"

次日是陆晚丞的忌日。林清羽送顾扶洲上朝后，带着欢瞳和花露去了南安侯府。

不久前，潘氏怀胎十月生下了一个健康的男孩。南安侯府一扫过去的死气沉沉，再度焕发出生机。南安侯人逢喜事精神爽，在朝堂之上风生水起，重掌户部大权不说，皇帝也有重用他的意思。

林清羽到侯府时，南安侯也进宫上朝去了，是潘氏接待了他。

"我昨日还在想，少主今日会不会来。"潘氏生完孩子精神还算不错，就是富态了一些。如今她虽然还是个妾，但侯府的下人已把她看作主母。潘氏有孕后，南安侯大概是觉得自己还年轻，断断续续又纳了几个妾。这些妾室肚子里还没有动静，也不敢在她面前作妖。

潘氏无心争宠，带着儿子管管家，日子倒也过得不错。

林清羽道："小侯爷的忌日，我自然会来。小侯爷的弟弟可还好？"

潘氏温婉笑道："小少爷长得白白胖胖，比寻常这个月份的孩子大上一圈呢。上个月末，小少爷满月，我本想递请帖去将军府，"潘氏笑意微收，"可侯爷他说……"

"姨娘不必多言，我都明白。"林清羽看向花露。花露心领神会，拿出一个锦盒，道："这是少爷专门命人打造的长命锁，送给陆小少爷，希望小少爷能平平安安地长大。"

潘氏连忙在婢女的搀扶下起身："我替小少爷谢过少主。"

两人说了会儿话，就到了祭祀的时辰。陆氏祠堂内，下人在陆晚丞的牌位前供上熟食，意为让逝者"尝新"，之后又搬来火盆，林清羽将纸钱点燃放入其中，慰问亡灵。潘氏还特意请了长生寺的僧人，为陆晚丞诵经超度。

一切结束后，差不多到了用膳的时辰。潘氏拿不准主意要不要留林清羽用膳。这个时辰，侯爷也该回来了，侯爷肯定是不愿见到他这个"义子"的。

潘氏犹豫着，林清羽竟也没主动告辞。不多时，管事就来传话，说南安侯回来了。潘氏为难地望向林清羽："少主，这……"

林清羽微微一笑："正好，我也许久未同侯爷请安了。"

南安侯回到府上看到林清羽，本就因为嫡子忌辰郁结的心情更加雪上加霜。即便林清羽现在是辅国大将军的义弟，他也拿不出什么好脸色："将军义弟来我府上做什么？"

"少主是来祭奠大少爷的。"潘氏劝道，"他也是一番好意。"

南安侯冷哼一声，道："当日你同府上分家，就说好了恩断义绝，日后各不相干，我陆氏从未有过什么'少主'！将军义弟到府上无名无分，也不怕惹得旁人笑话，给大将军丢脸吗？"

林清羽淡淡道："大将军胸怀广阔，心中装的是家国天下，怎会介意这等小事。侯爷无须替他烦忧。"

南安侯气结："你这是非要和陆家攀关系吗！"

"不是我要同陆家攀关系，是陆家有些事需要我来处理。"林清羽道，"姨娘，若无其他事，不如先去看看小少爷。"

潘氏知晓林清羽要单独同南安侯交谈，便带着下人告退。南安侯见状连带着对潘氏都冷言冷语："他让你做什么，你就做什么？你莫不是忘了自己是谁的人！"

潘氏愕然："侯爷……"

林清羽没什么耐心，厉声道："既然侯爷不怕被人知道此等家丑，那便怨不得我。"

"你这是何意？！"

林清羽道："花露，去请张管事过来。"

林清羽离开南安侯府后，张世全一直留在侯府打理账房事务。他一早便得到消息知道林清羽今日会来，林清羽想要的东西他都准备好了，早早就等在外头。

张世全捧着一沓账本向几人行礼："见过少主、侯爷、姨娘。"

南安侯质问林清羽："你叫他来做什么？"

林清羽眼睫一抬，张世全便呈上账本给南安侯过目。南安侯拿起最上头一本，满腹疑虑地看了起来，几页过后，他的表情越来越凝重："这……这是……"

林清羽不紧不慢道："看侯爷的样子，似乎对此事毫不知情。"

南安侯面色煞白地挥退众人，屋内只剩下他、林清羽和张世全三人。

"这究竟是什么东西？"南安侯道，"这些巨款究竟是哪儿来的？为何会在我侯府的账本上！"

张世全向林清羽请示，得到他的首肯后方道："侯爷说的是什么话？这些钱，都是您的续弦梁氏'煞费苦心'挣来的，自然是记在侯府的账上。"

南安侯虽然甚少过问家事，但对侯府经营的铺子别庄心里有数。这么一大笔款项，绝不可能是酒楼或者别庄的正常收入。他脑子里蹦出两个字，吓得脚下一趔趄。

"看来侯爷大概也猜到了。"张世全道，"如今的世道，只有经营私盐才能有此暴利。按大瑜律法，贩卖私盐超过一定数目便是死罪。侯爷身为户部尚书，不会不知道吧？"

南安侯自然知道。前不久，他还亲手侦办了一个地方官员经营私盐的案子。那个官员的族人均参与了私盐的贩卖，由于数目庞大，最后被判了满门抄斩。看账本上的记录，梁氏一族是有过之而无不及。

南安侯没想到梁氏疯癫之后还能给他惹出这么大的祸事，恨不得立刻要了她的命。他眼眶突起瞪着林清羽："你什么时候发现的？为何现在才说！"

林清羽道："因为侯爷刚刚说了，我和南安侯府毫无关系，各不相干。侯府即便惹得龙颜大怒，一夕倾颓，我还能继续待在将军府。说不定，圣上见我揭发有功，还能赏我官复原职。您说是不是？"

"揭发"二字让久经官场的南安侯不寒而栗："你……"

林清羽又道："可惜了，小少爷才刚满月不久。此事一旦败露，也不知他能不能活到百日。"

南安侯口不择言："你这灾星，竟拿无辜稚子威胁于我！"南安侯接连丧子，好不容易再次老来得子，将这个孩子看得比什么都重要，他便是拼了性命，也要将这个孩子保下来。

"威胁？"林清羽近乎怜悯地笑着，"侯爷误会了，我不过是好心提醒侯爷罢了。"

张世全道："侯爷，事情是您夫人娘家做出来的，看在小侯爷的面子上，林少主将此事隐瞒至今，您才能回到朝堂，重获圣宠。我若是您，感谢少主还来不及，怎可横加指责？"

南安侯官场也不是白混的。林清羽隐瞒此事又忽然提起，定是有事要他去做。他此生最恨受制于人，可为了陆氏荣耀，为了刚出生的稚子，他不得不屈服："说吧，你到底想怎么样？"

林清羽满意一笑："侯爷放心，我自不会让你做什么伤天害理、有违忠义之道的事。我不过是想请你上一道奏本，请圣上许四皇子亲王爵位。"

南安侯一愣："四皇子？"

"正是。"

萧玠不仅在圣上那儿存在感低，在大臣处亦如此。若非林清羽提起，南安侯都忘了还有这么个皇子。

南安侯狐疑道："就这么简单？"

"目前……就这么简单。"

南安侯沉吟不决。四皇子已经到了年纪，也出宫立府了，封个郡王在情理之中，若是封亲王，恐怕会惹得太子不悦。他又问道："你为何不直接求顾大将军上奏？"

林清羽哂道："侯爷是吓傻了吗？"

南安侯恼羞成怒："休要胡言！"

"皇上和太子本就对将军起了疑心，我不想将军被牵连进来。"林清羽淡淡道，"侯爷可明白我的意思？"

南安侯再不情愿也只能道："本侯……明白了。"

萧玠封王之事，前朝有南安侯开口，后宫也需一人接应，如此才能万无一失。林清羽第一个想到的便是皇后。皇后过去对他颇有照拂，可自从他入住将军府，便显而易见地对他冷淡了。他数次去凤仪宫求见，都被挡了下来。

皇后的重情重义只是对自家人。在她看来，陆晚丞尸骨未寒林清羽就着急分家走人，此般忘恩负义也难怪她翻脸不认人。

好在皇后的自家人除了陆晚丞，还有一个，而且是对她而言，最重要的一个。

这日，林清羽替皇帝请完平安脉，和轮值结束的胡吉一同来到太医署的藏书楼。林清羽径直走到最里面，那里有一道上锁的铁门。他先前以"想看圣上自染上头风以来所有的脉案"为由，拿到了皇帝的口谕。藏书楼的侍卫打开门，两人进去后，胡吉好奇道："林大夫，你要找什么啊？"

林清羽道："六皇子萧璃的脉案。"

番外篇
百日之约

西北边境，刚打完一场大胜仗的顾家军正于营中大摆庆功宴。

这一仗顾家军打得十分漂亮，不仅将西夏大军歼之八九，还缴获兵马无数，是为大获全胜。经此一役，西夏少不得要休养生息，重整兵马，再要来犯至少也是一年半载后的事了。

葡萄美酒，引吭高歌，紧绷多日的将士们终于得以肆意狂饮。副将赵明威把自己灌了个五分醉，余光瞟见角落里独自饮酒的林汝善。

林汝善乃是京中太医院院判，数月之前奉圣上之命来到西北为当时身中剧毒的顾大将军诊治。那时顾大将军已是奄奄一息，命不久矣，幸得林汝善妙手回春，才将顾大将军从鬼门关拉了回来。

之后，林汝善便留在军中，挽回了不知多少将士的性命。顾大将军又认了他为义父，林汝善在军中的名望可想而知。

林汝善和军中粗人不同，饮酒时是小口啜饮，半天喝不了多少，看得赵明威甚是着急。他歪七扭八地走了过去，一把揽住林汝善的肩，畅快道："林院判啊，在我们西北，喝酒就得大口大口地喝——来，干！"

盛情难却之下，林汝善笑着将杯中酒一饮而尽。赵明威正在兴头上，仍不满足："好，林院判果然是爽快人！再来一杯！"

林汝善不胜酒力，只好转移话题："怎么不见顾大将军？"

赵明威这才想起，整场庆功宴他只在最开始时见过顾大将军，表情一言难尽："大将军肯定又去补眠了，也不知他这嗜睡犯懒的毛病什么时候才能改。"然而顾大将军再怎么偷懒，正事却一件都没耽误。

赵明威认输般道："罢了罢了，随将军睡去吧。"

林汝善借故起身："我去看看。"

林汝善在帅帐中寻到了顾大将军。赵明威猜错了，大将军并未入睡，而是在烛光之中呆坐着。他面前的帅案上，放着一封从京中发来的密令。

林汝善开口道："将军。"叫了一声无人应答，林汝善又道，"顾大将军。"

高大的男人抬起头，瞧见是林汝善在叫他，露出一个笑容："是义父啊。义父晚上好。"

林汝善叫的是顾扶洲。顾扶洲，扶洲，应该是匡扶江山社稷的意思。以前的顾扶洲确实当得起这个名字，镇守边疆，以身护国，被大瑜百姓冠以"战神"之名。

可惜，他不是真正的顾扶洲。

林汝善见大将军眉间有所郁结，问道："将军可是有什么不适？"

"他们不让我回京。"顾扶洲轻声道，"我没有时间了。"

林汝善知道大将军自苏醒后，一直在向圣上奏请回京。他不知其中缘由，也不便过问。但今日或许是喝了酒的缘故，他忍不住多嘴问道："将军为何非要回京不可？"

"因为我和他约好了。"顾扶洲像是在自言自语，"超过一百天的话，他就会真的以为我……"话音戛然而止，顾扶洲"啧"了一声，"烦死，给他们脸了。"

林汝善不曾见过大将军这般，就像个无法自控的少年。大将军似乎极其信任他，非要认他为义父不说，在他面前也从不掩饰大变的性情。

顾扶洲强压下心中的烦躁，笑道："抱歉，让义父看笑话了。"说完倒了两杯茶，"义父请坐，我想和您聊点开心的。"

林汝善在顾扶洲面前坐下："将军想聊何事？"

"我想想啊……" 顾扶洲托着腮，缓缓一笑，"就聊聊您家的事吧。"

林汝善微讶："那我再和大将军聊聊清羽？"

顾扶洲笑道："好好好。好奇怪啊，虽然我同这位义弟素未谋面，但不知怎么的，我就喜欢听他的事情，我感觉就像听话本一样，十分有趣。"

林汝善："……将军今日想听清羽的什么事？"

顾扶洲想了想，问："小时候的清羽，是什么样子的？"

林汝善便和大将军说起了家中长子幼时的"趣事"。

林清羽受到家族熏陶，幼时便对医术表现出了极大的兴趣。别的孩子养小猫小狗，小清羽则爱养能入药的小蛇小虫，还给它们每一条都取了爱称，整日捧着瓷罐爱不释手。

　　林母担忧他被虫蛇所伤，不许他养，他就悄悄地养，甚至不知道从哪里弄来了一条有毒的小蛇。

　　一次喂食，小清羽不慎被小蛇咬伤。林汝善在药房找到他时，小清羽正一边哭一边给自己配解药，嘴里还在为自己打气助威："别怕，林清羽，你能配好解药，你不会死——镇定一点，不许哭。"

　　"清羽自懂事起就很少哭了，那时想是真的害怕。"林汝善言语之中带着淡淡的骄傲，"但他在慌乱之中仍然靠自己配出了解药。他母亲听说此事，后怕不已，严令禁止他再饲养毒物，直至他长大成人。"

　　听到这里，顾扶洲不禁轻笑出声。而后他望向帐外，喃喃道："清羽他……也会哭吗？"

　　林汝善面目慈祥："那时清羽不过垂髫之龄，疼了怕了自然会哭。现在的清羽，大概是不会哭了。"

　　顾扶洲想起了自己梦里的林清羽。

　　那是陆晚丞的头七，他用自己的样子见到了林清羽。梦中的林清羽话很少，呆呆的很是可爱，除了背出他们约定的暗号就是追问他真正的姓名。

　　他没有说，林清羽也没有哭。

　　还好，林清羽没有把他看得那么重。

　　顾扶洲笑了笑："是啊，长大了的清羽应该不会哭了。"

　　林汝善讲了一个又一个林清羽的童年趣事，直至子时将近，顾扶洲才意犹未尽地放了人。

　　酒过三巡，账外的吆喝声和劝酒声渐渐平息。醉了的将士席地而睡，嘴里哼唱着家乡的歌谣。这或许是他们数月以来睡的第一个安稳觉。

　　醉卧沙场君莫笑，古来征战几人回。

　　顾扶洲走出营帐，看着一个个醉倒的将士，这是一个个鲜活的生命，欣慰之余不禁有些后怕。

　　他急于回京除了因为和林清羽的约定，还有一个原因。

只有他自己知道，他不是精通兵法、百战百胜的大将军，他只是一个还没上过大学的高中生。他哪有什么实力，他能打赢这么多场仗靠的大部分是运气。相比他，身经百战的副将赵明威才是应该当主帅的那个。

放过他吧，求求了，他那点可怜的军事理论不允许他背负这么多条性命，他只想回到京城继续好吃好喝。

顾扶洲抬头望着天边明月，心想林清羽这时候会在干什么呢？

他还是陆晚丞时，不知自己还有重来一次的机会，最后的时光都在为林清羽的将来做准备。若一切顺利，林清羽应该已经结识了沈淮识，并发现了当年天狱门灭门的蹊跷，以林清羽的聪明才智会知道该怎么做的。

可他还是不放心。虽然他以顾扶洲的名义认下林清羽为义弟，萧琤看在顾扶洲的面子上不会对林清羽如何。但清羽才华横溢又身份特殊，涉及朝堂纷争，想要引他入局的人何止萧琤一个。唯有守在林清羽身边，他才能放心。

子时一过，顾扶洲回到营帐，拿起匕首，在桌案上刻下一横。

距离他和林清羽的百日之约，只剩下最后半个月，而光是从西北赶回京城就至少需要十天。

他如果抗旨回京，别说见到林清羽，很可能在半路上就会被天机营的暗卫"咔嚓"了，林清羽身为罪臣的义弟也难逃一劫。

他如果不回去，百日之约一到，林清羽不等他了怎么办？万一，林清羽真的像他们开过的玩笑一样，携妻带子到陆晚丞坟前给他烧纸……

他还没告诉林清羽自己的真实姓名，林清羽供的牌位都是错的。

所以，他一定要回去，他要告诉林清羽他自己的名字。

既然他现在不能回去，至少要先让他和林清羽的暗号传回去，让林清羽知道他还没死。

"奇变偶不变，符号看象限。"

顾扶洲一夜未眠。他写了一封密奏，命人快马加鞭送往京城。然后，他找到了林汝善。

"义父，我有一事需要您的帮忙。"

林汝善正色道："但凭将军吩咐。"

"有没有一种毒，不能在西北医治，只有在京城才能解？"

林汝善一时之间没反应过来:"将军的意思是?"

顾扶洲重复了一遍,语气急切:"一定要有,义父,这对我很重要。"

林汝善思索片刻,道:"天蛛一毒符合大将军的要求。此毒出自北境,若要解毒,必须将北境雪莲用京中太医院独有的暖玉臼捣成粉末,并在药成后即刻给中毒者服药。"

顾扶洲长舒一口气:"这个好,那就劳烦义父赶紧给我下毒了。"

林汝善愕然:"什么?"

顾扶洲解释道:"我想要回京,只有这一种办法。"

林汝善急道:"天蛛乃北境奇毒,稍有不慎,中毒者五脏六腑将被毒气侵袭,最终缓慢衰竭而亡——还望将军三思!"

顾扶洲笑了笑:"没关系的。"

只要他能回去,这一切都值得。

图书在版编目（CIP）数据

三遇"咸鱼" / 比卡比著.
—武汉：长江出版社，2023.2
ISBN 978-7-5492-8587-7

Ⅰ.①三… Ⅱ.①比… Ⅲ.①长篇小说—中国—当代 Ⅳ.① I247.5

中国版本图书馆 CIP 数据核字（2022）第 214294 号

三遇"咸鱼" / 比卡比 著

出　　版	长江出版社
	（武汉市解放大道1863号）
选题策划	林　璧
市场发行	长江出版社发行部
网　　址	http://www.cjpress.com.cn
责任编辑	李剑月
特约编辑	林　璧
印　　刷	北京盛通印刷股份有限公司
版　　次	2023年2月第1版
印　　次	2023年2月第1次印刷
开　　本	700mm×1000mm 1/16
印　　张	21.25
字　　数	380千字
书　　号	ISBN 978-7-5492-8587-7
定　　价	49.80元

版权所有 盗版必究（举报电话：027-82926804）
（如发现印装质量问题，请寄本社调换，电话 027-82926804）